初岸
Chuan

与美同栖

名家读外国诗

西渡 —— 编

四川人民出版社

图书在版编目（CIP）数据

名家读外国诗 / 西渡编 . —成都：四川人民出版社，2018.3
ISBN 978-7-220-10652-1

Ⅰ.①名… Ⅱ.①西… Ⅲ.①诗歌欣赏—世界 Ⅳ.①I106.2

中国版本图书馆 CIP 数据核字 (2017) 第 314869 号

MINGJIADUWAIGUOSHI
名家读外国诗

西渡　编

责任编辑	李真真　雷雪梅
特约编辑	何英娇
封面设计	新艺书文化
版式设计	冉　冉
责任印制	张　辉
出版发行	四川人民出版社（成都槐树街 2 号）
网　　址	http://www.scpph.com
E-mail	scrmcbs@sina.com
新浪微博	@四川人民出版社
微信公众号	四川人民出版社
发行部业务电话	（028）86259624　86259453
防盗版举报电话	（028）86259624
照　　排	范立新
印　　刷	北京晨旭印刷厂
成品尺寸	145mm×210mm
印　　张	16
字　　数	369 千字
版　　次	2018 年 3 月第 1 版
印　　次	2018 年 3 月第 1 次印刷
书　　号	ISBN 978-7-220-10652-1
定　　价	58.00 元

■版权所有·侵权必究
本书若出现印装质量问题，请与我社发行部联系调换
电话：（028）86259353

前　言

外国诗歌的译介对中国新诗的影响怎么说也不为过。胡适倡导白话诗革命，一个重要的外因就是受到当时英美新诗的刺激，虽然胡适本人出于策略的考虑，曾经对此加以否认。检讨胡适当年提出的以其"八不主义"为核心的新诗革命主张，与英美意象派的两个重要文献——庞德起草的《意象主义者的几"不"》和弗林特的《意象主义》——在表述上有很多相似的地方，这恐怕并非偶然。20世纪初，中国诗歌面临的处境和英美诗歌确有其相似的地方。中国古典诗歌发展到清末，无论内容还是形式都已到了烂熟的程度，在旧诗的范围内，已经难以再翻出什么新花样。而英美新诗也正是在反叛同样已经烂熟的浪漫主义的陈调中产生的。因此，意象派的诗歌对希望彻底变革中国诗歌的胡适产生了巨大的吸引力。胡适本人一些清新别致的小诗，就颇有英美意象派的风味。可以说，中国新诗就是由外国诗歌催生出来的。新诗诞生以后，对外国诗歌译介的声势更大，外国诗歌对新诗的影响也愈来愈明显。中国新诗短短数十年的历史几乎将西方诗歌自浪漫主义以来数百年间所经历的发展过程重新演绎了一遍，浪漫主义、象征主义、意象主义、唯美主义、未来主义、超现实主义,以及其他形形色色的现代主义、后现代主义诗歌流派都可以在中国新诗中找到自己的代言人。而每次外国诗歌译介的高潮都带来了新诗一定程度上的繁荣,反之,译介工作的停顿也往往伴随着新诗创作的低迷。中国新诗和翻译的这种亲密的伴生关系,在世界诗歌史上恐怕也算得上引人注目的。正是对外国诗歌的译介,为中国读者在传统五七言之外打开了诗歌的另一扇窗子,看到了诗歌的另一番风景。所以,读一点外国诗歌,掌握一些欣赏外国诗歌的方法,也有助于我们理解和欣赏新诗。

诗歌翻译对新诗的影响,卞之琳等老一辈诗人已多有论及。令人惊讶的是,到目前为止,还很少有人论及诗歌批评的译介对中国新诗产生的影响。其实,诗歌观念的变革对新诗的发展具有同等重要的影响。观念的革命是新诗变革最重要的动力。如果囿于传统的诗观,用白话写诗就是离经叛道,更何况要写出内容上与古典诗歌迥异的新诗。新诗的许多根本性的观念都来自欧美诗歌,而诗学理论和批评理论的译介在其中起了关键的作用。西方诗歌观念的引入改变了中国诗人和读者对诗歌的传统看法,也改变了读者阅读诗歌的方式。实际上,诗歌的翻译只有和诗歌观念(包括阅读的观念)的"翻译"相结合,才能转化为推动新诗实践的有效动力。而批评的译介也确实改变了中国诗歌批评的方法。因为只有改变传统的批评方法,新诗的批评才能有效地对已经改变了的批评对象解读。我国传统的诗歌批评是一种印象式的批评,强调批评者对作品的兴会和感悟。熊秉明先生把这样一种批评的方法,称为"以一首诗去描写另一首诗"。这种批评方法可以说是一种没有距离的批评,阅读是批评的起点,也是批评的终点。这个特点既有它的长处,也有它的短处。比较贴近作品，灵活生动，要言不烦是它的长处，主观武断则是它的短处。因为这种批评不是建立在分析的基础上，而是建立在主观的感受上，所以批评的通约性就差。而西方的批评完全是以分析为基础，正好可以补我们的这个短。西方现代批评在这个分析的基础上又发展出种种不同的方法，愈显出精密、细致的长处。"五四"以来，我国翻译界和学术界对西方的批评理论和批评实践都做了大量的介绍，大大丰富了我们的诗歌批评的理论资源，改进了我们的批评方法，起到了他山之石的作用。

缘此，本书旨在把对外国诗歌作品的介绍和批评方法的借鉴结合起来。书中收入希腊、英、法、德、意、俄、美等10国28位诗人的经典名作35首，诗后并收中外名家对原作的解读（除个别文章涉及多篇诗作外，都是一诗一文）。这些批评文章包括两类，一是我国学者、翻译家、诗人对一些外国诗歌名篇的解读，二是外国作家、诗人、学者针对原作的批评文献。这两类文章大都是各自意义上的经典之作。前一部分显示了我国翻译界、学术界对西方诗歌的研究水平、接受程度和方法。譬如，杨周翰对弥尔顿、马韦尔的解读，冯至对歌德的解读，徐迟对荷马的解读，都很能代表我国学术界在外国诗歌批评领域达到的成就。一些中青年学者、翻译家、诗人——譬如唐晓渡、陈超、王家新、刘文飞、周伟驰——的解读文章，采用了新的研究视角和方法，显示了我国在外国诗歌批评领域的新发展。第二类文章多数都是西方批评史上的经典文献，譬如布鲁克斯、沃伦对莎士比亚、艾略特、叶芝的阐释，海德格尔对荷尔德林的阐释，博尔赫斯对但丁、济慈的阐释，布罗茨基对奥登、弗罗斯特的阐释，无不是细读批评的典范之作，在西方诗歌批评史上占有重要的地位。其他如叶芝对泰戈尔的批评，虽然不是细读，但也都是批评史上的名文。所以，本书不仅可以帮助一般读者更好地欣赏外国诗歌史上的经典名作，而且对诗歌研究人员借鉴西方文艺批评的方法，也会有一定的帮助。

在编选过程中，我发现了一个有趣的现象，那就是我国学术界对外国诗歌的批评多集中在英美两国及同属英语国家的爱尔兰等国诗人的作品上，其次是俄、德两国诗人的作品，而针对同为诗歌大国的意、法两国作品的批评文献却很少。这和它们的诗歌对新诗的影响程度恰好有着高度一致。那么到底是因为对英美诗歌的译介更多才造成了它们对新诗影响的程度更深，还是因为我国诗歌界更愿意接受英美诗歌才造成对它们的译介的繁荣？这是一个令人感到兴味的问题。由于上述原因，本书所收录的诗人和作品在国别上是不平衡的。在某种程度上，本书目前的格局也正是我国翻译界和学术界对外国诗歌和外国诗歌批评译介现状的一种反映。所以，我没有为了照顾国别和语种上的平衡，勉强收入一些不理想的文本。是为我对编选工作的一点说明。

西　渡

目 录

希 腊
荷 马 /001
阿基勒斯的盾牌 /002
《阿基勒斯的盾牌》释　徐　迟 /009

埃利蒂斯 /013
疯狂的石榴树 /014
透明天空中振响的阳光
　　——埃利蒂斯的《疯狂的石榴树》　唐晓渡 /017

意大利
但　丁 /027
《神曲·天堂篇》第三十一歌 /028
贝雅特丽齐最后的微笑　（阿根廷）博尔赫斯 /036

英　国
莎士比亚 /041
克丽奥帕特拉的悲悼 /042

克丽奥帕特拉的悲悼
　　（美）克里安斯·布鲁克斯　（美）罗伯特·潘·沃伦/044

多　恩 /049
别离辞：节哀 /049
约翰·多恩的《别离辞：节哀》（节选）
　　（美）莱昂内尔·特里林/052

弥尔顿 /054
梦亡妻 /055
弥尔顿的悼亡诗（节选）　杨周翰/056

马韦尔 /066
致他的娇羞的女友 /067
花　园 /069
马韦尔的诗两首　杨周翰/074

雪　莱 /091
西风颂 /092
一首奇特的原始诗
　　——雪莱的《西风颂》　（美）莱昂内尔·特里林/101

济　慈 /104
夜莺颂 /104

济慈的夜莺 （阿根廷）博尔赫斯 /110

艾略特 /115
阿尔弗瑞德·普鲁弗洛克的情歌 /117
释艾略特的《阿尔弗瑞德·普鲁弗洛克的情歌》
　　（美）克里安斯·布鲁克斯　（美）罗伯特·潘·沃伦 /124

奥　登 /132
1939 年 9 月 1 日 /134
析奥登的《1939 年 9 月 1 日》　（美）布罗茨基 /139

爱尔兰
叶　芝 /189
在学童中间 /190
叶芝的根深花茂之树　（美）克里安斯·布鲁克斯 /194

希　尼 /208
1969 年的夏天 /209
析希尼的《1969 年的夏天》　王家新 /211

法　国
波德莱尔 /225
恶之花（节选） /226
波德莱尔的地位　（法）保罗·瓦莱里 /233

德　国

歌　德 /251
漫游者的夜歌 /252
一首朴素的诗　　冯　至 /253
流浪人 /260
流浪人——歌德诗作的思路与意义　（奥地利）里尔克 /270

荷尔德林 /273
返乡——致亲人 /274
《返乡——致亲人》　（德）海德格尔 /280

海　涅 /304
罗累莱 /305
海涅《罗累莱》赏析　　张玉书 /307

奥地利

里尔克 /313
仅剩躯干的古阿波罗像 /314
局部中整体的丰盈与独立
　　——里尔克的《仅剩躯干的古阿波罗像》　唐晓渡 /316

策　兰 /326
死亡赋格曲 /327
保罗·策兰《死亡赋格曲》导读　　陈　超 /329

俄罗斯

普希金 /332

致克恩 /333

普希金《致克恩》赏析　刘文飞 /335

圣母像 /338

普希金《圣母像》赏析　刘文飞 /339

阿赫玛托娃 /342

沃罗涅什

　　——给 O·M /343

在阳光的尘雾里沉浮

　　——阿赫玛托娃的《沃罗涅什》　唐晓渡 /344

叶赛宁 /352

狗之歌 /352

自然的人化，情思的物化

　　——试析《狗之歌》的艺术特色　顾蕴璞 /355

帕斯捷尔纳克 /360

二月…… /361

帕斯捷尔纳克《二月……》导读　陈　超 /362

美　国

惠特曼 /365

从永久摇荡着的摇篮里 /366

惠特曼《从永久摇荡着的摇篮里》赏析　　李野光 /376

有个天天向前走的孩子 /382

"汹涌不已,永远升腾又降落……"

　　——惠特曼诗歌的节奏与韵律:以《有个天天向前走的孩子》为例　　西　渡 /385

弗罗斯特 /395

雪夜驻马林边 /396

小诗大境界　　周伟驰 /397

步　入 /410

家　葬 /411

悲伤与理智　　(美)布罗茨基 /417

史蒂文斯 /458

坛子的轶事 /458

大地上必不可少的安琪儿

　　——史蒂文斯的《坛子的轶事》　　唐晓渡 /460

布罗茨基 /470

黑　马 /471

布罗茨基《黑马》导读　　陈　超 /473

我总是声称,命运就是游戏 /475

布罗茨基《我总是声称,命运就是游戏》导读　　陈　超 /477

印　度

泰戈尔 /481
吉檀迦利（节选）/483
《吉檀迦利》序　（爱尔兰）叶　芝/488

希腊

荷 马

荷马（Homeros，约公元前9世纪—公元前8世纪），古希腊诗人，专事行吟的盲歌手。相传为史诗《伊利亚特》和《奥德修纪》（即《奥德赛》）的作者。关于荷马是否确有其人，他的生活年代、出生地点，以及两部史诗的形成存在很多争论，构成了欧洲文学史上的荷马问题。

两部史诗的背景是：特洛伊王子帕里斯拐走了斯巴达王墨涅拉奥斯美貌的妻子海伦，希腊人（史诗中称为阿凯亚人）为了报复帕里斯的不义行径，结成以迈锡尼王阿伽门农为首的联军攻打特洛伊人的王城伊利昂。战争历时十年，最后以伊利昂的毁灭告终。《伊利亚特》叙述战争第十年，阿伽门农和阿凯亚部族最勇猛的首领阿喀琉斯因争夺一个女俘发生冲突，阿喀琉斯一怒之下退出战斗，导致联军在战场上失利。阿喀琉斯的密友帕特罗克洛斯借了阿喀琉斯的盔甲参加战斗，为特洛伊人所杀。阿喀琉斯悲痛之下重新加入战斗，杀死了特洛伊主将赫克托尔。《奥德修纪》叙述希腊人战胜特洛伊人之后，伊塔克国王奥德修斯在归途中的历险故事。

荷马史诗是在民间口头文学的基础上形成的，在西方古典文学中享有崇高的地位,两千多年来一直被人们认为是最伟大的史诗。它作为描写人类远古生活的作品,在艺术上具有"永久的魅力",是"一种规范和高不可及的范本"。

阿基勒斯的盾牌[①]

(《依利阿德》[②] 选译)

一

她呼唤著名的铁匠海发斯陀斯[③]:
"来,海发斯陀斯,黛蒂丝要用你。"
著名的跛了一条腿的神仙回答:
"原来是我尊敬、崇拜的一位女神
来我家。当初是她救我的性命,
谢谢我那位不害臊的姆妈,从高空
摔下我,痛得我要死。亏得你愿意
把我这跷脚窝藏了起来。那时候,
我简直糟糕,要不是海洋中诞生的
两位,倒流的浪涛中的海洋的子女,
攸丽诺曼和黛蒂丝,她们的乳房
喂养了我啊。我跟了她们有九年,

---

① 选自《月照波心一颗珠——诗人译诗选集》(邹荻帆选编),花城出版社1985年版。阿基勒斯现通译阿喀琉斯。
② 现通译《伊利亚特》。
③ 现通译赫菲斯托斯。

制造了许多铜器的珍奇的物件,
胸扣针,螺旋的手镯,蔷薇徽章
和项圈,就在她们的空虚的窑洞里,
那里海洋的潮流不断地喷射出
嘈嘈的泡沫。却没有一个人知道,
神仙和人间的人类都不,只有
你救命恩人黛蒂丝和攸丽诺曼:
现在,黛蒂丝亲自到我的家里来!
我得报答你这位秀美头发的
黛蒂丝,我的好恩人,尽量的报答,
等我把风箱,家伙和一切放开了,
把高贵的娱乐放在你的面前。"

　　他说了,从铁砧那里跛着走过来,
大身体,可是瘦小的胫骨多灵活。
他把风箱从炉子上搬开又把
整套的用来做工的工具整理进
一只银匣子;用一块海绵,他擦
他的脸,双手和肌肉结实的脖子
和多毛的胸膛:穿上束腰的外衣,
就拿起一根粗手杖,一跷跷走过
一重重的门户;金子雕成的女工们
像凡间的女人来去帮主人的忙。
她们有灵活的头脑,辞令和膂力,
从这位不朽的神仙那儿都学会了

她们的职司。

（以上第十八个歌第三九一至四二〇行）

二

于是他先造庞大的硬邦的盾牌，

许许多富丽花样在上面辉煌；

三层的圈圈儿绕住她的边缘；

一条银链裹住厚厚的圆饼，

这阔大的盾牌用五块钢板合成，

神仙的劳动的结晶在平面上升降。

一位艺术大师头脑里的意象

在那儿照耀。他设计天地和海洋；

当新的太阳和一轮明月，天空的

冠冕，苍穹里面的星星儿的光；

毕星团，昴星团还有那北天的队伍；

宏大的猎户星座更烁亮的豪光；

天狼星，绕住了那个天空的轴心，

转去转来，黄金的眼睛看准了

那猎户，在天空的中原上光耀四射，

没有把它的额角海洋里洗拭。

  盾牌上出现了两个耀炫的城市，

一个代表了和平，另一个，战争。

这里面，圣洁的荣华，快乐的婚宴，

有端庄的跳舞还有着结婚的仪式；

沿街，迎来了一对新婚的男女，

火炬高举，送他们到新婚的床上；

年轻的舞蹈者随着柔和的笛子，

琴弦的银色的音调，舞成了圆形：

美妙的街路上，已婚的女人们排了队

各自在墙门堂欣赏这一派美景。

（以上第十八个歌第四八七至四九六行）

三

其次的一座地（景象就差得太远了）

闪耀的武器照亮凶恶的战争。

两支雄厚的军队拥抱一个城，

这个要抢劫，那个要烧毁这地方。

同时市民们，肃静谨慎地准备，

武装好，暗中埋伏要对付敌人；

他们的妻子，孩子，和一群瞭望着

战争，发抖的父老，站在楼窗上。

军队行进，派拉斯神和战争神守护

他们，金镶的神，金装的袍子，

金碧的武器，浩浩荡荡的队伍，

带队的领头，庄严地，神圣地，超人地。

（以上第十八个歌第五〇九至六一九行）

四

然后，成熟得金黄的葡萄园多光亮，
沉甸甸葡萄的收成桠枝上挂来，
玎珰的累累的一球球，颜色深厚些，
攀绕了银的棚棚，整齐地辉映；
一种黑黝黝的金属夹进了树叶里
做底子，淡淡的锡是院子的光采。
通院子的一条路柔软地弯来弯去，
上面走着一队人，头顶着篮子，
（美丽的少女，青春的男子）微笑
说明了这年秋天的紫色丰收。
一少年朝他们拨动了觉醒的琴弦，
柔和的歌声歌唱了林诺斯的命运[①]；
他后面一队人用舞蹈的步子走来，
抑柔了歌喉来答复这一个曲调儿。

  这里一队牛在走，雄壮地翘起
它们的角，它们的呜呜叫带着
金色，走向一片草地那里有
一道急流在咆哮，两岸是水声：
四个金子做的牧牛郎，它们的看守，
再加上九条酸溜溜的狗这田园的

[①] "歌唱"的"歌"系据群益出版社1947年版《伊利阿德选译》（徐迟译）补。

一群就全了。森林里两头雄狮
跳出来,抓住领头的那一条头牛;
牛嘶叫;狗和人虽然抵抗了没有效;
它们撕裂了它又喝下了热血。
群狗(吠叫没有用)束手无策,
给这幅景象吓怕了,还躲开。
然后呢,火神的艺术带领了眼睛
穿过美丽的森林深处,大草原,
家畜的棚棚,羊栏,散开的村屋,
绵羊的毛发使全部风景洁白。
跟着一群人在跳舞;仿佛那一次,
在格诺索斯,台达利安的艺术
为克里底的皇后木刻的一种舞;
手牵手,一群喜剧式的少男少女
跳跃着,少女穿了宽弛的麻纱衣,
男人穿外表漂亮的坎肩更英俊
这几个头发上装饰一圈圈花环;
那几个腰肢上装饰金色的宝剑,
宝剑在银色的腰带上快乐地闪耀。
一忽儿他们升高了,一忽儿低下来,
有训练的舞步,现在,倾斜了阵形,
乱七八糟的图案,移动的迷宫,
现在,一下子快得看都来不及,
他们跳起来成了飞行的圆环,

这样旋转的轮子,眼睛都看花,

滚得快,轮子里的杠杆都看不见,

一大堆看客四周喝彩鼓掌;

圈子里两个翻觔斗的活泼地跳①;

忽高忽低,柔软地,穿梭来去:

全体大合唱结束了这快乐的舞会。

便这样,艺术家用他最后的手法

将盾牌完成,浇下海洋在四周:

鲜龙活跳的银波雪浪打滚,

撞击盾牌的边缘,又包罗了万象。

(以上第十八个歌第五六一至六〇八行)

(徐 迟 译)

---

① 翻觔斗,即翻筋斗。

《阿基勒斯的盾牌》释[1]

徐　迟[2]

即使是多智的奥德修斯请求阿基勒斯息怒，连到阿格门农统帅，最后也愿意赔偿阿基勒斯，可是他始终不肯出战，但帕脱洛克罗斯战死之后，他看到爱友躺在担架上，就流下了热泪来。于是黛蒂丝，阿基勒斯的母亲从海上出现，安慰他，同时，为他去求火神，在著名的铁匠海发斯陀斯那里求一套甲胄和一面盾牌。

阿基勒斯只等着武器了。

海发斯陀斯，这一位希腊神话中代表手工艺匠人的火神，为天后希啦之子，生而跛一足，天后不悦，将他从灵山上空摔下。黛蒂丝是他的救命恩人，此番就假机报恩，制出了一面天下无双的盾牌来。

这一面盾牌荷马写了一百八十行诗，为世界文学中最精彩的名篇。这里所译之四，其中关于舞蹈的部分来自蒲伯的英译。因系诗人手笔，与希腊原文大有出入，今依照蒲伯而译。

各家对于这一段盾牌的注释，集注起来，罄竹难书，这里随手头所有的书，摘录一二。

有的荷马学家如斯喀利该尔，又如贝罗尔脱与台尔拉松认为这样

---

[1] 本文选自《月照波心一颗珠——诗人译诗选集》，花城出版社1985年版。
[2] 徐迟（1914—1996），诗人、散文家和评论家。著有诗集《二十岁人》，报告文学《哥德巴赫猜想》《地质之光》《祁连山下》《生命之树常绿》，文艺评论集《诗与生活》等。有《徐迟文集》（作家出版社）十卷行世。

的盾牌,根本不可能,而另一些学者如达锡尔波文与蒲伯[①]则力辩其可能,称颂荷马为诗人之父不够,还尊他为绘画之父。

主要反对派的理由——荷马在盾牌上安下了太多的人物,容纳不下——这使波文画出了这面盾牌来,将山水人物,一一地按诗分配,并将大小尺寸,一一注明。但波文的分配法违反了古代盾牌的许多成规。其原因他把盾牌上的一连串动人的人物,画成了连环画。如战争之城市,他画了三张,可是若按照荷马的描写,至少画一打才得完全。所以虽然画成功了,也还是不成功。

波文的画,使蒲伯大为高兴了,他添加了许多说明,赞美荷马懂得绘画之阴阳对比、透视及绘画的三条均一律。他说,"当荷马说,山谷中有点点羊群,村屋,家畜的棚屋,这显然是一幅透视图",等等。

莱辛这一位卓越的美术理论家,是诗人又是戏剧家,且是希腊学者,对于这个问题有极精粹的发明。他推翻了蒲伯的透视等的说法,从透视本身的学理,证其说法不能成立,更证明了荷马当时的绘画尚无透视之可言,渊博的莱辛对于考订古代文献有一种天赋的才能与明敏。他对于这盾牌的看法,译者认为这是诸家学说中最精确的一种说法了。在详细地说明荷马用的文字后,他说:"所以,荷马并不是把这面盾牌当作一个已经完成了的整个东西来描写的,而是把它当作一个正在进行中的工作来描写。这又证明了荷马懂得,用诗来描写这著名的盾牌,绝做不到使那些图样同时地全面存在;他只能使他们陆续出现。这一个认识就使他把扁平的、冗长的一个个物体的描写,一变而为一幅幅动的图画了。我们所见的并非盾牌,而是这盾牌的创造

[①] 现通译蒲柏。

者的工作情况。他拿起了锤子钳子到铁砧上，从生铜里锻炼了这个圆饼之后，他用以装饰盾牌的花样就一样一样的在他的雕塑的手腕上依次制就，出现了。这工作完成之后，我们还是没有忘记这位火神在旁边。我们当然是对这个制造品瞠目结舌，然而我们却是以一个目击者的姿态来呆钝钝地出神。

接下来他说明罗马诗人魏吉尔[①]的史诗中，所写的英雄爱依尼斯之盾，全非这回事。他写道："爱神来到爱依尼斯身旁，盾牌已经完成了，她把盾牌斜依在橡树上，英雄将其饱看一番，赞叹之后，摸了一摸它，试用一下之后，盾牌的描写就开始了，说来说去是，'这里是'，'那里是'，'它边上'及'不远处'，这样的冗闷，冷冰冰，只怕我们疲倦，魏吉尔就用了许多诗的装饰……"此外的一个缺陷是英雄和爱神对于这盾牌上各花样的意义都不明了，一切描写都从诗人的口吻说出，而人物并不参与在这面盾牌的工作进行之中，"爱依尼斯之盾只为了赞扬骄横的罗马民族的东西"。关于这一点，他更写道"荷马使火神装饰这面盾，为了使盾牌自身必须值得给一个大英雄所占有。魏吉尔不过要装饰一面盾牌而已。"

可是还有一个问题。莱辛研究诗歌与美术两者的极限性所得最重要的发现就是绘画所表现的，必须是"动"。但绘画又有其本身的限制。除非画连环画，但连环画简直是取消了绘画本身的集中。譬如荷马的盾牌上，所绘画的动作有头有尾，但假如放在实际的盾上，就只需一幅画，挑那含蓄的最多的动作的刹那，画了出来，即便足够，而这一刹那之前的动作，这一刹那之后的动作，"画家只需能唤起我们想象就是"。所以阿基勒斯盾牌上这许多人物行动，若制及与绘

---

① 现通译维吉尔。

画特具之美德（刹那间包含整个运动）的，迂腐之见。波文单画战争的城市，已用了三张画面，莱辛说："我的意思，荷马的盾牌上不会超过十张画面的，每一张画面，开始于诗人说，'其次的一部''然后''跟着'等字眼。没有这等字眼的地方，我们不能将诗句划分为连环画，相反的，诗句中许多的动作我们必须得看作一个混成一物的画面，这一个画面把来龙去脉凝聚于一个瞬间。"这样才能欣赏荷马的诗歌所表现的盾牌的精神。因为诗歌没有绘画的限制，可以描写一连串的动作，绘画有此限制，故盾牌上这一连串动作必然凝聚画于一个刹那，若是今之所谓连环画，把动的每一部分静了起来，则画面还有什么意思？

  关于上述所引莱辛文，均见其所著之《拉奥孔》。

埃利蒂斯

奥迪塞乌斯·埃利蒂斯（Odysseus Elytis, 1911—1996），生于克里特岛的伊拉克利翁城一个富裕的家庭。1914年全家迁居雅典。早年他在雅典大学攻读法律专业，后留学法国巴黎攻读文学。18岁时读到法国诗人艾吕雅的作品，深受触动，并认为这种超现实主义的诗风能够与悠久的希腊传统相融汇，自此他与超现实主义结缘。1935年埃利蒂斯开始发表诗作，很快以《爱琴海》《蓝色记忆的年代》《疯狂的石榴树》等清新俊逸且奇幻而丰盈的作品引起了广泛关注。1940年处女作诗集《方向》的发表，使他成为新一代诗人的佼佼者和继塞弗里斯之后希腊诗歌迈向新高度的标识。是年，墨索里尼军队入侵希腊，诗人作为希腊陆军中尉参加了在阿尔巴尼亚的反法西斯战争。在"二战"期间，他继续进行"革新派"诗歌创作，歌颂希腊光荣传统，讴歌反法西斯的英雄，写下了具有爱国主义崇高感和超现实主义修辞技艺的杰出长诗《英雄挽歌》等代表作。1959年，代表埃利蒂斯诗歌创作更新高度的诗歌长卷《理所当然》出版。这首长诗通过个我体验，总结性地展示了本民族乃至全人类在受难中不屈地斗争和创造的历史，歌颂了世界万物和光明的未来，对人类从"创世"到今日的伟大历程进行了深刻的命名。它不仅是希腊诗坛也是20世纪世界诗坛中的瑰宝。

埃利蒂斯被人们誉为"新希腊诗派之父"。在20世纪60年代，诗人访问了苏联、美国等地。1967年，希腊发生军事政变，诗人移居巴黎，继续写作并从事现代拼贴艺术。20世纪70年代后，又继续出版了一些诗集及译诗集。1996年逝世于雅典。

疯狂的石榴树

在这些粉刷过的乡村庭院中，当南风
呼呼地吹过盖有拱顶的走廊，告诉我，
　　是不是疯狂的石榴树
在阳光中撒着果实累累的笑声，
与风的嬉戏和絮语一起跳跃；告诉我，
　　是不是疯狂的石榴树
以新生的叶簇在欢舞，当黎明
以胜利的震颤在天空高举起它的旗帜？

当草地上那些裸体的姑娘们醒了，
用白皙的双手采摘翠绿的三叶草，
还在梦的边缘上飘游，告诉我
　　是不是疯狂的石榴树
随意用阳光把她们的篮子装满，
让她们的名字被鸟儿纷纷讴歌；告诉我，
　　是不是疯狂的石榴树
在同宇宙多云的天空零星地战斗？

当白日炫耀地佩带七种不同的彩羽，
用千只炫目的棱镜将太阳围绕，告诉我，
  是不是疯狂的石榴树
抓住了一匹奔马绺绺纷披的鬃毛；
它从不忧伤，从不懊恼，告诉我，
  是不是疯狂的石榴树
在高叫新生的希望正开始破晓？

告诉我，是不是疯狂的石榴树在欢迎我们，
远远地摇着多叶的手帕，如熊熊火光，
摇着一个即将诞生千百艘船只的海洋，
即将使千百次涌起的波涛，
向荒无人迹的海滩奔荡，告诉我，
  是不是疯狂的石榴树
使帆缆高高地在透明的天空振响？

高高地在上面，伴着发光的葡萄串，
傲慢地狂放着，充满了危险，告诉我
  是不是疯狂的石榴树
在世界中央用亮光撕碎魔鬼险恶的云天，
又从东到西铺开白日的橘黄色衣领，
上面有密布的歌曲装点；告诉我，
  是不是疯狂的石榴树
在匆匆忙忙解开白昼的绸衫？

在四月初的衬裙和八月中旬鸣蝉的深处,
告诉我,嬉戏的她,发怒的她,诱惑的她
从所有的威胁中摆脱黑色邪恶的阴影,
将头晕眼花的禽鸟倾泼于太阳的胸脯;
告诉我,那展开羽翼遮盖着万物的胸乳,
遮盖在我们深沉的梦寐之上的,
  是不是疯狂的石榴树?

(李野光 译)

透明天空中振响的阳光[①]
——埃利蒂斯的《疯狂的石榴树》

唐晓渡[②]

——一条蜥蜴爬上一块石头,在烈日当头之际,以一连串难以置信的可爱小动作跳起了真正的舞蹈。

——一群海豚从远处游来并超过航船,它们跳出海面,足有甲板那么高。

——一个少女在晌午时分走向大海,袒露的乳房上傍落一只蝴蝶,空气中充满了蝉鸣。

这是埃利蒂斯为了表达他所谓"光明的神秘"而给出的三个画面。体验并认同这种"光明的神秘"是他诗歌创作的一个重大秘密。在这种体验和认同中他感受到伟大的希腊诗歌传统的召唤,就像感受到遥远的大海的潮汐一样。他说:"欧洲人及西方总是在黑暗和夜色中发现神秘,而我们希腊人则在永恒的光明中找到它。"

在某种程度上,"光明的神秘"较之黑暗的神秘更不可思议,更深不可测,因而更激动人心。黑暗和神秘本来就近似一回事。黑暗的神秘来自那种遮蔽一切的幽冥。黑暗使万物遁入无形并取消我们经

[①] 本文选自唐晓渡《中外现代诗名篇细读》,重庆出版社1998年版。
[②] 唐晓渡(1954—),诗歌评论家。著有诗论集《不断重临的起点》《唐晓渡诗学论集》等,译有米兰·昆德拉文论集《小说的艺术》等,主编《二十世纪外国大诗人丛书》《灯芯绒幸福的舞蹈——后朦胧诗选》等诗选十余种。

验的明晰性，这还是表层的神秘；更深的神秘则由那些未知的、活跃在经验阈限之外的因素造成。它仿佛是生命的黑洞，使我们不由自主地向着它弯曲、坠落。它的魅力是深渊的魅力。因此，探索黑暗的神秘不仅带来进入未知的快感，它还伴随着被其吞噬的恐惧。"光明的神秘"则不然，它不遮蔽什么，而只是暗示朗朗乾坤下事物自身的魔力。在这种魔力的驱动下，万物不再孤立自守，而是通过生命的密码彼此呼应，暗中勾通，并且呈现出拔地而起、扶摇直上的维度。"光明的神秘"尊重我们经验的明晰性，却又施以洗礼和点化，向其敞开通天之途。它的魅力是圣洁的魅力。探索"光明的神秘"是对诗人心智、情感、想象和造型能力的更大考验。它打破天地人神的隔阂和界限，令其融溶为一，从而允诺我们以升华的可能。

使《疯狂的石榴树》在我们眼中绰约生姿、仪态万千的，正是这种"光明的神秘"。

一棵石榴树而竟至于疯狂，是因为什么？我们当然可以想象是根据它在"呼呼的南风"中猛烈摇晃的样子，但这样说是太外在，也太被动了。再则，它为什么是一棵石榴树，而不是别的什么树？这仅仅是出于瞬间寓目的偶然吗？或许是。然而，别的树不也同样享有这种偶然的机会吗？为什么偏偏是石榴树，此刻获得了涌身于诗人笔端的殊荣呢？

诗人与事物相接的现实契机可以是纯粹偶然的，但他情感和语言的花朵之所以被催动，其背后总有着一线必然的姻缘。从文本的角度看，就更是如此。我们不太清楚诗人写作此诗时的具体心境，但"石榴"一词，却使我们很容易想到头颅，想到理性的重量和思想的结晶，想到瓦雷里的著名诗句：

坚硬而绽开的石榴
经不起结子太多
我想见丰硕的成果
爆开了权威的额头

(《石榴》，卞之琳　译)

埃利蒂斯或许同样欣赏这些诗句；不过，"石榴"式的风格却不是他所追求的风格。恰恰相反，从投身诗歌创作伊始，他就和他的同代人一起，致力于"摧毁意大利文艺复兴以来一直强加在"希腊文化身上，"并成为西方世界沉重负担的那个理性主义传统"，并试图通过他们的诗歌，让人们"抛弃长期的偏见来看待希腊的现实"。当时正风靡全欧的法国超现实主义诗歌为此提供了新的灵感源泉。在埃利蒂斯看来，这种诗歌既暗含于希腊丰富悠久的诗歌传统，又开辟了现实表达的新的道途，从此他和超现实主义结下了不解之缘。后来他曾总结说："梦，自动写作，潜意识的解放，全能的想象，所有这些"，使得他"能够以实际生活中全部的神圣乐趣，同时以真正的诗之瞬间的'震颤'，来描绘世界的美景"。

"疯狂的石榴树"这一意象不能不和诗人的上述美学旨趣有着深刻的内在联系。语词"疯狂的"所具有的浓重反理性意味从根本上改变了"石榴树"的审美特质，使具变得生动、轻灵，像凡·高笔下那些虬结扭曲的丝柏一样，辐射着强烈的生命能量。它的超现实感来自它自身的魔力：它更像是一个梦、一次自动写作的尝试所产生的奇迹，而不是现实的石榴树的拟态或变形。它横空出世般地突入我们的视野，带来"真正的诗之瞬间的浑身震颤"。

我以如此大的心力和篇幅来解析这一意象，当然不是因为它作为标题有多重要。事实上它还是全诗的主干意象，并且被置于众多场景的中心（行为主体）。从音乐性的角度讲，也正是这一意象的反复出现，提供了全诗的基本节奏，并形成强烈的回旋感；但更重要的是它在发挥上述结构功能时所产生的语言效果和导向。

这首诗的语法毫不复杂，甚至完全称得上简单明了。其基本句式是问句——不是疑问而是询问。疑问和询问的区别在于，前者基于怀疑而后者基于求证；前者把对象推向远处，而后者把对象拉向近旁；前者的语气较为严重，而后者的语气远为和缓；最后，前者要求明确地应答，并暗含着继续探究的意志和决心，而后者所寻求的应答则不带任何强制性，在不言而喻的情况下对方甚至无须应答，而只需把询问当成一种吁请，作出必要的情感反应即可。

诗人在本诗中的一系列询问当属吁请式的询问。其吁请对象不确指：可以是冥冥之中的上帝，可以是他心目中一个贝亚特丽契①或维吉尔式的人物，也可以就是读者。他希望和吁请对象一起证实他有关石榴树的种种经验。他似乎不能肯定这些经验的实在性，但这其实不过是一种语言策略。试将诗中所有的"告诉我"和"是不是"尽行删去，语境的完整性也不会因此受到影响。当然那样就成了另外一首诗。

那么诗人为什么要大量使用询问句，将其作为基本句式呢？很显然，最直接的效果就是我们的注意力越来越集中到所询之物，即"疯狂的石榴树"上来。出于不能肯定的询问可以造成一种中空的幻觉，在这种幻觉中所询之物的主体地位会变得更加鲜明。第一、二、

---

① 现通译贝雅特丽齐，《神曲》中的重要人物。

三节的句法结构直接体现了这一点：它们都是以作为状语的场景先行展开，中经"告诉我"的注意凝聚，指向主语"疯狂的石榴树"（第一节末多一句状语再行回环更加典型）；在诗行排列上，诗人特别于"是不是疯狂的石榴树"句前空两格，以造成独立的视觉效果，则可见出另一种匠心。

顺理成章地，诗中的询问越是激烈，所询之物的主体形象也越是鲜明。第四、五节取消了状语成分，直接而连续地进行询问，因此产生的加速度正可收此奇效；第六节尽管重新插入一行状语，使询问的速度稍缓，但将主语予以连续强调（"嬉戏的她"、"发怒的她"、"诱惑的她"——"她"在阅读时无疑都应重读），却又从另一方向上作了补偿。

饶有兴趣的是，我们的注意越是集中于"疯狂的石榴树"，它的主体形象越是鲜明，有关它的询问就越是变得没有意义，或这种询问的意义就越是变得暧昧不清。"疯狂"的非常态、反理性意味决定了诗中的有关石榴树的经验根本不可能坐实。在这种情况下，诗人的询问与其说无须应答，不如说无法应答。换句话说，类似的询问本身就是非理性的，而所询之物恰恰消解了询问本身。

因此，在此一过程中真正被突出，被不断强化的，不是证实某种经验的要求，反倒是那些有待证实的经验。这或许可以说是诗人将询问作为一种语言策略加以运用的更深层的指归：他越是保持住询问的势头，这些经验展开的可能性就越大；而不断造成的中空幻觉正好成为这些经验赖以展开的空间，诗人的吁请则缘此巧妙地转化成一种邀请：他邀请我们共同加入他所提供的经验，或对这些经验进行创造性的再体验。无论他的吁请对象是冥冥中的上帝，是一个贝亚特丽契或维吉尔式的人物,或是读者,都不会影响这种转化。而一旦我们接受邀请,那棵"疯狂的石榴树",就注定要将我们导向诗人所追求的至高的超现实境界,即"光明的神秘"中去。

悉心阅读这首诗,我们会发现,"太阳"的意象在其间极为活跃。第一节:"在阳光中撒着果实累累的笑声";第二节:"随意用阳光把她们的篮子装满";第三节:"当白日炫耀地佩带七种不同的彩羽,/用千只炫目的棱镜将太阳围绕";第五节:"又从东到西铺开白日的橘黄色的衣领";第六节:"将头晕眼花的禽鸟倾泼于太阳的胸脯"。

除了这些直接的太阳意象外,还有一系列间接相关(或经过了变形,或与其彼此投射、映照、帮衬)的意象。如:"当黎明/以胜利的震颤在天空高举起它的旗帜"(第一节);"那些裸体的姑娘……用白皙的双手采摘翠绿的三叶草"(第二节);"七种不同的彩羽""千只炫目的棱镜""高叫新生的希望正开始破晓"(第三节);"如熊熊火光""使帆缆高高地在透明的天空振响(第四节);"高高地在上面,伴着发光的葡萄串""在世界中央用亮光撕碎魔鬼的险恶的云天"(第五节);"那展开羽翼遮盖着万物的胸乳"(第六节);如此等等。

太阳无所不在!无所不在的太阳!

埃利蒂斯对太阳的特殊热情曾为他赢得"饮日诗人"的美号,那是在他1943年出版了诗集《初升的太阳》之后;《疯狂的石榴树》写于1935年至1939年间,收入1940年出版的诗集《方向》;可见他对太阳的热情由来已久,是一种本原性的体验。这种热情被进一步阐发为对所谓"希腊的光明"的深挚信念并成为他创作的结构原则。他说:

"希腊语这一魔术工具与太阳保持着一种现实或象征的关系,在这里太阳并不只是由诗最初显示的一种生活态度而已,它还渗透于诗的组织结构中,并且,用一个现行的科学术语来说,它是构成诗细胞的核心。"

这样一颗诗的太阳是形而上的太阳,超自然的太阳;而在埃利蒂斯看来,每当他谈及太阳的超自然或超自然的太阳时,指的正是所谓"光明的神秘"。

在这首诗中,"光明的神秘"就神秘在那棵"疯狂的石榴树"和太阳的神秘关联中。尽管前者始终是主体,是动作的发出者,而后者只是出现在围绕其展开的不同场景中,但为语境提供光源和热力,使之焕然生辉的,却是太阳,并且只能是太阳。因为我们完全可以想象,"疯狂的石榴树"之所以疯狂,正由于在它的内部也有一颗太阳,一颗秘密焚烧的生命的太阳,超自然的太阳。它的嬉戏,它的发怒,它的诱惑,只是那颗太阳在不同方向上的折光;并且,这颗太阳与它为之嬉戏、为之发怒、为之诱惑的太阳,是同一颗太阳。在诗所提供的特定自然语境中,它仅仅辨认出并且始终钟情于这颗太阳:它"在阳光中撒着果实累累的笑声","以新生的叶簇"为之"欢舞"(第一节);它随意用阳光把那些"裸体的姑娘们"的篮子装满,而为了这些贮满阳光的姑娘们,又"同宇宙多云的天空零星地战斗"(第二节);它在太阳七彩的羽毛和千只棱镜的炫目光晕中踊身而起,抓住"一匹奔马绺绺纷披的鬃毛","高叫新生的希望正开始破晓"(第三节)。这一系列极其集中的表现符合"疯狂"本义地造成了一种白热化的氛围;而这种白热化的氛围反过来又为那棵石榴树所吸收、包容,辐射出更炽烈,更疯狂的威力,以至它繁茂的叶子可以如"熊熊火光";以至它"摇着多叶的手帕",可以被说成是在"摇着一个即将诞生千百艘船只的海洋","即将使千百次涌起的波涛／向荒无人迹的海滩奔荡","使帆缆高高地在透明的天空振响";以至它可以毫无愧色地立于"世界中央","用亮光撕碎魔鬼险恶的云天／又从东到西铺开白日的橘黄色衣领""匆匆忙忙解开白昼的绸衫";以至它可以最终上升到神性的高度,"从所有的威胁中摆脱掉黑色邪恶的阴影",祭献般地"将头晕眼花的禽鸟倾泼于太阳的胸脯"。至此这棵石榴树实已"疯狂"到和太阳轩轾不分的程度,也成了一种形而上的、超自然的存在,"那展开羽翼遮盖着万物的胸乳,遮盖在我们深深的梦寐之上"——诗人就是这样比喻的!

所有这一切——从最初石榴树舒展地"撒着果实累累的笑声",踏着"与风的嬉戏和絮语一起跳跃"的轻快舞步进入语境开始,到它最终以"万物的胸乳"这一巨大而凝重的意象定格(注意诗人与此相应的语气:以叙述始,以询问终),都是在"疯狂"的名义下进行的。其间看不到任何逻辑推演或思想导引的痕迹,而只有连续变换的场景和越来越强烈的情绪。在这个意义上,可以说这首诗确如诗人所竭力追求的,是一首无(传统西方)理性的诗。但另一方面,它并没有因此而成为那种认为无理性必然意味着混乱和晦涩的诗学偏见(在大多数情况下,赞同或反对者同样都持有这种偏见)的牺牲品;恰恰相反,高度的透明性正是它突出的美学品格。而究其所以,可以说这是"光明的神秘"所创造出的另一诗学奇迹。

埃利蒂斯从来也不认为无理性的诗和透明的诗之间存在着什么不可逾越的鸿沟。在他看来,"甚至最无理性的诗都有可能是透明的"。他进一步解释说:"我讲的透明意思是在某个具体事物后面能够透出其他事物，而在其之后又有其他，如此延伸，以至无穷。"这恐怕是迄今为止有关诗的透明的最佳定义了。"在某个事物后面能够透出其他事物"意味着发现并把握住事物间相通的一点——不必相同，甚至可以毫不相干，但要相通——落实到具体语境上，则是要让不同的语词、不同的场景或不同的语义单元之间能够互相呼应、互相发现、互相照亮，以形成一种从直觉到领悟一以贯之的整体上的穿透力。说《疯狂的石榴树》具有高度的透明性，正因为它显示了这种穿透力。例如，当诗人开头写"在这些粉刷过的乡村庭院中，当南风／呼呼地吹过盖有拱顶的走廊"时，他似乎只是在描述一个有关的当下即刻的场景；但当我们往下读到"在阳光中撒着果实累累的笑声"时，情况就不同了。我们感到在"阳光"和粉刷过的乡村庭院"之间、"果实累累"和"拱顶的走廊"之间，有着某种奇妙的关联和相通；这本是两组截然不同的事物，于此却呈现出隐隐的亲和力；我们会感到那"粉刷过的"雪白庭院恰恰是为"阳光"预备的，在阳光下它仿佛成了一面镜子，可以折射和透视更多的事物；而"拱顶的走廊"的圆和"果实"的圆同样美好，它们正孕育着或准备接纳、贮存更丰盛的收获。这样说一点也不牵强，因为人类普遍具有心理学所谓"类似联觉"的能力；我们和诗人一样具有这种能力，关键在于怎样敏锐精确地把握和创造性地运用它。再往下读到"那些裸体的姑娘们醒了"，读到"用白皙的双手采摘翠绿的三叶草"，读到"随意用阳光把她们的篮子装满"，我们的上述感觉会更加强烈。我们会越来越深切地体会到，在这些仿佛漫不经心写下的语词和场景背后，确实存在着一个统一的心理场，正是它所具有的强大引力把那些原本零散、混乱而无序的审美经验聚集在一起，赋予它们以崭新的活力和整一的秩序，并向着一个越来越敞亮、清澈的境界飞升。这种贯通的感受和体会在阅读过程中以石榴树和太阳为核心，滚雪球似的越滚越大（前面说到的"与太阳间接相关的意象"皆具有这种功能），直到终篇。我们在一个独特的语境中充分领略石榴树的疯狂魅力，并被那超自然的太阳的光明伟力所注满。

像《疯狂的石榴树》这样，让太阳直接现身为诗中热力和光明之源的诗篇，在埃利蒂斯的全部创作中其实并不占很大的比例。因此，"光明的神秘"终究是一种至高至深的诗意追求。它能使我们在即使没有太阳的地方也能感受到太阳，使太阳即便在阴霾密布的时候也能显示出光芒。1979年，埃利蒂斯因"他的诗以希腊为背景，用感觉的力量和理智的敏锐，描写现代人为自由和创新而奋斗"荣获诺贝尔文学奖。在授奖演说中他开宗明义，要求允许他"为光明和清澈发言"；因为这两种状态概括了他生活空间的特征和他所能达到的成就，同时在他身上已与他表达自我的需要融成了一体。在结束讲演时他说："双手将太阳捧着而不为它所灼伤，并把它像火炬般传给后来者，这是一项艰巨而我认为也很幸福的任务，我们正需这样做。"

作为"后来者"，我们能否胜任他的嘱托？

意大利

但　丁

但丁（Dante Alighieri，1265—1321），意大利中世纪最伟大的诗人，欧洲文艺复兴运动的先驱。出生于佛罗伦萨一个城市小贵族家庭。自幼好学敏思，博览群书，曾师从著名学者布鲁内托·拉蒂尼学习拉丁文、诗学和修辞学，不仅掌握了中古文化领域的广博知识，而且接触了大量古罗马诗人的作品。他18岁开始写诗，与"温柔的新体"诗派领袖圭多·卡瓦尔坎蒂结下深厚友谊。他的第一部作品是献给他所钟爱的少女贝雅特丽齐的抒情诗集，名为《新生》。贝氏是但丁终生崇拜的对象，诗人把她当作完美的品德、高尚的精神和理想的化身，这种柏拉图式的爱情不断地激起诗人的灵感，成为他多部文学名著的创作素材。但丁早年即热衷于政治活动，30岁起成为人民首领特别会议和百人会议（即市议会）的成员，5年后被选为行政长官。任职期间，他从维护佛罗伦萨的独立、自由，进而从建立统一的意大利民族国家的立场出发，反对教皇的分裂阴谋和对国家事务的干涉，并为佛罗伦萨内部猖獗一时的派系斗争进行斡旋，因此激怒了教皇和政敌，受到"逐出教门"的处分，不久又遭陷害，被判永久流放。放逐期间，但丁游历意大利各地，继续从事反对教皇、统一国家和争取返回故乡的斗争，同时着手创作《神曲》。

《神曲》是但丁的代表作。全诗由《地狱》《炼狱》和《天堂》三部分组成，其具体写作年份难以确定，根据考证，大概始于1307年前后，《地狱》和《炼狱》在1313年左右即已脱稿，而《天堂》则在诗人去世前不久才告完成。《神曲》原名《喜剧》，意即结局令人喜悦的故事。1515年后，人们为表示对这部诗歌巨著的崇敬，给它加上了"神圣"一词，以强调它博大高深的思想和巍峨崇宏的意境。

但丁留下了许多单篇的爱情诗、赠答诗、寓意诗和道德诗，散见于意大利古诗抄本，经考证，确定为但丁的作品有一百多首，后人编为《歌集》出版。

但丁的创作标志着中古文学向近代文学的过渡。恩格斯称他是"中世纪的最后一位诗人，同时又是新时代的最初一位诗人"。

《神曲·天堂篇》第三十一歌

俾德丽采① 派遣圣伯纳特② 到但丁那里

基督用自己的鲜血使之成为
　他的新娘的那支神圣的军队，

---

① 现通译贝雅特丽齐。
② 圣伯纳特（1091—1153），12世纪著名的牧师。他的著作《思考论》曾给予但丁很多影响。

像一朵白蔷薇般呈现在我眼前;①

但那另一队在飞翔的时候,

 看到爱他们的上帝,歌颂他的荣耀,

 歌颂把他们造成那样的至善;

像一大群忙忙碌碌的蜜蜂,

 一会儿飞入花丛,一会儿

 飞回它们辛勤酿蜜的处所,

他们永远停落在那朵由许多叶瓣

 衬托的巨花上,又从那里升到

 他们的爱不断驻留的地方。②

他们的脸都像熊熊的火焰,

 他们的翅膀都像黄金一般,

 而其余部分,甚至比白雪还要白。③

等到他们停落在那花朵中间,

 他们一级一级地奉上了他们

 在扇动羽毛时所获得的安宁与热爱,

这么一大群飞翔的天使,

 隔在那朵巨花和上帝之间,

 并不妨碍那视力,也不减少那光辉,

因为那神圣的光明依照它应得的分量,

 大量地渗透了整个宇宙,

---

① 由基督的血救赎的蒙庥者的灵魂。
② 这些天使像蜜蜂一般,在蒙庥的灵魂和天堂之间来回飞翔。
③ 这三种颜色象征仁爱、知识和纯洁。

任何东西都没有力量把它阻止。
这个安泰和欢乐的国境,
　　里面聚集着古代和近代的人民,
　　他们把眼光和热爱集中于一个目标。
三重的光明啊,你合成一颗星,
　　照耀他们的颜容使他们欢喜,
　　愿你俯望一下我们人间的风雨!①
若是在拉泰朗宫超过人间繁华的时代,②
　　野蛮的人们从那大熊星带着她
　　喜爱的儿子小熊星一起运行,
一起照耀人间的北方来到罗马,
　　看到了罗马和那里的宏伟建筑,
　　个个都会惊讶得目瞪口呆;
那末我呢,我从人来到神,
　　从暂时来到永恒,从佛罗棱萨③来到
　　住着公正和清醒的人民的境界,
我心中必然充满着怎样的惊异啊!
　　诚然,我又是惊叹又是欢喜
　　我只能充耳不闻和哑然无言。
好像一位朝山进香的人瞻仰着
　　他许愿的神庙,感到欣喜万分,

---

① 在天堂是安泰和欢乐,在人间是狂风和暴雨。
② 在但丁的时代,拉泰朗宫是教皇的宫殿,一般而言这里指罗马。
③ 即佛罗伦萨。

迫不及待要回去讲述他看到的情景，
我也这样，横越过那熊熊的火光，
　　用我的眼光沿着那些次层看去，
　　时而向上，时而向下，时而环绕。
我看到令人生出仁爱的脸容，
　　饰着上帝的光辉和自己的笑颜，
　　也看到具有一切妙相的姿态。
天堂的总的形状已毫无遗漏地
　　映入了我的眼帘，我的眼光
　　不曾有一次停留在局部上面；
我怀着重新燃烧起来的欲望，
　　回身向我的夫人，询问她
　　在我心中悬而未决的疑问。
我想问的是这一位，回答我的
　　却是另一位；我原想看到俾德丽采，
　　我却看到一位圣徒般装束的长者。
他的眼睛和脸颊都流露出
　　仁慈的喜悦，姿态也是那么和善，
　　那神情和一位温存的父亲十分相称。
我突然之间叫道："她到哪里去了？"
　　他就说道："为了把你的愿望带到
　　它的目的地去，俾德丽采把我召来；
若是你抬头望那从最高一级
　　以下的第三圈，你将再看到她，

她在那因她的功绩而派给她的宝座上。"
我不作回答就举起我的眼来，
　　看到了她，她把那永恒的光线
　　反射出来，形成一个光圈。
假如一个人被投入海底，他的眼光
　　离开那隐雷在隆隆作响的最高空，
　　也没有我的眼光离开俾德丽采
那样遥远，但这距离对我不起影响，
　　因她的形象直接照耀着我，
　　我和她中间不隔着任何媒介。
"夫人啊，我的希望在你那里获得鼓舞，
　　你为了使我得救，不惜惠然下降，
　　在地狱里留下你的神圣的脚迹；
凭了你的力量，也凭了你的美德，
　　在我所看到的一切事物里，
　　我认出了上帝的恩典和全能。
你在你的权力范围以内，
　　走尽了一切道路，用尽了一切方法，
　　把我从奴役状态引到了自由境界。
请保持你所赐给我的大量恩典，
　　让你已使之健全的我的灵魂，
　　从肉体中摆脱后，仍令你喜悦。"
我这样祷告；她离开我
　　虽然好像很远，却向我微笑，向我观望，

然后回过身去向那永恒的泉源。

那神圣的长者说道:"为了你

　　可以把你的行程圆满地结束——

　　真诚的祷告和神圣的爱催我前来——

让你的眼光飞遍这座花园吧;

　　因为把它观望会使你的眼光

　　能更好地凭那神圣的光线上升。

我为她全身燃烧起仁爱之火的

　　天国的王后,将赐给我们一切恩典,

　　因为我就是她的忠诚的伯纳特。"

或许好像一个人从克罗地亚

　　远道而来瞻仰我们的未罗尼卡①,

　　因熟悉古代的传说而未能满足,

在看的时候,心中却在思忖;

　　"我的主基督耶稣,真正的神啊,

　　难道这就是你以前的圣容么?"

我也像这样,凝视着那位圣徒的

　　熊熊发光的爱,他在这人间

　　曾凭着默想尝到了神圣的平安。

他开始说道:"沐受天恩的儿啊!

你若只把眼光注视这下面的底层,

---

① 即圣维罗妮卡。圣维罗妮卡在耶稣钉在十字架上时,借给他一条手帕擦额角,当他把这条手帕还给她时,上面已印上了他的面容。这条手帕每年在新年和复活节时在罗马展览。"未罗尼卡"就代表这条手帕。

那这里的欢乐生活你就无法知道；
你要看那些圈环，一直到最远，
　　看到那坐在宝座上的王后，
　　整个天国都服从于她，忠诚于她。"
我举起我的眼睛；如同在早晨，
　　那地平线的东方的天空金光灿烂，
　　远远胜过太阳西斜的那一部分天空，
就像这样，我抬起眼来，仿佛从山谷
　　登上山顶，在最远的边缘，看到
　　一个境界，它的光辉超过了其余的山岭。
好像在人世，我们等待腓挨顿
　　不善于驾驶的日车出现的地方，①
　　最为辉煌，而两边却逐渐暗淡；
那面红色王旗也像那样在中央②
　　光芒四射，而在左右两旁，
　　以同等的程度减弱它的火焰。
在那中心的一点，我看到了
　　一千多个天使展开了翅膀在庆祝，
　　每个天使的光辉和艺术各不相同。
我在那里看到一位美丽的王后，
　　向他们的欢跃，向他们的歌唱微笑，

---

① 就是说，太阳即将在那里升起的一点。
② 据说"红色王旗"是天使加百列给法兰西的古代帝王的，这面旗是金底子，上面是火焰。在这面旗下作战的，不会战败。天堂里的金光不是战争的，而是和平的不可战胜的旗帜。

她使一切其他圣者的眼中露出喜悦。
若是我在诗的词藻上
　　像在诗的构思上一样的丰富,
　　我也不敢妄想绘出她喜悦的万一。
伯纳特看到了我的双眼渴切地
　　注视着他自己的光辉的源泉,
　　就把他的眼睛转向她,满怀着爱,
因此我更想再一次瞻仰王后的面容。

（朱维基　译）

贝雅特丽齐最后的微笑[1]

(阿根廷)博尔赫斯[2]

本文的目的是对文学中一些最伤感的诗句作些评论。那几句诗在《天国篇》[3]第三十一歌里,尽管有名,但似乎谁都没有辨出其中的悲痛,谁都没有完整地听过。事实上,其中的悲剧成分与其说是属于作品,不如说是属于作者;与其说是属于作为主角的但丁,不如说是属于作为撰写者和创作者的但丁。

情况是这样的:到了炼狱的山顶,维吉尔突然不见了。但丁在贝雅特丽齐的引导下,游历了一重又一重的同心圈,直到最外面的一重,也就是第一动力圈,与此同时,他们每上新的一重天,贝雅特丽齐就越来越美丽。恒星都在他们脚下;恒星之上是最高天,但已不是实体的,而是完全由光组成的永恒的天国了。他们登上了最高天,在那无限的领域(正如前拉斐尔派画幅所表现的那样),远处的景色仍同近在咫尺一般清晰。但丁看到了高处的一条光河,看到成群的天使,看到由正直人的灵魂组成阶梯剧场似的天国的玫瑰。突然间,他

---

[1] 本文选自《博尔赫斯全集》(散文卷下),浙江文艺出版社1999年版。
[2] 豪尔赫·路易斯·博尔赫斯(Jorges Luis Borges,1899—1986),阿根廷具有世界影响的诗人、作家、翻译家。著有诗集《面前的月亮》《圣马丁札记》《布宜诺斯爱利斯激情》,短篇小说集《恶棍列传》《阿莱夫》《梦之书》《沙之书》《小径分岔的花园》《虚构集》等。
[3] 即《天堂篇》。

发现贝雅特丽齐离开了他。只见她在高处一个玫瑰圈里。正如海底深处的人抬眼望雷电区域一样,他向她崇拜祈求。他感谢她的恩惠慈悲,求她接纳他的灵魂。接着,文中这么写道:

> 我祈求着,而她离得很远,
> 仿佛在微笑,又朝我看了一眼
> 然后转过脸,走向永恒的源泉。①

上面的诗句该如何解释呢?寓意派说:理智(维吉尔)是获得信仰的工具,信仰(贝雅特丽齐)是获得神性的工具,目的一旦达到,两者就都消失。读者一定注意到,解释既不热情,又不完美;那几句诗一直没有跳出那种解释的狭小圈子。

我提出质疑的评论在贝雅特丽齐的微笑里看到的只是同意的表示。弗朗切斯科·托拉卡指出:"最后的一瞥,最后的微笑,然而是确凿无疑的允诺。"路易吉·彼得罗博诺证实说:"她之所以微笑,是想对但丁说他的祈求已被接受;她之所以瞅他,是再一次向他表示对他的爱。"我觉得那种见解(卡西尼也有同样的看法)固然合理,但显然同当时的情况没有什么关系。

奥扎南(《但丁与天主教哲学》,1895)认为《神曲》的原始主题是贝雅特丽齐的神化,圭多·维塔利认为促使但丁构筑他的"天国"的首要目的,可能是为他所崇拜的女人建立一个王国。《新生》里有一句名言("我想用谈论任何一个女人的话来谈论她")可以证实或者认可这一猜测。我还想作进一步的探讨。我觉得但丁创作这部文学杰作的

---
① 原文为意大利文。此处译文与朱维基译本略有不同。

目的，是为了插进一些他同无法挽回的贝雅特丽齐重逢的场面。说得更明确些，煎熬灵魂的地狱层、南方的炼狱、同心圈的九重天、弗朗切斯卡、半人半鸟怪、狮身鹰头兽、贝特朗·德博恩等等都是插入的东西；他知道已经一去不返的那个微笑和声音才是最重要的。《新生》开头说，他有一次在一封信里一口气提到了六十个女人，以便偷偷地塞进贝雅特丽齐的名字。我认为他在《神曲》里重复了这个伤心的手法。

不幸的人向往幸福，这种事情毫不奇怪，我们大家每天都这么做。但丁和我们一样，但是某些东西始终让我们隐约看到那些自得其乐的妄想所掩饰的可怕。切斯特顿有一首诗谈到愉悦的梦魇①；它包含的矛盾修饰法多少表明了引自《天国篇》的三行诗。然而，切斯特顿的短句里的重点在"愉悦"；三行诗里的重点在"梦魇"。

我们不妨再回想一下当时的场景。有贝雅特丽齐在旁边的但丁身在最高天。覆盖在他们头上的是无边无际的、由正直人灵魂组成的玫瑰圈。玫瑰圈很远，但是其中的景象十分清晰。这种矛盾虽由诗人作了解释（《天国篇》，第三十歌第一百一十八行），也许构成隐秘的不和的第一个迹象，贝雅特丽齐突然不在他身边了。取而代之的是一位老人（他以为看到的是贝雅特丽齐，却看到一位老人）。但丁失魂落魄似地问贝雅特丽齐在哪里。她在哪里？②老人指点最高处的一个玫瑰圈。头上有光晕的贝雅特丽齐在那里，目光始终使他充满难以承受的幸福感的贝雅特丽齐，爱穿红衣服的贝雅特丽齐，他朝思暮想的贝雅特丽齐，以至一天早晨他在佛罗伦萨遇到几个从未听说过贝雅特丽齐的朝圣者竟然使他诧异万分。一度不理睬他的贝

---

① 原文为英文。
② 原文为意大利文。

雅特丽齐，二十四岁就去世的贝雅特丽齐，嫁给巴尔迪的贝雅特丽齐·德福尔科·波尔蒂纳里。但丁望见她在高处，一个在明净的天穹，一个在最深的海底。但丁祈求她，像祈求上帝似的，也像祈求一个他所渴想的女人：

> 啊，夫人，你是我的希望所在，
> 我祈求你拯救
> 我地狱里的灵魂……①

贝雅特丽齐瞅了他一眼，微微一笑，然后转过身，朝永恒的光的源泉走去。

弗朗切斯科·德·桑克蒂斯（《意大利文学史》，第七章）对这几句诗是这么理解的："当贝雅特丽齐离去时，但丁没有发出哀叹，他身上的所有尘世浮渣已经焚烧殆尽。"如果我们从诗人的意图考虑，情况确实如此；如果从诗人的感情考虑，那就错了。

我们应该记住一个不容争议的、十分难堪的事实，这个场面完全出自但丁的想象。对我们来说相当真实，对他却不然。（对他来说，现实是贝雅特丽齐生前死后已被夺走。）他永远失去了贝雅特丽齐，形单影只，或许还感到屈辱，为了在想象中同她一起，他想象出那个场面。对他固然不幸，对读到他作品的后代却是好事，意识到邂逅出于虚构会歪曲幻象。于是出现了那些糟糕的情况，正因为发生在最高天，更令人难以忍受：贝雅特丽齐的消失、取代她的老人、她突然升

---

① 原文为意大利文。此处译文与朱维基译本略有不同。

到玫瑰圈、倏忽即逝的微笑和目光、永远扭过去的脸。① 言词之中流露出恐惧:"仿佛"是形容"远"的,但牵连到"微笑",因此朗费罗1867年的译文是这样处理的:

> 我祈求着;而她离得那么远,
> 仿佛在微笑,又朝我看了一眼……②

"永恒"一词似乎也牵连到"转过脸"。

(王永年 译)

---

① 翻译过《新生》的罗塞蒂的著名诗作《神女》中,登仙的少女在天国也感到不幸福。——原注
② 原文为英文。此处译文与朱维基译本略有不同。

英 国

莎士比亚

⋯⋯⋯⋯⋯⋯○⋯⋯⋯⋯⋯⋯

威廉·莎士比亚（William Shakespeare，1564—1616），英国文艺复兴时期伟大的戏剧家、诗人。出生于英国沃里克郡埃文河畔的斯特拉特福镇，父亲是一位商人。莎士比亚早年受过良好的教育。十三四岁时因家道中落而辍学，从事过多种职业。1586年到伦敦。1590年左右参加剧团，开始舞台和创作生涯。1613年左右回到家乡，1616年病逝。

莎士比亚现存剧本38部、长诗两首、十四行诗154首。主要作品有喜剧《仲夏夜之梦》《威尼斯商人》，历史剧《理查三世》《亨利四世》和悲剧《罗密欧与朱丽叶》《哈姆雷特》《奥赛罗》《李尔王》《麦克白》《雅典的泰门》等。莎士比亚的作品深刻而生动地反映了16世纪至17世纪的英国现实，集中地代表了整个欧洲文艺复兴的成就。

莎士比亚的戏剧基本上是以素体诗写成的，许多批评家倾向于把莎士比亚主要看作一位诗人。莎士比亚纯粹的诗歌作品不多，包括长诗《维纳斯与阿童尼》《鲁克丽丝受辱记》，154首十四行诗及《情女怨》《爱情的礼赞》《乐曲杂咏》《凤凰和斑鸠》等短诗。十四行诗是莎士比亚最有名的诗歌作品。莎士比亚发展了源于意大利的十四行诗体，对后世影响很大。他的这种十四行诗体被称为"莎士比亚式"或"英国式"。

克丽奥帕特拉的悲悼①

克丽奥帕特拉：我梦见有一个安东尼皇帝

哦，再这样睡一次，让我再见一次这样的男人。

道拉倍拉：启禀陛下——

克丽奥帕特拉：他的脸就像青天，上面有日月辉耀，循

环运转，照亮着

这小小的，哦，地球。

道拉倍拉：最尊贵的女皇——

克丽奥帕特拉：他的两腿横跨海洋，手臂举起罩临大地；

对朋友说话时

他的声音是和谐的天体之声；

而当他像雷电一般震怒

他能动摇整个大地。他的慷慨

没有冬天，永远是秋季，

而且收之不尽。他的欢乐

有如海豚，泳于水中

时时露出背脊；各国君王

是他的扈从，而国土和岛屿

---

① 节选自莎士比亚《安东尼与克丽奥帕特拉》第五幕第二场。

就像他衣袋里落下的金币。

道拉倍拉：克丽奥帕特拉——

克丽奥帕特拉：你认为我梦的这个人根本不可能存在？

道拉倍拉：是的，娘娘——

（赵毅衡 译）

克丽奥帕特拉的悲悼[1]

(美)克里安斯·布鲁克斯
(美)罗伯特·潘·沃伦[2]

我们在《跟随你,明亮的太阳》(*Fellow The Fair Sun*)[3]和其他作品中已经看到一个诗人如何发展一个基本意象,使这个意象成为全诗的感性罩壳。当然这不是使用意象的唯一方法。例如我们可以看到华兹华斯的《杉树》(*Yew-rees*),其中某个场面成为感性罩壳,而在《帕特里克·斯本斯爵士》(*Sir Patrick Spence*)[4],和《邓尼·迪佛》(*Danny Deever*)[5]中,一个片断情节可以成为感性罩壳。我们也

---

[1] 本文选自《新批评文集》,中国社会科学出版社1988年版。原文出自克里安斯·布鲁克斯与罗伯特·潘·沃伦《理解诗歌》(1935),1976年版。
[2] 克里安斯·布鲁克斯(Cleanth Brooks,1906—1994),美国著名文学批评家、新批评派的代表人物之一,创立形式主义批评理论。任教于耶鲁大学,为美国高等教育中的诗歌教学变革做出贡献。著有《现代诗歌与传统》《精制的瓮》,与沃伦合著《诗歌鉴赏》和《小说鉴赏》。

罗伯特·潘·沃伦(Robert Penn Warren,1905—1989),美国著名诗人、小说家、文学批评家。美国第一任桂冠诗人。"新批评派"代表之一。著有诗集《诗三十六首》《同一主题的诗十一首》《诗选,1923—1943》《许诺》,长篇小说《夜间的骑手》《国王的人马》等,论著《向西奥多·德莱塞致敬》《民主与诗歌》。与布鲁克斯合著《诗歌鉴赏》和《小说鉴赏》。
[3] 英国诗人托马斯·坎比翁(Thomas Campion,1567—1620)的诗。
[4] 英国民谣。
[5] 英国诗人拉德耶德·吉卜林(Rudyard Kipting,1865—1936)的诗。

看到,在《爱的定义》(*The Definition of Love*)[①]中,其罩壳根本不是感性的,而是一篇论述,附加了一些感性成分——即意象——用来发展或丰富意义。

而在《克丽奥帕特拉的悲悼》中,我们可以看到一种很不相同的意象的使用方法。在开始讨论之前,我们应当先想一想,这是一出戏的片断,我们得构筑一下说出这段诗时的情节:安东尼刚死,没有人再能帮助克丽奥帕特拉抵御正欲征服埃及以复仇的奥大维。奥大维的使节道拉倍拉已经来到克丽奥帕特拉面前,谈投降的条件。他正要做自我介绍,克丽奥帕特拉的思想却跳回到她幸福的昔日时光。那是一个"梦"——与现实对比令人心惊;而安东尼的形象如今回忆起来就像天神,与任何凡人相比也使人心惊。

克丽奥帕特拉一开始说话就用了这样极端的对比,破坏一切正常逻辑的对比——安东尼的脸就像青天,眼睛像日月,光辉照亮小小的地球。但是不合逻辑只是她正在爆发的情绪力量的指示器。我们感到她这段话中的狂暴性和庄严性的戏剧背景——其中有一种梦似的快意和启示录式的宏伟——语言也颇像《启示录》[②],《圣经》的那些章节也是想说出无法说出的内容。请注意道拉倍拉三次(第三行,第六行,第十七行)想打断她。他的声音是现实的声音,在幻景的狂想之中提醒我们。

在下一部分,克丽奥帕特拉开始对她刚才说起的不可能的面容作看来是系统的描述——他的两腿如何"横跨海洋",他的手如何提起来"罩临大地",他的声音如何使别人动容。但是这种系统描绘很快

[①] 英国诗人安德鲁·马伏尔(Andrew Marve,1621—1678)的诗。
[②] 《圣经·新约》中的一部分。

就破碎成一系列的意象，与诗段开始的主要形象失去了持续的关系。在此，我们又感到这种离开系统的描述，就像起首的大意象违反正常逻辑一样，成为戏剧的紧迫性和女王感情力量的指示器。然后，最后一个意象使我们又回到第一个意象，即那个双腿横跨世界的天神般的人物，现在国土和岛屿从他口袋中像金银币一样落下，他慷慨得毫不在乎。因此，主要意象像个感性罩壳，包起其他不连贯的不相关的意象。此后，作为全诗段的进一步收结，整个诗段又被称作是一个梦，日常的现实又开了腔。

虽然如我们上面说的，整个诗段中有一个包容性的意象，我们要强调的是在这个框子里意象的使用方法（我们将看到，与这框子脱离关系的使用方法）。在诗段的中心部分，我们看到所谓的"错逆比喻"（mixed metaphor）：秋天般的慷慨，欢乐有着海豚似的脊背等等。但是，在这里，我们不仅觉得这些意象可以接受，而且觉得它们有强大的表现力。我们能接受是因为在一个水平上，我们感到了意象由之接连冒出来的戏剧紧迫性，而在另一个水平上，我们感到了诗人用意所在。他并不想像《跟随你，明亮的太阳》的作者那样写出一个系统的东西；他的整体风格的狂暴性和一个个意象之间夸张的差异，说明了这问题。我们将每个意象与中心内容，诗段的小心思想和控制性的感情相参照，而根据这种参照决定接受之还是拒绝之。这些意象可以像此段最后回归到天神形象那样包裹在一个总体意象之中，但我们想谈的不是这一点，我们谈的正是个别意象之间的"断裂"（discontinuity）。

因此，我们基本上有两种意象使用法。第一种，如在"跟随你明亮的太阳"中那样，诗人给的意象互相连贯，形成一个整齐的序列——阴影的意象跟随着太阳。这个意象以一系列连贯的表现发展着一个思想,即诗的"论辩"(argument),这个论辩可能说出,也可能不说出。让我们画一幅简单的图示:

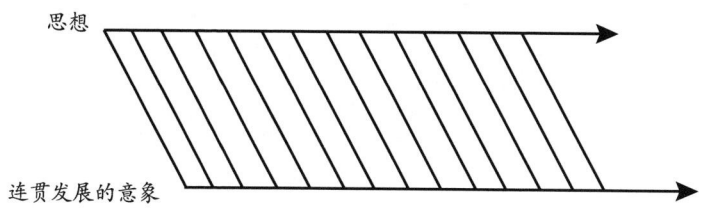

这思想的进程可以说完全投射于意象之上,而意象与其体现的思想一样连贯。这种方法的标记就是延续性和意象使用上的自我连贯性。

而《克丽奥帕特拉的悲悼》中的意象使用法可以用另一幅图来表示:

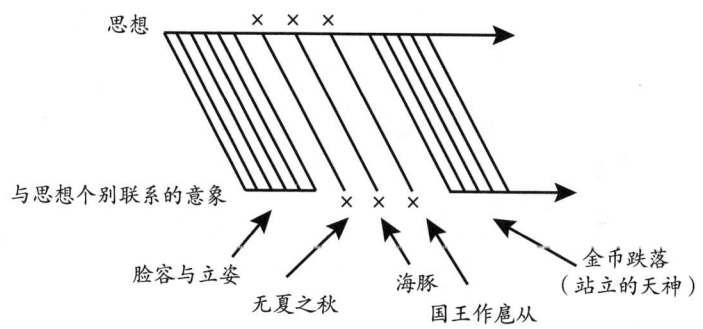

正如我们前面所言,这种风格的主要特点在其不连续性。每个意象都靠其与思想主线的个别关联而立足。

我们还可以补充说:每个意象也必须靠与感情主线的关联——与诗的调子(tone)的关联而立足。我们已经指出克丽奥帕特拉的狂热如何在意象的不连贯性和狂暴性中表现出来。然而这种意象使用法不限于有高度戏剧强力的诗;它也能用于其他场合,例如安德鲁·马伏尔[1]的《爱的定义》,虽然在那里从一个意象到另一个意象跳跃不是由于感情过于强烈,而是一种机敏的、探索性的、试图理解一种感情的智力。但是我们记得,在马伏尔的诗中,缺少了某些意象,则全诗逻辑上依然首尾一贯;而在《克丽奥帕特拉的悲悼》中,意象是思想的体现者。

(赵毅衡 译)

---

[1] 即安德鲁·马韦尔。

多 恩

约翰·多恩（John Donne，1572—1631），英国17世纪著名的玄学派诗人。出生于伦敦一个富有的商人家庭。多恩早年受天主教教育。后入牛津大学和剑桥大学学习。16世纪90年代初，他在伦敦学习法律，生活放荡，写过一些诗文，很受人们的好评。1598年任掌玺大臣埃格尔顿的秘书。1601年同埃格尔顿夫人的侄女安妮·莫尔秘密结婚，此事触怒埃格尔顿，为此多恩失宠入狱。出狱后生活潦倒，颠沛流离达10年之久，其间为妻子写下许多真挚动人的爱情诗篇。大约在此时他改信英国国教，退出仕途，希望在教会中求得一条出路。1615年正式成为国教牧师，任王室牧师，1621年成为伦敦圣保罗大教堂教长。晚年写下不少宗教诗篇。他的布道文极负盛名，为后来的一些批评家所重视。

别离辞：节哀

正如德高人逝世很安然，
　　对灵魂轻轻的说一声走，
悲恸的朋友们聚在旁边，
　　有的说断气了，有的说没有。

让我们化了,一声也不作,
　　泪浪也不翻,叹风也不兴;
那里亵渎我们的欢乐——
　　要是对俗人讲我们的爱情。

地动会带来灾害和惊恐,
　　人们估计它干什么,要怎样,
可是那些天体的震动,
　　虽然大得多,什么也不伤。

世俗的男女彼此的相好
　　(他们的灵魂是官能)就最忌
别离,因为那就会取消
　　组成爱恋的那一套东西。

我们被爱情提炼得纯净,
　　自己都不知道存什么念头
互相在心灵上得到了保证,
　　再不愁碰不到眼睛、嘴和手。

两个灵魂打成了一片,
　　虽说我得走,却并不变成
破裂,而只是向外伸延,

像金子打到薄薄的一层。

就还算两个吧,两个却这样
　　和一副两脚规情况相同;
你的灵魂是定脚,并不像
　　移动,另一脚一移,它也动。

虽然它一直是坐在中心,
　　可是另一个去天涯海角,
它就侧了身,倾听八垠;
　　那一个一回家,它马上挺腰。

你对我就会这样子,我一生
　　像另外那一脚,得侧身打转;
你坚定,我的圆圈才会准,
　　我才会终结在开始的地点。

(卞之琳　译)

约翰·多恩的《别离辞：节哀》[①]（节选）

（美）莱昂内尔·特里林[②]

读《别离辞：节哀》这首诗时它的声音首先吸引了我们的注意力。开篇一行就不同凡响：这一行没有定下贯穿这一诗节及全诗的韵律。无论我们如何读，都不能按韵律吟诵这开篇的一行。它大胆的自由形式使我们感觉这是在讲述"真实的"故事而不是在"作诗"。下面的诗行，尽管受到韵律的限制，仍给我们以同样的感觉——听来就如同面前一位说话者的声音。正是在这样的说话人声音的氛围中诗的玄学特色得到了体现，地震与"天体的震动"的意义对比，金页的简明比喻，圆规的精巧比喻，都不显得过分智巧、刻意或奇特，因为弥漫全诗的率直而雄浑，庄重而严肃的说话人的语气，冲散了那种感觉。

约翰逊博士[③]特别注意那个圆规的比喻。他说："把一个旅游在外的丈夫和一个留守家中的妻子比作一副圆规，令人怀疑这到底是荒谬还是智巧。"对约翰逊来说，其荒谬性在于在他眼中一副圆规与其

[①] 本文选自《世界名诗鉴赏辞典》，北京大学出版社1990年版。标题为编者所加。
[②] 莱昂内尔·特里林（Lionel Trilling, 1905—1975），20世纪美国著名批评家，生前为美国哥伦比亚大学教授。他继承阿诺德、利维斯以来的批评传统，侧重从社会历史、道德心理的角度评论文学和文化，被称为20世纪中期美国年轻一代的思想导师，对当代批评影响甚大。
[③] 塞缪尔·约翰逊（Samuel Johnson, 1709—1784），英国诗人，散文家、文学评论家，《英语大辞典》编者。

所代表的感情环境是不相称的。圆规令人联想起机械而无感情的事物：它属金属制品且僵硬呆板，是一种精密器具，象征着几何学的严格合理而抽象的规则，因而它与爱的情感完全风马牛不相及。圆规的比喻加强了约翰逊的玄学诗不能表达感情的观点。

尽管我们同约翰逊博士一样感到这对比喻有些悬殊，但却不觉牵强。相反，正是这种惊讶给我们带来快感。在我们看来，这个比喻所含的冷静理智和抽象深奥的含义已为弥漫全诗的坦率真挚的气氛所同化。以撒·华尔顿，多恩的一位朋友，告诉我们这首诗是1611年多恩出使法国时所作，是写给他的妻子安的。他们的婚姻曾闻名一时，不仅因为婚前狂热的追求，也因为婚后双方始终不变的忠贞。华尔顿讲述了作诗的背景及写作对象，因而，尽管"构思"精巧奇特，这首诗确是坦率的私人情感的动人流露，是特定场合的产物，现代读者大致都会赞同这样的评价。

（李福萍　译）

弥尔顿

约翰·弥尔顿（John Milton，1608—1674），英国诗人、政论家。出生于清教徒家庭。1625年进剑桥大学，1632年获硕士学位。1638年他前往法、意等国旅行，受到当地文人的欢迎。翌年返国，参加即将爆发的英国革命。随后写出一系列政论文，支持革命的清教徒。1649年革命者处死国王查理一世，成立共和国，请他担任政府拉丁文秘书。他先后写了《为英国人民声辩》（1650）、《再为英国人民声辩》（1654）两篇檄文，为"弑君"正名，成功地反击了欧洲的保皇派，自己也因此声望大振。由于过度劳累，弥尔顿于1652年双目失明，随即辞去了公职，但却一直未停止为革命而呐喊，在复辟前两个月，还发表了《建设自由共和国的简易办法》一文。复辟时期曾一度入狱，获释后深居简出，潜心作诗。

弥尔顿的创作分为三个时期。投身革命前，他写下了23首十四行诗及一些优美的短诗，如《快乐的人》（1631）、《幽思的人》（1631）、《利西达斯》（1637）。投身革命后绝大部分作品都是政论性散文，论点鲜明，论证有力，言辞激烈，才华横溢，集中表达了他的理想。革命失败后，弥尔顿在失明中创作了不朽的史诗《失乐园》（1667）、《复乐园》（1671）、《力士参孙》

(1671),反映了他不变的信仰、坚定的信心与复杂的心情。

梦亡妻①

我仿佛看到了去世不久圣徒般的妻
回到了我身边,像阿尔塞斯蒂斯从坟墓
被尤比特伟大的儿子用强力从死亡中救出,
苍白而虚弱,交给了她的丈夫,使他欢喜。
我的妻,由于古戒律规定的净身礼
而得救,洗净了产褥上斑斑的污渍,
这样的她,我相信我还能再度
在天堂毫无障碍地充分地瞻视,
她一身素服,纯洁得和她心灵一样,
脸上罩着面纱,但我仿佛看见
爱、温柔、善良在她身上发光,
如此开朗,什么人脸上有这等欢颜。
但是,唉,正当她俯身拥抱我的当儿,
我醒了,她逃逸了,白昼带回了我的黑天。

(杨周翰 译)

---

① 原诗无题。

弥尔顿的悼亡诗(节选)[①]

杨周翰[②]

悼亡诗可以算是抒情诗的一个"亚种"。在西方表现哀怨的抒情诗的品种很多,但专为怀念亡妻的悼亡诗则极为罕见,而在我国则几乎可以说有一个传统。这里原因何在,还需进一步研究。我们现在只拟将弥尔顿的一首悼亡诗和我国一些有代表性的悼亡名篇做些比较,看看有些什么特征。

弥尔顿的悼亡诗在某种意义上可以看作是他第一次婚姻的一个反衬。弥尔顿第一次结婚,如果不是完全失败,至少不是很幸福的。据他的外甥菲利浦斯写的传记,他在(1642年,三十四岁)降灵节后(约5月21日左右)离开伦敦出外旅行。"他左右的人都不知出行的缘由。"过了一个月,他带着新婚妻子玛丽·鲍威尔(Mary Powell,十六岁)和她的亲属回来了。庆祝了几天,6月底新娘的娘家人回去。又过了一个月,新娘吵着要回娘家,弥尔顿和她讲好迈克尔节(9月29日)一定回去。但她在8月1日就回娘家去了。一直到1645年夏她才回

[①] 本文选自杨周翰《十七世纪英国文学》,北京大学出版社1996年版。原题《弥尔顿的悼亡诗——兼论中国文学史里的悼亡诗》,编入本书时略去了其中论中国悼亡诗的部分。

[②] 杨周翰(1915—1989),著名英国文学学者、教育家,北京大学教授。著有《攻玉集》《十七世纪英国文学》《镜子与七巧板:比较文学论丛》《忧郁的解剖》等;译著有《埃涅阿斯纪》(维吉尔)、《变形记》(奥维德)、《特罗亚妇女》(赛内加)、《诗艺》(贺拉斯)、《亨利八世》(莎士比亚)等。

来，夫妇才和解。此后他们生了三女一男，男早卒。玛丽在生了第三女后不久，于1652年6月去世。

据菲利浦斯分析，玛丽最初主动要离去的原因是：她出生在牛津郡一个保王派乡绅的家庭，过惯了热闹、快活的生活，和弥尔顿共同过了一个月清教徒的简朴、克制的生活（a philosophical life）很不习惯，因而离异。也可能是因为当时国王的朝廷设在牛津，玛丽的父亲理查想进一步攀附王朝，对长女嫁给一个政见不同的人有些后悔。三年后的和解则是因为王党失势，他见风转舵，经双方亲友斡旋，于1645年七八月间又言归于好。

因政治立场不同而婚姻不就或婚姻不谐的事例，历史上不是没有。弥尔顿在他的《杂记》（Commonplace Book）里就记下下面一则："参看伊利莎白（女王）① 的答复，由于宗教的不同，她拒绝了（法国）昂茹（Anjou）公爵的议婚。"宗教的原因实际上是政治原因。有时甚至一家人兄弟、父子，因政见不合而分道扬镳②。但是政治的分野在当时并非总是黑白分明，大而言之，如议会军将领费尔法克斯（Fairfax，马伏尔的"东翁"）为英国资产阶级革命立过功勋，但后来又率领代表团去海牙迎回查理二世复辟；小而言之，在议会军节节胜利，王党失利之际，弥尔顿于1646年7月照样接纳失意的岳丈一家。如果全因政治不合，那么弥尔顿根本不会娶玛丽，玛丽离去后也不会和解，更不会在和解后共同生活达七年之久。所以政治的分歧，并非弥尔顿婚姻不美满的原因，或唯一、主要的原因。

---

① 现通译伊丽莎白。
② 参看 D'Ewes 一家兄弟二人 1642 年 6 月间往来的书信；Verney 一家父子之间的矛盾（时间 1644）。见 Polities, *Religion and Literature in the 17th Century*, ed. William Lamont and Sybil Oldfield, Dent, London, 1975.

索拉的假设[1]——认为玛丽拒绝与弥尔顿同居，因而离去——已被推翻。蒂里亚德[2]认为弥尔顿第一次婚姻不美满主要是因为他自己在选择配偶上犯了错误，伤了自尊心；不能离婚，因此不能改正错误，因而更加恼怒。格里尔逊[3]等人也持此说。

以上这些原因都或多或少存在，但根本原因可能还要到弥尔顿的婚姻和爱情观里去找。这里先暂时不谈。

弥尔顿从1644年下半年开始，目力就开始下降，到1651年而近乎全盲。玛丽死后四年多（1656年11月12日）他第二次结婚。关于他第二位妻子卡特琳·伍德科克（Catherine Woodcock），最权威的弥尔顿传[4]也说除弥尔顿的悼亡诗外，一无所知。希尔教授除了指出她是一个名叫威廉·伍德科克的军官（Captain William Woodcock）的女儿，而威廉早在1644年故去之外，还揣测她可能与一个教友派（Quaker）也叫威廉·伍德科克的有亲戚关系。这位教友派于1659年曾被召请参加民兵组织[5]。如果是这样，那么卡特琳应是出身于共和国时期的一个激进派家庭。弥尔顿和她结婚后，第二年10月19日生了一个女儿，在次年（1658）年，母女先后于2月和3月去世。弥尔顿的悼亡诗可能即作于1658或1659年。从这首诗看，他们的结合是幸福的，感情是和谐的，反衬出他第一次婚姻的不幸。[6]

---

[1] Denis Saurat: *Milton Man and Thinker*, Dent, 1946, pp.41—42.
[2] E. M. W. Tillyard: *Milton*, London, 1946, p.141.
[3] Grierson, p.160. F. E. Hutchinson: *Milton and the English Mind*, 1946.
[4] David Masson: *Life of Milton*, 1859—1894. D. N. B. 即据此。
[5] Christopher Hill: *Milton and the English Revolution*, Penguin, p.141.
[6] W. R. Parker（RES, July, 1945，参看 Hutchinson, p.58）认为此诗悼念的是玛丽，因为弥尔顿第二次结婚已全盲，无法"在天堂再度瞻视"她。Hutchinson 也持此说，认为"圣徒"一词虽不适用于玛丽，但清教徒用此词甚滥，二说的说服力均不足。

弥尔顿《梦亡妻》

这首悼亡诗用的是十四行诗形式，1673年的弥尔顿诗集，列为第十九首，没有题目。

这首诗的调子非常低沉，在弥尔顿的诗里是罕见的。他在悼念亡友的《黎锡达斯》（*Lycidas*）里，还表现有希望："明天将到新的树林，新的草原去。"当然，他和爱德华·金（Edward King）只是同学，没有深交，悼诗主要借友人之死抒写自己的一些感想①，并多少带有应酬的性质。他在这场合——有人为悼念爱德华·金，倡议出一本纪念诗集的场合，弥尔顿贡献了这首诗。有关亡友的话无非只是惋惜一个有才华的、将来可能为宗教做出一番事业的青年不幸溺死。当时弥尔顿只有二十九岁，大学毕业后在乡间自学进修。但是在他写悼亡诗的时候，他已年过半百，经历了不少沧桑坎坷，心情自不相同。特别是从1649年3月被任命为"国务会议外语秘书"，直到1655年双目完全失明而事实上退休这五六年间，正是他全心全意投身到政治斗争，忙于撰写外交文件，著文反驳海外王党之时，正是他多年韬光养晦之后实现他用世的抱负之时。但是到了克伦威尔统治的末期，革命力量内部矛盾变得日益尖锐，1658年9月克伦威尔去世，他的儿子理查继任为护国主，庸碌无能，不到一年就被迫逊位，大权落在一批军队首领手里，加以一些激进派对资产阶级上层不满，酝酿起事，资产阶级政权不稳，最后导致复辟。弥尔顿写悼亡诗的时候，恐怕就在他写致友人书《论共和国之破裂》（*On the Ruptures of the Commonwealth*）（1659年10月）之前，而且从此弥尔顿被迫搁笔，不能再写政论文了。在那封信里，他发现他以前所信赖的军事领袖原来是争权夺利之徒，共和国面临着危机。在政治理想破灭、个人遭遇不

---

① Legouis 评此诗：*Cen' est pas King qu' il fauty chercher, c' est Milton luimême me.*

幸的心情下,他写了这首悼亡诗。如果在这首诗里还能看到什么希望的话,那只是可能在天堂再见到亡妻,看到爱、温柔、善良,但目前是一片黑暗,全诗落脚却落在悲观绝望上。特别是当我们考虑到弥尔顿第二次结婚时已双目失明,从未见到过妻子的容貌,只有在天堂才能"毫无障碍地"[①]看到她,更增加了这首诗的悲怆情调。

这首诗的关键恐怕是在"圣徒"(Saint)二字上,全诗是围绕着这一概念展开的。阿尔塞斯蒂斯同耶稣和圣徒们一样,是为爱而自我牺牲的象征[②]。诗人首先拿亡妻和阿尔塞斯蒂斯相比。其次,"尤比特的伟大的儿子"(Jove's great son)很自然引起"上帝之子"(Son of God)即耶稣的联想,也就是耶稣使诗人的亡妻得救。此外,耶稣也是为了爱人类而自我牺牲的。这些联想的累积增强了卡特琳/阿尔塞斯蒂斯形象后面的为爱而自我牺牲的圣徒含义。在第二个四行里,"净身礼"和圣徒概念的关系则更为明显。耶稣的母亲玛利亚生了耶稣以后就履行了"净身礼"(就是"圣烛节"Candlemas的由来)。

---

① Without restraint。按摩西戒律(《圣经·旧约·利未记》十二章),妇人生子,要经过六十天的"洁净礼",因而有的注家把这短语解为"解除了禁律"。也可以直截了当地解作复明以后能畅快地看到妻子。

② 据希腊传说,菲莱王阿德墨托斯(Admetus)和阿尔塞斯蒂斯(Alcestis)结婚时,没有给神献礼,神要处死他,除非他的父、母或妻愿代他赴死。阿尔塞斯蒂斯同意代他死,但被尤比特之子大力神赫尔库列斯(Hercules)从地府救回。事见欧里庇德斯悲剧《阿尔塞斯蒂斯》。19世纪英国诗人勃朗宁(Robert Browning)在他的长诗《野石榴花》(*Balaustion's Adventures*,1871)里,也写了这段神话,一般认为是纪念他的十年前去世的妻子的。这里面有一段阿德墨托斯对妻子说的话,大意是他不愿妻子代他去死,愿意自己死去。他说:"还是我离去,你留下的好,你对我来说,就如精神之于肉体;让肉体消亡,不见踪影,以便你——充盈肉体的精神,能在我堕入黑暗的裂缝的上方,用你的火焰照亮一小会儿;此外,还要让人们记住,肉体与精神曾是一体,为了人,在人世起过作用。"把妻子"精神化",可与此诗参照。

以下的梦中亡妻的外貌和她的品德的描写，更是适合于一个圣者的身份。形象的朦胧（"脸上罩着面纱"）、恍惚（"仿佛看见"），但又欢乐明朗，既是由于诗人目盲，又切合梦境，又切合圣者甚至天使的形象。①

这首悼亡诗所表达的感情是十分真挚的。但这感情需加以具体分析。这就牵涉到弥尔顿的爱情观和婚姻观。弥尔顿由于他处的时代和社会地位，当然认为男尊女卑，妻子应当顺从丈夫，这在《失乐园》里已表现得很清楚。而且许多人都指出弥尔顿的自我中心，这从他的几篇主张离婚自由的文章里也可以看到。他主张言论自由、私生活自由、宗教自由、政治自由，中心是个人自由。在他的恋爱观里，他并不排斥性爱（人文主义），甚至艳羡多妻制（非基督教），而另一方面，他又强烈主张男女双方婚前婚后的贞洁（清教思想），有时他又憎恨女性（《力士参孙》）。在他的全部生活中，他的爱情观有变化，有矛盾，但根本的、中心的、积极的思想是一种带宗教色彩的爱情观。爱不是欲，爱是"纯洁的、更为内在的（天生的）欢乐，是

---

① 我在另一文中曾指出，弥尔顿的天才表现在善于描写宏伟寥廓，不善于描写细节，这和他目力不佳有关。在这首悼亡诗里只有黑白二色。我们如查看弥尔顿诗歌词语索引，便会发现光明与黑暗两词最多，而颜色词，也许除绿色外，寥寥无几。有的颜色在他诗里根本不出现。

又，Leo Spitzer（见 *On Milton's Poetry . A Selection of Modern Studies*, ed. Arnold Stein, Fawcett, 1970, p.77）把这首诗的"上升运动"（crescendo）分为三个层次；一，把妻比作基督教以前的人物，如维吉尔史诗里的鬼魂一样，苍白而虚弱。二，把妻放进犹太教的传统，强调肉体的洁净。三，按基督教传统，妻在灵与肉两方面都纯净。这也不失为一种解释。但有鉴于第一行最后一字 Saint 的分量，我们有理由认为这是中心思想。把第一层次仅仅解释为古典文学中的苍白形象，并未捉住形象后面动人的精神。不过 Spitzer 把最后两句的突转——突然的对比，解释为巴洛克风格的"突然梦醒"（desengano）手法，却点出了弥尔顿艺术的一个方面。

由于把自己和一个相配的、交流的灵魂（a fit conversing soul）相结合（的产物），这种欲望才称得起是爱①，它比死亡还强有力，像基督的妻（指教会）所想的那样；多少水也扑灭不了它，洪水也不能淹没它"②。从但丁开始，西方就有一派爱情观把男女之爱看作通向上帝爱的第一层阶梯。③ 弥尔顿虽然继承了人文主义和基督教两个传统，但后者在他却占主导地位，这也是他与文艺复兴前期的诗人不同之处。在上引那部著作中，弥尔顿又说："爱是'孤独'之子，在天堂成孕，上帝在男女之间种下了彼此相伴相助的自然倾向，从而产生爱。"④ 针对他第一次不幸的婚姻，他又说："结婚是一种契约，它的精义（the very being）不在勉强的同居和虚伪地执行职责，而在于真诚的爱与和平……婚姻中的爱情如果不是相互的，就不可能存在或维持下去"⑤。这是他清教徒思想的另一方面——理想主义的一部分，也就是说与他的政治理想、宗教理想、道德理想等是相一致的。典型的新教或清教的婚姻观是灵与肉的完满结合，而不是偏重哪一方。偏重灵，就变成禁欲主义，这是弥尔顿所不取的；偏重肉，就与保王派同流合污，更为他所不齿。因此，爱情要用理性去制约，去判断。在婚姻爱情这一伦理问题上，他力图能解决一个是非和善恶的问题。韦利（Willey）说弥尔顿是道德领域里的一个追寻真理的"实验科学家"，也就是说，他也受到以培根为代表的实验科学精神的影

---

① 莎士比亚也有 marriage of true minds 之说。
② 《离婚之理论与训条》（*The Doctrine and Discipline of Divorce*）1644, Bk I., chap.iv.
③ Grierson p.134.
④⑤ 《离婚之理论与训条》（*The Doctrine and Discipline of Divorce*）1644, Bk I., chap.iv.

响,这话不无道理。但他又受到剑桥柏拉图派的影响,把理性与上帝等同;爱应服从理性,也就是服从上帝的指示。正如十六世纪瑞士宗教改革家布林格(Bullinger)所说:"结婚使上帝喜欢,不亚于去教堂听传达上帝的话,去崇拜上帝,以使他喜欢……在信仰的基础上成婚,上帝是欢喜的。"① 从他们的理论上说,上帝是一切爱的源泉,男女之爱是上帝之爱的摹本。②

弥尔顿对婚姻和爱情的理想在《失乐园》里也可以得到佐证,特别是亚当和夏娃"堕落"之前的一段对话(四卷,634—775行):妻的从属地位,夫妻的和谐关系,爱是上帝的命令,既区别于禁欲,又区别于贵族的纵欲;上帝的命令也包括繁衍族类。但弥尔顿在婚姻问题上一旦受到挫折就走向另一极端,甚至主张多妻制,憎恨女性,埋怨上帝创造了这"大自然中的美丽的瑕疵"、"陷阱",质问上帝为什么不把人类创造成天使一样,只有男性。但是这种动摇只是一时的,不能抵消他爱情观里的"精神性"。

Erasmus: *Enchiridion Militis Christiani* § I.7.③

You say that you love your wife simply because she is your spouse. There is really no merit in this. Even the pagans do this, and the love can be based upon physical pleasure alone. But, on the other hand, if you love her because in her you see the image of Christ, because you perceive in her His reverence,

---

① 转引 Roland M. Frye,见 *On Milton's Poetry*, p.103.
② 参看 Hugh Northcote: *Christianity and Sex Problem*, NY1923, pp.225—226 希伯来文"ahabhah"一词,既意为性爱,又意为神爱。
③ 自此以下两段英文为第二版补。

modesty, and purity, then you do not love her in herself but in Christ. You love Christ in her. This is what we mean by spiritual love.

——Dolan tr.

你说你之所以爱你的妻子，只因她是你的配偶。你这样说可真没有什么值得表扬的。就是异教徒也会说出这样的话。爱情的基础也可以仅仅建筑在肉体快乐之上。但是另一方面，如果你爱她是因为你在她身上看到了基督的形象，是因为你在她身上看到了主的尊严、谦恭和纯洁，那么你不是在爱她本人，而是在爱基督形象中的她，你爱的是寄寓在她身上的基督。这就是我们所谓的精神恋爱。

A lengthy discussion in *The Couetier*:
Love is a coveting to enjoy beauty. Beauty cometh of God, and is like a circle, the goodness thereof is the centre. Good and beautiful are one self thing.

在《论朝臣》中有一大段相关论述：
爱情是欲享受美的一种渴望。美来自上帝，其形如环，而善居其中心。善和美本为一体。

这种精神爱或带有宗教色彩的爱情观，在西方，如前所述，不外两个来源：基督教和柏拉图哲学。我们已看到基督教把爱与上帝等同起来，上帝是爱之源。关于柏拉图哲学，可以再说两句。柏拉图把爱看成是一种宇宙原则，它不仅统治人间一切，而且是支持宇宙存在的力量，是超越时空和永恒的，到了剑桥柏拉图派手里又把上帝的概念灌入这唯心的"宇宙原则"。从文艺复兴以来，西方爱情诗大体有两支（当然不能截然划分）：一支入世，强调感官享乐，以至佻荡、玩世不恭，主要出自官廷贵族诗人之手。一支则把爱情理想化、精神化以至宗教化，到十七世纪又掺入清教思想——清教徒的重实际、恋爱以结婚为目的和归宿、突出贞洁观念（以抵制贵族之荒乱），因而在精神中又增加了新的因素。

弥尔顿这首诗在西方文学中若不是绝无仅有的，至少是极罕见的[1]。西方文学充斥着爱情诗，一旦爱情成功就不写诗了，很少有诗歌颂夫妇之爱，更无论悼亡。所以说此诗十分独特。爱情多写追求爱，悼亡诗则是惋惜失去的爱，可以说是一个钱币的正反面。也可以说悼亡诗是爱情诗的一个支派。西方没有悼亡诗的传统，但在我国文学里悼亡之作却有很悠久的传统。其原因恐怕要从社会学、伦理学等方面去找。

---

[1] 哈代于1912—1913年间，写过一二十首悼亡短诗，主要是追忆共同日常生活，接近我国悼亡诗，虽也很感人，但与弥尔顿此诗，大异其趣。

马韦尔

安德鲁·马韦尔（Andrew Marvell，1621—1678），英国玄学派诗人。出身教士教廷。曾就读于剑桥大学。英国革命时期，马韦尔站在国会军一面。马韦尔的许多优秀诗篇是在1653年以前的4年中写成的。这些诗表现了一种既向往恬静的隐居生活，又渴望得到社会承认的矛盾心情。1650年年底，他接受了新模范军退役将领菲法斯公爵的聘请，担任他女儿的家庭教师。1657年，他又作为弥尔顿的助手被任命为政府的拉丁文秘书。1659年当选家乡赫尔地区的国会议员，直至去世。

马韦尔曾经是一个被遗忘的诗人。他作品不多，生前从未发表一首诗歌。他死后两年多，他的管家才把他的几首诗编为一集，刊印成册。几个世纪以来，对马韦尔的评价越来越高。19世纪的浪漫诗人从马韦尔的语言的角度，指出了他的诗歌甜美、自然、和谐的特点。20世纪初期，由吉尔逊精选的马韦尔诗集，正式确立了他作为一个出色的玄言诗人的地位。1928年，艾略特对于包括马韦尔在内的玄学派诗人的批评更是把他推到了一个新的高度。

致他的娇羞的女友

我们如有足够的天地和时间,
你这娇羞,小姐,就算不得什么罪愆。
我们可以坐下来,考虑向哪方
去散步,消磨这漫长的恋爱时光。
你可以在印度的恒河岸边
寻找红宝石,我可以在亨柏之畔[①]
望潮哀叹。我可以在洪水[②]
未到之前十年,爱上了你,
你也可以拒绝,如果你高兴,
直到犹太人皈依基督正宗。[③]
我的植物般的爱情可以发展,[④]
发展得比那些帝国还寥廓,还缓慢。
我要用一百个年头来赞美
你的眼睛,凝视你的蛾眉;
用二百年来膜拜你的酥胸,
其余部分要用三万个春冬。
每一部分至少要一个时代,
最后的时代才把你的心展开。

---

① 流经诗人家乡赫尔市的河。
② 指《圣经·旧约》里有关远古洪水的传说。
③ 根据基督教的偏见,犹太人要到世界末日才会改信基督教。
④ 植物(vegetable),以区别于有感觉的动物和有理性的人。

只有这样的气派，小姐，才配你，
我的爱的代价也不应比这还低。
　　但是在我背后我总听到
时间的战车插翅飞奔，逼近了；
而在那前方，在我们面前，却展现
一片永恒沙漠，寥廓、无限。
在那里，再也找不到你的美，
在你的汉白玉的寝宫里再也不会
回荡着我的歌声；蛆虫们将要
染指于你长期保存的贞操，
你那古怪的荣誉将化作尘埃，
而我的情欲也将变成一堆灰。
坟墓固然是很隐蔽的去处，也很好，
但是我看谁也没在那儿拥抱。
　　因此啊，趁那青春的光彩还留驻
在你的玉肤，像那清晨的露珠，
趁你的灵魂从你全身的毛孔
还肯于喷吐热情，像烈火的汹涌，
让我们趁此可能的时机戏耍吧，
像一对食肉的猛禽一样嬉狎，
与其受时间慢吞吞地咀嚼而枯凋，
不如把我们的时间立刻吞掉。
让我们把我们全身的气力，把所有
我们的甜蜜的爱情揉成一球，

通过粗暴的厮打让我们的欢乐

从生活的两扇铁门中间扯过。

这样,我们虽不能使我们的太阳

停止不动,却能让它奔忙。

(杨周翰 译)

花 园

一

人们为赢得棕榈、橡叶或月桂①

使自己陷入迷途,何等的无谓,

他们不停地劳心劳力,以便

最终从一草一树取一顶胜利冠,

这顶冠遮荫既短,而且又狭窄,

无异是对他们的劳碌作无言的谴责;

与此同时,一切花,一切树,彼此相连,

正在编制一顶顶晏息的花环。

二

美好的"宁静",我终于在此找到了你,

---

① 都是胜利的象征。

还有"天真无邪",你亲爱的女弟!
我久入迷途,一直在忙忙碌碌的
众人之中想和你们相遇。
你们的神圣的草木,在这世界上,
只有在草木丛中才能生长;
和这甜美的"幽独"相比的话,
人群只可说是粗鄙、不开化。

三

不论是白的,还是红的,看来
总不及这美丽的绿色那么可爱。
那些痴愚的情人,像欲火一样
残忍,把女友的名字刻在这些树上。
可叹他们并不知道,也不注意
女友的美岂能和美树相比!
美树啊!我如要伤害你们的树身,
我也只刻你们自己的芳名。

四

当我们炽热的情欲已经消去,
爱会在这里找到最好的影息地。
那些追逐人间美女的诸神

最终在一棵树里结束征程。
阿婆罗之所以追逐达芙涅
只为了让她变成一棵月桂。
潘神在希壬克斯后面拼命追赶,
非因她是女仙,是要她变成箫管。①

五

我过的这种生活多美妙啊!
成熟的苹果在我头上落下;
一串串甜美的葡萄往我嘴上
挤出像那美酒一般的琼浆;
仙桃,还有那美妙无比的玉桃
自动伸到我手里,无反掌之劳;
走路的时候,我被瓜绊了一跤,
我陷进群花,在青草上摔倒。

六

与此同时,头脑因乐事减少②,

---

① 阿婆罗,现通译阿波罗。希壬克斯,现通译绪任克斯。希腊神话中,阿波罗爱上河神的女儿达芙涅,她逃避追赶,向母亲呼救,母亲把她变成一棵月桂树,因此月桂树成为光明之神阿波罗钟爱的树。牧神潘追赶女仙绪任克斯,她跳进河里变成芦苇,潘用芦苇制成排箫。
② 原文 from pleasure less,有不同解释,详见下文。

而退缩到自己的幸福中去了:
头脑是海洋,其中各种类族
都能立刻找到自己的相应物①;
然而它,超乎这些,还创造出来
远非如此的许多世界和大海;
把一切创造出来的,都化为虚妄,
变成绿阴中的一个绿色思想。

七

在这儿,在滑动着的泉水的脚边,
或在果树的苔痕累累的根前,
把肉体的外衣剥下,投到一旁,
我的灵魂滑翔到果树的枝上:
它像一只鸟落在那里,高歌,
然后整理、梳拢它银白色的翎翻:
在作更远的飞翔尚未准备好,
在五色光芒中挥动着羽毛。

八

这就是幸福的"花园境界"的写照,

---

① 据说陆地上所有的族类都能在海洋里找到相应的族类;把头脑比作海洋,是说头脑能包含世上的一切物。

这时,人还没有伴侣,在此逍遥:

经历过如此纯洁甜美的去处,

还须什么更适合他的伴侣!

然而想要独自一个在此徜徉,

那是超出凡人的命分,是妄想:

想在乐园里独自一人生活,

无异是把两个乐园合成一个。

九

多才多艺的园丁用鲜花和碧草

把一座新日晷勾画得多么美好;

在这儿,趋于温和的太阳从上空

沿着芬芳的黄道十二宫追奔;

还有那勤劳的蜜蜂,一面工作,

一面像我们一样计算着它的时刻。

如此甜美健康的时辰,只除

用碧草与鲜花来计算,别无他途!

(杨周翰 译)

马韦尔的诗两首[1]

杨周翰

十七世纪英国诗人马韦尔(Andrew Marvell, 1621—1678)常被人认为是"主要的次要诗人""最伟大的小诗人",也就是第一等的二流诗人。给他定这样的品级,恐怕主要是因为他诗作数量不多,一共六十首左右,此外还有十几首未署名的,而其中脍炙人口的不过三四首早期诗作。

但是他的诗在英国诗歌发展过程中却占颇为重要的地位,标志着从文艺复兴后期到古典主义的过渡。文艺复兴后期英国诗歌如以所谓的"玄学派"为代表,则除了早期的人文主义倾向外,加进了更多宗教冥想哲理的色彩,如邓约翰[2](John Donne)、赫伯特(George Herbert)、克拉肖(Richard Crashaw)、佛恩[3](Henry Vaughan)。所谓古典主义则不仅指诗歌形式和风尚的变化,而且从内容上说,在进入所谓"理性时代",批判和讽刺的诗歌逐渐取代了抒情诗。马韦尔的作品为数虽不多,正好跨着这两个诗歌潮流。这里所要谈的两首诗属于较早的潮流。这两首诗又分别属于两种不同的诗歌类型:爱情诗和牧歌(或称田园诗)。

---

[1] 选自杨周翰《十七世纪英国文学》,北京大学出版社1996年版。
[2] 现通译约翰·多恩。
[3] 现通译亨利·沃恩。

马韦尔《致他的娇羞的女友》《花园》

所谓爱情诗基本上是男方向女方求爱的诗,在西方有悠久的传统。牧歌的传统也许更悠久。每种类型都有自己的特征,每个诗人对一种类型有无贡献,就看他添进去什么新内容没有,从而推进这一类型的发展。

当然,仅从类型传统本身的内在因素着眼是不够的,必须同时联系诗人本人和他的"历史性",即同时从内部和外部去寻求诗人特点的成因。

本文想谈谈马伏尔最著名的两首诗:爱情诗《致他的娇羞的女友》和田园诗《花园》。

为了讨论方便,现将第一首诗试译如下(诗略):

对这首诗,各家解释不一。一派认为是游戏之作。如格利尔逊,追随十八世纪的约翰逊,说如果这是真情,就不应该这样开玩笑,这样不严肃[1],虽然他在另一处也盛赞此诗第二段,说它是"玄学派爱情诗的顶峰"[2]。布什也认为这首诗把自古以来的求爱诗,认真的也好,游戏的也好,都用自我嘲笑的微讽把它提高了,克制了,也就是说,够不上认真,超过了游戏[3]。从形式上讲,这首诗分三段:第一段讲如果我们有时间,你不妨不表态;第二段一转,但是时间紧迫,青春不驻;第三段结论,让我们赶快相爱吧。这好像是形式逻辑里的三段论法。但实际上是逻辑教科书里常举的逻辑谬误——"否定前提"。大前提:如果是P,即非Q;小前提:非P;结论:乃是Q。但结论是不对的,非P不即是Q。[4] 所以女方完全可以回答:"青春不驻,我也不一

---

[1] Grierson p.303: "'On ne badine pas avec l'amour' in this fashion."
[2] *Metaphysical Lyrics and Poems*, OUP 1947 xxxviii.
[3] D.Bush:*English Literature in the Eanly 17th Century*,OUP.1946.
[4] Barbara H. Smith: *Poetic Closure. A Study of How Poems End.* Univ of Chicago Press 1968, p.134。艾略特与其他评论者似乎并不怀疑这是正确的三段论法。见下文。

定非得爱你。"换言之，这种表达思想（discourse）或论辩的方式本身就是滑稽的，从而从整体结构的角度否定了这首诗的严肃性。

另一派则把这首诗誉为马伏尔"最伟大的诗，他把巧思（wit）提高到了邓约翰从未超过的光辉高度，他赋予一个简单的主题，即赫立克（Rotert Herrick，1591—1674）的'摘花需及时'，以神秘而宏伟的气氛"[①]。所谓"神秘而宏伟"的印象主要是从"一片寥廓永恒的沙漠"一句得来，原文是Deserts of vast eternity，马格留斯提醒我们这句诗里有三个长a音，这十七世纪的读音今天已察觉不到。[②] 言外之意，三个长a音给人以寥廓、可怖、神秘的感觉。此外，勒古伊也认为马韦尔的诗是"玄学派"的上乘，盛赞它有邓约翰诗的力量和激情，却又没有邓的晦涩和习气，流畅而和谐[③]。艾略特也高度赞赏这首诗[④]。他说这首诗的主题是传统的，但以巧思见长，表现在意象的多样化和意象的多层次。第一段贯串着轻盈的想象（fancy）或作"幻想"，一系列浓缩的意象把"幻想"扩大，并以极快的速度推进。第二段突转，使人产生惊愕，这是从荷马以来最主要的诗歌技巧，罗马诗人贺拉斯和卡图卢斯最擅此道，但马韦尔所用意象包罗更广、更深[⑤]。艾略特接着说，一般近代诗人大半到此结束，但马韦尔写了第三段，如逻辑的三段论法，作一结论。全诗巧思与想象融为一体；也

---

① Tucker Brooke in "*A Literary History of England*," ed. A. C. Baugh, N. Y. 1948, p.668.
② H. M. Margoliouth: *The Poems and Letters of Andrew Marvell*, 2 vols, OUP, 1952, I.222.
③ Legouis p.555.
④ T. S. Eliot: *Selected Essays*, Faber and Faber, 1934, p. 295.
⑤ 艾略特一向以使读者感到惊愕为衡量诗歌优劣的标准，参看其论德莱顿的文章。这种观点和俄国形式主义文艺理论的"陌生化"有相通之处。

有"幻想",但不是为"幻想"而"幻想",而是严肃思想的结构性装饰,高出弥尔顿的《欢乐的人》和《沉思的人》①,或济慈的某些诗。轻盈与严肃的结合乃是马韦尔巧思之所在,是一个高度成熟的②文学的特点,英国文学只有在这时期才出现这种特点。

总的说来,这些评论家不管是说马伏尔这首诗富于激情也好,宏伟神秘也好,轻盈明快也好,都认为它是严肃的诗。

意见的分歧恐怕是由于对诗人写诗时的态度理解不同所致,虽然对他的技巧则一致赞许。这首诗正像艾略特所指出的,不是一首通常的、单纯的、纯朴的求爱诗。那么这首诗复杂在哪里呢?

前面的评论家都默认这首诗里的"我"就是诗人自己。但是出现了结构主义就把问题复杂化了。结构主义的理论认为发放信息的人(诗人)和接受信息的人(读者)都有多重性。"呈献信息的形式是由某个并非诗人的人对某个并非你我的人致辞,例如《致他的娇羞的女友》是一个并非马韦尔的某人,对一个并非你我的某人谈一些事,我们参与了他们的谈话,我们成了不折不扣的窃听或窃看人家秘密的人。"③也就是说,这首诗里的"我""十之八九"并非马韦尔。马韦尔可能是代人捉刀,或假想一个堕入情网的人,代他求爱。这使人想到十九世纪末法国剧作家罗斯当(Edmond Rostand)的《希哈诺·德·贝尔歇拉克》(Cyrano de Bergerac),剧中主人公出于好心,代人写情书。如果是诗人自己求爱,为什么题目上写"致他的"?

---

① 另译《幽思的人》。
② 原文 sophisticated 是纯朴、单纯、自然的反义词,包含复杂、微妙的含义,是文化和文明发达所产生的特征,可以是褒义,也可以是贬义。
③ Robert Scholes: *Structuralism in Literature*, Yale UP, 1974, p.28.

关于最后一点倒是不难答复。这题目可能是为他编诗集的编者①代他拟的。另外，文艺复兴以来很多诗人抒写自己爱情时，标题却用第三人称，这本是一时风尚，表明一种半真半假的态度，也许是要和对方保持一种间接关系和距离，可能是从骑士爱的"谦卑"演变而来，不敢直接向社会地位高于自己的贵妇人求爱②。所以诗中的"他"仍是诗人自己。至于结构主义的多重性，只是提醒读者对发放信息的人有不同理解的可能，并没有绝对排除诗人自己。

不过，说来说去，这首诗里的情趣和态度还是比较暧昧的。我们需要作一些比较研究：与同类诗歌比较，与诗人其他诗作比较。

前面谈到有的评论家认为这首诗的主题是及时行乐，也就是贺拉斯的 *carpe diem*（抓住今天），但是马伏尔的"今天"不是指一般的享乐，而是求爱。因此不能把这首诗完全看作是及时行乐——"为乐当及时，何能待来兹？"的诗，而应把它看作是一首求爱诗。

从中世纪、文艺复兴以来的抒情诗恐怕绝大多数都是求爱诗，我们只能选几首有代表性的比较一下。如早期的魏厄特（Thomas Wyatt，1503—1542）和萨瑞（Henry Howard Surrey，1517—1547）基本模仿意大利诗人彼特拉克，尽管他们的求爱诗情调态度变化多端，但常散发出彼特拉克式的哀怨情绪。稍晚于此，锡德尼（Sir Philip Sidney，1554—1586）和斯宾塞（Edmund Spenser，1552—1599）也写了大量的求爱诗，情调态度也是千变万化，但他们好像都受了柏拉图的影响，突出精神爱、灵魂美，把歌颂的对象看作理想的化身。而到了

---

① 马韦尔的诗是在他死后由他的遗孀收集，于1681年出版的。
② 马韦尔此诗中尊称的"您"（you）和爱称的"你"（thou）互见，而不是一路都用"你"，可能也是近代爱中遗留的中古骑士爱的残迹。

文艺复兴晚期，如"玄学派"的诗人邓约翰又赋予对象以宗教色彩。马韦尔这首诗既不哀怨，也没有把对象理想化或蒙上宗教的光环。

但在马韦尔同时确也出现过一些连题目都很相似的求爱诗，也许比较下来更可以看出马韦尔不同之处，更便于判断他的态度。

前面谈到的评论家把马韦尔此诗和赫立克的《摘花需及时》相比。赫立克的诗是这样写的：

> 趁你有可能，快采摘含苞的玫瑰，
> 时间老人总在飞跑；
> 今天还在向你微笑的蓓蕾，
> 明天就会死掉。
>
> 太阳这盏天上的明灯
> 它升得越是高
> 就越快地走完它的路程，
> 越接近夕照。
>
> 青春是最美妙的年华，
> 那时候血气热烈；
> 一旦血气枯竭，只怕
> 时光一天天恶劣。
>
> 因此，抛去娇羞，抓住时间，
> 趁此可能时刻，欢乐吧；

因此一旦丧失了你的鲜艳，

你将永远蹉跎。

这首诗的原题是《致少女们，充分利用时间》。少女们既然是复数，这诗的性质便是一般性的"号召"。他虽然和马韦尔一样劝少女们抛弃"娇羞"，但并没有在这上面大做文章。总的说，这首诗的情调是比较浅露的。

我们再看一首题目相类似的诗，"玄学派"诗人卡鲁（亦译凯瑞，Thomas Carew，1595—1639）《致我的反复无常的女友》：

当你这可怜的被除教的人

失去了爱情的一切欢乐，看到

我由于信仰无比坚定

而获得光荣的命运，十足的酬报，

那时，你去诅咒自己的动摇吧。

一只比你美的手将会医疗

你的假誓刺伤的那颗心；

一个比你更纯洁的灵魂将要

用爱的手联结我的灵魂，

我们将冠戴同样的光荣。

那时你将哭泣、哀求，向爱神

诉苦，就像我从前对你那样；

> 你流尽了眼泪,又有什么用,
> 正像我从前那样,因为你将
> 受到诅咒,原因是你叛教、无常。

这首诗首先题目就不一样,"反复无常"(inconstant)尽管是古老的偏见[①],比起"娇羞"(coy)来要严重得多。这首诗从题目到内容都是诅咒,表面上似乎希望用上帝的爱作为失去人间的爱的补偿,实际着眼还在人间爱。这首诗有它独到之处,但心情激动,语气充满了恨、报复心情和恫吓口气,与马韦尔的诗也大异其趣。

和马韦尔此诗最相近的一首诗恐怕是他同时的诗人考利(Abraham Cowley,1618—1667)的一段诗。考利在1647年发表了一组诗,84首,总标题为《女友》(*The Mistress*),其中有一首名为《我的食谱》(*My Diet*),第二段如下:

> 你的怜悯和叹息够我一年消受,
> 一滴泪至少够我生活二十年,
> 温存地看我一眼够我活五十个春秋;
> 一句和蔼的话抵得上百年的盛筵:
> 如果你对我表示一点点倾心,
> 就等于又加上一千年的时辰;
> 这以外的一切是无垠的永恒。

马格留斯以为马韦尔显然读过考利的诗,不仅时间的概念,而且词句

---

① 参看 Virgil: *Aeneid*, IV 569—570。

都和考利雷同[1]。但是考利的诗里的巧思未能与激动的感情相结合，似乎在玩文字游戏，这是骑士派诗人的共同弱点。约翰逊在赞同考利的政治立场的同时，批评他的诗的弱点："一切优秀作品的基础是真实，写爱情就应真正感到爱情的威力。"[2] 显然马韦尔的诗与此不同。大凡"玄学派"诗人也好，清教徒诗人也好，思想都是比较严肃的，不像宫廷诗人"镀金蝴蝶"式的寻花问柳。那么马韦尔这首诗的感情是否真实呢？思想是否深刻呢？

我们在前面把马韦尔此诗同这一类型的一些诗简略地比较了一下，看到这首诗与那些还不尽相同。若想要捕捉这首诗的真正含义还需把它和马韦尔其他诗篇比较一下。

马韦尔写的爱情诗不止这一首，但基本情调都和这首诗不一样。那些诗不论是用牧歌形式，或灵魂与肉体对话的形式，或其他形式，都贯串着灵与肉的矛盾，也可以说是清教思想和人文主义，出世和入世的矛盾。有时人文主义思想占上风，如《柯罗琳达和戴蒙》一诗，尽管把"爱的神龛"比作"美德的坟墓"，但最终代表爱欲的潘神获胜。但在大多数诗里，灵的一方占上风。这在《坚定的灵魂与人造的快乐之间的对话》一诗里表达得最清楚。这首诗可以看作是小型的《失乐园》或《复乐园》或《浮士德》。前半阕写快乐用味、触、香、色、音"五境"引诱灵魂，后半阕快乐用美女、金钱、战功、哲学引诱，都遭灵魂拒绝。诗人把两次引诱和拒绝引诱都用战争的比喻框起。从这角度来看《致他的娇羞的女友》，这首诗最后表现的那种狂热激动，要把两人的爱揉成一个球，通过粗暴的厮打，冲出生活的

---

[1] Margoliouth 前引书 I. 222。

[2] Johnson: *Life of Cowley*.

铁门,岂不恰恰反映了诗人内心的极度矛盾么?

另外还有一个时间问题。马韦尔诗里常出现时间。时间有两层意义:一是指时间的促迫,一是与永恒相对照。为什么会感到时间有限、时间紧迫?答案是一个人应当尽快尽早使自己灵魂得救。我们还需引上面那首诗为证。快乐用"五境"引诱灵魂,灵魂回答说:

> 我如果但凡有时间浪费,
> 我会把它用在这一切上面。(指声色等)
> 诱惑者,打住吧,这样美妙的绳索
> 都束缚不了我的头脑,谁也休想。

《致他的娇羞的女友》一诗里的时间紧迫感,正是"反其意而用之"。

时间的第二层意义,即时间的无限永恒,生是有限的,死则是永恒的,永恒也就是死,这也正是《致他的娇羞的女友》里的用法。那么诗人提出永恒是什么意思呢?表面上似乎是用它来威胁女方,因为在坟墓里没有人会相互拥抱。但是为什么在诗的最后又说,即使不能叫时间停止,也可以叫它奔跑?奔跑可能指"尽快作乐",但是更可能是指穿过生命的铁门,加速奔向永恒。对清教徒来说,永恒里才有真正幸福。请看《色尔希斯与多琳达的牧歌式对话》一诗就是谈在死后的永恒里,在乐园里的幸福:

> 那里没有希望或恐惧,
> 没有狼,没有狐狸或熊罴。
> 无需牧羊犬去追回迷途羊,

我们放走捷足的兔和獐；

木笛也不需要，你的耳朵

可以饱享天上的和乐。

因此这首诗在现世性的表面底下暗示着一种青春韶华之暂忽和假幸福，死后之真幸福这种思想。

《致他的娇羞的女友》一诗另外一个关键的词是"娇羞"，原文是coy。这个词含意比较复杂，最早是安静、贞静，"静女其姝"的静，逐渐有了退缩羞涩的意思，傲慢的意思，甚至淫冶的意思。① 诗中的女子看来就是这样一些品质的混合体，这和诗人在其他诗里歌颂的品质大相径庭，和清教徒的道德标准也南辕北辙。在《年轻的爱》里，他歌颂天真无邪；在《阿普尔顿府邸，致费尔法克斯勋爵》里，他歌颂谦卑；在《割草人戴蒙》里，他要割掉"人欲"。在《达夫尼斯与克萝伊》里，把"娇羞"视为女性的天敌。在《祝佛肯贝格勋爵与玛丽·克伦威尔小姐结婚歌两首》结尾这样写道：

---

① 〔第二版补〕按：coy 亦有断然拒绝之意。Robert Jume：*The Scottish Hysterie of James the Fourth*，Ⅱ.ⅱ.1040. James 命佞臣（Sychophant）Ateukin 去向伯爵党人女 Ida 求爱，Ida 不从，Ateukin 回复 James 有云：

　　The adamant, O King, will not be filde
　　 But by it selfe, and beautie that exceeds
　　By same ex(c)eeding favour must be wrought.
　　Ida is coy as yet, and doth refine, 1040
　　Objecting marriage, honour, feare, and death
　　Shee's holy, wise, and too precise for one.

又 coy 作动词，见 Massingger，*A New Way to Pay Old Debts* Ⅲ.ⅱ. Overreach 教女儿 Margaret 在贵族 Lavell 前勿怯拒：when / He comes to woo you, see you do not coy it: /This mincing modesty has spoiled many a match / By a first refusal, in vain after hoped for.

美德将是美貌的报酬,

同样火热的人是平等的。

玛丽娜屈服了。谁还敢娇羞?

戴蒙享受了幸福,谁还敢绝望?

祝这幸福的一对,

两人的希望结合,把绝望驱散。

这里美德与娇羞对立,玛丽娜克服了娇羞,驱散了绝望,获得了幸福。可见娇羞是一个伦理范畴。从这角度来看《致他的娇羞的女友》一诗,也许可以解释这首诗的游戏的态度和嘲讽的口吻。它的严肃性不在字面,而在诗的后面。

正面表达他的理想的是《花园》一诗。现试译如下(诗略):

《花园》一诗属于所谓"牧歌"(pastoral)传统。牧歌近似田园诗,西方从公元前三世纪西西里出生的希腊牧歌诗人忒俄克利特斯(Theocritus)和罗马诗人维吉尔起,经过文艺复兴时期的再度成为时髦(如斯宾塞),经过十七、十八世纪(如弥尔顿、德莱顿、蒲伯)直到十九世纪后期(如阿诺德)连绵不绝。有的评论家认为二十世纪还有牧歌,只是形式不同,可以是诗歌,也可以是小说、电影,甚至旅游宣传品和退休以后的生活设计,都具有牧歌精神。所以这样说,是因为这些评论家认为牧歌是一种精神的度假,或径称逃避主义。这种对现代牧歌的论断符合西方文明的现状。恐怕最早的牧歌也有逃避现实的一面。但是它也有向往某种理想境界的一面。十八世纪初英国诗人蒲伯在他十六岁时为他写的春夏秋冬四首牧歌的序里,追随法国古典主义评论之后,宣称"牧歌是人们所说的黄金时代的图像"。它最早也确实是歌颂理想中的牧羊人的淳朴、天真、幸福和黄金时代。恐怕不论古今中外，牧歌总有这两方面：对现实的不满和想象中的理想境界。

当代英国诗人、批评家燕卜荪（William Empson）对牧歌作了很深刻的理论概括。他在他的著作《牧歌的几种表现形式》（*Some Versions of Pastoral*，1935）中说："牧歌是一个将复杂纳入简单的过程，可以看出其中的社会意识"［Pastoral (is a) process of putting the complex into the simple (with) resulting social ideas］。也就是说把复杂的、矛盾的、纷纭的社会现象归结到"单纯"。"单纯"当然是一个极度概括、简单化、抽象的概念，不过是可以理解的，其中当然包含淳朴的生活理想。燕卜荪的这个立论不仅指出创作方法，也指出了内容。至于他所说的社会意识，主要指通过牧歌消灭或调和社会上存在的差别，如赋予社会下层以高贵的品质。葛雷[①]（Thomas Gray）的《墓园挽歌》就是一例，他赋予默默无闻的贫苦农民许多美德，似乎不必改善他们的地位，他们的美德已足以补偿他们的不幸的命运，他们与社会上层的差别就消除了。这一分析是很深刻的。

当然从形式上讲，牧歌里的牧羊男女对我们今天城市居民来说很陌生，很不真实；即使在现实生活中他们还存在，也不会像牧歌里的理想化了的牧人，现在西西里的牧人也变成了绿林好汉，干起绑票生计来了。但是牧歌精神确实还存在于西方文学中。对我们来说，有意义的是看它如何在具体作家的作品内具体地表现出来。

马韦尔的这首诗的主题无疑是写所谓的"花园境界"（gardenstate），是由一个现实世界的花园所引起的冥想。这境界的内容是宁静、天真无邪，像没有创造出夏娃以前的亚当所享受的那种孤独者的幸福。但是这

---

① 现通译格雷。

种乐园的境界只是理想，眼前的花园虽好，它存在于时间之中，只是一种代用品。

　　主题还分许多层次。一开始是等而下之的一些沽名钓誉之徒，终日营营，连人间的花园都不知享受。诗人自己一开始就发现花园里的宁静、天真无邪和幽独，他要像情人那样崇拜它。但是这时诗人尚未能超脱世俗的观念——古典的、人文主义的观点，把宁静等等看作像济慈所歌咏的感官享受，因此他走路时被瓜绊了一跤，跌倒在如茵的碧草上。这是进入下一层次的转折点。"瓜"（melon）在希腊文即苹果。苹果——乐园——摔倒（fall——堕落）把读者已经带到了宗教的领地。摔倒在草上，根据基督教经典，草是肉体的象征："一切肉体和草一样，一切人的光荣和草开的花一样。草要枯萎，草开的花要凋谢。主的话却永世长存。"[①] 不能摔倒在草上，摔倒在草上是堕落。这样就过渡到最深的层次，而这里又分两个层次：头脑与灵魂。头脑代表理性，理性仍属于躯体，凭理性不能达到真正幸福的境界。灵魂和自然相通才能飞向"花园境界"。而所谓"花园境界"，如前所述，就是没有创造夏娃以前的"伊甸园"。冥想到了这一层，诗人从冥想中又回到现实界，现实界万物都是受制约的，最大的制约者是时间。真正的"花园境界"或称"极乐世界"是达不到的，只能通过眼前的花草冥想一番而已。

　　这样来解释这首诗完全是粗线条的，恐怕也不够精到，只剥了表面一层皮。我们且看看历来评家怎样分析。有的，如勒古伊，就如燕卜荪所批评的那样，把此诗和浪漫派诗人济慈拉到一起，原因是第五节中对感官享受的描写，虽然他也把此诗与华兹华斯的沉思诗相比。

---

① 《圣经·新约》里《彼得前书》1.24—25。

有的除了认为此诗写幽独之外，强调它表达对女性的憎恨①。布什②申明此诗并非一个浪漫色彩的"原始主义者"或逃避现实者③的田园式的出神遐想，而是采取燕卜荪之说，认为此诗是相当复杂的。诗人的理智在对自己理智所创造的东西进行批判，不是在度假，度假不会产生神秘主义的幻象；不是自我陶醉，而是表现出一个真诚、有理性的基督徒。布拉德布鲁克④分析得更加细致，他把花园分成四个层次：一、费尔法克斯的花园⑤，二、伊甸园，三、伊壁鸠鲁学园，四、人类的理想。这些花园都把野心和人间的享乐和男女之爱摈除于外。花园代表一种宁静、单纯、天真、纯洁的精神境界。但这位评者又以为此诗写的是"通过大自然战胜时间和死亡"这样一个主题，并以最后一节作为例证，认为它说明时间对大自然（花、草、蜜蜂）无能为力，因为没有这些也就没有时间。这样的解释可以聊备一格，但是时间的胜利这一结论似乎未能从最后一节得出。这最后一节，燕卜荪以为花园的花按十二黄道排列，蜜蜂一天之内可以经历整个夏季，以小见大，诗人同样也可以谛观更长远的时间。他认为结尾这节很优美，但不重要。

对马韦尔这整首诗，燕卜荪的主要论点是"通过解决矛盾达到理想的单纯境界"，矛盾表现在有意识与无意识状态之间、直觉的与理

---

① 如 Hollander and Kermode: *Oxford Anthology of English Literature*. 弥尔顿在《失乐园》X. 888—893 处责备上帝为什么不在乐园中只创造男人，也表达了一种恨女人的偏见，无女子即无堕落，即幸福。马伏尔此诗也可能有此想法。弥尔顿何以有此想法，请看《弥尔顿的悼亡诗》一章。

② 见前引书。

③ 格利尔逊持此说。

④ Pelican Guide 3.

⑤ 据考证，马伏尔写此诗时尚未去费邸任家庭教师，但不管怎样，有一个实际存在的花园。

性的认识方式之间的对比，最后调和解决。这过程并非通过直陈，而是通过比喻表达出来的。在他看来，最关键的比喻就是第五节中的苹果与堕落。他认为这是"直觉地引用基督教意象"，而到了第六节，直觉就渗进了有意识状态。而在第六节中，关键的两句话又是"头脑因乐事减少"（from pleasure less）和"把一切创造出来的，都化为虚妄，变成绿阴中一个绿色的思想"（Annihilating all that's made / To a green Thought in a green Shade）。这两句话每句至少可以有两种不同的解释。第一句可以理解为"由于快乐的减少"，在这乡间花园里没有都市的寻欢作乐，头脑可以清醒地认识自我，因而感到幸福；也可以理解为"头脑因乡间的快乐而缩小"，也就是说头脑或理智在乡间得到休息，减少了思考、忧虑或内省。这正好是描写介乎有意识与无意识之间的状态。第二句，据马格留斯的注解，可以解为"把全部物质世界化为非物质的"（绿色的思想），也可以解作"与绿色思想相比，物质世界毫无价值"。燕氏认为这两种解释，前者意思是要静观一切，后者把一切摒诸思考之外；前者是理性活动，后者是无意识的直觉。这里有对比，也有调和。至于绿色，是马韦尔常用的形容词，燕氏作了统计，发现这个词常和草、花苞、儿童联用，象征童贞，象征当前许多大门阀所出生的淳朴农民阶层，象征大自然。

　　燕卜荪的分析着眼于诗人的心理状态，他的手段是从语义入手，找出矛盾。他认为[1]伟大的诗，内容十分丰富，不作深入的文字分析就不能充分了解诗人的用意，作出正确的反应。局部文字分析不是不顾全局，更不是不作优劣的判断，而是更好地了解全局[2]，作出正确

---

[1]　参看 *Seven Types of Ambiguity* 序。
[2]　局部和全局的关系正是当代阐释学（hermeneutics）所关心的问题。

的判断。尽管有的批评流派认为探求作者意图是虚妄的,但我们认为没有意图的作品是没有的。燕氏对马韦尔《花园》一诗分析的主要结论——诗人在寻求一种理想的单纯的精神境界——虽并未有所突破,但对如何通过矛盾的解决而达到这种境界,则有助于对此诗的理解。

附带说一点,即马韦尔所喜欢的绿色,除了上述的天真无邪等等含义之外,可能还有一层宗教的含义。布朗在《居鲁士的花园》[①]的序里曾说"万物的翠绿状态是复活的象征,要想繁荣茂盛,我们必须首先像种子那样被撒到腐败之中"。必须把创造出来的一切毁灭,思想才能获得生机。尤其我们如果结合他的几首以割草人为中心人物的诗,更可以看出腐朽、荒淫、欲念与天真、淳朴、真正的生的对比与辩证的关系。

这种"花园境界"的理想是怎样产生的呢?我们不得不联系到诗人的生平和社会环境。答案是已经有了的,当然也是粗线条的。韦治伍德(C. V. Wedgwood)在她的《十七世纪英国文学》一书中指出:"这首最可爱的花园诗是对英国失去了的和平的一首挽歌。"她又说:"查理王(查理一世)的快乐岁月所表现的平静是虚假的。"在马韦尔读书的年代,即二十岁以前,查理和议会的关系还处在僵持阶段。1640年以后情况急剧变化,1642年爆发了第一次内战,这时马伏尔虽在国外,但不可能不受到影响,1648年爆发了第二次内战,次年查理被处死。此后国内资产阶级对爱尔兰和苏格兰封建势力作战,对外同荷兰和西班牙作战,形势仍极动荡。马韦尔这首诗可能写于1650—1652年期间或稍前。那么诗中表达的出世思想从这样一个背景上看,就更可理解了。

《女友》一诗从反面歌颂灵魂的真正幸福,《花园》一诗从正面表达他的理想精神境界,两诗在深处是一致的。

---

① Thomas Browne: *The Garden of Cyrus*.

雪 莱

珀西·比希·雪莱（Percy Bysshe Shelley，1792—1822），英国浪漫主义诗人。生于乡村地主家庭。1810年进入牛津大学学习。1811年因发表《无神论的必然性》而被牛津大学开除。1812年赴爱尔兰参加民族解放运动。后来，他迷恋上了威廉·葛德文的女儿玛丽，并同她私奔。雪莱的无神论激进思想和"不道德行为"受到了当时英国社会的谴责。1818年，他离开英国，流亡到意大利。1822年在意大利海边航船，不幸遇难。

他的主要作品有《麦布女王》（1813）、《伊斯兰起义》（1818）、《解放了的普罗米修斯》（1819）、《沉西》（1819）和《暴政的化装游行》（1819）等。他还写了许多著名的抒情诗，如《西风颂》（1819）、《致云雀》（1820）、《云》（1820）等。

雪莱的诗歌思想性和艺术性都很强。马克思称他为"彻底的革命者"。恩格斯称他为"天才的预言家"。他的抒情诗显示了不羁的想象、瑰丽的色彩和动人的音韵。

西风颂

一

呵,狂野的西风,你把秋气猛吹,
不露脸便将落叶一扫而空,
犹如法师赶走了群鬼,
赶走那黄绿红黑紫的一群,
那些染上了瘟疫的魔怪——
香气四溢的晨风轻松地呼召,
燕子从茅草棚子里吐出的呢喃,
公鸡的尖喇叭,使山鸣谷应的猎号
再不能唤醒他们在地下的长眠[①]
在他们,熊熊的炉火不再会燃烧,
忙碌的管家妇不再会赶她的夜活;
孩子们不再会"牙牙"的报父亲来到,
为一个亲吻爬到他膝上去争夺。

往常是:他们一开镰就所向披靡,
顽梗的泥板让他们犁出了垄沟;

---

① 此行按字面译是"再不能把他们从低矮的床铺上唤醒",一说"低铺"既指穷人家矮铺,也指坟墓。

他们多么欢欣地赶牲口下地!
他们一猛砍,树木就一棵棵低头!

"雄心"别嘲讽他们实用的操劳,
家常的欢乐、默默无闻的运命;
"豪华"也不用带着轻蔑的冷笑
来听讲穷人的又短又简的生平。

门第的炫耀,有权有势的煊赫,
凡是美和财富所能赋予的好处,
前头都等待着不可避免的时刻:
光荣的道路无非是引导到坟墓。

骄傲人,你也不要怪这些人不行,
"怀念"没有给这些坟建立纪念堂,
没有让悠久的廊道、雕花的拱顶
洋溢着洪亮的赞美歌,进行颂扬。

栩栩的半身像、铭刻了事略的瓮碑,
难道能恢复断气,促使还魂?
"荣誉"的声音能激发沉默的死灰?
"谄媚"能叫死神听软了耳根?

也许这一块地方,尽管荒芜,

就埋着曾经充满过灵焰的一颗心；
一双手，本可以执掌到帝国的王笏
或者出神入化的拨响了七弦琴。

可是"知识"从不曾对他们展开
它世代积累而琳琅满目的书卷；
"贫寒"压倒了他们高贵的襟怀，
冻结了他们从灵府涌出的流泉。

世界上多少晶莹皎洁的珠宝
埋在幽暗而深不可测的海底：
世界上多少花吐艳而无人知晓，
把芳香白白的散发给荒凉的空气。

也许有乡村汉普敦在这里埋身，
反抗过当地的小霸王，胆大，坚决；
也许有缄口的米尔顿，从没有名声；
有一位克伦威尔，并不曾害国家流血①

---

① 汉普敦（Hampton，1595—1647），在国会曾为反对查理王一世的领袖，后在内战中阵亡。他和克伦威尔（1599—1658）是表亲，常在乡居接受后者的来访，米尔顿，即弥尔顿（1608—1674），早年住过地处英格兰中部离"哀歌的墓园"斯托克·坡吉斯（Stoke Poges）不远的乡村，写过他早期几篇名诗，晚年又从伦敦退居近旁另一处。格雷实际上也只是由家乡墓园启发而写这首诗，并非专写这特定坟园；而随便提到的几位名人都和邻近地方有关，则更出于巧合。克伦威尔在18世纪英国名声不好，文人都加以谴责。

要博得满场的元老雷动的鼓掌,
无视威胁,全不管存亡生死,
把富庶、丰饶遍播到四处八方,
打从全国的笑眼里读自己的历史——

他们的命运可不许:既不许罪过
有所放纵,也不许发挥德行;
不许从杀戮中间涉登宝座
从此对人类关上仁慈的大门;

不许掩饰天良在内心的发作,
隐瞒天真的羞愧,恬不红脸;
不许用诗神的金焰点燃了香火
锦上添花去塞满"骄""奢"的神龛。

远离了纷纭人世的钩心斗角,
他们有清醒的愿望,从不学糊涂,
顺着生活的清凉僻静的山坳,
他们坚持了不声不响的正路。

可是叫这些尸骨免受到糟蹋,
还是有脆弱的碑牌树立在近边,
点缀了拙劣的韵语、凌乱的刻划,
请求过往人就便献一声惋叹。

无文的野诗神注上了姓名、年份,
另外再加上地址和一篇诔词;
她在周围撒播了一些经文,
呵,你让种子长翅腾空,

又落在冰冷的土壤里深埋,
像尸体躺在坟墓,但一朝
你那青色的东风妹妹回来,

为沉睡的大地吹响银号,
驱使羊群般的蓓蕾把大气猛喝,
就吹出遍野嫩色,处处香飘。

狂野的精灵!你吹遍了大地山河,
破坏者,保护者,听吧——听我的歌!

二

你激荡长空,乱云飞坠
如落叶;你摇撼天和海,
不许它们像老树缠在一堆;

你把雨和电赶了下来,

只见蓝空上你驰骋之处
忽有万丈金发披开,

像是酒神的女祭司勃然大怒,
愣把她的长发遮住了半个天,
将暴风雨的来临宣布。

你唱着挽歌送别残年,
今夜这天空宛如圆形的大墓,
罩住了混浊的云雾一片,

却挡不住电火和冰雹的突破,
更有黑雨倾盆而下! 呵,听我的歌!

三

你惊扰了地中海的夏日梦,
它在清澈的碧水里静躺,
听着波浪的催眠曲,睡意正浓,

朦胧里它看见南国港外石岛旁,
烈日下古老的宫殿和楼台
把影子投在海水里晃荡,

它们的墙上长满花朵和藓苔，

那香气光想想也叫人醉倒！

你的来临叫大西洋也惊骇，

它忙把海水劈成两半，为你开道，

海底下有琼枝玉树安卧，

尽管深潜万丈，一听你的怒号

就闻声而变色，只见一个个

战栗，畏缩——呵，听我的歌！

四

如果我能是一片落叶随你飘腾，

如果我能是一朵流云伴你飞行，

或是一个浪头在你的威力下翻滚，

如果我能有你的锐势和冲劲，

即使比不上你那不羁的奔放，

但只要能拾回我当年的童心，

我就能陪着你遨游天上，

那时候追上你未必是梦呓，

又何至沦落到这等颓丧，

祈求你来救我之急!
呵,卷走我吧,像卷落叶,波浪,流云!
我跌在人生的刺树上,我血流遍体!

岁月沉重如铁链,压着的灵魂
原本同你一样:高傲,飘逸,不驯。

五

让我做你的竖琴吧,就同森林一般,
纵然我们都叶落纷纷,又有何妨!
我们身上的秋色斑斓,

好给你那狂飚曲添上深沉的回响,
甜美而带苍凉。给我你迅猛的劲头!
豪迈的精灵,化成我吧,借你的锋芒,

把我的腐朽思想扫出宇宙,
扫走了枯叶好把新生来激发;
凭着我这诗韵做符咒,

犹如从未灭的炉头吹出火花,
把我的话散布在人群之中!

对那沉睡的大地,拿我的嘴当喇叭,

吹响一个预言!呵,西风,

如果冬天已到,难道春天还用久等?

(王佐良 译)

一首奇特的原始诗[①]
——雪莱的《西风颂》

(美)莱昂内尔·特里林

这是一首写于19世纪的奇特的原始诗。这里不是说其语言或形式是原始的,而是指其思维方式而言。《西风颂》对待世界的方式十分相似于早期异教文化时期的人们。

诗人正经历着一场精神危机,正处于绝望的边缘。在这种穷境下他求助于西风,祈求它给他以狂暴的力量——"豪迈的精灵,化成我吧!"诗人祈求西风帮助只是一种构思,一种诗歌想象的运用,我们只能把它解释为"某种象征"。而且西风就是雪莱所描述的精神和道德的力量,就是他所称的一种精灵,它完全会进入人体并使他恢复失去的精力。精灵"spirit"一词源于拉丁文"spiritus",意指呼吸,这个词又源于"spirare",意指"吹拂"。雪莱是完全按照字面意义把二者联系起来。精神沮丧之时,他祈求重新得到激励,希望生命的气息吹入他的心田。

他运用原始的方法去寻求所向往的东西。原始时代的人们相信语言具有支配事物和宇宙中看不见的力量的能力;诗歌和魔法曾是紧密相连的,或更确切地说,是可以相互转化的。《西风颂》就是运用了这种古老的联系。雪莱似乎意识到他的魔术师的角色,因为在第五节

[①] 选自《世界名诗鉴赏辞典》,北京大学出版社1996年版。标题为编者所加。

第九句他谈到了以"诗韵做符咒"。

雪莱施魔法的方式是传统的魔术。前面三个诗节的每一节都是对精灵的召唤。这三段召唤都遵循同一模式:每节以对精灵的呼唤开始,以对精灵的祈求结束——或是否说命令更为恰当?——"呵,听我的歌!"每节都赞颂精灵的伟力,一节又分为两部分,第二部分以反复重复的代词"你"开始。这一形式的反复重复与施魔术的通常做法正相符合。施魔法很注重词语固定形式的精确重复。这些词的顺序与词语本身同样重要。符咒必须准确无误,否则就不起作用。

召唤精灵的方法也与固定的施魔术的方法一致。《西风颂》的前三个诗节用语言塑造了一个精灵的形象,用语言尽可能详尽地表述他君临大地、天空和海洋的种种特征。给它下定义就是为了限定它,以便获得影响其行为的能力。用象征物来进行控制的方法也应用到这首诗的具体结构上。三行诗体是一种把诗行急促地向前推进的节奏形式(韵脚是aba,bcb,cdc,以此类推)。这样的韵律结构使我们在还未读完前一诗节时,后一诗节的音韵就已出现了。在招魂的三个诗节中这种向前的趋势表现得最充分,最自由,因为诗的含义不要求每行诗在结尾处停顿,相反,它要求迅速地把前面一行引入下面的一行。句法也如同诗句一样开放无阻地向前涌动。

在第一诗节中西风的精灵被称作"破坏者与保护者"。这一称呼使一些读者认为西风是法国革命的化身,因为革命在人们心目中就是破旧立新:毁灭旧的陈腐的社会因素以便使新事物产生。这种解释完全与众所周知的雪莱的气质和政治信仰相一致,而且诗中的细节似乎也证实了这一点。"狂野的精灵,你吹遍了大地山河"暗示着这个精灵不只吹遍大地、天空和海洋,也吹遍城镇、议会和人们的内心。诗的最后一节使这种隐喻变得更加明朗,其中的"把新生激发""把我的话散布在人群之中""吹响一个预言",都表明作者对一场巨大的社会和政治变革的希望。

我们有理由认为西风隐含有这样的意义。但我们不能因此而简单地推论诗的结尾部分也带有同样乐观的含义。当想到秋天对社会污浊的摧毁将给人类带来一个快乐的春天,而且在这场变革中他本人的思想和痛苦也将起一定作用时,诗人可能超越了个人的绝望情绪;同时这种想法也可能使他对秋天感到失望。个人生活的荒废不过是普遍生活进程中的一个阶段,他有可能开始一种崭新的生活。他从季节周而复始的变化中看到这样的希望,因为一年的死亡也预示着它的新生——"呵,西风,如果冬天已到,难道春天还用久等?"诗就这样作结。然而,尽管用了一句动人的诘问,诗中的措辞仍不能使我们确信结尾一句表明了诗人已从绝望转回到乐观。事实上,这种措辞不可能给雪莱以希望,因为假若他对人类命运和个人命运的希望一定与季节周期相一致,毫无疑问,如果春天紧随着冬天,那么冬天也同样尾随着春天。社会和个人的更新也许确会到来,但如果从季节的轮换导出这满怀的希望,我们就必须承认春天的到来也预示着最终的秋天的衰落。或许正是诗人内心对这令人悲哀的规律的清醒意识导致了结尾处胜利欢呼中深含的痛切之情,其中包含的绝望不亚于安慰。

诚然,季节的周期轮换总是带有失望的含义,但其中希望的含义似乎更强。人们总是庆祝一年中最短的一天,因这是一年中的转折,此后白天将开始变长。我们还喜欢在圣诞树上挂起玩具以象征对春天的鲜花和夏天的硕果的快乐期望。

(李福萍 译)

济　慈

约翰·济慈（John Keats，1795—1821），英国浪漫主义诗人，和拜伦、雪莱并称于世。出身贫苦，做过医生的学徒，后以写诗为业。在校读书时即倾心于莎士比亚、斯宾塞及弥尔顿等著名诗人，深受影响。1818年发表长诗《恩底弥翁》，受到保守派文人攻击。此后陆续发表长诗《伊莎贝拉》《圣艾格尼斯前夜》，著名的颂诗《希腊古瓮颂》《夜莺颂》《秋颂》等。1818年夏开始创作以古代神话为题材的长诗《海伯利安》，未完成。1821年死于肺病，年仅25岁。雪莱在悼念济慈的挽歌《阿东尼斯》中，把他比作"一颗露珠培养出来的鲜花"。

夜莺颂

一

我的心在痛，困顿和麻木
　　刺进了感官，有如饮过毒鸩，
又像是刚刚把鸦片吞服，

于是向着列斯① 忘川下沉；
并不是我嫉妒你的好运，
　　而是你的快乐使我太欢欣——
　　　　因为在林间嘹亮的天地里，
　　　　　　你呵，轻翅的仙灵，
你躲进山毛榉的葱绿和阴影，
　　放开了歌喉，歌唱着夏季。

二

唉，要是有一口酒！那冷藏
　　在地下多年的清醇饮料，
一尝就令人想起绿色之邦，
　　想起花神，恋歌，阳光和舞蹈！
要是有一杯南国的温暖
　　充满了鲜红的灵感之泉，
　　　　杯沿明灭着珍珠的泡沫，
　　　　　　给嘴唇染上紫斑；
　　哦，我要一饮而悄然离开尘寰，
　　　　和你同去幽暗的林中隐没：

---

① 列斯，冥府中的河，鬼魂饮了它便忘记前生的一切，亦译"忘川"。

三

远远地、远远地隐没，让我忘掉
　　你在树叶间从不知道的一切，
忘记这疲劳、热病、和焦躁，
　　这使人对坐而悲叹的世界；
在这里，青春苍白、消瘦、死亡，
　　而"瘫痪"有几根白发在摇摆；
　　　在这里，稍一思索就充满了
　　　　忧伤和灰眼的绝望，
而"美"保持不住明眸的光彩，
　　新生的爱情活不到明天就枯凋。

四

去吧！去吧！我要朝你飞去，
　　不用和酒神坐文豹的车驾，
我要展开诗歌的无形羽翼，
　　尽管这头脑已经困顿、疲乏；
去了！呵，我已经和你同往！
　　夜这般温柔，月后正登上宝座，
　　　周围是侍卫她的一群星星；
　　　　但这儿却不甚明亮，

除了有一线天光,被微风带过
　　葱绿的幽暗,和苔藓的曲径。

五

我看不出是哪种花草在脚旁,
　　什么清香的花挂在树枝上;
在温馨的幽暗里,我只能猜想
　　这个时令该把哪种芬芳
赋予这果树、林莽,和草丛,
　　这白枳花,和田野的玫瑰,
　　　　这绿叶堆中易谢的紫罗兰,
　　　　　　还有五月中旬的娇宠,
这缀满了露酒的麝香蔷薇,
　　　　它成了夏夜蚊蚋的嗡嗡的港湾。

六

我在黑暗里倾听;呵,多少次
　　我几乎爱上了静谧的死亡,
我在诗思里用尽了好的言辞,
　　求他把我的一息散入空茫;
而现在,哦,死更是多么富丽:
　　在午夜里溘然魂离人间,

当你正倾泻着你的心怀
　　发出这般的狂喜!
你仍将歌唱,但我却不再听见——
　　你的葬歌只能唱给泥草一块。

七

永生的鸟呵,你不会死去!
　　饥饿的世代无法将你蹂躏;
今夜,我偶然听到的歌曲
　　曾使古代的帝王和村夫喜悦;
或许这同样的歌也曾激荡
　　露丝① 忧郁的心,使她不禁落泪,
　　站在异邦的谷田里想着家;
　　　就是这声音常常
　　在失掉了的仙域里引动窗扉:
　　一个美女望着大海险恶的浪花。②

---

① 据《旧约》,露丝是大卫王的祖先,原籍莫艾伯,以后在伯利恒为富波兹种田,并且嫁给了他。
② 中世纪的传奇故事往往描写一座奇异的古堡孤立在大海中;勇敢的骑士如果能冒险来到这里,定会得到财宝和古堡中的公主为妻。这里讲到,夜莺的歌会引动美人打开窗户,遥望并期待她的骑士来援救她脱离险境。

八

呵,失掉了!这句话好比一声钟
　　使我猛省到我站脚的地方!
别了!幻想,这骗人的妖童,
　　不能老耍弄它盛传的伎俩。
别了!别了!你怨诉的歌声
　　流过草坪,越过幽静的溪水,
　　　溜上山坡;而此时,它正深深
　　　　埋在附近的豁谷中:
噫,这是个幻觉,还是梦寐?
　　那歌声去了:——我是睡?是醒?

（穆　旦　译）

济慈的夜莺[1]

(阿根廷)博尔赫斯

凡是经常读英国抒情诗的人,忘不掉约翰·济慈的《夜莺颂》。这首诗是1819年4月的一天晚上,当时济慈大约二十三岁,又穷又患着肺病,在汉普斯特德的花园里写成的。他在郊区的这个花园里听见了奥维德的和莎士比亚的永恒的夜莺,感到自己生命之无常,把自己与这见不着的小鸟的难忘而温柔的声音相攀比。济慈曾经写过:诗人应该自然地写出诗来,仿佛树上长出叶子来一样。两三个小时就足以够他产生出这几页永不消竭而又永不满足的美来,几乎用不着再略加修饰。它的优点,我知道,谁也没有议论过,只有加以解释。这个难题的中心,在于其倒数第二节诗。那个当时在场的凡人对这只小鸟说:"饥饿的世世代代不再把你践踏。"因为,如今这鸟叫的声音已经到了以色列的田野上,在古代的一个傍晚,被摩押女子路得[2]听到。

雪尼·柯尔文(新闻记者,斯蒂文森的朋友)在1887年发表的一篇济慈小传里,发现了或者说发明了我刚才上面提到的诗节里的那个难题。我在下面照抄他的奇谈怪论:"在我看来,济慈是由于逻辑的错误,也是他诗艺的失败,所以反对人生的短暂,以此来理解个人的生命;主张鸟的生命的持续,以此来理解物种的生命。"1895年,

---

① 选自《博尔赫斯文集》(文论自述卷),海南国际新闻出版中心1996年版。
② 见《圣经·旧约·路得记》。

布里吉斯①重复了这样的批评。1936年，李维斯②支持这种观点，并且添加注解说："当然，这种观念里包含的欺骗性证实了他接受它时感情的紧张……济慈在他这首诗的第一节里把夜莺叫作'德里亚德'。"另一位评论家加罗德③，认真地使用这个比喻，以引证诗里第七节说的：这只鸟是不朽的，因为它就是德里亚德，树林里的女精灵。艾米·洛威尔④写得更加明确："读者立即得到了想象的或者诗意的火花，觉得济慈写的不是眼下在那里歌唱的那只夜莺，而是整个夜莺的种类。"

我已经引用了现代和过去五位评论家的评论，理解到所有这些人中只有艾米·洛威尔的话还并不算是白说。然而我不认为她假设的那一夜晚这只个别的夜莺与所有的夜莺之间存在着矛盾。那把钥匙，解答这一节诗的确切的钥匙，我怀疑，是在于叔本华的一段玄学，那是济慈从来没有读到过的。

《夜莺颂》写于1819年，而在1844年出版了叔本华的《意志和表象的世界》第三卷，其中第四十一章里这样写道："我们可以老实地自问：今年夏天来的燕子是不是去年来的那一只？是不是真的两只之间存在着从无到有的奇迹？这种奇迹已经发生了数百万次，为了把它彻底消灭而仍然在进行欺骗。有谁听见我这样说还能够保证这只在这里玩耍的猫，就是在这个地点蹦跳淘气的同一只猫，它三百年来一直在想着喜欢它的我，但是更奇怪更疯狂的是想象它根本是另外的一只。"这就是说，个别，在某种情况下，就是种类；而济慈的夜莺，

---

① 布里吉斯（1844—1930），英国桂冠诗人。
② 李维斯（1895—1978），英国文学评论家。
③ 加罗德（1878—？），英国散文家，文学教授。
④ 艾米·洛威尔（1874—1925），美国女诗人。

也就是路得的夜莺。

济慈自己可以毫不夸大地这样说："我什么也不知道，我什么也没有读过。"然而却从某部有学问的字典的篇页里预见到了希腊的精神；这种预见和再造的最微妙的证据，就是他在那天晚上的夜莺身上直接感觉到了柏拉图式的夜莺。济慈也许不可能给"原型"下一个定义，但是他却在四分之一世纪之前就设想出了叔本华的一个前提。

这个难题就这样解决了。现在要解决的是第二个，其性质与前一个完全不同。加罗德和李维斯等人为什么没有做出这样明显的解释来呢？李维斯是剑桥一所学院的教授——剑桥这座城市，在17世纪时，是由于聚集着一批"剑桥柏拉图派"而闻名的；而布里吉斯则自己写过一篇柏拉图式的诗，名叫《第四度空间》。仅仅提一提这些事实，就足以使这个谜更加严重了。如果我没有弄错的话，其中的道理是来自不列颠思想方法的某种要素。

柯尔律治认为，所有的人，生来就分为亚里斯多德[①]派和柏拉图派。后者认为阶级、秩序、种类都是现实，而前者则认为都是概念。对于这一些人，语言不过是符号的近似游戏；对于那一些人，却是宇宙的地图。柏拉图派知道万物在某种情况下就是一个宇宙、一种秩序；这种秩序，对于亚里斯多德派来说，却可能是一种错误，或者是我们的一部分认识的空想。通过地理的差异和时代的间隔，这两个对立的不朽派别交换了语言和名字：一方面，是巴门尼德、柏拉图、斯宾诺莎、康德、佛兰西斯·布雷德利；另一方面，是赫拉克利特、亚里斯多德、洛克、休谟、威谦·詹姆斯[②]。在中世纪艰苦的学院里，

---

① 现通译亚里士多德。

② 现通译威廉·詹姆斯。

所有的人都祈求于亚里斯多德这位人类理性的大师（但丁：《宴会》第四章第二节），然而，唯名论者都是亚里斯多德派，而现实论者却都是柏拉图派。英国14世纪的唯名论，到18世纪复活于英国精密的理想主义。奥卡姆①的经济方程式 *entia non sunt multiplicanda praeter necessitatem*② 容许或者预示了不无限制的 *esse est percipi*③。因此柯尔律治说，人生来不是亚里斯多德派就是柏拉图派。而英国人的头脑肯定生来就是亚里斯多德派。对于这种头脑，现实不是抽象的观念，而是具体的个别；不是夜莺的种类，而是具体的夜莺。当然，也许难以避免的是：在英国，不可能对《夜莺颂》有准确的理解。

但愿谁也不会从以上的话里看出来责备或者轻蔑的意思。英国人排斥种类，是由于他们觉得个别是不再可能减除，不再可能等同，不再可能匹配。一种伦理的怀疑，而不是推理的无能，阻碍着他们像德国人那样趋向于抽象。他们不理解《夜莺颂》，然而也就是由于这种颇有价值的不理解，才使他们产生了洛克、休谟、柏克莱；而且花了七十年之久才编出了一篇没有人听然而却有预言意义的《个人反对国家》④。

在寰宇之内所有的语言中，夜莺享受着一个美丽的名字（南丁格尔、纳赫蒂加尔、乌契诺洛⑤），似乎人们本能地愿意让它适用于赞颂它的歌曲。诗人们歌唱它那么多，如今几乎有点儿不真实了，既不如对云雀，也不如对天使。自从古代撒克逊的《埃克塞特诗集》

---

① 奥卡姆（1285—1347），英国教士，唯名论派哲学家。
② 拉丁文，大意是：完全不增产，并无必要。
③ 拉丁文：如此理解而已。
④ 英国哲学家斯宾塞（1820—1903）的著作，出版于1884年。
⑤ 英语、德语、意大利语的夜莺。

("我,黄昏的古老歌手,为村村镇镇带来了高尚的欢乐")到斯温伯恩的《阿塔兰特》,无数的夜莺在不列颠的文学里歌唱过;乔叟和莎士比亚赞美它,弥尔顿和马修·阿诺德颂扬它,但是我们命里注定把它的形象和济慈结合了起来,就像把老虎结合于布莱克一样。

(王央乐 译)

艾略特

托马斯·斯特恩·艾略特（Thomas Stearns Eliot, 1888—1965），英国著名诗人、剧作家、批评家和编辑，20世纪西方现代派文学的领袖。出生于美国，良好的教育和家庭熏陶为艾略特最终走上文学道路奠定了基础。1906—1914年间先后就读于哈佛大学、巴黎大学、牛津大学莫顿学院，专攻哲学和文学，选修法、德、拉丁、希腊语和梵文，研习中世纪史、比较文学、印度哲学和宗教等等；求教于著名的新人文主义者白璧德和美学家桑塔亚那；深受布雷德利和休谟的哲学思想影响。总之，涉猎广泛，学识渊博，被誉为"当代最博学的英语诗人"。1927年加入英国籍。

他的诗歌生涯从14岁开始，第一首诗发表在《史密斯学报》上，最早的诗集出版于1917年，其中的《普鲁弗洛克的情歌》是他第一篇重要作品，在对诗歌语言的改革上崭露头角。1922年《荒原》问世，使他获得极高的国际声誉，进而确立了现代派诗歌鼻祖的地位。以后相继发表了《空心人》（1925）、《灰色星期三》（1930）、《岩石》的合唱诗（1934）、《四个四重奏》（1943）以及多本诗集，《四个四重奏》是公认的登峰造极之作。他的诗反对浪漫主义，继承并发展了英国玄学派诗和前期象征派诗，融合意象派诗歌的精华，成一家风格，开一代诗风，是后期象征主义诗歌的重要代表。

《斗士斯威尼》(1926)是他第一部剧作,主要作品还有《大教堂凶杀案》(1935)、《家族团圆》(1939)、《鸡尾酒会》(1949)、《机要秘书》(1953)和《政界元老》(1958)等,均采用无韵体诗剧形式,有宗教剧,也有世俗剧。

艾略特的第一部文学评论集是1920年出版的《圣林》,其文论著作包括文集、对著名诗人的专评、论文和演讲等,他的博学在此得到极大的发挥。在诗歌理论方面提出"客观对应物"和"感受的分化"两个著名论断;《传统与个人才能》和《诗歌的三种声音》是其重要代表作。由于在文艺批评上的观点和方法,成为"新批评派"的奠基人。

艾略特还是著名的文化活动家和编辑。早年在伦敦高级文法学校和海格特学校任教,1917年任先锋派刊物《自我中心者》副主编,与"布卢斯伯里"集团关系甚密,1922年受聘为《标准》杂志主笔。1926年任牛津大学讲师,1932年在哈佛大学讲学,1952年任伦敦图书馆馆长。他还是费边和费边出版社董事长,为诗歌、戏剧和文艺理论发展,以及新诗人的扶植尽心尽力。

1948年由于他"革新现代诗,功绩卓著的成就"而获诺贝尔文学奖,并被授予勋爵。1955年又获歌德大奖。

阿尔弗瑞德·普鲁弗洛克的情歌

假如我认为,我是回答
一个能转回阳世间的人,
那么这火焰就不会再摇闪。
但既然,如我听到的,果真,
没有人能活着离开这深渊,
我回答你就不必害怕流言。①

那么我们走吧,你我两个人,
正当朝天空慢慢铺展着黄昏
好似病人麻醉在手术台上;
我们走吧,穿过一些半冷清的街,
那儿休憩的场所正人声喋喋;
有夜夜不宁的下等歇夜旅店
和满地蚝壳的铺锯末的小饭馆;
街连着街,好像一场冗长的争议
带着阴险的意图
要把你引向一个重大的问题……
唉,不要问,"那是什么?"
让我们快点走去做客。

---

① 见但丁《神曲·地狱篇》第二十七章 61—66 行。原诗引用的是意大利文。

在客厅里女士们来回地走,
谈着画家米开朗琪罗。

黄色的雾在窗玻璃上擦着它的背,
黄色的烟在窗玻璃上擦着它的嘴,
把它的舌头舔进黄昏的角落,
徘徊在阴沟里的污水上,
让跌下烟囱的烟灰落上它的背,
它溜下台阶,忽地纵身跳跃,
看到这是一个温柔的十月的夜,
于是便在房子附近蜷伏起来安睡。

呵,确实地,总会有时间
看黄色的烟沿着街滑行,
在窗玻璃上擦着它的背;
总会有时间,总会有时间
装一副面容去会见你去见的脸;
总会有时间去暗杀和创新,
去一天天从事于手的巨大业绩;
在你的茶盘上拿起或放下一个问题;
有的是时间,无论你,无论我,
还有的是时间犹疑一百遍,
或看到一百种幻景再完全改过,
在吃一片烤面包和饮茶以前。

在客厅里女士们来回地走,
谈着画家米开朗琪罗。

呵,确实地,总还有时间
来疑问,"我可有勇气?""我可有勇气?"
总还有时间来转身走下楼梯,
把一块秃顶暴露给人去注意——
(她们会说:"他的头发变得多么稀!")
我的晨礼服,我的硬领在腭下笔挺,
我的领带雅致而多彩,但为一个简朴的别针所确定——
(她们会说:"可是他的胳膊腿多么细!")
我可有勇气
搅乱这个宇宙?
在一分钟里总还有时间
决定和变卦,过一分钟再变回头。

因为我已经熟悉了她们,熟悉了一切——
熟悉了那些黄昏,和上下午的情景,
我是用咖啡匙子量出了我的生命;
我知道每当隔壁响起了音乐
话声就逐渐低微而至停歇。
　　所以我怎么敢提出?

而且我已熟悉那些眼睛,熟悉了一切——
那些用一句公式化的成语把你盯住的眼睛,
当我被公式化了,在钉针下趴伏,
当我被钉着在墙壁上挣扎,
那我怎么开始吐出
我的生活和习惯的全部剩烟头?
　　我又怎么敢提出?

而且我已经熟悉那些胳膊,熟悉了一切——
那些胳膊戴着镯子,又袒露又白净
(可是在灯光下,显得淡褐色毛茸茸!)
是否由于衣裙的香气
使得我这样话离本题?
那胳膊或围着肩巾,或横在案头。
　　那时候我该提出吗?
　　可是我怎么开口?

是否我说,我在黄昏时走过窄小的街,
看到孤独的男子只穿着衬衫
倚在窗口,烟斗里冒着袅袅的烟?……

那我就该会成为一对蟹钳
急急掠过沉默的海底。

啊,那下午,那黄昏,睡得多平静!

被纤长的手指轻轻抚爱,

睡了……倦慵的……或者它装病,

躺在地板上,就在你我脚边伸开。

是否我,在用过茶、糕点和冰食以后,

有魄力把这一刻推到紧要的关头?

然而,尽管我曾哭泣和斋戒,哭泣和祈祷,

尽管我看见我的头(有一点秃了)用盘子端过来,

我不是先知——这也不值得大惊小怪;

我曾看到我伟大的时刻一闪,

我曾看到那永恒的"侍者"拿着我的外衣暗笑,

一句话,我有点害怕。

而且,归根到底,那是否值得,

当甜酒、橘子酱和茶已用过,

在杯盘中间,当人们谈着你和我,

是不是值得以一个微笑

把这件事情硬啃下一口,

把整个宇宙压缩成一个球,

使它滚向一个重大的问题,

说道:"我是拉撒路,从死人那里

来报一个信,我要告诉你们一切"——

万一她把枕垫放在头下一倚,

  说道:"唉,我的意思不是要谈这些;

不,我不是要谈这些。"

那么,归根到底,是不是值得,
是否值得在那许多次夕阳以后,
在庭院的散步和水淋过街道以后,
在读小说以后,在饮茶以后,在长裙拖过地板以后——
说这些,和许多许多事情?
要说出我想说的话绝不可能!
仿佛有神灯把神经的图样投到幕上:
是否还值得,
假如她放一个枕垫或掷下披肩,
把脸转向窗户,甩出一句:
"那可不是我的本意,
那可绝不是我的本意。"

不!我并非哈姆雷特王子,当也当不成;
我只是个侍从爵士,能逢场作戏,
能为一两个景开场,或为王子出主意,
就够好的了;无非是顺手的工具,
服服帖帖,巴不得有点用途,
细致,周详,处处小心翼翼,
满口高谈阔论,但有点愚鲁;
有时候,老实说,显得近乎可笑,
有时候,几乎是个丑角。

呵,我变老了……我变老了……

我将要把我的裤脚边卷起[①]。

我将把头发往后分吗[②]?我可敢吃桃子?

我将穿上白法兰绒裤子在海滩上走过。

我听见了女水妖彼此对唱着歌。

我不认为她们会为我唱歌。

我看过她们凌驾波浪驰向大海,

梳着打回来的波浪的白发,

当狂风把海水吹得又黑又白。

我们是停留于大海的宫室,

被海妖以红的和棕的海草装饰,

一旦被人声唤醒,我们就淹死。

(1917)

(穆 旦 译)

[①] 这是当时最时髦的式样。
[②] 据艾略特的哈佛大学同学艾肯(Conrad Aiken)在他的一本自传作品中说,这种发式是当时巴黎文人中最时髦的。

释艾略特的《阿尔弗瑞德·普鲁弗洛克的情歌》[①]

(美)克里安斯·布鲁克斯
(美)罗伯特·潘·沃伦

这篇诗是一个戏剧独白,一个人说出一段话来暗示他的经历并显示了他的性格。……普鲁弗洛克是一个中年人,有些过于敏感和怯懦,又企望又迁延。一方面害怕生命白白溜走,可又对事实无可奈何。他本是他的客厅世界的地道产物,可又对那个世界感到模糊的不满。不过,我们只有细细观察,才能掌握本诗许多细节的全部意义并理解全诗的含意。现在就让我们按照顺序对各个细节观察一下。

本诗里的"你"是谁?它就是许多其他诗中所出现的那个"你",即普通读者。但本诗中的"你"还特殊一点,它是普鲁弗洛克愿意向其展示内心秘密的人。关于这个问题,我们在本文最后还要论到。

时间正是黄昏,"你"被邀请一起去访问,而这个黄昏世界在本诗往下叙述时变得越来越重要了。这个世界既非黑夜,又非白昼。昏黄的色彩渲染了本诗的气氛。这是一个"好似病人麻醉在手术台上"的黄昏。由于这个形象,这昏黄世界也成了另一意义的昏黄世界,就是生与死之间的境界。这里也意味着病恹的世界,手术室的氛围。我们可以说,在某一意义上,普鲁弗洛克是在动外科手术,或至少进行

[①] 选自《英国现代诗选》,查良铮(穆旦)译,湖南人民出版社1985年版。系译者根据布鲁克斯和沃伦《理解诗歌》(1950)一书中有关内容编译。标题为编者所加。

疾病检查（这病人既是他的世界，也是他自己）。他在寻求一个问题的答案——这是"一个重大的问题"，对这问题"你"不能问，只能从这次访问中，在看到普鲁弗洛克的世界后才能理解。

要达到普鲁弗洛克的特殊世界，"你"必须走过一段由窄小的街道组成的贫民窟。它为普鲁弗洛克的世界提供一个背景，一种对照，这对照在本诗后面部分尤其重要，但目前是为了指出那突如其来的女士们的谈话是多么琐碎。这并非说她们谈的主题琐碎；恰恰相反，那主题——米开朗琪罗是和女士们的琐碎形成对照的，因为他是有强烈性格的人和辉煌的艺术家，而且还是文艺复兴伟大创造时期的典型人物，他和普鲁弗洛克世界的女士们很不相称。

在本诗第15—20行，我们进一步接触到这个昏黄世界。这里有一点发展：烟和雾的降落有意加重那客厅与外界的隔绝。而且，借黄色的雾描出的睡猫的形象，影射普鲁弗洛克世界的懒洋洋和漫无目的的特点。

在下一段（第23—34行）里，有两个主题呈现诗中：即时间主题和"表象及真实"主题。前一主题表现在：总还有时间来决定解决某一未名的"重大的问题"——来构制幻景和修改幻景。这里"幻景"（Vision）一词是重要的，因为它意味着某种基本的洞察力，真理的一闪或美的一瞥。只有神秘学家、圣徒、占卜人和诗人才看得到"幻景"。可是这一个词又和"更改"（revision）并用，含有再思索和故意改变的意思，等等。本段的第二主题表现在：普鲁弗洛克要准备一副假象来应付世界。他不能直接面对世界，而必须伪装起来。

这种必须是怎么引起来的，现在还看不出，但在下一节（第37—48行）里我们看到：伪装是由于害怕嘲笑，怕世人的敌视的眼睛贪婪地瞄着每一缺陷。在这里,时间主题的侧重点也改变了。在前一节,是总会有时间来容许推迟重要的决定,可是现在,在那个思想里还渗入另一个思想,即时光迫人,暮年逼近。带着时光逼人的意识和恐惧,普鲁弗洛克敢不敢以一个重大的问题搅乱那个宇宙呢?

以下三节(第49—69行)进一步解释何以普鲁弗洛克不能搅乱宇宙。第一,他自己就属于那个世界,因此,他批评它就是甘冒大不韪。作为那个世界的完美的产物,又被它的庸碌无能的自卑感所熏染,他凭什么能提出对它的批判呢?其次,他害怕这个世界,那些敌视的眼睛在瞄着他。这种恐惧使他不敢改变他的"生活和习惯"。

这三节中的最后一节(第62—69行)好像和前两节有同样的格局:我已经熟悉了这个世界,等等,所以我怎么敢提出?可是它有新的内容,即胳膊和香气,这不能被认为仅仅是普鲁弗洛克世界的细节。归根到底,这首诗名为"情歌",迄今却还不见爱情的故事。现在,不是一个女人,而是许多女人意味深长地呈现了。普鲁弗洛克被赤裸的胳膊和衣裙的阵阵香气所吸引,可就是在这陈述浪漫感情的几行中,我们看到一种更现实的观察在括号里的一行中被提出来:"可是在灯光下,显得淡褐色毛茸茸!"是否这仅仅是附带而过,还是指出了普鲁弗洛克的某方面?对"真正"的胳膊的观察和"浪漫"想象中的胳膊形成对照,这一事实即减弱了吸引力:针对着诱惑还暗示有一种厌恶,有一种对现实和肉体的弃绝。在这种情况下,普鲁弗洛克怎能"开口"呢?

以下五行(第70—74行)是一种插叙,发展着"爱情"主题。普鲁弗洛克想起了(一如在本诗开头)他走过陋巷和贫民窟,看见那里孤独的男子们,被社会所遗弃的人们。何以这里插入这一回忆呢?为什么它在此刻浮上普鲁弗洛克的心中并写在诗里?普鲁弗洛克也是一个孤独的人,一个被社会遗弃的人,他突然感到自己和那些孤独者是一样的。但同时,他的处境却和他们不同。他们是因贫困、厄运、疾病或老年而孤独,而他的孤独是由于他畏缩和弃绝生活。

这种解释从一对蟹钳那两行得到印证。蟹钳是一种贪欲的象征,它和普鲁弗洛克的过于文雅和敏感的神经质的生存形成两个极端。可是绝望中的普鲁弗洛克宁愿过那种蟹钳的生活,不管它如何低级和原始,只因为那是生活,而且是有目的的生活。贫民窟的景象和原始的海底都不同于普鲁弗洛克的世界;我们可以感到从第70行起,有了一种呆板的、散文的节奏,和本诗其他部分的流畅而松弛的节奏迥乎不同。

从第75行起,我们重又回到客厅来,回到普鲁弗洛克没有魄力促使"紧要关头"出现的那个被麻醉的、平静的昏黄世界来。主宰这一节的主题是时间主题,一种体力衰退和死亡临近的感觉,不是时间太多,而是时不我待的感觉。现在,在岁月蹉跎的感觉下,普鲁弗洛克的痛苦仿佛无所谓了;它没有任何成果。他承认他不是先知,也不是像施洗礼者的约翰[①]那样能宣告新的天道。在提及施洗礼者约翰的地方,我们还看到也有爱情故事的提示,因为那个先知所以致死,是由于他拒绝了莎乐美的爱情;普鲁弗洛克也拒绝了爱情,但并非由于他是虔信和热情传道的先知。他只不过是他的世界的产物,而在他那个世界里,甚至"死亡"也是一个侍役,在拿着他的外衣并偷偷笑这个

---

① 施洗礼者约翰是耶稣的前驱,据说他奉派"为天主铺平道路"。《圣经·新约·马太福音》记载:希律王因为约翰阻止他娶自己的弟妇希罗底而将约翰囚禁,但因百姓以约翰为先知,不敢杀他。以后希罗底的女儿莎乐美得到希律的欢心,因得不到约翰的爱情,要求希律把约翰杀掉,把他的头放在盘子上给她。希律果然照办了。

有些滑稽的客人。连普鲁弗洛克的死也失去庄严和意义。

从第87到110行中,普鲁弗洛克自问,即使他逼临那紧要关头,这一切是否值得呢？这里牵涉到爱情故事,牵涉到和一个女人的某种默契。"把整个宇宙压缩成一个球"这句话暗用英国诗人马韦尔的一首情歌:《给他忸怩的女郎》①。马韦尔的情人要把甜情蜜意压缩进至高无上的一刻,可是普鲁弗洛克呢,却要把整个宇宙压成一个球,滚向一个"重大的问题"。换句话说,对普鲁弗洛克来说,那不仅是涉及个人关系的问题,而且涉及世界及生活的意义。当然这两者不无关系,如果生活没有意义,个人关系也不可能有意义。

假如普鲁弗洛克能使那严重的一刻发生,他感到他就会像拉撒路一样从死的境域转回来。让我们考查一下这个典故包含什么意思。在《圣经》里有两个叫这名字的人。一个是躺在财主门口的乞丐(《路加福音》第16章),另一个是马利亚和马太的兄弟,他死后耶稣使之复生(《约翰福音》第11章)。当前一个拉撒路死去时,他被天使带去放在亚伯拉罕的怀里,而财主则进了地狱。财主看见拉撒路在享福,就请求打发拉撒路来给他送点水,亚伯拉罕不肯这样做。财主又请求至少打发拉撒路去告诫他的五个兄弟多行好事,以免下地狱之苦。亚伯拉罕回答说,他们有先知的话可以听从。

> 他(财主)说:我祖亚伯拉罕呵,不是的;若是有一个从死里复活的,到他们那里去,他们必要悔改。
>
> 亚伯拉罕说:若不听从摩西和先知的话,就是有一个从死里复活的,他们也是不听劝。

---

① 即前文杨周翰所译《致他的娇羞的女友》。

由此看来，两段有关拉撒路的故事，都包含着死后还阳，我们可以说这典故即暗示这两段的这一共同内容。对普鲁弗洛克来说，死后还阳是指他从无意义的生存中觉醒过来，和耶稣叫拉撒路复活相似。"告诉一切"就是说出死后的情况，说出其可怕的情景。乞丐拉撒路的故事似较另一拉撒路的故事在这一用典中所占的比重大些。普鲁弗洛克的告诫正像乞丐拉撒路之于财主们一样，不会被客厅的女士所重视；即使他提出那"重大的问题"，她也不会明白他谈的是什么。

  在意识到这情形的同时，普鲁弗洛克还感于他自己的能力不足。他不是哈姆雷特王子（第111—120行）。哈姆雷特陷于犹疑和绝望中。他向奥菲丽亚提出一个"重大的问题"，可是她不了解他的意思。哈姆雷特犹豫不决，但类比到此为止。哈姆雷特庄严而热情地和他的疑难作斗争。他没有屈服于神经质的逃避和怯懦。他面对的世界是邪恶而粗暴的，但不是昏黄而慵懒的。《哈姆雷特》悲剧和米开朗琪罗的作品一样是属于历史上一个伟大的创造时代，只要一提到他们，就会唤起那个与普鲁弗洛克世界完全不同的世界。富于忧郁的自嘲感的普鲁弗洛克看出这一切，他知道如果说那悲剧中有任何角色像他的话，那便是那饶舌而浅陋的老波隆尼阿斯，那阿谀的罗森克兰兹，或是那愚蠢的花花公子奥斯里克。也许，他可以算是那出现在许多伊丽莎白悲剧中的小丑——虽说哈姆雷特悲剧中没有小丑。

  因此从第120行起，我们看到普鲁弗洛克安于他所扮演的角色，默认他将不再提出那重大的问题，默认他已经老得不必迟疑了。随着这一时间主题的提出，我们看到他已是一个走在海滩上黯然观望女郎们的老人，而那些女郎对他已不屑于一顾了。这一场景突然又转化成美和力的幻景，与普鲁弗洛克所居的世界迥然不同。女郎们仿佛成了女水妖,自如地驶着波浪朝海外她们自然的创造力奔去。(我们应注意,这也指那蟹钳掠过的海:粗野的力和美的幻景本都是生命之源的大海的一个侧面。)

最后关于女水妖的一节(第129—131行)使我们看到:普鲁弗洛克原来的处境被奇怪的颠倒了:他不是"停留"在女士们谈论着米开朗琪罗的客厅里,而是在"大海的宫室",被"女水妖"所包围着。当然这类经验不过是做梦:它要"被人声唤醒"的。醒了就意味着回到人世来,亦即被窒息而死:"……我们就淹死。"

这结尾的形象精彩地概述了普鲁弗洛克的性格和处境:他只能在梦中陶醉于赐予生命的大海;而即使在那梦里,他也只是看到他那消极和被动的自我:他并没有"凌驾波浪驰向大海";他停留在"宫室"里,被"海妖"装饰以海草。不过,尽管他不能在海里生活,或不能在浪漫的海底梦里生活,但他的干瘪的"人世"却窒息他。他成了一条离水之鱼。

是否这首诗只是一个性格素描,一个神经质"患者"的自嘲的暴露?或者它还有更多的含意?如果有更多的含意,我们到哪里去找呢?首先,我们在最后三行里看到突然使用"我们"。普鲁弗洛克把情况普遍化了;不仅他自己,而且其他人也都处于同一困境中。其次,普鲁弗洛克的世界被着重指出是一个无意义的、半明半暗的世界,是一个被麻醉的梦界,它被置于另一世界即被击败的贫民窟世界之中。此外还有一处表示本诗有普遍的含义。艾略特在本诗开首从但丁的《神曲》引来的一段题词,原是被贬到地狱的吉多·达·蒙特费尔特罗的一段讲话。他站在劫火中说:"假如我认为我是回答一个能转回阳世间的人,那么这火焰就不会再摇闪。(注:在蒙骗和欺诈者的那一层地狱里,每个阴魂都被包在一个大火焰中,在阴魂说话时,他的声音就自火苗顶尖发出来,因此那火苗就像舌头一样颤动和摇闪。)但既然如我听到的,果真没有人能活着离开这深渊,我回答你就不必害怕流言。"吉多以为听他讲话的但丁也是被打入地狱的阴魂,因此,既然但丁不能回到阳世去传他的话,他就不必担心什么而讲起自己的过去和无耻的勾当。所以,这段题词等于是说:普鲁弗洛克像被贬入地狱的吉多从火焰里说话一样;他所以对诗中的"你"(读者)讲话,是因为他认为读者也是被贬入地狱的,也属于和他一样的世界,也患着同样的病。这个病就是失去信念,失去对生活意义的信心,失去对任何事情的创造力,意志薄弱和神经质的自我思考。由此看来,归根结底这篇诗不是讲可怜的普鲁弗洛克的,他不过是普遍存在的一种病态的象征……

(穆 旦 译)

奥 登

威斯坦·休·奥登（Wystan Hugh Auden，1907—1973），英国诗人。出生于约克郡一个笃信英国国教的名医家庭。1922年开始写诗，1925年入牛津大学攻读文学，同时从事诗歌创作。大学毕业后赴德国学习德国语言和文学，1930年回国后当过5年中学教师。20世纪30年代思想进步，成为英国左翼青年作家领袖。1937年曾赴马德里支援西班牙人民的反法西斯斗争，给政府军当过担架员和救护车驾驶员。1938年和英国小说家伊修伍德一起来中国采访。1939年又和伊修伍德一同前往美国定居，1940年以后皈依基督教，1946年加入美国籍。他在许多美国大学教过书，后一度被选为牛津大学诗学教授（1956—1960）。晚年常在纽约和奥地利乡居。1973年9月病逝于维也纳，所居乡村即以他的名字命名。

奥登的创作可以分为四个时期。第一个时期（1927—1932），他先在牛津大学的文艺青年中崭露头角，他的第一部《诗集》（1930）给英国诗带来了新内容、新方向、新技巧。第二个时期（1933—1938）的作品都具有鲜明的左翼政治观点，反映当代的重大政治和社会问题。这个时期的代表作是诗集《看吧，陌生人》。1937年发表长诗《西班牙》，声援西班牙人民的反法西斯斗争。1938年访问中国，与伊修伍德合写了《战地行纪》（1939），其中的一组十四行诗《战争时期》(1939)是奥登所写,对中国的抗战表示同情与支持。第三个时期(1939—1946)标志着奥登世界观的重大转变。诗集《另一次》(1940)和长诗《新年书信》(1941)反映了第二次世界大战爆发前后他的思想右转的过程。他皈依基督教以后的宗教信仰和政治态度反映在三首长诗中:《暂时》(1944)、《海与镜》(1944)与《忧虑的时代》(1947),后者曾获得1948年普利策诗歌奖。第四个时期自1948年开始。奥登晚期的诗歌创作带有浓厚的宗教色彩,同时也反映出他对日益堕落的西方现代文明和日趋严重的政治和社会问题所感到的悲观失望。这个时期的主要诗作有《阿喀琉斯的盾牌》(1955)、《向克莱奥女神致敬》(1960)、《在屋内》(1965)与《无墙的城市》(1969)。

奥登是一个多才多艺的诗人。他不但能写严肃诗,而且能写轻松诗或打油诗,诗体更是多种多样。他被认为是继叶芝和艾略特之后英国最重要的诗人,1953年获得博林根诗歌奖,1956年获得全国图书奖,1967年获得全国文学勋章。奥登也是出色的文学评论家。主要评论集有《染匠的手》(1963)与《次要的世界》(1968)。此外,他还和麦克尼斯合写过《冰岛书简》(1937),和美国诗人切斯特·考尔曼合写过几出歌剧的歌词。

September 1, 1939　　1939年9月1日[①]

I sit in one of the dives 我坐在一家下等酒吧里，
On Fifty - Second Street 在第五十二大街上，
Uncertain and afraid 犹豫不决，满心担忧，
As the clever hopes expire 那些聪明的希望吐出
Of a low dishonest decade: 这卑下的虚伪的十年：
Waves of anger and fear 愤怒和恐惧的电波
Circulate over the bright 在这地球上光明的
And darkened lands of the earth, 和黑暗的土地上传送，
Obsessing our private lives; 将我们的私生活扰乱；
The unmentionable odour of death 死亡那不便提及的气味
Offends the September night. 在伤害九月的夜晚。

Accurate scholarship can 精湛的学问能够
Unearth the whole offence 揭示出全部的伤害，
From Luther until now 从路德直到如今，
That has driven a culture mad, 把文化逼得疯狂，

---

① 为方便读者对照，特将奥登诗英文原作及译文并列于此。为呼应布罗茨基的分析文字，这里的译文比较拘泥于原文，亦无法顾及韵脚，系所谓"硬译"。——译注

奥登《1939年9月1日》

Find what occurred at Linz,	发现在林茨发生的事,
What huge imago made	巨大的心像造就了
A psychopathic god:	一个精神变态的神:
I and the public know	我和公众全都知道
What all schoolchildren learn,	所有学童所学的内容,
Those to whom evil is done	受到邪恶打击的人
Do evil in return.	定会以邪恶相报。

Exiled Thucydides knew	流亡的修昔底德知道
All that a speech can say	语言所能够道出的
About Democracy,	关于民主的一切,
And what dictators do,	以及独裁者的欲为,
The elderly rubbish they talk	他们谈论着陈词滥调,
To an apathetic grave;	面对一座冷漠的坟墓;
Analysed all in his book,	他的书中分析过的一切,
The enlightenment driven away,	被带走的启蒙运动,
The habit-forming pain,	那习惯性的疼痛,
Mismanagement and grief:	管理不善以及悲伤:
We must suffer them all again.	我们全得再度忍受。

Into this neutral air	这中立的空气中,
Where blind skyscrapers use	眼瞎的摩天大楼利用
Their full height to proclaim	它们充足的高度宣布
The strength of Collective Man,	集体的人的力量,

Each language pours its vain	每种语言都抛出无效的
Competitive excuse:	有竞争力的理由:
But who can live for long	但谁能长久地生活
In an euphoric dream;	于一个欢娱的梦境;
Out of the mirror they stare,	自这镜中他们看着
Imperialism's face	帝国主义的面孔
And the international wrong.	和那国际性的错误。
Faces along the bar	酒吧里的张张面孔
Cling to their average day:	墨守他们寻常的一日:
The lights must never go out,	灯光必须一直照耀,
The music must always play,	音乐必须永远演奏,
All the conventions conspire	所有的人在共同密谋,
To make this fort assume	要让这个堡垒接纳
The furniture of home;	家庭里常用的家具;
Lest we should see where we are,	以免我们知道身在何处,
Lost in a haunted wood,	迷失于有鬼的树林,
Children afraid of the night	害怕黑夜的孩子们
Who have never been happy or good.	从未有过幸福或欢欣。
The windiest militant trash	最强风的军事垃圾
Important Persons shout	被重要人物们抛出
Is not so crude as our wish:	不似我们所想得粗鲁:
What mad Nijinsky wrote	疯子尼任斯基关于

奥登《1939年9月1日》

About Diaghilev	佳吉列夫所写的一切,
Is true of the normal heart;	适用于正常的心灵;
For the error bred in the bone	每一个女人和男人
Of each woman and each man	骨头里繁殖的谬误
Craves what it cannot have,	渴求无法获得的东西,
Not universal love	不是普遍存在的爱,
But to be loved alone.	而是孤身一人地被爱。
From the conservative dark	自那保守的黑暗
Into the ethical life	向着伦理的生活,
The dense commuters come,	稠密的乘客在运动,
Repeating their morning vow,	重复着早晨的誓言,
'I *will* be true to the wife,	"我将忠实于妻子,
I'll concentrate more on my work',	我将更认真地工作。"
And helpless governors wake	无能的领导者也醒来,
To resume their compulsory game:	为了继续必须的游戏:
Who can release them now,	谁能此时释放他们,
Who can reach the deaf,	谁能够让聋子听见,
Who can speak for the dumb?	谁能够替哑巴说话?
All I have is a voice	我全部的所有是声音,
To undo the folded lie,	以翻开折叠的谎言,
The romantic lie in the brain	有情有欲的普通人
Of the sensual man-in-the-street	大脑中浪漫的谎言,

And the lie of Authority	以及权威们的谎言,
Whose buildings grope the sky:	权威们的楼耸入云天:
There is no such thing as the State	世上没有国家这东西,
And no one exists alone;	也无一人孤独地存在;
Hunger allows no choice	饥饿不允许选择,
To the citizen or the police;	无论对于公民还是警察;
We must love one another or die.	我们必须相爱或者死去。
Defenceless under the night	黑夜里没有设防,
Our world in stupor lies;	我们的世界在昏睡;
Yet, dotted everywhere,	然而,有斑点的各处,
Ironic points of light	灯光那讽刺的光点
Flash out wherever the Just	在闪烁,而正义
Exchange their messages:	在交换它们的消息:
May I, composed like them	我,与爱神与灰尘
Of Eros and of dust,	在构成上一模一样,
Beleaguered by the same	四面八方堆积着
Negation and despair,	同样的虚无和绝望,
Show an affirming flame.	愿我亮起肯定的光芒。

September 1939　　　　　　　1939 年 9 月

(刘文飞　译)

析奥登的《1939年9月1日》[①]

(美)布罗茨基[②]

一

摆在你们面前的这首诗有九十九行,如果时间允许,我们将讨论其中的每一行诗。这可能显得很乏味,也的确乏味;但是,这样做却能使我们获得一个更好的机会,以便了解一些有关其作者的情况,同时也了解一下一首抒情诗作总的谋篇布局。因为,这正是一首抒情诗作,尽管其题目不大像是抒情诗。

每一件艺术作品,无论是一首诗作还是一座教堂的圆顶,都显然是其作者的自画像,所以,我们用不着让自己劳神太多,试图去区分作者本人和诗中的抒情主人公。通常,这样的区分是毫无意义的,因为抒情主人公无疑是作者的自我投影。

如你们已经知道的那样,这首脍炙人口的诗作的作者,是他的世纪的一位批评者;可他自己也是这个世纪的一部分。所以,他的批评几乎永远也为一种自我批评,正是这一点,使这首诗中他的声音具有

[①] 本文选自布罗茨基《文明的孩子》,中央编译出版社1999年版。此文为作者在哥伦比亚大学艺术学院写作班就现代抒情诗歌所做的讲座。
[②] 约瑟夫·布罗茨基(Joseph Brodsky,1940—1996),俄裔美国诗人,散文家,1987年获诺贝尔文学奖。著有诗集《诗选》《言论之一部分》《二十世纪史》《致乌拉尼亚》,散文集《小于一》《悲伤与理智》等。

了一种抒情的平衡。如果你们认为,对于成功的诗歌操作而言还另有秘诀,那么你们就会被人淡忘的。

我们将检验这首诗的语言内涵,因为词汇正是区分此一作家与另一作家的东西。我们还将关注诗人表达出的思想以及他的韵律系统,因为后者为前者提供了一种必然的感觉。韵律使思想成为法则;就某种意义而言,每一首诗都是一部语言的古籍。

如你们中有的人所发现的那样,奥登的诗中有大量的讽刺,这首诗中的讽刺尤多。我希望我们能分析得稍稍透彻一些,能足以使你们意识到,这种讽刺,这种轻盈的触及,正是一种最深刻的绝望之标志;绝望常常是与讽刺相伴的。总之,我希望,在这个讲座结束时,你们能够对这首诗产生出一种与其作者写作时所怀有的同样情感——即一种爱。

二

我希望这首诗的标题自身是能够说明问题的,它是我们的诗人在移居大洋此岸后不久写成的。他的离去曾在其故乡引起轩然大波;他被指责为背叛,说他在灾难的时刻离开了自己的国家。是的,灾难的确降临了,但却是降临于诗人离开英格兰之后的什么时候。此外,正是他,十余年来一直在不断地发出那灾难即将降临的警告。说到灾难,无论一个人有着怎样的洞察力,他也无法道出灾难降临的时间。而指责他的那批人,恰恰是那些看不到灾难来临的人:他们或是左翼的,或是右翼的,或是和平主义者,等等。再者,他移居美国的决定与世界政治也很少关联:其移居的原因有更多的私人性质。我希望,我们以后再来谈谈这一点。现在要谈的问题是,在战争爆发的时候,

奥登《1939年9月1日》

我们的诗人发现自己已置身于新岸,于是,他至少要面对两类读者:故乡的读者和他面前的读者。让我们来看一看,这一事实对他的语汇产生了什么样的影响。现在,从这里开始……

> 我坐在一家下等酒吧里,
> 在第五十二大街上,
> 犹豫不决,满心担忧,
> 那些聪明的希望吐出
> 这卑下虚伪的十年:
> 愤怒和恐惧的电波
> 在这地球上光明的
> 和黑暗的土地上传送,
> 将我们的私生活扰乱;
> 死亡那不便提及的气味
> 在伤害九月的夜晚。①

让我们从头两行开始:"我坐在一家下等酒吧里／在第五十二大街上……"在你们看来,此诗为什么要这样开头呢?比如说,为什么要有这"第五十二大街"的精确呢?这又精确到了什么程度?是这样的,精确到第五十二大街,就是在指明这不可能是欧洲的一处地方。足够了。我认为,奥登在这里想扮演的是一个新闻记者的角色,如果你们愿意,也可以说是一个战地记者的角色。这个开头有着明显的报道气息。诗人所说的话,有些像是"记者从……向您报道";他是一

---

① 请参看英文原作。

位正在向英格兰的同胞发回报道的记者。在这里，我们发现了一些非常有趣的东西。

注意一下"下等酒吧"一词。这绝对不是一个不列颠词汇，是这样的吗？"第五十二大街"同样也不是。对于他那记者的身份而言，它们显然是直接的帮助；对于其故乡的读者来说，这两者都同样具有异国情调。这一点使你们看到了我们将要讨论一番的奥登的一个特点：美国语汇的侵入，我认为，对美国语汇的迷恋正是促使他移居此地的原因之一。这首诗写于1939年，在随后的五年里，他的诗句充满了美国词汇。他几乎在着迷地将那些美国词掺进其总的不列颠词汇之中，通过诸如"下等酒吧"（dives）和"粗俗的城"（raw towns）这样一些词，他的语言结构——以及整个英语诗歌的语言结构——都明显地富有生气了。我们将逐一讨论这些词汇，因为对于一个诗人来说，词以及词的发音方式比思想和信念还要重要。至于一首诗，在其发端之处总有一个词。

在这首诗的开头处，有这么一个"下等酒吧"，这个下等酒吧很可能对诗中的其余部分负有责任。他无疑喜欢这个词，因为在此之前他从未使用过这个词。但是随后，他又想道："哼，在英格兰，从语言上看，他们会以为我只是一个在贫民窟中混日子的人，我不过是将这几个美国新词挂在嘴上而已。"于是，接下来他首先用"生活"（lives）来与"下等酒吧"押韵，除了使古老的韵律焕发了生机之外，这个韵脚本身也道出了足够多的东西。其次，他用"一家"（one of the）对这个词作了限制，于是便减弱了"下等酒吧"的异国情调。

与此同时，"一家"加重了首先光顾下等酒吧的谦逊效果，这一谦逊效果也很符合他的记者身份。他在这里将自己的地位降得相当低：肉体上的低，即置身于事物的中部。仅此一点便提高了可信度：人们更愿意倾听从事件发生地发出报道的人。使整个事情更为可信的，是"第五十二大街"，因为诗歌中毕竟很少用到数目字。很可能，他的第一个冲动就是想说："我坐在一家下等酒吧里。"但是接着，他意识到，"下等酒吧"对于故乡的人们来说在语言上也许过于突兀了，于是他加上了"在第五十二大街上"。这多少减轻了事情的分量，因为在第五大道和第六大道之间的第五十二大街当时是世界的爵士乐领地。顺便说一句，所有那些在这些三音步诗体的半韵脚中回响的切分音，也是由此而来的。

记住：显示出你们这首诗的韵律上将去向何方的，不是第一行诗，而是第二行。它还向有经验的读者介绍了作者的身份，即他到底是个美国人还是一个不列颠人（美国人的第二行通常是相当大胆的：它违背着带有其语言内容的格律所具的约定音乐；一个不列颠人通常则倾向于保持住第二行诗音调上的可预见性，只是在第三行，或者更常是在第四行，才道出他自己的语汇。试将托马斯·哈代四音步的——甚或是五音步的——作品与E. A. 罗宾逊，或者最好与罗伯特·弗罗斯特比较一下）。然而，更为重要的是，第二行正是给出韵律方案的一行。

"在第五十二大街上"完成了所有这些活计。他告诉他们：这将是一首三音步的诗，作者很难被确定为一个本地人；韵律似是不规则的，更像是准韵［用"满心担忧"（afraid）与"大街"（street）押韵］，并有进一步开放的倾向［这儿的"光明的"（bright）实际上是通过"担忧"（afraid）与"大街"（street）押韵的，"担忧"（afraid）又扩展为"十年"（decade）］。对于奥登的不列颠读者来说，这首诗实际上开始于这里，以一种出乎意料的方式，开始于"第五十二大街"制造出的这种有趣的,然却非常平淡的氛围。但是问题在于,我们的作者如今所面对的已不仅仅是不列颠人:今非昔比了。这个开头的美妙之处,就在于它的左右逢源,因为,"下等酒吧"和"第五十二大街"向他的美国公众宣布,他能很好地使用他们的语言。如果人们没有淡忘此诗的直接目的,那么,对语汇的这一选择就绝对不会是令人惊讶的。

  二十年后,在为悼念路易斯·麦克尼斯[①]而写的一首诗中,奥登表达了一种"如若可能,欲做大西洋的小歌德"的愿望。这是一个非常意味深长的表白,这里的关键词,不知你们相不相信,是大西洋而不是歌德。因为,在开始其诗歌生涯的始初,奥登的脑中就已意识到,他用来写作的语言是一种跨越大西洋的语言,或者,更确切地说,是一种帝国的语言:这并非指不列颠的殖民统治,而是指一种能造就一个帝国的语言。因为,帝国的统一不是借助政治或军事力量,而是借助语言的。试以罗马为例,或者,最好以古希腊为例,在亚历山大大帝死后(他死时很年轻),古希腊便立即瓦解了。在古希腊和罗马的各政治中心崩溃之后,是伟大的希腊语[②]和拉丁语使它们又存在了几个世纪。帝国首先是文化的实体;真正起作用的是帝国的语言而非军团。所以,如果你们打算用英语写作,恕我直言,你们就必须掌握从弗雷斯诺[③]到吉隆坡的所有英语熟语。否则,你所言一切的重要性便难以越出你们小小的教区,当然,这个小教区是完全值得称道的,而且,还有那著名的"一滴水"(一滴水可以反映整个世界)可以使你们

---

① 路易斯·麦克尼斯(1907—1963),英国诗人。
② 原文为拉丁文。
③ 美国加州中部的一个城市。

自慰。这很好。然而,你们本有无数的机会成为伟大英语的公民。

好的,这也许像是煽动;但这里没有恶意。再回到奥登这里来,我认为,上面所讨论的一切程度不同地影响到了他,使他做出了离开英格兰的决定。此外,他在故乡的名气已经很大,他所面临的前景可能就是加入文化权贵的行列:因为,在一个阶层严谨的社会中没有其他的路可走,没有更多的事好做。于是,他走上了这条路,语言为他拓宽了这条路。无论如何,对于他来说,帝国不仅在空间上,而且也在时间上得到了扩展,他从不同来源、不同层次、不同时期的英语中汲取营养。很自然地,像他这样一个常被指责为在《牛津英语词典》中搜寻古词僻字的人,不大会忽视美国所提供的机遇。

总之,"第五十二大街"扬起一阵清脆的铃声,吸引大西洋两岸的人们都来倾听。在每首诗的开头,诗人必须清除那层艺术和技巧的空气,这空气会为公众对诗歌的态度设置一层雾幛。他必须是令人信服的、明白清晰的——也许就像公众本身那样。他必须用公众的声音说话,如果他诉诸的是公众题材,他就更应如此了。

"我坐在一家下等酒吧里,/在第五十二大街上"符合这些要求。我们在这里听到的,是我们自己那平稳、自信的声音,是一位用我们的声调对我们说话的记者的声音。正当我们准备诗人将这种宽慰的方式继续下去,正当我们分辨出了这种公众的声音并已习惯了他的三音步时,诗人突然将我们抛进了"犹豫不决,满心担忧"这非常私人化的语汇之中。如今,这已不是记者的说话方式;这与其说是一个老练的、身着战壕雨衣的记者的声音,不如说是一个受到惊吓的孩子的声音。"犹豫不决,满心担忧"指的是什么?——是怀疑。这才是这首诗的——其实也是整个诗歌、整个艺术的——真正起源:充满怀疑，或是带有怀疑。那第五十二大街下等酒吧的确定转眼之间就消失了，你们获得了这样一种感觉，它们被摆在了最前面，也许就因为他一开始就"犹豫不决，满心担忧"：这就是他要依附那些具体东西的原因。现在，前奏结束了，我们真的要开始工作了。

在我们进行逐行分析时，我们不仅要考察这些诗行的内容以及它们在一首诗的整体设计中所具的功能，而且还要考察它们独自的独立性和稳定性；一首诗如果要支撑下去，它最好得有合适的砖石。如此看来，第一行有些不够稳定，因为它仅仅起一个引导的作用，诗人深知这一点。它具有自然说话的气氛，相当轻松，并由于其描写的活动而显得谦卑。主要的问题在于，它并没有使你对第二行做好准备，无论是在格律上还是在内容上。在"我坐在一家下等酒吧里"之后，什么样的格律都可能出现：五音步，六音步，双行韵，你们尽可去数吧。所以，"在第五十二大街上"才具有比其所提供的内容更为巨大的意义，因为它将此诗锁在了韵律之中。

"在第五十二大街上"中的三个重音，使得它像现实中的第五十二大街一样地坚实、笔直了。虽说"坐在一家下等酒吧里"与传统的诗人姿势并不相符，可它的新颖性毕竟是暂时的，就像与代词"我"相关的一切那样。另一方面，"在第五十二大街上"倒是永久的，因为它是非个性的，同样也因为它的数目字。这两个方面的结合通过有规则的重音得到了加强，它给了读者以自信，使下文具有了合法性。

正因为此，"犹豫不决，满心担忧"才给了他们一种没有任何具体之物的感觉：没有名词，甚至也没有数字；只有两个形容词，就像是你们肚子里两眼慌乱突涌的小喷泉。由公众语汇向私人语汇的这一转换相当突然,此行仅有的两个单词起首处敞开的元音会使你们喘不过气来,会使你们孤独地面对一个比第五十二大街更长的世界所具有的具体的稳固。这行诗显然不是在坦陈思想。无论如何,诗人在试图给出一种合理的解释,说明他或许并无心滑入那个其背井离乡的处境可能诱他步入的深渊。这行诗也许正是他与直接环境不相协调的感觉所提示出来的(换句话说,就是一个人的肉体与任何环境的不相协调感)。我甚至要冒险地指出,这位诗人的身上或许一直存在着这样的感觉;只是他个人的环境,在这首诗中即为历史的环境,使那一感觉更加强烈了。

所以,他在此为所描写对象搜寻合理解释的做法是完全正确的。这首诗就由这一搜寻而展开。好的,让我们来看一看下面的诗句:

> 那些聪明的希望吐出
>
> 这卑下的虚伪的十年……

首先,相当多的英国读者在这里当头挨了一棒。"那些聪明的希望"在这里有多重意味:和平主义,绥靖主义,西班牙,慕尼黑——所有那些为欧洲的法西斯主义铺平道路的事件,就像当今用匈牙利、捷克斯洛伐克、阿富汗和波兰为共产主义铺平道路一样。说到后者,使我们这首诗获得标题的1939年9月1日,正是德国军队侵入波兰、第二次世界大战爆发的日子。(好的,讲一点历史也许无害,是吗?)你们看,战争由于不列颠对波兰独立的担保而爆发了。这是一个战争借口[①]。现在是1981年,在四十年后的今天,波兰的独立又何在呢?

---

① 原文为拉丁文。

所以，严格地、公正地讲，第二次世界大战是徒劳的。不过，我离题了……总之，这些担保者是不列颠人，这个种名对于奥登来说仍然是具有某种含义的。至少，它仍是暗指故乡的，他对"那些聪明的希望"所持的明确、严厉的态度也由此而来。

还有，这一连接部位的主要角色，就是主人公欲借助合理解释压抑惊慌的尝试，这不可能做到，因为"那些聪明的希望"是一对相互矛盾的术语：希望如果是聪明的，那便是到来过迟的。在这个词组中，仅有的压抑功能来自"希望"这个词本身，因为它暗示着一个必定会得到改进的未来。这一矛盾形容法的最终结果显然是讽刺性的。然而，在这一环境中，讽刺一方面几乎是不道德的，另一方面也是不够用的。于是，作者垂下拳头，道出"这卑下的虚伪的十年"，这一句横贯了前面提及的向暴力妥协的那些例证。但是，在我们分析这一行之前，要注意到"虚伪的十年"（dishonest decade）的警句性质：由于相同的重音位置和相同的起首辅音，"虚伪的"构成了"十年"（decade）的一种精神韵脚。好了，对于其意愿来说，这一观察也许是过于细致了。

现在，你们想一想，奥登为什么要说"卑下的虚伪的十年"呢？好的，这部分地是因为，那个十年的确是非常卑下的——人们担心希特勒势力的膨胀，但却认为一切事情都可以顺利地得到解决，尤其是在欧洲大陆上。毕竟，这些民族勾肩搭背已经很久，更不用说，第一次世界大战的大屠杀还清晰地留在他们的记忆中，人们很难设想会出现又一场枪战。对于他们中的大多数人来说，这像是一种十足的同义反复。伟大的波兰智者斯坦尼斯拉夫·杰尔西·列克（他的《断想集》得到了奥登的高度评价）在下面的评论中对这样一种精神状态作了最好的描述:"在悲剧之后幸存下来的英雄,并不是一个悲剧英雄。"这话听上去也许很美妙,不幸的是,在一场悲剧之后幸存下来的英雄,却要去面对另一场悲剧。于是,才出现了这些"聪明的希望"。

通过加上"卑下的虚伪的十年",奥登制造出了一种进行严肃判断的效果。一般而言,当一个名词带有一个以上的形容词,尤其是在书面文字中,我们就会变得有些疑虑。通常,这样做是为了强调,但这样做的人知道这是要冒风险的。这里有一个顺便插入的看法:在一首诗中,你要试着将形容词的数量压缩到最低限度。设想让某人用一块能去除形容词的魔布覆盖你的诗作,那张白纸仍会由于名词、动词和副词而足够的黑。如果那张魔布太小了,那么你最好的朋友就是名词。还有,永远别用相同的词素来押韵。你可用名词押韵,却不应用动词来押韵,而用形容词押韵则是一个禁忌。

1939年,奥登已是一位老手了,他清楚两个或更多的形容词摆在一起会怎样,然而他偏偏这样做了,而且,两个形容词还均为贬义的。你们认为为什么要这样呢?为了谴责那个十年?可有一个"虚伪的"就已经足够了。此外,正直并非奥登的典型性格,它也不会使奥登忘记,他本人也是这个十年的组成部分。像他这样一个人,在选用一个否定意味的词时,不会感觉不到其中的自画像成分。换句话说,无论何时,当你们准备使用某个贬义词,请你们试着先用它修饰一下你们自己,以便获知这个词的全部分量。否则的话,你们的批评会逾出你们的系统,使你们自己也感到不快。这很像每一种自我疗法,只能治愈小病……不,我认为,诗人并排使用形容词的原因,是他的这样一个愿望,即用实在的重量来补充理性的反感。他只想填满这一行诗,那个沉重的、单音节的"卑下的"承担着这个任务。这里的三音步具有铁锤一样的力度。他本可以说"病态的"或"糟糕的";可"卑下的"无论如何还是更稳重些,它也与下等酒吧的肮脏形成了呼应。我们在此所面对的不仅是伦理的都市风貌,而且也是现实的都市风貌,因为诗人正欲使整个事情继续在街道的层面上。

> *愤怒和恐惧的电波*
>
> *在这地球上光明的*
>
> *和黑暗的土地上传送,*
>
> *将我们的私生活扰乱……*

"电波"显然是电台的广播,然而,这个词的位置——紧接在"虚伪的十年"之后,位于新的一句开头——却会给你们以缓解,是一个变调;所以,一位读者原来会将"电波"理解为一把浪漫主义的钥匙。好的,由于一首诗位于书页的最中间,四周则是巨大的白色边缘,所以,诗中的每一个词、每一个逗号都承载着巨大的——也就是说,是与废置的空间成比例的——暗指和含义。诗中的词,尤其是那些位于行首和行尾的词,全是超载的。这不是散文。这像是白色天空中的一架飞机,其中的每一个螺栓和每一个铆钉都有着巨大的意义。正因为如此,我们要逐一地来讨论它们……无论如何,"愤怒和恐惧"也许正是那些广播的实际内容:德国入侵波兰,以及全世界对此作出的反应,包括英国的对德宣战。这或许是那些与美国风格截然不同的报道,正是它使我们的诗人在此摆出了记者的姿势。不管怎样,这里是暗指新闻,所以也就引出了下行的动词"传送";但这仅为原因的一部分。

奥登《1939年9月1日》

  对于这个动词来说，负有更直接责任的是上行末尾的"恐惧"一词，这不仅是因为这种感觉总是反复出现的这一特性，而且还由于它所伴有的不连贯性。"愤怒和恐惧的电波"这一句调子过高，超出了前几行服帖、平稳的词汇，于是，诗人决定来削割他自己，采用了这个技术性的或者说是官僚主义的、总之是不带感情色彩的"传送"一词。借助这个无人称的、技术性的动词，他便能安全地——也就是说，不冒情感肤浅之险地——采用"光明的和黑暗的"这两个暗指丰富的词，这两个词既能描绘出地球的实际面目，也能勾勒出地球的政治风貌。

  "愤怒和恐惧的电波"显然是与诗人自己"犹豫不决，满心担忧"的心态相呼应的。无论如何，后者是前者的条件，它同样也为"将我们的私生活扰乱"提供了前提。这一行中的关键词显然是"扰乱"，因为，除了能传导出那些新闻广播和通俗小报的重要性外，它还引出了一种纵贯整个诗节的羞耻感，并在我们把握"我们的私生活"这句话的含义之前，就先给这句话投下了一层嘶嘶作响的嗞擦音的阴影。就这样，那位向我们说着话并谈论着我们的记者所摆出的这个姿势，掩盖着一个自我厌恶的道德家，"我们的私生活"也成了一种关于某些不便言说之物的委婉说法；那些东西对本节的最后两行负有责任：

死亡那不便提及的气味
在伤害九月的夜晚。

  在这里，我们又一次感觉到了一种不列颠语气，一种起居室中散发出的气味:"不便提及的气味"。诗人为我们并列出两个委婉的说法:一个修饰语和一个客体,我们几乎看到了一个皱起的鼻子。"伤害"一词也是如此。总的说来,委婉的说法是出于恐惧而产生的一种惰性。诗人真正的恐惧和绕圈子的话语(像他的读者一样不愿有啥说啥)的混合,使这几行诗具有了双倍的可怕。你们在这两行诗中所感受到的厌恶,与其说是"死亡的气味",以及那气味与我们鼻孔的接近,不如说是那种使得它"不便提及"的感觉。

整体地看,"犹豫不决,满心担忧"这本节诗中最重要的表白,其源头并不在于战争的爆发,而在于导致战争的那种感觉,最后两行模仿了这种感觉。不要犯下错误,认为这两行诗是一种滑稽的模仿:绝对不是。它们仅在作者的驾驭中各尽其责,将每个人和每件事带进集体罪恶的中心。他仅试图展示,那文明的、委婉的、超脱的话语以及与之相关的一切所导致的结果是什么,即一堆腐肉。现在,若以这样的情绪来结束一节诗,自然是过于强烈了,于是,诗人决定给你们一小块呼吸的空间;于是,有了"九月的夜晚"。

尽管这"九月的夜晚"由于被添加的东西而有些堕落了,可它仍是九月的夜晚,仍富有相当不错的暗喻。在这一点上,诗人的策略——除了他忠于历史的总的愿望之外——就是为下一节诗铺平道路:我们不应忘记这样的考虑。所以,他在这里给了我们一个自然主义和高度抒情性的混合体,这一混合体既刺中了你们的内心,也刺中了你们的神经丛。无论如何,这节诗中最后的东西,是一个发自内心(尽管是颗受伤的心)的声音:"九月的夜晚"。它并不是提供出太多的缓解:但毕竟,人们可以感觉到还是有地方可去的。诗人是在用"九月的夜晚"来提醒我们,我们是在阅读一首诗,那么,在这之后,让我们来看一看,我们的诗人又欲将我们领向何方。

三

第二节开始于一个慎重的、我想说是学究气的意外:"精湛的学问能够／揭示出全部的伤害,／从路德直到如今……"你们肯定想不到,在"九月的夜晚"之后会是这样的诗句。你们看,奥登可是一位最难预测的诗人。在音乐中,约瑟夫·海顿是可与他相媲美的人。在奥登这儿,即使内容是最常规的,你们也无法预见到下一行是怎样的。这可是行家的活儿……好了,你们认为,他在这里为什么要以"精湛的学问"开头呢?

好的,他开始了一个新的诗节,他直接的关注和设想就是要改变音调,目的是摆脱那种结构设计上的重复必然会导致的单调。其次,也是最重要的一点。他完全清楚上一句的分量和影响,他不想继续那种权威的方式:他所关心的只是一个诗人的权威,这位诗人在读者的眼中是先天正确的。所以,他试图在这里表现的,就是他操纵客观、冷静之话语的能力。"精湛的学问"被用在这里,以抹去浪漫、诗意阴影的所有可能性,这层阴影大约是由第一节诗的语汇投射在进行中的伦理讨论之上的。

这种要求客观性、冷静语调的压力,既是现代诗歌的祸根,也是现代诗歌的幸事。它曾堵塞了众多人的喉咙;艾略特先生就是其中的一位,尽管同样的压力又使他成了一名杰出的批评家。奥登的诸多长处之一,就是他能自如地操纵这种压力,使之符合他的抒情目的。比如,他就在这里道出了一个冷峻的、学究气的声音:"精湛的学问能够／揭示出全部的伤害……"然而，你们却能在客观性的面具之下感觉到控制不住的愤恨。这就是说，这里的客观性就是受到控制的愤恨之结果。请注意这一点，还请注意一下"能够"之后的停顿，"能够"（can）一词位于此行的末尾，与"完成"（done）押宽韵，可两者相距过远，难以察觉。在这个停顿之后，"揭示"作为一个误被强调的动词出现了；它被提升得过高了，使这种能够揭示任何事物的学术能力被蒙上了一层相当浓重的怀疑色彩。

重音在这两行中机械的分配，造成了情感的缺乏，而这正是学术活动所要求的，然而，一只敏锐的耳朵会对"全部的伤害"作出反应：此处的随意恰好是非学究气的。也许，它是用来抵消"揭示"一词之冷漠的，尽管对此我还不能肯定。诗人在此采用了口语式的随意语调，其目的似乎并不是表现这种学术发现可能具有的不精确性，而是为了体现出一种绅士般的超然的姿态，它与其主题，无论是路德还是"如今"，并无多大的关联。在这个时候，支撑着这个诗节的自负——是的，我们可以用逻辑推理——开始使奥登心意乱了，在"把文化逼得疯狂"一句中，奥登终于放纵自己，吐出了那个在他的舌尖上颤动了太久的字眼："疯狂"（mad）。

我的感觉是，他非常喜欢这个字眼。每一个母语为英语的人也都会这样：这个词的覆盖面很广——如果不能说它是覆盖一切的话。此外，"疯狂"也是一个典型的英国中学生词汇，对于奥登来说，它便是神圣的神圣[①]；这并不是因为他"幸福的童年"或他当过中学教师的经历，而是由于诗人对简洁的追求。"疯狂"一词不仅恰当地体现了世界的状态和作者的心态，而且也在这里预告了此节诗结束处总的

[①] 原文为拉丁文。

语汇风格。不过,让我们来看下一行吧。

"发现在林茨发生的事,"我敢打赌,你们对路德的了解超过对发生在林茨的事情的了解。好的,林茨是奥地利的一个城市,是阿道夫·希特勒(当时他名叫阿道夫·辛克尔格鲁伯)度过童年的地方;也就是说,他在那里上了学,获得了思想,等等,其实,他本想成为一名画家,曾报考维也纳美术学院,但未被录取。考虑到这个人的能量,他的未被录取对于美术来说可是一大憾事。于是,他成了一个相反的米开朗琪罗。好了,我们以后再谈这个战争与绘画的故事。现在,让我们来看一看这一节中词汇的内涵:在这里我们将面对某些有趣的东西。

让我们假设一下,我们关于"疯狂"一词的中学生性质所说的话是正确的。问题在于,"在林茨发生的事"也来源于中学的体验:即年轻的辛克尔格鲁伯的体验。当然,我们不知道那里到底发生过什么事情,但是如今,我们全都已购买到了"性格形成期"这一概念。接下来的两行,你们大约已经看到了,就是"巨大的心像造就了／一个精神变态的神"。现在我们来看,"心像"本是一个精神分析学术语。① 它指一个儿童在父亲不在身边的时候——年轻的阿道夫就有过这样的经历——所构想出的父亲形象,它会影响到儿童之后的发展。换句话说,在这里,我们的诗人将学术碾磨成了我们不断吸入的心理分析学的细粉。还请注意一下这三个韵脚的优美,它通过"造就了"(made)连接起了"疯狂"(mad)和"神"(god)。诗人在非常隐蔽地,然而又坚定不移地为本节的最后四行诗铺平道路,每一个活着

---

① 心像(imago),又译"无意识意象",指童年时期对父母等形成的理想形象,它在孩子成年之后仍保持不变。

的人都应该将这一点烙记在自己的脑中。

这一节的整个设想,就是让"精湛的学问"(此为"聪明的希望"的另一版本)与"受到邪恶打击的人/定会以邪恶相报"这朴素的伦理学相对峙。这些基本原理是广为人知的:这是某种甚至连中小学生也清楚的东西;也就是说,这是某种属于潜意识的东西。为了将这一点钉入读者的大脑,他不得不将两种语汇相互并列,因为对比是我们最容易理解的东西。于是,他让最后两行那惊人的简洁与林茨/路德/心像组合出的明显的深奥构成了对比。写到"一个精神变态的神"的时候,他有些恼怒了,因为要竭尽全力公平地对待对立双方的争论,同时又必须保持真实的情感。所以,他突然冒出了这句演说似的"我和公众全都知道",这句话释放了好几个元音,并带出了一个能解释一切的字眼:学童(schoolchildren)。

不,他并非在此并列狡诈和单纯。他也不是在进行一种未经许可的分析。他当然熟悉弗洛伊德的著作(事实上,他很早就阅读过那些著作,在他步入牛津之前)。他只是在引入一个公分母,将我们与希特勒捆绑在一起,因为,他的读者——或者说是他的病人——并非无个性的权威,而是曾遭受过各种各样邪恶的我们大家。在奥登看来,希特勒是一个人类现象:他不仅仅是一个政治现象。所以,他采用了弗洛伊德的方法,认为这一方法是通向问题的根基、通向其本源的一个捷径。你们看到了,奥登是一个对因果的相互作用最感兴趣的诗人,对于他来说,弗洛伊德的理论只是一种交通工具:目的却没有。还有一个也许并非主要的原因,这一学说像其他任何一种学说一样,可以扩大他的词汇:他自每一个水潭舀水。他不仅质疑了"精湛的学问"在解释人类之恶方面的能力,接着,他还在这里完成了更多的事情：他告诉我们，我们全都是相当邪恶的。我们能与这四行诗产生共鸣，是吗？你们知道这是为什么吗？因为，这四行诗毕竟像是原罪说最贴切的翻版。

但是，这四行诗还有些额外的东西。因为，它们在暗示我们均可能成为希特勒的同时，也悄悄地削弱了我们欲谴责希特勒（或德国人）的决心。这几乎是一种有些模糊的氛围："我们要去审判何人？"——你们嗅到了吗？还是只有我的鼻腔嗅到了？然而我想这氛围是存在的。如果这氛围是存在的，你又怎样来解释它呢？

好的，首先，现在刚刚是1939年9月1日，主要的事件还发生在这之后。其次，诗人有可能因为这四行诗的效果（它们还给人一种信手拈来的印象）而十分陶醉，而忽视了细微之处。然而，奥登并非这样一位诗人，另外，他去过西班牙，知道现代战争是什么样的。一个最貌似合理的解释就是，奥登自牛津毕业后在德国度过了相当长的一段时间。他数次旅行德国，他的旅程很长，也很愉快。

他造访的德国，是魏玛共和国的德国——本世纪（20世纪）最好的德国，据你们的老师所言。无论是就苦难还是就活力而言，它都与英国相去甚远，因为，它的人口是由大战后幸存下来的败兵、残障人、饥民和孤儿构成的，而其最大的伤亡则是古老的帝国秩序的消失。整个社会结构完全被破坏，更不用说经济了，政治气候也是变幻无常的。至少可以说，就其宽容的氛围而论，就那种被草率地称之为"颓废派"的现象而论，尤其是就视觉艺术而论，它不像英国。那是表现主义喷薄而出的时期：那一时期的德国艺术家被视为这一"主义"的始祖。的确，说到表现主义艺术，其主要的视觉特征就是断裂的线条、物体和形象那神经质的和可怖的变形、色彩那艳丽的和残酷的生动，人们会不由自主地想到，第二次世界大战就是表现主义最伟大的表现。人们似乎能感觉到，这些画家所描绘的画面溢出了画框，将自己投射在广袤的欧亚大陆上。德语也是弗洛伊德的语言，而奥登是在柏林近距离地面对弗洛伊德的伟大学说的。好的，长话短说，我要向你们推荐克里斯托夫·伊舍伍德①的《柏林故事》，因为这些故事准确地捕捉到了那个地区那一时期的氛围，远胜过你们所看过的任何电影。

希特勒的上台，自然几乎要为这一切画上一个句号。在欧洲的知识分子看来，他的出现在当时并非意志的凯歌，而是庸俗的胜利。对于同性恋者的奥登来说，他去柏林的原因，我想，只是去找男孩，而第三帝国似乎也在强奸那些青年。小伙子们成了士兵，前去杀人或是被杀。否则，他们就会遭到流放、监禁等等。我认为，他是从个性立场举出纳粹主义的：那是一种与感官享受、与敏锐感觉完全对立的东西。不用说，他是对的。作为一个看重因果关系的人，他迅速地意识到，土壤肥沃了才会产生邪恶。他亲眼看见，那里所有的人在纳粹出现之前便已遭遇了邪恶，这使得他对德国之发现的洞察更锐利、更深刻了。我想，他指的是《凡尔赛和约》，指的是那些自身即为战争之子的男孩，他们承受了战争的后果：贫穷，匮乏，弃置。他非常了解他们全体，无论他们是否穿着军装，无论他们怎样激烈行事，他都不会觉得奇怪；他非常了解他们，对他们在环境宜于作恶的时候"定会以邪恶相报"，他也不会感到吃惊。

你们看到了，学童是最具威胁的人群；军队和警察②均在重复学校的结构。问题在于，对于这位诗人来说，学校并不仅仅是"性格

---

① 即伊修伍德。

② 原文为德语。

形成期的体验"。学校是他（作为学生和教师）唯一贯穿过的社会结构；所以，对于他而言，学校就成了存在之比喻。我认为，一朝为男孩，终生为男孩；如果你是一个英国男孩，则尤其如此。这就是德国对他来说竟如此清晰的原因，这就是在他在1939年9月1日不想对德国进行地毯式抨击的原因。此外，每个诗人自身也有些像是元首[①]：他渴望统治思想，因为他总是试图认为他懂得更多——这比你认为你确是更好的仅一步之遥。去进行抨击，就是在表达一种优越感；奥登放弃了这个机会，未去做出评判，而选择了表现悲伤。

这些保留态度部分地根植于受到伤害的感官享受，它暴露出了一个绝望的道德家，他唯一的自我控制手段就是三音步扬抑格；这种三音步诗体又向他回赠了它所包含着的缄默的高贵。如今，不是人们在选择格律；事情正相反，因为格律在第一个诗人之前很久即已存在。它们开始在人们的大脑中发出低鸣——部分地因为，人们刚刚读到的某个作者运用过这些格律；但更可能因为，它们原来就是某些特定精神状态（其中包括伦理状态）的对应物——或者，它们就包含着抑制特定心态的可能性。

如果你们有功底，就请你们尝试在形式上变换格律，比如说，改变一下诗节的设计，或移动一下停顿，围绕——或是通过内容的出奇之处；还有一个可利用的材料，就是你打算用来填充相似诗行的东西。一个懒惰的诗人会更具奴性地重复格律，而一个较好的诗人则会试着借助一个小动作，赋予格律以生命。在这里，促使奥登动笔的原因，可能是W. B. 叶芝的《1916年复活节》，就题材而言两者尤其

[①] 原文为德语。

相似。但是，同样可能的是，奥登或许刚刚重读了斯温伯恩①的《在冥后的花园里》：人们可以无视他们的抒情，大人物并不一定只受与他同样的大人物影响。无论如何，如果说叶芝曾用这样的格律来表达他的情感，奥登则用同样的东西来控制他的情感。对于你们来说，这里并无什么诗人的等级，你们只要意识到，这样的格律可以有两种用途，还有多种用途，它实际上无所不能。

好了，回到我的问题上来。你们想一想，第三节诗为什么要这样开始呢？

四

> 流亡的修昔底德知道
> 语言所能够道出的
> 关于民主的一切

你们看到了，一个诗节是一个自我生成的装置：一节诗的结尾会引出另一节诗出现的必要。这一必要首先纯粹是声学的，然后才是道德说教的（尽管我们不应该将两者分开，尤其是出于分析的目的）。此处的危险在于，反复出现的诗节模式事先构成的音乐，似乎欲左右、甚至决定内容。对于一个诗人来说，与音调的专制做斗争是非常艰难的。

《1939年9月1日》十一行长的诗节，据我所知，是奥登本人的发明，其韵律模式的不规则，是一种内在的反疲劳装置。请记下这一

---

① 斯温伯恩（1837—1909），英国诗人。

点。同样，十一行诗节量上的效果，使得一位作者在开始新的一节时所想到的第一件事情，就是摆脱前几行诗音乐上的困境。应该指出，奥登在这里必须非常努力地工作，因为前面的四行诗已经具有简洁凝练、使人着迷的美。于是，他引入了修昔底德——一个最出乎你们意料的名字，是吗？这多少有点像在"九月的夜晚"之后加上"精湛的学问"的那一方法。但还是让我们更细致分析一下这一行吧。

"流亡的"是一个含义丰富的词，是吗？它音调很高，这不仅因为它所描写的内容，而且还由于其中的几个元音。然而，由于它紧接着明显跳动的前一行，由于它开始了我们原以为将回到正常语气的一行，"流亡的"一词在这里的出现有些低调……现在，在你们看来，是什么使我们的诗人想到修昔底德以及这位修昔底德所"知道"的东西呢？好的，我的猜测是，这是诗人的尝试，他想扮演他自己的雅典的历史学家；于是，由于那些尝试是有危险的，由于他意识到，无论他的话语多么雄辩——尤其是在最后四行中——他都注定要被忽视，他更要这样做了。由此而来的，是弥漫在此行的这种疲劳气氛，是"流亡的"一词中这种轻舒的情感——他可能在用这个词来表达自己的实际处境，但用的是小调，因为这个形容词含有自我夸大的可能性。

我们在汉弗莱·卡朋特所著的那部杰出的奥登传记中找到关于这行诗的另一个线索，这部传记的作者提到了这样一个事实，我们的诗人当时正在阅读修昔底德的《伯罗奔尼撒战争史》。当然，伯罗奔尼撒战争的主要意义，就在于它宣告了我们所谓的古代希腊的终结。战争带来的变化的确是剧烈的：在某种意义上可以说，这就是雅典及其所代表的一切真正的终结。修昔底德借伯里克利之口，道出了你们从未听说过的、最令人心碎的关于民主的话——他说道,民主似乎没有明天,这个词的希语原义也的确没有过明天——几乎一夜之间,伯里克利在公众心目中的地位就被人取代了——被何人所取代?是被苏格拉底。着重点不再是与集体、与城邦的密切联系,而转向了个人主义——这个转向并不太坏,只不过,它为社会后来的分裂铺平了道路,并伴之有种种的邪恶……因此,我们的诗人至少拥有地理学上的理由将自己等同于修昔底德,他也意识到了我们的世界、我们的雅典的剧变,如你们所见,正隐约显现在地平线上。换句话说,他正在这战争的前夜发出预言,但与修昔底德不同,他没有事后总结的便利,而只有关于事情的形态——更确切地说是事情的毁灭——即将出现的真实预感。

"语言所能够道出的"一句,虽是充满渴望的,却仍是自我控制的。它形成一条联系起修昔底德的疲惫不堪的个性纽带,因为语言只能为那些掌握了语言的人即诗人和历史学家所蔑视。我还想补充一句,每一位诗人都是语言的历史学家,虽然我不想再进一步说明这一观点。无论如何,"语言"一词显然可以使人们联想到修昔底德借伯里克利之口做出的葬礼演说。另一方面,一首诗当然也就是一次演说,诗人试图抢在某个批评家或某些事件之前放弃自己的计划。也就是说,诗人不让你们对他的作品有"那又怎样"的反应,在一首诗结束之前,他就自己说出了这样的话。然而,这却不是一种自卫的举动;这既不表明他狡猾,也不表明他的自知之明,而体现出了一种谦逊,前两行的小调引出了这样的谦逊。奥登的确是最谦卑的英语诗人。与他相比,甚至连爱德华·托马斯[①]也显得傲慢了。他的美德不

---

① 爱德华·托马斯(1878—1917),英国诗人。

仅来源于他的意识,而且也来源于其声音更具权威性的作诗法。

然而,请看一看这句"关于民主的一切",这一行是多么的简约啊!此处的强调,显然是放在语言之局限的——或称命定的——能力上的:在其《悼W. B. 叶芝》中,奥登早已透彻地阐释过这个思想,在那里,奥登开头便写道:"……诗歌无法让任何事情发生。"但是,由于这行诗简约、随意的态度,厄运也就降临在了"民主"的头上。尤其值得注意的是,"民主"(democracy)一词无论是在辅音上还是在视觉上都与"道出"(say)一词押韵。换句话说,"语言"的无望是与其对象(无论是"民主"还是"独裁者的欲为")的无望交织在一起的。

在关于"独裁者"的这一行中有趣的东西,就是更强劲的——与"关于民主"相比——重音分配,这样的分配并不是为了体现作者对独裁者的愤恨,而是他为克服不断增加的疲惫而做出的尝试。再请看一看"独裁者的欲为"中不动声色的陈述技术。这句话的委婉性质,通过名词(dictators)相对于动词(do)的几乎是难以容忍的音节优势体现了出来。你在这里能感觉到,独裁者可以去做各种各样的事情,"欲为"(do)(它在这里扮演着与第一节中"不便提及的"一词相同的角色)与"知道"(knew)的押韵也不是没有含义的。

"他们谈论着陈词滥调,/面对一座冷漠的坟墓……"显然是指前面说到的伯里克利的葬礼演说。然而,这里出现了更让人担心的事情,因为历史学家的(同样也是诗人的)话语与专制者的演讲这两者之间的界限变得模糊了。使界限变得模糊的,就是"冷漠的"一词,这个词更适用于人群而不是坟墓。可转而一想,它还是既可用于人群也可用于坟墓的。再一想,它是在"人群"和"坟墓"之间画了等号。"一座冷漠的坟墓",这自然是摆在你们面前的一个典型的奥登方式,他总要让定义接近于对象。所以,诗人在这里想说的,并不是独裁者的徒劳,而是杰出语言的归宿。

针对自己手艺的这种态度,当然仍可以用作者的谦逊、用作者隐藏自我的姿势来加以解释。但是,你们要记住,奥登是在此前八个月的1938年11月26日抵达纽约的,那正是西班牙共和国被颠覆的日子。那大约充盈在这位诗人(在诗人圈中,他在当时最早对法西斯主义的攻击发出过警告)心头的无望感觉,于这九月的夜晚在一位与他相似的希腊历史学家的身上寻找安慰,那位历史学家在两千年前就研究过同样的现象。换句话说,如果连修昔底德都未能说服他的希腊人,那么,对于一位其声音更弱、其面对的人群更众的当代诗人来说,又能有什么样的机会呢?

修昔底德书中"分析过的"一系列事情,亦即奥登同样列举出的事情,给出了一幅历史透视图:从陈旧的"启蒙运动"经由"那习惯性的疼痛"再到很具当代意味的"管理不善"。当然,"那习惯性的疼痛"这一表达法并非诗人自己的创造(虽然它听上去很像是诗人独创的词汇):他是从心理分析学的术语中取来这一词组的。他常常这样做——你们也应该这样做。这原本就是这些术语的用途。它们能让你们少绕圈子,并常能提供出一种针对正统语言的更富想象力的态度。再者,奥登采用复合修饰词[①],也是为了向修昔底德表示敬意:由于荷马,古希腊被一些带连字符的定义连接了起来……好的,无论如何,这一连串的术语表明,诗人在追寻当代弊端的源头:像所有的回溯一样,这也是一个需要哀歌声音的过程。

---

① 指"习惯性的疼痛"的原文 habit-forming。

然而，这一连串的术语还有一种更含蓄的原因，因为《1939年9月1日》对于奥登来说是一首过渡性的诗作；也就是说，你们知道的我们这位诗人创作上所谓的三个阶段——弗洛伊德主义阶段，马克思主义阶段，宗教阶段——在短短的两行中就体现了出来。因为，"那习惯性的疼痛"显然可以追溯到那位维也纳医生，"管理不善"可以追溯到政治经济学，而单音节的"悲伤"作为这串术语的结果，不，作为其顶点，是直接取自英王詹姆斯一世钦定的《圣经》①，它同时也表明了我们这位诗人真正的走向。这一走向的原因，那"悲伤"所预示的第三阶段、即宗教阶段出现的原因，对于这位诗人而言，既是个人的，又是历史的。在此诗所描绘的环境之下，一个诚实的人不用去费心区分这两种原因。

修昔底德在这里的出现，不仅仅是由于奥登当时正在阅读他，而且还因为他们相同的两难处境，我认为这一点是很显然的。纳粹德国的确与斯巴达很相像，尤其是就普鲁士的军事传统而言。文明世纪所面对的环境，似乎也与雅典的遭遇相同。这新的独裁者同样是滔滔不绝的。如果说，这个世界已为一件事情做好了准备，那便是回溯。

但是，这里也有风险。一旦开始了回溯，你就会使自己卷入一大堆远近程度各不相同的纷乱事情之中，因为那些事情全都是过去。选择是怎样做出的，是以什么为基础的？是与各种倾向或事件的情感亲和力？是对其意义的理性化？是一词或一个名字听觉上的愉快？比如说，奥登为什么选择了"启蒙运动"？是因为这个词代表着文明、代表着与"民主"相关的文化和政治进步？是为了给"习惯性的疼痛"的冲击力铺平道路？"启蒙运动"中有什么可以铺平道路的潜在力

---

① 该《圣经》英译本出版于1611年，又称"权威版"。

量?或者,也许不得不面对回溯行为的本身:面对它的目的,同时也面对它的理由?

我认为,他选择了这个词,是因为启蒙运动是一个以大写字母"E"开头的单词,是这个字母包含了弊端的源头,而不是斯巴达。更确切地说,在我看来,发生在诗人意识中的东西,或者,如果你们愿意,就说是发生在诗人潜意识(还是允许重复一遍,写作是一种非常理性化的行为,是写作行为在利用潜意识,而不是潜意识在利用写作行为)中的东西,就是在好几个方向上对这些源头的寻找。眼前最近的例子,就是让雅克·卢梭因不完善机构而受到损害的"高尚的野蛮人"的观点。显然,这导致了发展这些机构的必要性,接着,导致了理想国家的概念。于是,导致了一系列的社会乌托邦,为了引入这些乌托邦而流了血,它们逻辑上的结果就是一个警察国家[①]。

希腊人离我们太远了,因此,对于我们来说,他们永远是一个原型的名称,他们的历史学家们也是这样的。在一首教谕诗中,如果诗人向其读者提供一个可供咀嚼的原型,他便能获得更大的成功。奥登清楚这一点,所以,他没有在此点出卢梭先生的名字,虽然此人几乎应对理想统治者、在此即为希特勒先生的概念负责。其次,在当时的情况下,诗人似乎不愿去谴责这类法国人。最后,奥登的诗总是试图建立起一种更概括的人类行为模式,而历史和心理分析学比起它们那些副产品更适合这一目的。我认为,在诗人思考当时的局势时,启蒙运动久久地浮现在他的脑海里,在一个较低的层面上步入了这首诗,其方式亦如它的步入历史。

既然我们现在谈到了"高尚的野蛮人"这个话题,我便想再说几

---

① 原文为德语。

句题外话。我想，这个词组是由于地理发现时代的那些环球航行而流行起来的。我猜测，是那些伟大的航海家——那些像麦哲伦、拉佩鲁兹[①]、布干维尔[②]等一样的人，想出了这一词组。他们所指的是新近发现的热带岛屿上的那些居民，岛上的居民没有生吞活食来访者，这大约使那些航海者留下了非常深刻的印象。这当然是一个笑话，而且是一个趣味不高的笑话；我还需要补充一句，它在文字上也是趣味不高的。

"高尚的野蛮人"这一概念首先受到了文化人、接着是社会上其他人士的青睐，它在当时显然是与公众关于天堂的非常庸俗的观念联系在一起的，也就是说，是与对《圣经》普遍的断章取义的阅读联系在一起的。其基础为亚当也是裸体的这一概念，或为对原罪的拒绝。（当然，在这一方面，启蒙运动的女士们和先生们并非始作俑者；他们亦非终结者。）两种态度——尤其是后一种态度——大约是对天主教会之无所不在和千篇一律的反拨。在法国，它更是对新教教会的反拨。

但是，无论其来源如何，这一观念仅由于其对人的奉迎便显得浅薄了。奉迎，如你们所知，是无法将你们带得很远。至多，它也只能变换着重点——即罪孽，告诉人们说，人生来是好的，坏的只是机构。如果事情变坏了，这也不是你的错，而是他人的过。唉，于是就有了这样的真理，人和机构都是好的，因为，至少可以说，后者是前者的产物。每一时代——确切地说，是每一代人——仍旧能发现这类可爱的人，这"高尚的野蛮人"，并向这类人灌输其政治和经济理

[①] 拉佩鲁兹（1741—1788），法国航海家。
[②] 布干维尔（1728—1811），法国航海家。

论。这像在环球航行的时代一样，当今的高尚野蛮人大都是皮肤黝黑的人，居住在热带地区。如今我们称其为第三世界，我们热情地将我们这里废弃的公式推荐到那里，却不愿承认它们不过是种族主义的另一种形式。这一伟大的法国观念已经在温带做完了一切，就某种意义而言，它又回到了其发源地：在户外培育暴君。

好了，关于"高尚的野蛮人"谈得太多了。请注意一下这一节中的其他几个韵脚："讲述——书"（talk - book），"坟场——悲伤"（grave - grief），它们的暗示性并不亚于"知道——欲为"（knew - do）和"道出——民主——带走"（say - democracy - away），最后，这个"再度"（again）强化了"疼痛"（pain）的习惯性一面。再者，这希望你们已能体会出"管理不善以及悲伤"一句的自我抑制特征：在这里，你们看到了因果之间在一行诗之内的巨大距离。就像数学所鼓吹的那样。

五

你们想一想，他为什么要用"这中立的空气"来开始这一节呢？这空气又为什么是中立的呢？好的，首先，他这样做是为了让他的声音脱离充满情感的上一行；这样一来，任何版本的中立都是受欢迎的了。这一点也同样强化了诗人的客观性概念。然而，"这中立的空气"出现于此的主要原因仍在于，这是一首描写战争爆发的诗，美国当时还是中立国，也就是说，还没有卷入战争。顺便问一问，你们中间有多少人记得美国是何时宣战的？好了，这没关系。最后，"这中立的空气"出现于此，是因为关于空气没有更好的修饰语了。还能有什么更贴切的词呢?你们也许知道,每个诗人都试图解决这样一个问题:如何描写一种自然元素。在四大元素中,只有土能拥有几个形容词。火花很难形容,水是无法面对的,而气则毫无办法。我认为,在这里,诗人如果不是为了政治目的推出了这个形容词,他也是很难办的。请注意这一点。

然而,你们认为这节诗谈的是什么问题呢?至少,这前半节诗谈的是什么?好了,从头说起,在这里,作者将焦点从过去移到了现在。事实上,他在上一节的最后两行中已经这样做了:"管理不善以及悲伤:我们全得再度忍受。"过去就这样关闭了。现在就这样展开了,而且,这里还有些不祥的感觉:

> 这中立的空气中
> 眼瞎的摩天大楼利用
> 它们充足的高度宣布
> 集体的人的力量……

首先,摩天大楼为什么是眼瞎的呢?这是非常矛盾的,恰恰由于它们的玻璃,恰恰由于它们的窗户;也就是说,它们的眼瞎恰是与它们的"眼睛"数量成比例的。如果你们同意的话,它们就像是阿耳戈斯[①]。接下来,就是这些与其说是雄伟的不如说是吓人的眼睛的摩天大楼之后,出现了动词"利用",其他姑且不论,这个动词倒是点出了这些大楼被建造起来的原因。这一点来得太快,来得过于突然,带着其

---

① 阿耳戈斯,希腊神话中的百眼巨人,奉天后之命看守伊娥,睡觉时闭五十只眼,睁五十只眼。

无生命的力量。你们当然完全能意识到,如果"眼瞎的摩天大楼"去"利用",它们所能"利用"的是什么?无论如何,它们也无法利用任何东西和任何人,而只能利用"它们充足的高度"。这会使你们感到吃惊,因为那种与这些建筑物密切相关的过度自信而吃惊。这种描写使你惊讶,并非由于其创新,而是因为它出乎你的意料。

因为,你原以为这些摩天大楼大约会以一种丑陋的方式活动起来,这是诗歌中的一个时尚。这一没有思想的、人造阴茎般的东西在"利用/它们充足的高度",无论如何这也在说明,它们不是在外部起作用:也许是由于它们的眼瞎。眼瞎,请你们注意,反过来说也是一种中立形式。结果,你们便感觉到了这种空气和这些建筑物的同义反复,感觉到了一个两端互不相干的等式。

你们看,诗人在这里描绘一幅城市风景画,在描绘纽约的都市风景线。这部分地是为了呼应该诗的目的,但主要是出于诗人眼光的犀利,他将作为一幅道德的(在此为败坏道德的)风景画①。此处的空气为刺入空中的建筑物所证实,亦为建筑物的建造者和居住者的政策所证实。反过来,建筑物窗户上的反光、那使得建筑物眼瞎的东西和中立的东西,也在证实建筑物。无论怎样,这都是一个文字上的过高要求:去描绘摩天大楼。我所想到的唯一的成功范例,是洛尔迦描写"灰色海绵"的那行著名的诗。奥登在此向你们提供了一个后立体主义的心理对应物,因为事实上,这些建筑物"充分的高度"所宣布的并非是"集体的人的力量",而是他极度的冷漠,对集体的人来说,这种极度的冷漠是唯一可能的情感状态。记住,这种目光对于作者来说是崭新的,还请记住,描述和罗列是认知的方式,也的确是哲学的

---

① 原文为法语。

方式。是的，除此之外再没有能解释史诗的方法了。

这一无生命的、处于可怕的被动状态中的"集体的人的力量"，就是诗人在这整首诗中，而且肯定是这一节中的主要考虑。尽管诗人在称颂这个共和国（我认为，集体的人就是指共和国）的强大，"每种语言都抛出无效的／有竞争力的理由"，朝向共和国"中立的空气"，但他还是在其中意识到了那些将导致整个悲剧的事物之特征。这些诗行同样可以在大西洋的彼岸写出。不采取任何行动去阻止希特勒先生的"有竞争力的理由"，是针对商业世界的诸多谴责之一，虽说使诗人写下这一句以及"自这镜中他们看着／帝国主义的面孔／和那国际性的错误"一句的原因，更像是一种术语上的惯性，这一惯性可以回溯至他的马克思主义阶段（始自牛津），而非他为真正的罪犯定下的罪名。无论如何，"自这镜中他们看着"的不仅是那些正在逼近的灾难，更是那引进能够在镜中相遇他们目光的人。这不是指那些常受指责的"他们"，而是指"我们"，我们在大萧条期间立起了这些不屈不挠的建筑物，我们本可以沉浸于这"欢娱的梦境"，可我们居然并不怎样沾沾自喜。

《1939年9月1日》首先是一首关于羞耻的诗。你们记得，诗人在离开英国的时候曾遭受某种压力。这一点帮助他在那面镜子中看到了上述的面孔：他在那里看到了自己的面孔。说话者此刻已不再是记者；我们在这一节中听到的声音，在带着清晰的绝望发出呼号，称在这一天发生的事件中每一个人都是同谋，称说话者自己也无法使集体的人采取行动。首先，奥登是美国海岸的新来者，他也许怀疑自己是否拥有鼓动美国本土人起来行动的道德权利。奇怪的是，快到本节下半部分的时候，韵律变得凌乱，较少自信，整个语调变得既不是个性化的，也不是非个性化的，而是辞藻华丽的。开头那雄伟的画面，沦为约翰·哈特费尔德的图片组合式的美学，我想诗人也意识到了这一点。于是，有了下一节开头几行那熟练、深沉的抒情，这一节是唱给内心的情歌。

六

> 酒吧里的张张面孔
>
> 墨守他们寻常的一日：
>
> 灯光必须一直照耀，
>
> 音乐必须永远演奏，
>
> 所有的人在共同密谋，
>
> 要让这个堡垒接纳
>
> 家庭里常用的家具；
>
> 以免我们知道身在何处，
>
> 迷失于有鬼的树林，
>
> 害怕黑夜的孩子们
>
> 从未有过幸福或欢欣。

这一节是一盘地道的美味小吃，是一幅绝妙的文字照片：不再是哈特费尔德，而成了卡蒂埃-布雷松[①]。"自这镜中他们看着"为"酒吧里的张张面孔"铺平了道路，因为你们只有在酒吧的镜子中才

---

① 卡蒂埃-布雷松（1908—2004），法国著名摄影家，主张纪实摄影，使新闻摄影成为一种艺术。

能看到这些面孔。与上一节最后几行中那种公共宣传画的语汇形成一种对比,这里是一种私人声音:因为这是一个私人的、一个真正的堡垒。有人说过,奥登无论写什么,他的一只眼睛永远盯着文明。好的,但是换一种说法也许更贴切,即他永远睁着一只眼睛,看他或他的主题所处的地方是否安全,所立足的土地是否稳固。因为,每一片土地,可以说,都是值得怀疑的土地。如果说,这一节诗是优美的,其优美在于这种字里行间的不确信。

你们看,不确信就是优美之母,其定义之一就是,它是某种不属于你的东西。至少,这是一种最常与优美相伴的感觉。因此,在你产生出不确信的时候,你便已感觉到了美的临近。不确信是一种比确信更警觉的状态,因此,客观存在能制造出更好的抒情氛围。因为美永远是一种自外部获得的东西,而不是自内部获得的。这一节诗恰是一例。

任何一种描写都是对象的外化:为了看得清楚而走开一步。因此,诗人在本节第一行中所描写的舒适,到本节结尾处已所剩无几。"酒吧里的张张面孔／墨守他们寻常的一日"是相当安全的,其中的例外也许是动词"墨守",但它处于第二行的开头,远离任何强调位置,因此我们别去管它。"灯光必须一直照耀,／音乐必须永远演奏"也是宽慰的,只是这两个"必须"在提醒你,也许不应过于忘忧。"灯光必须一直照耀"传导出的,并非酒吧应该昼夜营业的建议,而是但愿别有战时灯火管制的不安希望。"音乐必须永远演奏",将含蓄和天真合为一体,试图掩饰那种不确信,防止它发展成为一种焦虑,这焦虑发出威胁,要在"所有的人在共同密谋"的不自然的、颤抖的音调中显现出来——因为,这两个长长的拉丁词①放在一起,说明理性化对于酒吧这样的舒适场所来说是过分的。

下一行的任务,就是用某些东西来控制和恢复这节原有的、相当轻松的氛围;讽刺性的"这个堡垒"非常出色地完成了这一任务。实际上,这里有趣的事情是诗人如何道出了酒吧即"家庭"这一蓄意的表述,这一表述的真实性也许是令人沮丧的。这件事让诗人花费了六行诗,六行诗中的每个词都为"是"这个短小动词的建立作出了自己迟疑的贡献,这个动词是那种沮丧观念的出现所需求的。这告诉你们,每一个"是"的后面都存在着错综复杂的东西,作者对这一等式的承认是十分勉强的。还有,你们应该注意"接纳"(assume)和"家庭"(home)之间巧妙的准韵,还要注意"家具"一词之后缄默的绝望,"家具"对于我们来说就是"家庭"的同义词,是吗?"家庭里常用的家具"这个结构,本身就是一幅毁灭的图画。这时,任务完成了,这时,你们为这预言格律和可辨细节的结合体麻痹,而对安慰的整个追求却随着"以免我们知道身在何处"一句而灰飞烟灭了,此句中维多利亚时期的"以免"(lest)一词为此行的药丸加了些甜味。这一维多利亚时期的回声将你们带进了"有鬼的树林",在那里,"从未有过幸福或欢欣"中的"从未"便是合理的了——这一行本身也与第二节末尾处的那些学童构成了回声。这第二个回声又荡漾出了潜意识的主题,这非常及时,因为这一主题关系到对下一节诗的理解。说到这里,无论如何也要让我们注意一下最后两行那童话般的、显然英国式的特征,这两行诗不仅强调了人类的不完善,而且还帮助那回声渐渐地消失在下一节的开头处。好了,让我们来看看这一节。

---

① 指"所有的人在共同密谋"一句中的两个词 conventions 和 conspire。

奥登《1939年9月1日》

七

> 最强风的军事垃圾
> 被重要人物们抛出，
> 不似我们所想得粗鲁：
> 疯子尼任斯基[①] 关于
> 佳吉列夫[②] 所写的一切，
> 适用于正常的心灵；
> 每一个女人和男人
> 骨头里繁殖的谬误
> 渴求无法获得的东西，
> 不是普遍存在的爱，
> 而是孤身一人地被爱。

这里的"最强风的"是一个典型的英国表达方式。但是，这个古老的乡村词汇也被悄悄置入了关于秋天的古老的乡村观念，在我看来，秋天与这行诗的内容相关，至少是部分地相关。因为，纽约的九月，如你们所知，是又热又闷的。然而，在英格兰，在英语诗歌传统中，九月却是秋天的同义词。只有十月才更好些。诗人当然考虑到了政治气候，可他下笔描写的却是实在的气候——无论对于他的祖国还

[①] 尼任斯基（1889—1950），俄罗斯芭蕾舞演员、编导。
[②] 佳吉列夫（1872—1929），俄罗斯艺术活动家，在巴黎创办了著名的俄罗斯芭蕾舞剧团。

是对于其他相关地域即欧洲而言，都是实在的。不知为何，这个开头使我想到了理查德·威尔伯[①]《最后公告之后》一诗的第一节，以及其中描写到的冷风在都市大街上卷起的垃圾。我对此行的解释也许有误，因为这里有"军事"一词，它很难被纳入我的理解。然而，有些东西还是使我首先从字面上看待"最强风的"，然后再看它的贬义功能。

随着"被重要人物们抛出"一句，我们站到了一片更安全的地方，以外化我们的不满。和"最强风的军事垃圾"一起，这一行由于其活泼的从句而包含着一个永远受欢迎的允诺，即将责任推给他人，推给权威。可是，就在我们欲充分享受其嘲弄的氛围时，突然来了这么一句：

不似我们所想得粗鲁……

这一句不仅夺走了我们的替罪羊，并指出我们自己对腐败的政局也有责任，而且，它还告诉我们说，我们比我们所谴责的人更坏，其程度恰如"所想"（wish）与"垃圾"（trash）的押韵，它们的韵押得很准，却未能使我们满意。接下来的两行是诗人在这首诗中最关键的表述，也许是他在这个时代中的发现。"疯子尼任斯基关于／佳吉列夫所写的一切……"好了，在我们这个城市里，芭蕾是一项与棒球类似的高贵的、资产者的活动，我想，在此没有必要去说明这两个人的身份。但还是补充一点，尼任斯基是20世纪二三十年代富有传奇色彩的巴黎俄罗斯芭蕾舞剧团中的一颗明星，该剧团由谢尔盖·佳吉列夫领导，后者是一位著名的演出组织者，他推动了现代艺术中的多种

---

① 理查德·威尔伯（1921— ），美国诗人。

突破，是一个个性极强的文艺复兴式人物，但首先是一位美学家。尼任斯基是他发现的，也是他的情人。后来，尼任斯基结了婚，佳吉列夫便不再续签合同。之后不久，尼任斯基就疯了。我告诉你们这些，不是出于其刺激性，而是为了解释本节中一个词——实际上是一个辅音——的来源。实际上，关于佳吉列夫为何解雇尼任斯基有好几种说法：因为不满意他的舞蹈水平，因为尼任斯基在此前已表现出了疯狂的征兆，因为他的结婚，等等。我不希望你们对佳吉列夫抱有一种简单的看法：部分地因为他的名字在本诗中所起的作用，但主要是因为他是一个非凡的人。出于同样的原因，我也不希望你们将尼任斯基简单化，因为奥登在这节诗的结尾处逐字逐句地引用了他在近乎疯狂的状态中写下的日记。我郑重地向你们推荐他的日记——这本书具有福音书般的音调和紧凑。这就是"疯子尼任斯基关于／佳吉列夫所写的一切"之所以重要的原因。

我们介绍人物的游戏到此结束。一个疯子关于正常人所说的话通常是有趣的，并常常是有根据的。"适用于正常的心灵"一句中的"适用于"表明，尽管是无意地，奥登在这里运用了神圣傻瓜的原则：亦即神圣的傻瓜是正确的这样一个观念。尼任斯基是个演员，因此他毕竟符合"傻瓜"的身份；至于"神圣"，我们在此有其日记中表现出的疯狂来佐证，他的日记的确有强烈的宗教倾向。在这里，如你们所见，诗人自己也带有某种宗教倾向："每一个女人和男人／骨头里繁殖的谬误"不仅指出了孕育的潜意识结果，而且还与《圣经》形成了呼应；"每一个女人和男人"既强化又模糊了这种呼应。具体与暗指在此相争。无论如何，使尼任斯基的话更为可信的，与其说是他的"神圣"，不如说是他的"傻"：因为，作为一个演员，从技术上讲，他也是一个"普遍存在的爱"的代理人。我建议你们读一读奥登的《圣巴纳比之歌》,他在那首诗里发挥了这一主题;那已是后期的奥登。

谬误自然就是我们每个人身上根深蒂固的自私。诗人试图将火力集中于悲剧的起源,如你们所见,他的推论像摄像镜头一样从外围(政治)移向中心(潜意识,本能),在这里,他撞上了渴求,不是渴求"普遍存在的爱,／而是孤身一人地被爱"。这里的界限,与其说存在于基督徒和异教徒之间或精神和肉体之间,不如说存在于慷慨和自私之间,亦即给予和索取之间,换句话说,就是尼任斯基和佳吉列夫之间。更确切地说,存在于爱和占有之间。

请看一看奥登在这里的做法。他的做法是不可思议的:他为爱找到了一个新的韵脚:他用"爱"(love)去与"佳吉列夫"(Diaghilev)押韵!现在,让我们来看看是怎么回事。我敢断言,对这个韵他考虑了很久。问题在于,如果"爱"出现在"佳吉列夫"之前,事情就要好办一些了。可内容还是强迫诗人先写到"佳吉列夫",这便带来了一些问题。问题之一就是,这是一个外国姓氏,读者会读错它的重音。于是,在重音规范的"疯子尼任斯基关于"(What mad Nijinsky wrote)之后,奥登就给出了非常短小、简约的一行:"佳吉列夫所写的一切"(About Diaghilev)。除了节奏的规范之外,这里的前一行还就一个外国姓氏出现的可能性向读者作了提醒,并允许读者随意处置重音。这种自由为下一行扬抑格的武断铺平了道路,在后一行里,"佳吉列夫"实际上没有了重音。于是,读者便可以将重音放在最后一个音节上,这正合作者的意,因为"列夫"(lev)和"爱"(love)正好押韵:还能有比这更好的韵脚吗?

无论如何,这个姓氏仍含有在英国人听来或看来很是奇怪的字母gh，这需要认真对付。其令人奇怪的原因，就是h被放到了g的后面。于是，诗人不仅要为lev寻找韵脚，而且还要为ghilev，或者说是hilev寻找韵脚。他找到了，这就是"渴求无法获得的东西"一句中的have（获得）。绝妙的一行："渴求"的力量撞在了"无法获得的东西"的南墙上。"骨头里繁殖的谬误"一句与此格式相同，也同样地有力。然后，作者让他的读者在"每一个女人和男人"一句中得到片刻的放松。然后，他让你们为这阵放松付出代价，道出了这句单音节的"渴求无法获得的东西"，此句的句法非常缜密，几乎是绷紧着的，也就是说，它比自然话语更简短，比其思想更简短，或者说是更确定的。好吧，让我们回到"获得"一词上来，因为它具有尤为深远的含义。

如你们所见，用"佳吉列夫"与"爱"押韵，就是在等同这两者，对于这一点，诗人和读者都会有些疑虑。通过插入"获得"一词，奥登得到了绝妙的一分。因为，韵律体系自身就变成了这样一种表述："佳吉列夫—获得—爱"（Diaghilev – have – love），或者就是"佳吉列夫无法获得爱"（Diaghilev cannot have love）。你们要注意，"佳吉列夫"在这里是代表艺术的。于是，便出现了这样的结果："佳吉列夫"等于"爱"，但这首先要等于"获得"，而"获得"，如我们所知，是"爱"的对立面，我们还记得，"爱"就是尼任斯基，就是"给予"。好了，这一韵律方案的含义深邃得足以让你们眩晕，我们为这一节诗也已经花费了太多的时间。不过，我还是希望你们回去后自己分析一下这一韵律：也许，这会获得一些连诗人在用韵时都不曾想到的东西。我不是想吊起你们的胃口，也不是在试图首先断言，奥登是有意识地完成这一切的。恰恰相反，他是直觉地给出这一韵律方案的,或者,用一个你们更偏爱的字眼,他是潜意识地给出这一方案的。但是,正是这一点使事情看上去非常有趣了:并非因为你们进入了某人的潜意识(它在一个诗人的身上很少存在,它被意识所吸收了,或为意识所拙劣地利用)或某人的本能,而是因为它向你们表明,作家在很大程度上是其语言的工具,他的伦理观念越分明,其听觉便越敏锐。

总之,这节诗的作用就在于完成上一节诗的任务,即追寻堕落的源头,而奥登的确深入到了骨髓。

很自然地,在这一切之后,读者需要一个休息,这个休息就是下一节,这节诗的思想要轻松一些,语言也更普通、更大众化一些。

八

自那保守的黑暗
向着伦理的生活,
稠密的乘客在运动,
重复着早晨的誓言,
"我将忠实于妻子,
我将更认真地工作。"
无能的领导者也醒来,
为了继续必须的游戏:
谁能此时释放他们,
谁能够让聋子听见,
谁能够替哑巴说话?

这也许是此诗中最乏味的一节，但它也并非没有珍宝。最吸引人的是开头两行，它描写了一次旅程，从潜意识到理性的、亦即伦理的存在，从睡眠到行动，从"黑暗"到"生活"而不是到光明。至于韵脚，这里最富有提示性的就是"黑暗—工作—醒来"（dark - work - wake），这组韵对于此节的内容而言也是相当有用的。这是连续的准韵，它向你们表明了这一押韵法所包含的各种可能性，既然在"黑暗"之后抵达了"醒来"，你们就会意识到，你们还可以将"醒来"发展成为其他一个什么东西。比如说，你们可以采用"等待—浪费—西方"（wait - waste - west）等等。从这一"黑暗—工作—醒来"的纯教训层面来说，"黑暗—工作"要更有趣一些，因为"黑暗"可能具有双重含义。这使我想起了奥登《致拜伦勋爵书》中的两行：

人不是宇宙的中心，
办公使他的处境更糟。

这——我指的是《致拜伦勋爵书》——是你们获得"幸福"（如果不是"欢欣"的话）的唯一机会。

从格律上说，这节诗的前六行绝妙地模仿了火车运动的感觉：在前四行，你们在非常平稳地旅行，然后，你们先被"将"颠了一下，接着又被"更"颠了一下，它们揭示了每一个强调的来源，同时也解释了给予这些允诺的可能性。随着"无能的领导者也醒来"一句，节奏趋于缓和，而在艰难滚动的"为了继续必须的游戏"一句之后，三个修辞性的问句使这节诗慢了下来，最后一个问句则使那列火车停了下来："谁能此时释放他们，／谁能够让聋子听见，／谁能够替哑巴说话？"

在这里,"稠密的乘客"大约就是"孤身一人地被爱"的结果:一群人。在这里,"保守"被用来修饰"黑暗",这是奥登模糊相近定义的又一个典型例子,一如此诗第四节中的"中立的空气",或者,一如他这一时期那首题为《西班牙》的杰出诗作中的"必要的谋杀"。他的这些并置是富有成效的,也是令人难忘的,因为其两个部分相互投射着冷酷的光芒——或者,更确切地说,是相互透射着黑暗;也就是说,不仅谋杀是必要的,必要本身也是谋杀的,黑暗的保守也是这样的。因此,下一行的"伦理的生活"便具有了双重含义:因为你们所预料的为"伦理的光明"。标准的表达方式突然有了一层恐惧的阴影:"生活"是"光明"的残渣。整体地看,这节诗表现的是一种无生气的、机械的存在,在这里,"领导者"无论如何也不比被领导者优越,两者都无法逃脱他们自己编织的幕帐似的黑暗。

在你们看来,诗人所有这些组合的来源和根基何在呢?为什么会出现诸如"必要的谋杀"、《阿喀琉斯的盾牌》中的"人工的荒野"、《美术博物馆》中的"重要的失败"等之类的组合呢?好的,这自然是注意力的集中;可是,我们大家不是全都具有这种能力吗?要获得这样的结果,显然还要往这能力中增加点什么。那么,添加在一位诗人,尤其是我们这位诗人身上的又是什么呢?就是韵律的原则。模糊近义的方法,就取决于本能的机制,这一机制会使人看到或听到"佳吉列夫"与"爱"之间的韵。这一机制一旦启动,便无任何东西能阻止它,它会变成一种本能。至少,它会以不止一种的方式来塑造你的精神装置;它会成为你的认知模式。正是它赋予了整个诗歌业对于人类的价值。因为,正是韵律原则使人们感觉到了貌似不同的事物之间的相近。他所有这些组合如此真实,因为它们都是押韵的。各种主题、各种思想、各种概念、各种原因和结果之间的这种相近——这种相近本身就是韵脚：有时是全韵，便更多情况下是准韵；或者，只是一个视觉上的韵。这方面的本能一旦得到了发展，你们便能更好地面对现实了。

九

到目前为止，这首诗已有七十七行，且不论内容，其数量本身已在要求一个决断。也就是说，对世界的描写反过来变成了世界。因此，当诗人在这里道出"我全部的所有是声音"时，这包含有多重方式，并不仅仅提供了一个面对伦理紧张的抒情放松。第七十八行诗不仅反映了作者对所描写的人类状态的绝望，而且还体现了作者关于这一描写徒劳无益的感觉。绝望要更合意些，因为它总是能通过愤怒或放弃被排解掉，愤怒和放弃这两者都是诗人可以通行的大道；尤其是愤怒。对徒劳的感觉亦是如此，因为，如果带有讽刺或节制，这种感觉本身也可能是有意义的。

斯蒂芬·斯彭德[①]关于奥登曾这样写道：他精于诊断，却从不贸然治病。好的，"我全部的所有是声音"却是治病，因为诗人在这里借助音调的变化改变了关注方案。这一行诗的音调比前面所有诗行的音调都要高。如你们所知，在诗歌中，音调就是内容，或是内容的结果。音调变换着，高度决定态度。

第七十八行的重要性就在于，它从描写的非个性化的客观性转向了高度个性化的主观记录。无论如何，这是作者第二次、基本上可以说是最后一次用了"我"。这个"我"不再被记者的战壕雨衣所

[①] 斯蒂芬·斯彭德（1909—1995），英国诗人、文艺评论家。

包裹:你们在这个声音中听到的是不可救药的悲伤,尽管它带有斯多葛主义的韵味。这个"我"(I)是锐利的,它与下一行末尾处的"谎言"(lie)构成了有些含混的呼应。但是要记住,两个高声调的i紧接在上一节的"聋子"和"哑巴"之后,这造成了一种明显的听觉对比。

在这里,能够控制那种悲伤的唯一东西就是节奏;"被节奏控制的悲伤",这可以给你们权当谦逊的临时定义,如果不能用它来定义整个诗歌艺术的话。一般说来,诗人身上的斯多葛主义和固执性格并不是他们个人哲学和偏爱的结果,而是他们作诗经验的结果,作诗法就是治疗的名字。这一节同全诗一样,就是对同一种可靠美德的寻求,这一美德最终将寻找者带到了自己的身边。

无论如何,这稍稍往前跳了一步。让我们按适当的方式来进行分析。好的,就韵律而言,这一节并不太出奇。"声音—选择—警察"(voice - choice - police)和"谎言(权威)—天空—死亡"[lie(authority) - sky - die]还可以;诗人所押的更好的韵是"大脑—孤独"(brain - alone),这个韵含义丰富。然而,含义更为丰富的是"折叠的谎言/……大脑中浪漫的谎言"。"折叠的"和"谎言"两词在两行的空间里都被用了两次。① 现在看来,这显然是为了强调;唯一的问题便是,此处强调的是什么。"折叠的"当然是指"纸","谎言"于是就是印刷文字的"谎言",很可能是一份通俗小报。但是接下来,我们在"大脑中浪漫的谎言"一句中又得到了一个修饰语。尽管我们在这里有了不同的修饰语,但它修饰的并非"谎言"本身,而是折叠起来的大脑。

---

① 原文如此。

奥登《1939年9月1日》

　　当然，在"我全部的所有是声音"一句中听到的与其说是嘲讽，不如说是其副产品，即节制，但在"折叠的谎言"那被控制的愤怒中仍能分辨出嘲讽来。然而，第七十八行的价值既不在于绝望和徒劳各自的效果，也不在于它们的相互作用；我们在这一行里听到的最清晰的声音就是谦逊，在这一特定的语境中，这种谦逊具有斯多葛主义的韵味。奥登在这里并非仅仅是在谐用双关语，不是的。这两行诗简直就是"每一个女人和男人／骨头里繁殖的谬误"的翻版。在某种意义上说，他打开了骨头，向我们展示了其中的谎言（谬误）。在这里，他为什么要这样做呢？因为他想彻底阐明"普遍存在的爱"与"孤身一人地被爱"相对立的观点。"有情有欲的普通人"和"权威"、"公民"或"警察"一样，就是"每一个女人和男人"主题的详尽阐述，其副产品就是对合众国当时的孤立态度的赞成。"饥饿不允许选择，／无论对于公民还是警察"是一个普通的方式，它试图证明人民中间存在着一个公分母，它被放置得很低。奥登在此采用了典型英国式的实事求是的语汇——这恰是因为，他试图抵达的目的就是被拔得很高的自然；也就是说，他仿佛认为，如果你们运用务实的逻辑，便能很好地讨论"普遍存在的爱"一类的东西。除此之外，我相信，他欣赏面无表情的、一往无前的思想方式，它与真理模糊的相近造就了这样一种方式。（实际上，饥饿是允许选择的：去变得更饥饿；但这已超出了这个问题。）无论怎样，这一饥饿问题衬托出了也许最富宗教色彩的、在整个讨论中最为关键的下一行诗："我们必须相爱或者死去。"

　　是的，就是由于这行诗，作者后来曾将这整首诗都从其文集中删去。据一些来源不同的说法，他那样做，是因为他发现这行诗是冒昧的、不真实的。他说，我们无论如何都是要死去的。他试着进行修改，但结果也只改成了"我们必须相爱并且死去"，这像是一句貌似深刻的老生常谈。于是，他便将此诗从他战后出版的《文集》中抽了出去。我们此刻能看到这首诗，这得归功于他的文学遗产执行人爱德华·门德尔松，他在奥登死后编辑了一部维京版的《奥登文集》，并写了一篇序言，该序言是我至今所见到的关于奥登的最佳文字。

奥登对此行诗的看法对不对？是的，既对，又不对。他显然是非常认真的，在英语中，认真就意味着刻板。再者，我们还应该考虑到他在修改此行诗时事后聪明之便利：在第二次世界大战的残杀之后，任何死亡的提法都是令人恐怖的。诗歌不是新闻报道，其讯息应该具有永恒的意义。在某种意义上也许可以说，为了此诗开头处的姿势，奥登在此付出了代价。然而，我必须说一句，如果这一行他看来不够真实，那也不是他自己的过错。

当然，这行诗在当时的实际含义就是"我们必须相爱或者屠杀"。或者为"我们不久将相互屠杀"。因为——毕竟，他全部的所有就是声音，而这个声音却没有被听到或注意到——随后发生的一切恰如他的预言：屠杀，但是再重复一遍，经历了第二次世界大战那大规模的残杀，人们很难为证明了自己的先知身份而欣喜。于是，诗人选择去刻板地面对这个"或者死去"。也许是由于他感到，他对未能避免所发生的一切负有责任，因为，他写作这首诗的目的就在于对公众的观点产生影响。

奥登《1939年9月1日》

十

毕竟，这并非仅为事后聪明之便。他对此行的处理并未感到非常安心，证据就在下一节的开头："黑夜里没有设防……"同"我们的世界在昏睡"联系起来看，这等于承认说服的失败。与此同时，"黑夜里没有设防"是本诗中最有抒情韵味的一行，其音调甚至高过"我全部的所有是声音"。在这两行中，抒情性均来源于他在《悼W. B. 叶芝》中表达的"人类的不成功"的情感，来源于他在这里首先有的"贫穷的欣喜"。

这一行紧跟在"我们必须相爱或者死去"之后，它带有更强烈的个性气氛，它从理性的层面跃至纯粹的情感暴露，步入启示的天地。从技术上讲，"我们必须相爱或者死去"就是精神之路的终点。在这之后，就只有祈祷了，而"黑夜里没有设防"正在从音调上（如果说不是在语汇上的话）向上登攀。诗人感到事情也许会失去控制，音调会流于哀号，于是便用"我们的世界在昏睡"来腰斩了自己。

无论他在这一行以及接下来的四行中如何努力地降低自己的声音，由"我们必须相爱或者死去"一句抛出的咒语，几乎是拂逆作者意愿地由"黑夜里没有设防"一句得到了加强，它没有停下，相反，它以作者设防的速度突入了作者的防线。如我们所知，咒语是一个有宗教意味的东西，也就是说，它充满着无穷的感觉；像"各处""灯光""正义"这样一些字眼，尽管受到了"有斑点的"和"和谐的"这样一些形容词的限制，但由于其一般属性仍不由自主地与那一感觉形成了呼应。正当诗人已近乎完全缚住他的声音时，咒语充满抒情力量地蹦了出来，置身于恳求与祈祷之间这惊人的十字路口：

> 我，与爱神与灰尘
>
> 在构成上一模一样，
>
> 四面八方堆积着
>
> 同样的虚无和绝望，
>
> 愿我亮起肯定的光芒。

好的，在这里，除了其他东西之外，我们得到的是一幅自画像，这幅自画像不由自主地步入了人类的定义。这个定义，我要说，与其说是来自后面三行的精确，不如说是来自起首处的高音"我"。因为，是后面三行的总和才制造出了"我"。换句话说，我们在此获得的，就是归结为抒情的真理，或者，更确切地说，就是变成了真理的抒情；我们在这里获得的，就是一个祈祷的斯多葛主义者。这也许不是人类的定义，可它却无疑是人类的目的。

总之，这便是一个前行的方向。当然，你们会发现这个结尾有些虚伪，你们会问道："正义"是谁——是一个虚构的人物还是某个具体的人？这"肯定的光芒"又是什么样子的？但是，你们用不着去解剖一只鸟以发现其歌声的来源：应该解剖的是你们的耳朵。在这两种情况下，无论如何，你们都将回避"我们必须相爱或者死去"的选择，我不认为你们能付得起这份代价。

（1984年）

（刘文飞　唐烈英　译）

爱尔兰

叶 芝

威廉·巴特勒·叶芝（William Butler Yeats, 1865—1939），爱尔兰诗人、剧作家。出生于都柏林一个画师家庭。1885年开始发表诗作。1889年，他的第一部重要诗作《欧辛漂流记》出版。这一时期的作品如《十字路口》《世界的玫瑰》等，带有浪漫主义色彩和唯美主义倾向。1896年，叶芝结识了他终生敬佩和热爱的女友格利戈里夫人。格利戈里夫人对叶芝的思想、创作和生活影响很大。1904年，叶芝和格利戈里夫人等创办"阿贝剧院"，叶芝为剧院写了许多关于爱尔兰历史和反映农民生活的戏剧。在叶芝看来，这是唤醒爱尔兰民族意识，从而赢得民族自治的重要途径。后来他们的活动被称为"爱尔兰文艺复兴"，在爱尔兰文学史上占有重要地位。

后期叶芝的诗作具有现实主义、象征主义和哲理诗三种要素，达到了较高的艺术成就，如《钟楼》《盘旋的楼梯》《驶向拜占庭》等。

叶芝于1923年获得诺贝尔文学奖。

在学童中间

一

我穿过长长的教室询问着,
戴白兜帽的善心老尼回答我:
学童要学习识字,学习唱歌,
研读教科书。学习历史,
剪裁缝纫,样样都得利索,
教育的最新方式——学童的目光
刹那间惊奇地凝神注视
这微笑的、知名的花甲老人。

二

我梦魂中见到丽达般的身影,
俯身余烬未灭的炉火,
讲述她遭到怒斥,或者无聊的事情,
把天真无邪的某一天变成了凄楚——
仿佛由于那青春的和谐,
将我们的两种天性融为一体,
或把柏拉图的寓言改动一下,
溶为蛋壳中的蛋黄和蛋清。

三

心里想起那阵悲痛和愤然,

我看看这个学童,又望望那个学童,

不知道她当今可是那副容颜——

因为即使那天鹅的女儿也有

每个蹒跚孩童固有的天性——

也有那种颜色挂在秀发和脸上,

于是我的心怦怦跳个不停;

她,鲜活的学童,站在我眼前。

四

她此时的形象飘进我的心灵——

这是十五世纪艺人的手所塑造,

两腮深陷,好似啜饮着风,

又把一团阴影当作了菜肴?

我虽从没有丽达那种形体,

却有过妩媚的羽翼——别想啦,

最好是对微笑者报以微笑,

表现出老草人的日子也逍遥。

五

繁衍之蜜产出她膝头的人形，

他必须昏睡、叫唤、挣扎逃命，

都得由记忆或药物决定，

哪个年轻的母亲会认为儿子

已补偿了她生养他的阵痛

或者补偿了他的去向不定，

当她只不过瞥见了那个人形，

他头上压着六十多个寒冬？

六

柏拉图认为自然仅是泡沫而已，

游戏在鬼影幢幢的变幻里；

更稳健的亚里士多德挥鞭

抽打那众王之王的下体；

长着金股骨的毕达哥拉斯

蛩声世界，拨动琴弓和丝弦

弹出星之歌，无心的诗神聆听：

吓唬鸟儿的旧手杖上挂着破衣衫。

七

尼姑和母亲都对形象膜拜顶礼,

但蜡烛照亮的那些形象

不能使母亲的幻想富有生机,

只能让大理石像或铜像安息。

但它们也使人心碎肠断——济济众相,

为爱情、虔诚或母爱所熟悉,

也象征着一切超凡的荣光——

哦,人类事业的自发的嘲讽者。

八

劳作是鲜花开放,手舞足蹈,

身体不能为取悦灵魂而受伤,

美也并非生于本身的绝望,

昏花的睿智不是来自夜读朗朗。

哦,栗树,根深花茂的栗树哟,

你是一片叶,一朵花,还是树干?

哦,合曲舞动的身子,哦,炯炯的一瞥,

舞者和舞蹈叫人怎能分别?

(李自修 张子清 译)

叶芝的根深花茂之树①

(美)克里安斯·布鲁克斯

《在学童中间》有不止一处地方与华兹华斯的《不朽颂》相似。这两首诗都是成年人对着儿童,深思着人在成长过程中的得失利弊。诚然,在叶芝的诗中,成人是在教室里同孩子们相遇的;他们不是在"每一只野兽都过着节日"②的春日清晨,在野外跟羔羊玩耍嬉戏,在叶芝的诗中,孩子们没有忘记他的出现,而是"刹那间惊奇地"盯着他。与华兹华斯的诗相比,《在学童中间》开篇更写实,语气更随便,进展更迂回。然而两诗却是如此相似,都涉及柏拉图的胎前记忆说。如果说童婴的灵魂没有进到叶芝这首诗的世界中"追逐灿烂的云霞"③,那么那灵魂依然被认为能够试图摆脱诞生的惩罚——

> 繁衍之蜜产出她膝头的人形
> 他必须昏睡、叫唤、挣扎逃命,
> 都得由记忆或药物决定,
> 哪个年轻的母亲……

---

① 选自《新批评文集》,中国社会科学院出版社1988年版。
②③ 见《不朽颂》第三节、第五节。

叶芝给这几行诗作了一个注脚："我从波弗瑞① 的关于《山林水泽仙女洞府》的随笔中，借用了'繁衍之蜜'这一说法，但是没有发现波弗瑞根据什么把它视为摧毁胎儿期自由'记忆'的'药物'。他把这归咎于在黄道巨蟹宫得到的一杯忘却的圣水。"

这是异想天开的，华兹华斯会和我们同样这么看。华兹华斯在他的诗中，十分小心地附上一个注释，明确地对《不朽颂》中某些诗行似乎反映出来的胎前记忆概念所持的任何"当真"的相信不疑，进行了批驳。大概叶芝认为，他的诗中的漫不经心和写实主义——"看看这个学童，又望望那个学童"——"那众王之王的下体"——"老草人的日子也逍遥"——会自行保持平衡。不管怎么说，这就是他所做的：诗的肌质本身对这种理论加上了他所应有的限制，因为那个注脚是没有附以辩解就提出了这一理论的。

然而，两诗都涉及胎前记忆，这或许是偶然的奇特之处；它在两诗中的重要性，都不是第一位的。《不朽颂》和《在学童中间》首要的共同之处，在于对本质上相同的戏剧情景的依赖和对复杂象征的共同依赖。如果说华兹华斯的诗开篇场面更一般，而且主题开展更直接的话，那即使在这一点上，我们也看到，该诗的生命寓于意象的生机盎然之中。这种意象的生机盎然——几乎不管华兹华斯如何——展开并烘托了这个主题。

另一方面，叶芝从一开始便愿意寄他的主题的开展于这个意象——甚至寄于该诗开头在教室里的那个特定场面的特殊意象。这种戏剧性的笔法，是表面看来杂乱无章和怪诞离奇的沉思冥想的笔法，它蜿蜒曲折，却没有特定的目标。一种想法联想出另一种想法，一直

---

① 波弗瑞（Porphyry，约233—305），希腊哲学家。

到诗的末尾，那意识之流以一种表面上漫无目的的真实之流，流动到远离其起源的地方，在其表面散漫地飘浮着对丽达①、柏拉图、丑小鸭，以及一连串个人回忆的联想。

当然，与华兹华斯对这一问题的陈述模式、对这一问题的展开、对这一问题的解决相比较，《在学童中间》的展开仿佛毫无目的可言。但是叶芝的诗，比起华兹华斯的诗，却具有更严格的内在逻辑，绝对经济地运用象征，没有感情的浪费。这诗沿着经过观察之后才能发现的捷径运行到它的既定目标。

不用说，这种目标不是关于老年、教育或者一般生活的某种抽象的命题。如果目标是抽象的命题，那么，对于这诗为了达到目的而取的捷径的陈述，就没有意义。夹在开篇场面和"劳作是鲜花开放，手舞足蹈"等之间的六节诗，不是游离于最终观察之外的许多令人愉快的消遣。它们不仅戏剧性地证明这种观察的合理，也对其加以限定，使其具有我们单独理解时十分不同的"含义"。我们能够而且必须追究一步：某些想法的无足轻重——展开中表面上的毫无目的本身——是用以负载最终的陈述的。如果它们阐明了最终的陈述，在某种意义上，也就保证了它的有效性。因为它们暗示，它不是一种事先准备好的"负重"的陈述，不是强加进这一场合的；而是这样一种陈述：开头场面的效果，是从一生经验中凝结而成的。

描述这种沉思场合的诗的运动，是单调而令人愉快的诗：

> 学童要学习识字，学习唱歌，
> 研读教科书，学习历史，

---

① 典出希腊神话，美女海伦的母亲。

> 剪裁缝纫,样样都得利索……

从戏剧性上说,其效果恰到好处,尽管所叙说的一切,都完全可以预料得到。我们不是当真在倾听善心老尼的解释。我们没有必要——也不会漏掉什么。如同叙说者一样,我们现在观望着这些学童。他们在"刹那间惊奇"中,盯着新来的人,他们也没有听。

这样,就为向着第二个诗节的突如其来的过渡作了部分准备,不过现代教室的单调世界,同"我梦魂中见到丽达般的身影"所展示的世界之间,确定无移地存在着尖锐的对比。一个"微笑的、知名的花甲老人"有什么权利梦见丽达般的身影呢?而且,在所有场合中,单单在下面这种场合梦见呢:善心老尼主持的教室里满足小女孩,这教室是当代教育的最新方式,但显而易见,它与特洛伊的海伦母亲那种崇高而又给人以感官享受的世界毫无关系。

然而,这两个世界仍然连接在一起。一个小女孩使他想起了"丽达般的身影,俯身余烬未灭的炉火",向着他诉说她童年的某种悲愁。他记不得那悲愁是什么,她

> 讲述遭到怒斥,或者无聊的事情……

但是,和谐一致的感觉却十分强烈,而且将值得怀念:他们的两种天性

> ……由于那青春的和谐
> 　……融为一体。

在叶芝的象征体系中，男人和女人像他的双圆锥体比喻中的两个圆锥体一样，以动态对比方式互相联系在一起——一个增盈，另一个亏损；一个亏损，则另一个增盈。对比之下，圆锥体是一种和谐和宁静的类型。他们经历的天性融合，超出了性的吸引和排斥：它是一种童稚般的生命的结合。

为了描述这一场合，叙说者大胆使用了另一个比喻。他由自己的寓言，转向柏拉图的寓言。在《对话录》中，柏拉图让阿里斯托芬①出场，用下面的神话解释爱情的起源：人们原来有现在的两倍大小；为了惩处他们对诸神的攻击，宙斯把他们劈为两半，"这就好像用一根头发分开一只鸡蛋一样"；从此，半个的人总想彼此结合。但叙说者"改动"了这个寓言：叙说者与他钟爱的人的结合更加亲密。它超过了两个半个鸡蛋的结合，他们的天性溶为"蛋壳中的蛋黄和蛋清"。

提到鸡蛋，当然多半是因袭了柏拉图的寓言。但是，鸡蛋这一意象也同诗中已经暗示的其他因素相结合——自然是同天鹅②意象结合，但也同变化着的主题结合。这一主题后来在诗中得到有力的展开。这种暗示是"青春的和谐"，童稚的和谐，是一切和谐之中最强烈者；男人和女人在返归过去中变成了一个——仿佛变成了鸡蛋本身。随着时间的推移，他们由鸡蛋开始，变得越来越纷繁多样——变成了不同羽翼的鸟；她变成了"那天鹅的女儿"；他则变成了"草人"。

然而，作为儿童，她看起来一定很像教室里这一个或那一个小女孩儿，因为那天鹅的女儿都曾经是"丑小鸭"。能联想到童年的童话以及出自希腊神话的崇高传说，两者都被征用了。但是，这些意象的集合，不是一种无用的、"机警的"联想。正是这种集合的不和谐才

---

① 阿里斯托芬（Aristophanes，约公元前446—约公元前385），雅典喜剧诗人。
② 典出希腊神话：宙斯化作天鹅向丽达求爱。

反映出主题本身：细腿的小女孩成熟为美女，或者——由于情况可能颠倒过来——原先是他自身的那个身披漂亮羽衣的儿童，如今变成了挂在旧手杖上的破衣衫，用来"吓唬鸟儿"。

在回忆的洪流中，她此时的意象漂进了他的心灵，如同那天鹅自己可能漂进视野一样。这仿佛像一个画家——比方说鲍提柴里[①]——塑造得那么理想：

> 两腮深陷，好似啜饮着风，
> 又把一团阴影当作了菜肴……

有几位评论家（我不能同意他们的见解时总是犹豫再三）认为这几行诗的含义是，那个心爱的女人现在已经年迈色衰。然而我认为，他们做出这种解释，是让他们自己过多地受了一种假定的影响，即是，叶芝思想中的这个女人，必定是茅德·冈[②]；因而从这诗的写作日期得结论——传记偏见有多危险！——说丽达般的身影是一个老妇。可是所讨论的这几行诗，并不要求这样的理解。无论在什么情况下，这几行诗所坚持表达的，是丑小鸭和天鹅之间的对比，是"蹒跚孩童固有的天性"的超然，以及其成熟的美所带来的平凡的朴实。这种美似乎那样超凡入圣，人们不能相信是由普通食料滋养的。

主题通过第五节进行了概括：什么样的年轻母亲如果能在分娩时刻看到儿子六十年以后的模样，会觉得她生产的痛苦得到了补偿。此

[①] 鲍提柴里，现通译桑德罗·波提切利（Sandro Botticelli, 1445—1510），意大利画家。

[②] 茅德·冈（Maude Gonne, 1866—1953），爱尔兰自治运动中主要人物之一，叶芝曾经长期追求过她。

时，不名的、无定形的婴儿，通过两次把婴儿说成"人形"而得到暗示。作为人形，它具有纯粹潜在的可能性——它有很大可塑性，甚至可以按照母亲的梦想加以塑造。然而，无论它会变得怎样，现实将否定母亲的梦想。

毫无形状者怎样被赋以形状呢？形状又是从何而来？这是希腊哲学的首要问题。诗人想起了三个希腊哲学家，三个羽毛未丰的人[①]的例子。他们尽管颇负盛名，但也终归成了草人——

吓唬鸟儿的旧手杖上挂着破衣衫。

然而，即使在明确提到这些哲学家的时候，那颇感有趣的奇想语调并没有缓和下来。我们与其说面临对哲学家的总括，毋宁说是面临人性，独特活动中的人性。柏拉图的思想再次以"寓言"形式叙述出来——虽则这寓言十分贴切：天性是嬉戏于神圣的形式之上的雾霭，一半显露、一半遮掩了神圣的形式。但是由于提到了亚里士多德，我们认识到——不是通过推测，而是通过应用——亚里士多德将形式加于或多或少易于处理的材料之上，通过在小学童亚历山大[②]下体挥动九股皮鞭塑造了小学童的心灵。（这些诗行提醒我们，沉思毕竟没有把我们真正带得远离教室的背景。）

哲学家的第三位代表是毕达哥拉斯[③]，由于受到粗枝大叶的文艺

---

① 此处原文是拉丁文：*bipes implumis*。
② 亚历山大，此处指亚历山大大帝（Alexander the Great，公元前356—公元前323），亚里士多德曾任他的教习。
③ 毕达哥拉斯（Pythagoras，公元前570—约公元前500），古希腊哲学家和数学家。

女神的差遣，将自己的直觉在"琴弓和丝弦"上弹奏出来。不过，如果我们倾向于把毕达哥拉斯当作这一场面的主人公的话，那我们会想起，甚至他的信徒据以证明他的神德的金股骨①，最终也成为挂着"破衣衫"的"旧手杖"……"用来吓唬鸟"了。具有众多推测的哲学家的思想，可能不尽一致；然而他们的躯壳却证明是完全一致的。美丽的羽衣消失殆尽，而人，此刻只成了人的模拟像，也会被认为与丽达般的身影完全不相容。

然而，诗人坚持认为所涉及的还要广泛。不仅可以说，柏拉图的观念，在其神圣的理想中，嘲弄了那些在这些观念中得到不完美体现的物质对象。而且，这适用于所有理想，不仅适用于哲学家，而且适用于那些把人生看得非常"具体"的人。因为，在诗人把物质对象称作的"济济众相"中他把那些"使母亲幻想富有生机"和那些"尼姑……膜拜顶礼"的意象也包括在内。假如后者是一成不变的（相对于母亲对自己孩子的梦想而言），而且"让大理石像或铜像安息"，然而它们也使人心碎肠断。正是对"济济众相"，他说出了占据最后一节诗的人生完整和人生统一的幻象。单调乏味的劳作变成了"鲜花开放，手舞足蹈，／身体不能为取悦灵魂而受伤。"

在全部活动中，只有凭借抽象才能将动作者和动作分离开来。树是什么——花、叶或者树干？当舞蹈完成，难道舞者依然是舞者吗？然而，最后一行是有力的洞察还是明显的雄辩？最后一整节，连同其全部的力与美，构成了对柏拉图和一切令人心碎的理想主义的批驳吗？或者，它标志着从常识世界的逃遁——或者超脱吗？在这常识世界里，把舞者与其从事的舞蹈区别开来，我们并不感到有些许的困难。

---

① 传说毕达哥拉斯长有金股骨。

即使精心周到地对这一节进行释义,也会歪曲它的意思。当然,我们在此处应该做的,正是该把叶芝的理论应用在他自己的诗上。这诗,像它歌颂的那株根深花茂之树,不应该以第五节或第七节或第八节所作的"陈述"而孤立开来,也不应该把它——极端的理论——以几个令人愉快的意象的繁花而孤立开来。我们必须观察树干和树根,最重要的是观察它们内部的有机联系。

首先,我们注意到,最后一节开头的概括,是彻底戏剧化的。那些概括实在是该诗隐喻纤维的延伸。出生、成长和老朽为主题贯穿全诗,更确切地说,是:鸡蛋、羽毛丰满的成熟的鸟、脱毛的鸟、草人;或者降生中的婴儿、儿童、青春和成熟,丽达和金股骨的毕达哥拉斯,以及头上压着六十个寒冬的男人。

正是这些隐喻连绵延续至结尾一节。该节一开头的"劳作"(labour)一词,蕴含着降生隐喻的因素。劳作并不仅仅是工作(work),也是分娩的阵痛(labour)。对于栗树,不存在生产的痛苦:"劳作是鲜花开放。"对于根深花茂之树正是这样——实际上是这样!

另一方面,诗人对"人类事业的嘲讽者"发出的最激烈的控诉,是它们的"自发性"。它们是先验的;它们无所谓发展;它们没有双亲;它们不受老年之苦。正如叶芝的拜占庭①的人工制品(或者济慈的古瓮②上的画像),它们是永恒的。变化着的世界同纯粹存在着的世界相比较时,必定永远遭受苦难。

正像肯尼思·柏克③在他《象征动作》一文中所说:"《在学童

---

① 指叶芝的《驶向拜占庭》一诗。
② 指济慈《希腊古瓮颂》一诗。
③ 肯尼思·柏克(Kenneth Duva Burke,1897—1993),美国文学评论家。

中间》使《驶向拜占庭》①平衡。"（顺便说一下，据叶芝传记撰写人说，两诗均写于同一年。）一首仿佛讴歌"自然"美，变化着的世界；另一首则讴歌智力美，纯粹存在着的世界。叶芝栖身于哪一个世界？他喜欢哪一个呢？

这个问题毫无意义——正如热心的女教师向第一次阅读《快乐的人——幽思的人》②的女学童提出的问题毫无意义一样，即弥尔顿真正喜欢欢乐还是忧伤？叶芝喜欢理想主义还是物质主义——开花的栗树还是永不脱换金羽毛的金鸟？

叶芝两者都喜欢同时又都不喜欢。除非通过变化着的世界，人们不能认识存在着的世界。（虽说人们必须牢记，离开了变化着的世界所暗指的存在着的世界，变化着的世界便毫无意义可言。）

如果最后一句话，使叶芝比我们真正感觉到的似乎更是一个玄学家，那我们只能诉诸诗作品本身。由于具有反省力的人类永远不能摆脱对这一问题的认识，两者均被彻底毁坏了。这就是作为哲学问题基础的进退维谷的处境，以及所获得的"解决"，无论在两者中哪种情况下都不能解决这个问题。在两种情况下，诗人均向这种境况妥协——对无论何地都证明无法解决这个问题的境况，产生了一种态度。正如I. R. 瑞恰慈对华兹华斯的《不朽颂》所暗示的那样，这里的《在学童中间》（或者，就此来说，还有那个《驶向拜占庭》），最终是一首"关于"人的想象力本身的诗。

诚然，读者会说，《在学童中间》反对从外部所强加的一切戒律——反对一切为"取悦灵魂"而使身体"受伤"的做法。既然一切

---

① 此诗实际写于1928年。
② 英国诗人约翰·弥尔顿的作品，作于1631年。

理想主义具有"……人类事业的自发的嘲讽者"的特性，显然诗人并不认为人们能够或者应当除去那些理想主义。如果它们使人心碎肠断，它们仍然是"济济众相／为爱情、虔诚或母爱所熟悉。"爱情、虔诚或母爱的人类世界，必然是那些"济济众相"所存在的世界。它们不仅仅是哲学家的杜撰。如果说哲学家，甚至老尼，构成了一种特殊情况，那么母亲并不特殊。她们对形象的顶礼是理所当然的。

最后一节没有批驳柏拉图——用意也并非在于批驳他。因为，假如我们在栗树的幻象中，试图理解为对于美的肯定，理解为大自然粗心的嬉戏，因而理解为是反驳柏拉图认为大自然仅仅是"泡沫"戏弄"鬼影幢幢的变幻"；或者理解为奚落亚里士多德"挥鞭"抽打青春的亚历山大的下体，那我们会记起毕达哥拉斯的活动也同样是嬉戏——拨动"琴弓和丝弦。"［也许人们把嬉戏（play）一词看得太重了。然而，这个词是以特殊的含义用于柏拉图的思想和亚里士多德的动作的，毕达哥拉斯也被确定地表现为在弹奏某种乐器。"嬉戏"一词包含有三者活动以及最后一节舞者活动在内的含义。］

或者，人们可以这样看待这一问题；叶芝对待《在学童中间》的希腊圣哲，是不是不如对他在《驶向拜占庭》中所引的圣哲那么尊敬呢？是的，他把后者具体化为"站在上帝圣火中"[①]，而且不关心如打屁股等这么世俗的活动。然而他对他们最后的吁请是：

>……只把我收进
>
>那永恒的工艺精品。[②]

[①][②] 均见《驶向拜占庭》一诗。

"工艺精品"一语适用于不同水平的祈祷:他将被带出大自然;他的躯体将成为用黄金锤炼成的工艺精品;它将不会衰老而将有艺术品的结局。但是,毋庸置疑,"工艺精品"也带有反语的限定性。尽管祈祷具有全部的热情,但作的还是有节制的祈祷。他没有祈祷被收进永恒——如果他被收进"永恒的工艺精品",那也就尽够了。这个反语的限定没有把祈祷变成嘲讽,却十分重要:它限制,同时阐释诗人所诉诸的圣哲的力量。

《驶向拜占庭》里的金黄色的鸟和本诗的开花的栗树,不完全处在同一个层次上,这应该是很明显的。的确,我们还需要加上一个词:草人。由于金黄色的鸟和草人似乎是具有限制的词——或者,如果草人不是严格的限制性词,它却指向另一个界限:躯体在坟墓中彻底毁坏和消融。在"永不衰朽的才智"[①]和躯体毁坏的界限之间,是开花的栗树,或是在混乱舞蹈中的舞者,或是按照对天堂音乐的直觉弹琴的金股骨的毕达哥拉斯。他们都代表着某种神圣的或超自然的东西,但正因为人们能感知到它,它也是某种与"自然物"相混合的东西。这位神圣的美女并不当真靠阴影和风为生,即便普通食品似乎不能滋养她的肉体;毕达哥拉斯的金股骨确实变成了草人细瘦的胫骨。然而,这诗的语气表明,诗人不是在嘲讽那些超自然的暗示,把它仅仅视为顺手拈来的幻觉。这位受爱戴的人的确配得上"丽达般的"声名;毕达哥拉斯的音乐确实给人以金黄色鸟的歌声的暗示。

在我看来,两诗的反语没有指向我们对超越自然世界的渴求,而是指向了超自然和自然在其中互相混合的人类处境本身——这个人类处境不可避免地被夹在自然与超自然两者的要求之间。叙说者将以

---

① 见《驶向拜占庭》一诗第一节。

金黄色的鸟的躯体形状在拜占庭中出现，这鸟将从变化着的世界的流动中被移开。但是，一经这样移开，它将歌唱变化着的世界——歌唱"关于过去，或者现在，或者将来"。[①] 从那个世界被移开以后，它将会理解，如同沉浸在生活中、浸透在变化着的世界的栗树不能理解那样。丰富的生活，如华兹华斯的儿童生活，是本能的。它是如此盲目的和谐，以至于它不知道自己的和谐。华兹华斯《不朽颂》的进退维谷，在此处完全重演了一遍。成熟的人能够看到树或羔羊或者儿童所具有的和谐，存在的统一性；但能够看到此点所付出的代价，是人们在其自身内不能拥有这种和谐，正如拥有这种和谐的人们所付出的代价，是不知道自己确实占有了它，对此，或者可以用叶芝自己的话说明：

> 因为智慧是死者的财产，
> 是同生命不相容的某种东西……

也或者如叶芝晚年书信中所乐于称道的："人类能够体现真理，但不能认识真理。"

但是，在试图调和两诗的"含义"时，我们不能诱导读者用另外一种抽象的命题来代替"含义"。重要的是，就两诗而言，我们会发现，试图从全诗中抽象出来当作"含义"的任何陈述，都将被使此诗成为一个整体的上下文所限定，所修正。

这首诗是一种戏剧化，而不是一种程式；是对必须经验的东西的一种有控制的经验，而不是一种逻辑推理，其结论凭借逻辑方法得

---

① 见《驶向拜占庭》第四节。

出，其有效性可凭借逻辑测试得到检验。在每一种情况下，作为这诗的机体的一致原理，是一种态度或多种态度的复合。诚然，我们可以发现似乎多多少少可以确切地作为这种一致态度特征的命题。但是，如果我们把这些命题当作这首诗的核心，那我们就是自己满足于删约和替代，这么做，就是把树的根或花当作了树的自身。

这个论点不是个非常深奥的论点。仅仅由于我们的许多教授和知名评论家依然觉得这仿佛是一种奥秘的原理，在此重复一下似乎是值得的。我们对文学的扎实研究，在于对根茎体系（文学来源的研究）的考察，或者在于嗅闻花朵（印象主义），或者——不要忽视叶芝可选择的象征——在于探询有关那个一度曾是现在不是舞者的一生经历（对诗人的传记研究）。

我想公允地使用这一暗喻：探讨舞者的经历，是完全合法的，这种探讨本身就必然很有趣味，而且对我们理解舞蹈可能具有价值。但是，我们不得不中止舞蹈，或者等舞蹈完成时，才能来探讨作为舞者的她，只要我们的兴趣在于诗，那么舞蹈必定是基本的，是我们不能忽视的。无论拥有多少关于舞者个人经历的记录，都不证明可以用它取代舞蹈；甚至我们对这位作为舞者的认识，也在某种程度上有赖于舞蹈：舍此，我们怎么能认识她呢？"舞蹈和舞者叫人怎么分别？"

（李自修　张子清　译）

希 尼

谢默斯·希尼（Seamus Heaney，1939—2013），生于北爱尔兰德里郡一个信奉天主教的农民家庭。少年时代参加过不少体力劳动。1961年他毕业于贝尔法斯特女王大学英语系。1966年第一部诗集《一个自然主义者之死》出版，希尼一举成名，出任母校英国文学讲师，此间，除创作大量诗歌外，还写有英语诗人研究著作。1972年他从北爱尔兰移居到爱尔兰共和国，1976年在都柏林一所教育学院任教。从20世纪80年代起，受聘于美国哈佛大学和英国牛津大学，任英国文学教授。从20世纪60年代中期起，希尼的诗歌创作持续精进，他不但被视为叶芝之后爱尔兰的一位最重要的诗人，而且是具有巨大国际影响的诗歌大师。1995年获得诺贝尔文学奖。

希尼的诗具有鲜明的民族背景和地方色彩，在对北爱尔兰乡村生活本真细节的追忆中，展现了人的生存之根，熔铸了朴素而恒久的对生命和道德的哲思。在他笔下，家族的血缘谱系与民族的历史文化谱系糅合在一起；在对这种"民族性"谱系持久的追溯里，他同时展开了更为广阔的时代精神和世界性的眼光。希尼的主要作品集有：诗集《一个自然主义者之死》（1966）、《进入黑暗之门》（1969）、《痛苦的冬天》（1972）、《北方》（1975）、《农耕》（1979）、《斯威尼的迷惘》（1983）、《斯特森岛》（1984）、《山楂灯》（1987）、

《观察》(1991)等；诗学文集《专心致志》(1980)、《舌头的管辖》(1988)、《写作的场所》(1989)等。

1969年的夏天

当平息暴乱的警察一路开火
进入浮斯，我只是在马德里
暴毒的太阳下受苦。
每天下午，在蒸锅般酷热的
寓所里，当我冒着大汗翻阅
《乔伊斯的生活》，鱼市的腥气
蒸腾，如亚麻坑的恶臭。
而在夜间的阳台上，当酒色泛红，
可以感到孩子们缩在他们黑暗的角落里，
披黑巾的老妇侧身于打开的窗户，
空气在西班牙语里像在峡谷中迂回涌动。
我们谈论着回家，而在星垂平野的
尽头，民防队的漆皮制服闪烁
如亚麻弄污的水中的鱼腹。
"回去"，一个说，"试试去接触人民"。
另一个从山中招来洛尔迦的魂灵。
我们一直坐着看电视上的死亡数目
和斗牛报道，明星们出现
来自那真实的事件仍在发生的地方。

我退回到普拉多美术馆的阴凉里。

戈雅的《五月三日的枪杀》

占据了一面墙——这些扬起的手臂

和反叛者的痉挛,这些戴头盔

背背包的军队,这种

连续扫射的命中率。而在隔壁的展厅

他的噩梦,移接到宫墙上——

黑暗的旋流,聚合、崩散;农神

以他自己的孩子的血来装饰,

巨大的混乱把他怪兽的臀部

转向世界。还有,那决斗

两个狂怒者为了名誉各自用棒

把对方往死里打,陷入泥沼,下沉。

他用拳头和肘部来画,挥舞

他心中的染色披风,一如历史所要求。

(王家新 译)

析希尼的《1969年的夏天》[①]

王家新[②]

首先，这首诗不断在指向一个主题：暴力。诗人自己国家目前正在发生的暴力冲突，与诗人在度假地西班牙所感受到的大自然中的暴力。两者本来互不相干，但在希尼这里有了联系，为的是达到一种对人类的普遍存在境况的洞察。（这正是诗歌高出于一般事件报道的地方。）诗人身处异国，焦虑地关注着自己国家，正是在这种心境下，他强烈而又敏感地感受到一种无处不在的暴力，尤其是在西班牙这样一个曾是暴力王国的国家。（从山中招来被政治谋杀的诗人洛尔迦的魂灵，即是为了显示这种暴力的历史。）街头上的暴力人人都能看到，看不见的暴力只有诗人才能揭示。因此，诗中的具体描述会使我们震动，会使我们被迫去思考暴力对人类生活各个领域的渗透。"The air a canyon rivering in Spannish"，这一句十分难译，因为它完全不合正常的语法关系（例如，它把"空气"与"峡谷"这两个名词并置），我琢磨再三，根据上下文把它译为"空气在西班牙语里像在峡谷中迂回涌

[①] 本文选自王家新《没有英雄的诗》，中国社会科学出版社2002年版。原题《从听众席中站起来的女生》，有删节。
[②] 王家新（1957— ），著名诗人，诗歌评论家，中国人民大学文学院教授。著有《塔可夫斯基的树》《未完成的诗》《王家新的诗》等诗集，《在你的晚脸前》《取道斯德哥尔摩》《没有英雄的诗》等诗论随笔集，《新年问候：茨维塔耶娃诗选》《保罗·策兰诗文选》《带着来自塔露萨的书：王家新译诗集》等译诗集。

动"，以传达原文中的那种压抑、不祥之感。的确，暴力已渗透在人们所艰难呼吸的空气之中了。

主题在深化，"我们一直坐着看电视上的死亡数目／和斗牛报道"，把令世界震惊的政治暴力与引起观众阵阵喝彩的斗牛并置在一起，可以说是一种诗的"发明"，也只有用这种蒙太奇式的并置才能构成一部"现代启示录"。正如那赋予生命的太阳也在唤起我们生命中的暴力因素一样，斗牛场上与死亡的角逐虽然被仪式化了，但依然透出了人类本性中一些让人不敢正视的东西。因此，它可以与血腥的暴力冲突事件联系起来。而这样联系的结果，可能会使我们大吃一惊：在当今世界，暴力居然已成为一种"消遣"了！的确，人们渴望被"刺激"，否则就忍受不了活着的平庸。什么最刺激呢？死亡、暴力、英雄的出场。而英雄之所以为英雄，也许正在于他是这一切的祭品。斗牛士在死前把剑刺入公牛，这才是这一角色的完成，这才是"伟大"的一瞬——观众怎不为之喝彩呢？而当斗牛场上的角逐一变而为血腥的巷战，世界的激动就更不用说了。这时，媒体会炒作，明星会在电视上出现，然而，有谁来思考人类为之付出的代价呢？

这些是对该诗主题第一个层面的读解。文本中还有文本。如果血腥的暴力事件仅仅迫使诗人关注时局和外部世界，而不促使诗人思考自身的责任和角色的话，希尼也就不是希尼，我也不会在这里谈论这首诗了。必然地，希尼会把外部关注与内在审视这两个方面互为关联地在诗中交织在一起。具体讲，他不仅要试图揭示暴力逻辑对世界的掌握，还必须通过这首诗回答在这种时刻历史对一个诗人的要求，回答缠绕在他自身脑际的那些声音。"'回去'，一个说，'试试去接触人民'"，这声音多么正当！尤其在这样的苦难时刻，它几乎就是某种道德律令,直接作用于一个诗人的良知。艺术难道不是为了人民吗?诗人难道不应忠实于整个民族吗?我想,一个中国诗人对此再熟悉不过了,因为这种"回去"的声音每隔一段时间就会在他们耳边响起,"关怀"与"忧国忧民"已成为对他们的首要的要求。当然,还没有什么不好,因为无论如何,这在历史上不是曾造就了像杜甫这样的伟大诗人吗?

然而,希尼在烈日的拷打、在是否"回去"的声音中做出的选择却是:"我退回到普拉多美术馆的阴凉里"。诗人在这里使用了"retreat"一词,它含有后退、撤退之意。与萨特曾倡导的"介入"相比,这是否就是一种逃避、一种懦弱呢?情形正相反,我们看到的是,只有来到这种艺术的"阴凉"里,才能和"火热的现实"拉开一种从事艺术观照所必需的距离,才能看清这个疯狂、非理性的世界,才能唤起一种超越的心智。"普拉多美术馆的阴凉",这是一种酷夏中的肉体感受,但恰是一种对艺术本身的肯定,它显然可以从隐喻的意义上来读:在此狂热的时代,只有通过艺术才能进入一种炎热中的阴凉,一种风暴眼中的安宁,才能找到我们最终的立足之地。

的确,这不是逃避,而是为了从一个更可靠的角度看世界,以"不在"的方式进行艺术本身的"介入"。那么,希尼在此看到了什么呢?也许,这恰好出自天意,他看到的是戈雅后期的名作《五月三日的枪杀》!这里出现了某种耐人寻味的戏剧性,或历史的纵深感。1808年,拿破仑的军队开进西班牙,作为这一残暴、耻辱历史时期的见证人,戈雅创作了《1808年5月2日的起义》《法国士兵枪杀西班牙起义者》等大型油画(现藏于马德里普拉多美术馆)。戈雅奋笔作证的血的历史,与希尼祖国正在发生的一切有着惊人的相似之处。因此，希尼会本能地注意到戈雅——不是戈雅所描绘的历史，而是那个疯狂世界里的狂暴艺术灵魂本身。至此，希尼所描述的一切已移植到这个焦点上，因为这和他对自身处境的思考深刻相关。血腥历史与政治恐怖已深刻影响了戈雅，在其创作后期，他已由西班牙风情的描绘者一变而为噩梦中的挣扎者了。如诗中所描述，他不仅通过艺术去传达那种被"连续扫射"的恐怖感，其噩梦还"移接"到任何别的对象上；一种绝望和暴力，一种可怕的能量从他的艺术中被释放出来了。希尼曾在《诗歌的纠正》（黄灿然译，下同）中引用诗人史蒂文斯的话，诗的可贵在于它"是一种内在的暴力，为我们防御外在的暴力"，而这是否意味着艺术家可以用一种"以恶抗恶"的方式对付世界呢？不，艺术永远有其内在的规定性。希尼让我们一起来思索的是，当"巨大的混乱把他怪兽的臀部转向世界"，当戈雅赤膊上阵对之进行反抗、诅咒时，他自己是否恰恰已被一个暴力的幽灵攫住？"他用拳头和肘部来画"，因为那"扬起的手臂"在呼喊着复仇——历史中最可怕的是什么？不正是复仇，不正是一代代永无了结的血债，不正是这种恶性的循环吗？而戈雅听从了这种血的呼唤，他"挥舞着心中染色的披风"，不仅作为艺术家，也作为一位斗牛士出场了！

"用拳头和肘部来画"，大概也就是"用生命和鲜血来写诗"吧，而这是否就是希尼所赞同并要求他自己去做的呢？没有下文。其实，回答已潜在于文本之中，我们已可以通过诗人对戈雅的"中性"的描述，通过"农神／以他自己的孩子的血来装饰""还有，那决斗／两个狂怒者……"这样的诗句体察到诗人隐蔽的认识和态度。他理解那复仇的呐喊，但却不能接受盲目的仇恨；他知道一个艺术家的责任,但对"历史的要求"却持一种辨析的态度,无论这要求以什么神圣、毋庸置疑的名义提出来,而这,与那些指责正相反(希尼的确受到过同胞们的指责),我认为恰好体现了作为一个诗人的良知。的确,即使到今天,诗人依然是一个种族的良知。而他作为民族的良知,恰在于他能够超越民族的狂热。他的民族意识,如同历史中那些伟大作家的,乃是一种批判性的自我意识而非其他。在一个充满各式各样意识形态煽情的世界,在一个民族冲突日炽、非宗教狂热往往以宗教面目出现的今天,一个诗人应是种族的良知、洞察者、提醒者而非煽动者——希尼的高度清醒与不妥协精神都体现在这一点。通过《1969年的夏天》的写作,他对历史的各种要求进行了一次如他所说的"诗歌的纠正"。他的艺术力量正来自这种纠正。

一位评论家在论述中国(20世纪)90年代诗歌时曾这样说道:"它坚持的是一种个人的而非集体的认识态度。它要求写作者首先是一个具有独立见解和立场的知识分子,其次才是一个诗人。"(程光炜《不知所终的旅行》)在去年的诗歌论争中,这段话曾被某些人有意曲解并加以攻击。其实,在一个已被完全意识形态化了的写作语境中,它正是一个诗人所需要不断进行的努力——诗歌的纠正。因为我们并非处在一个"与意识形态、道德、时代的精神向度、使命以及各种立场、倾向、知识无关"的真空状态中写作,实情正相反,一个诗人从他提笔那天就处在这一切之中,就被置于一个充满各种蛊惑和要求的历史话语场中,因此,离开了这种"诗歌的纠正",一个诗人不仅很难获得他自己,相反,他可能早已成为什么意识形态或道德的牺牲品了。

是的,这就是为什么我会把目光投向希尼:他的诗歌是通过一种复杂的"诗歌的纠正"得出的结果,他的艺术是一种能够与时代发生深刻摩擦的艺术,同样,他的自由是在各种压力下艰难获得的自由。因此,希尼在我们这个时代获得了他的真实可靠性。或者说,与那些廉价的、在当今时代其实已失去了艺术难度的所谓"纯诗"写作相比,一种希尼式的写作更能体现出现代诗歌所能达到的成熟,而这种成熟不是温室中的成熟,恰是一种如希尼在《山楂灯笼》一诗中所说的被"点戳"得"出血"、"被啄食过的成熟"。

因此,我愿继续以《1969年的夏天》为例,进一步考察希尼是如何置身于(而不是避开)各种压力和要求下来实现这种"诗歌的纠正"的。如上所述,社会对文学的要求除去其荒唐的一面总有它正当的一面,这种要求自然不是一种审美要求而往往是一种道德要求,例如要求诗人肩负起社会责任,要求诗人"站在受压迫的一边",代表"沉默的大多数",要求诗人表达他们"共同的心声",要求诗人为时代或民族"代言"而不是从集体行军中溜掉,等等。这种种要求姑且存而不论。我所关心的是,社会为什么会对文学提出这样的非文学要求,这种来自"公众"的压力在历史中又是如何形成的呢?我想,这恰恰和文学自身的历史和某种"简化了的传统"有关。这使这种要求有了措辞和借口,也有了先例——往往是伟大的先例——可援引。那"占据了一面墙"的戈雅作品,不仅在普拉多美术馆,也在历史上占据了一个权威位置。它目睹着,也要求着后来的艺术家,在历史呼唤他们的时候加入这种"以拳头和肘部来画"的传统。希尼抵御着这种来自传统的强大引力,但我们还是从中感到了一种迫人的力量。的确,先辈是强大的,即使他们不以自己孩子的血来装饰,他们至少也在要求着后辈的忠诚。

这里谈到的还是艺术。来自文学和诗歌史上的压力则更为直接、尖锐,以至于希尼避而不谈。他在这首诗中谈论戈雅,甚至也提及乔伊斯——20世纪另一位爱尔兰作家,我相信他的"流亡即我的祖国""历史是一个我需要从中醒来的噩梦"这类思想已深刻影响到希尼;然而,我想希尼仍在有意避开。他要尽力避开谁呢?他要避开伟大的叶芝!实际上,希尼所承受的最主要、内部的文学压力正来自叶芝。希尼恰是在这位爱尔兰诗歌巨匠逝世那天降生的。叶芝,是他的守护神,但也是一位过于执拗的父亲。

希尼没有提及叶芝,或许正因为人们太容易把他和叶芝联系起来。实际上,在1969年这个流血的夏天,人们正暗中希望他能成为第二个叶芝——不是那些总是在同自己同胞争执的叶芝,而是奋笔书写《1916年复活节》的叶芝。希尼感到了这种压力,那就是期待他能在这样的时刻站出来,担当起叶芝曾肩负的为民族招魂的神圣职责。

"那好吧"(我想希尼从心里一定会发出这个声音),希尼做出了他的回答——这就是他的这首《1969年的夏天》。仅是这个题目,已足以让人立即想起叶芝的《1916年复活节》。的确,无论人们失望或满意,在文学的历史上它与叶芝的名作恰好构成了一个耐人寻味的对称。

为了说明问题,现在让我们回顾叶芝的这篇纪念碑式的作用。该诗写于1916年复活节爱尔兰民族起义失败半年之后。叶芝本来对过激政治和暴力抗争持保留态度,对他所了解的一些起义人物也不以为然,然而,复活节起义及其悲壮殉难仍极大地震撼了他,"一切变了,彻底变了:一种可怕的美已经诞生"(取自查良铮译本,下同),他需要重新看待这一切并调整自己。如按伊格尔顿在《叶芝

〈1916年复活节〉的历史和神话》里所做的分析，起义领袖在起义失败后三个月被处决是一个契机，这使一种对悲剧的认可和肯定成为可能，使历史事件转变为神话成为可能。于是在这首诗里，诗人叶芝的身份变了，由一位局外人（复活节起义时他并不在爱尔兰，而是在英格兰）变为见证人（请注意该诗的起句"我在日暮时遇见过他们"），变为铭记者（"我用诗把它写出来……"），甚至变为一位悲痛而神圣的招魂人：

> 太长久的牺牲
> 能把心变为一块岩石
> 呵，什么时候才算个够？
> 那是（上）天的事，我们的事
> 是喃喃念着一串名字
> 好像母亲念叨她的孩子
> 当睡眠终于笼罩着
> 野跑了一天的四肢……

诗写到这里达到一个高潮。诗人的情感在一种巨大的悲悯中升华，他甚至在为自己，也为整个民族要求一种悲痛母亲的地位。至此，历史中的人物成为神话中的祭品，民族苦难被提升到悲剧的高度，盲目的死亡冲动和政治牺牲通过一种艺术仪式获得了让人永久铭记的精神的含义……

这的确是一首伟大的诗篇。它提升了诗歌的崇高地位，甚至神化了诗人自身的形象。因为这样一首力作，诗人再次上升到民族代言人的位置,虽然这并不一定是叶芝本人愿意看到的。"这类具有精神耐力的人物都倾向于淡化他们的成就的英雄一面,而坚持他们职业核心那严厉的艺术戒律"(希尼《诗歌的纠正》),叶芝正是希尼所描述的这种人物。然而问题在于,历史从诗歌中所要求的,却恰恰是其"英雄的一面",是社会责任、集体认同、政治姿态、道德力量而非其他。正如屈原、杜甫的伟大作品在中国往往被简化到只剩下"忧国忧民"四个字,叶芝也注定会承受被削简或被"部分使用"的命运。例如,在对其民族代言人这一身份的刻意标举中,叶芝本人更为复杂的个人意识和艺术观照视角被取消了,或被有意忽略了。实际上,《1916年复活节》在正文之外还有着一个重要的副歌:

> 许多心只有一个宗旨,
> 经过夏天,经过冬天,
> 好像中了魔变为岩石,
> 要把生命的流泉搅乱。
> 从大路上走来的马,
> 骑马的人,和从云端
> 飞向翻腾的云端的鸟,
> 一分钟又一分钟地改变;
> 飘落在溪水上流云的影
> 一分钟又一分钟地变化;
> 一只马蹄在水边滑跌,
> 一只马蹄在水里拍打;
> 长腿的母松鸡俯下去,

> 对着公松鸡咯咯地叫唤,
>
> 它们一分钟又一分钟地活着,
>
> 石头是在这一切中间。

在一书写民族悲剧起义的诗篇中,这一副歌可谓"出位之思",它出乎不意,也使一般读者困惑,甚至感到"多余"。然而,这恰恰是叶芝作为一位伟大诗人超出了一般诗人的地方。这个副歌与正文形成了一种强烈的反差,但它恰好在持久的自然世界与短暂的历史动荡之间,在强烈的悲剧情感与非个人的超然和宁静之间,在生生不息的原始自然力与人间的生死是非之间形成了一种对照;由此,社会、历史被纳入到一种艺术秩序中来观照,诗人内在的矛盾得以构成一种诗的张力。这使我想起了叶芝自己的一句话"……人在两个极端之间走完他的路程",即使在一首诗中,他也往往如此!

然而,社会的选择是顾不上这么多的复杂性的;它会抹平意义的差异,无视诗歌中公开或秘密的内在冲突,而且它在根本上就不在乎诗人的个人精神存在,因为它会运用意识形态话语机制去设计出一个为它所需要的"诗人形象"来。因此,可以说,希尼所面临的压力,并不一定直接来自叶芝本人,而是来自一种被简化的传统,来自这种借助了叶芝的名义施加给他的要求。由于《1916年复活节》已在历史上充分具备了"经典"的意义,它的存在,加强了人们对文学在民族解放过程中的责任和社会作用的要求。那么,既然在北爱尔兰发生了类似于1916年复活节那样的事件,诗人何为呢?"回去……接触人民",似乎文学只变成这么一个简单的问题了。

耐人寻味的是,同样的事情也发生在中国(20世纪)90年代。因为这个民族也经历了这么多的未被表达的苦难，因为对于（20世纪）90年代诗歌，远有艾青这样的民族号手（人们可以忽略不计他闹"小资产阶级情绪"的时候），近有曾激动了一个思想启蒙时代的朦胧诗，并且还有来历不明的"史诗"，因为不断有人在"呼唤史诗"。值得注意的是，似乎人们已习惯于以朦胧诗"崛起"时在社会上引起的巨大效应来对照诗歌在（20世纪）90年代的"低落"，甚至有人出来要诗人们对"公众背叛诗歌"这一"事实"负责。这至少说明早期朦胧诗中所体现的社会批判性、为正义和人道执言的反抗激情和英雄殉难精神仍为人们所怀念；不仅怀念，而且还要把它"塑造"为一种现代传统，还要借此来指责（20世纪）90年代诗人失去了对历史的关怀，（20世纪）90年代的"个人写作"无非是对时代和社会责任的逃避，等等。（有意思的是，人们不仅用北岛早期的《回答》要求后来的诗人们，甚至也用它来要求北岛后来的创作，结果他们自然会失望。同样的事情在奥登、策兰等诗人那里都发生过。相比之下，没有"代表作"的诗人倒是幸运些，他们后来的艺术进展可能会被注意到而不是被遮蔽，他们不至于被钉在那个"代表作"上受难。可是，没有"代表作"又怎会引起公众注意呢？离开"轰动效应"，社会又如何感受到文学的力量呢？这真是一种诗的悲哀。）

然而，真正的诗人并不逃避。相反，他们总是把自己置入压力之下、甚至一种巨大的荒谬感中来展开他们的工作。像希尼，在这动荡、揪心的时刻，他一方面倾听历史的要求，他不可能不关注正在他的国家发生的一切。他知道作为一个诗人，他不可能绕过这一历史时刻，因为这和他自身的存在深刻相关。他知道诗歌要超越历史，也许唯一之途是"彻底穿过它，从它的另一头出来"（伊格尔顿语）。我想正是这种自我要求，使他与那些仅仅把诗歌作为一种审美自娱，或空泛地谈论"语言本性""最高虚构"的诗人区别开来。他没有陷入这种非历史的"美学的空洞"之中，相反，他不断返回到他自身的存在境遇亦即历史与生命的现场之中。像《1969年的夏天》这首诗，历史要求与现实感受一直作为递增的压力作用于他的自我意识，外部世界的动荡也在加剧着语言内部的冲突，因此，诗人在诗中最终所立的事物，具有了真实可靠性。的确，这才是一种具有艺术难度的写作，其语言，其复杂的诗学意识都带有一种彻底"穿过"历史时才具有的擦痕。

也许正是置身于一个历史的话语场中，才使"诗歌的纠正"成为一种必需和可能。这是《1969年的夏天》向我们提示的另一个更为重要的维度。希尼的力量和可贵都在于：他倾听历史要求，他进入他的时代，但他对任何来自群体或传统的"拉力"都保持警惕，尤其是对自身中"遵守引力的力量"保持一种自我抵制。他关注着民族的苦难，但他的诗却使我们觉悟到，同阶级一样，民族主义作为人类的异化形式，作为一种集体想象，并不应作为个人的归宿，而应作为反省对象。任何宗教的、民族主义的狂热都不过是"以自己的孩子的血来装饰"。希尼的勇气，正在于他抛开了那种随大流的安全感，让独立的个人出来，说出被一个时代的狂热所掩盖的东西。以这种方式，可以说希尼既忠实于叶芝，又以其彻底的个人立场消解了文学历史中的那种"代言人"意识；他不仅在他自己的写作中"把诗歌纠正为诗歌"，而且还会迫使人们对被曲解的传统产生一种新的认识。

（20世纪）90年代中一些中国诗人也在做着同样的努力。这种"诗歌的纠正"，我想，一方面是对"介入"文学的规避，另一方面又是对（20世纪）80年代中后期某种"纯诗"风尚的修正。正是在这种双重纠正中，使诗歌写作有可能在一个新的起点上展开。（20世纪）90年代诗歌也许比任何时候都更深入、具体地与时代生活发生了关系。那种认为诗人们普遍地逃避着历史和现实的印象又是如何产生的呢？其实，只要深入考察我们就会发现，对于在（20世纪）80年代末经受了深刻历史震撼与反省的诗人们来说，问题早已不再是要不要与时代发生关系，而是怎样与时代发生关系。正是在这一点上，（20世纪）90年代写作既继承了早期朦胧诗的某种精神，而又显示出一种深刻的区别。可以说（20世纪）90年代诗歌以它的个人承担意识和叙事策略，在早期朦胧诗之后再一次确立了诗歌与时代的关系，只不过这已不再是一种"反映"或"代言"关系。朦胧诗的确曾激动了一个时代（那是一种偷吃禁果的激动），但在今天，诗人们还可能那样写诗吗？已不可能。如同悲剧已成为它自己的反讽，随着社会、时代、文化和诗人们自身的变化，早期朦胧诗所体现的那种对社会历史和公众发言的模式已成为历史，那种二元对立的诗歌叙事已经失效，那种呼吁式、宣告式、对抗式声音也早已显得大而无当。因此，后来的诗人们包括部分朦胧诗诗人面临的任务之一就是修正这种写作模式。正是在这种不无艰难的自我修正中，（20世纪）90年代诗歌渐渐确立了切入现实和时代生活的基点：个人。纵然对这种独立的、日趋多样化的、具有知识分子精神的个人写作有着来自不同方面的误解和指责，但我相信它已将写作设置在了一个更为深刻、坚实的基石上，它也会在未来的实践中持续保有一种写作的有效性。当然，来自社会和公众的压力永远会有——那位从听众席中站起来的北大女生，如果她碰巧生在爱尔兰，难道不会这样向希尼提出诘问吗？

压力在造就着诗歌，尤其是那种内在的压力。其实自屈原以来，中国诗人一直就在"自由的神话"与"关怀的神话"之间徘徊，在"入世"与"出世"，在"独善其身"与社会忧患之间进退两难；谁也无法完全解决这个矛盾，就像谁也无法摆脱他的宿命，然而正是这一切造就了一代代的诗魂。

　　我们今天仍生活在这种命运之中。"代言人"意识及言说方式被消解了，然而历史关怀仍存在于"个人写作"中。诗人们也不得不把他的自由放在具体的历史条件下来认识。"自由，是你忘记如何拼写暴君姓氏的时候"，许多中国诗人爱引用布罗茨基的这句诗，然而人们忘了这只是自由的一瞬，甚至是对自由的反讽，而非自由本身。自由，如果不和关怀建立一种联系，就会成为一种可疑的神话，甚至会转向它自己的反面。而希尼的写作给我以启示，就在于它既是对自由的一种伸张，又是对自由的一种矫正。它在我们这个时代的写作语境中体现了一种把自由与关怀结合于一身的努力。这种努力也许是徒劳的，但仍得去做，因为做一个诗人即意味着他会终生处在这两种最顽固的拉力之中。

（2000年5月）

法 国

波德莱尔

夏尔·波德莱尔（Charles Baudelaire，1821—1867），法国诗人。生于巴黎。幼年丧父，母亲改嫁，波德莱尔与继父关系不善。这种特殊的经历深刻地影响了波德莱尔的精神状态。他对资产阶级的传统观念和道德价值采取了挑战态度，在诗歌创作中醉心于梦幻的探索。1848年巴黎工人起义，波德莱尔登上街垒，参加了战斗。成年以后，波德莱尔继承了生父的遗产，过着波西米亚人式的浪荡生活。波德莱尔的诗集《恶之花》于1857年初版，此后多次重版，并不断有所增益。散文诗集《巴黎的忧郁》出版于1869年。其他作品还有文学和美术评论集《美学管窥》《浪漫主义艺术》等。

波德莱尔是法国象征派诗歌的先驱，也是西方现代主义诗歌的创始者之一。他的诗歌是对已经陷入末路的浪漫主义诗歌的一次深刻的变革，同时骨子里仍然赋有浪漫主义的激情和理想。波德莱尔的创作和文学思想对西方现代文学有着极其深刻的影响。

恶之花(节选)

信天翁

水手们常常是为了开心取乐,
捉住信天翁,这些海上的飞禽,
它们懒懒地追寻陪伴着旅客,
而船是在苦涩的深渊上滑进。

一当水手们将其放在甲板上,
这些青天之王,既笨拙又羞惭,
就可怜地垂下了雪白的翅膀,
仿佛两只桨拖在它们的身边。

这有翼的旅行者多么地靡萎!
往日何其健美,而今丑陋可笑!
有的水手用烟斗戏弄它的嘴,
有的又跛着脚学这残废的鸟!

诗人啊就好像这位云中之君,
出没于暴风雨,敢把弓手笑看;
一旦落地,就被嘘声围得紧紧,
长羽大翼,反而使它步履艰难。

应　和

自然是座庙宇,那里活的柱子
有时说出了模模糊糊的话音;
人从那里过,穿越象征的森林,
森林用熟识的目光将他注视。

如同悠长的回声遥遥地汇合
在一个混沌深邃的统一体中
广大浩漫好像黑夜连着光明——
芳香、颜色和声音在互相应和。

有的芳香新鲜若儿童的肌肤,
柔和如双簧管,青翠如绿草场,
——别的则朽腐、浓郁、涵盖了万物,

像无极无限的东西四散飞扬,
如同龙涎香、麝香、安息香、乳香
那样歌唱精神与感觉的激昂。

人与海

自由的人,你将永把大海爱恋!
海是你的镜子,你在波涛无尽、
奔涌无限之中静观你的灵魂,
你的精神是同样痛苦的深渊,

你喜欢沉浸在你的形象之中;
你用眼用手臂拥抱它,你的心
面对这粗野、狂放不羁的呻吟,
有时倒可以排遣自己的骚动。

你们两个都是阴郁而又谨慎:
人啊,无人探过你的深渊之底;
海啊,无人知道你深藏的财富,
你们把秘密保守得如此小心!

然而,不知过了多少个世纪,
你们不怜悯,不悔恨,斗狠争强,
你们那样地喜欢残杀和死亡,
啊,永远的斗上、啊,无情的兄弟!

美

凡人啊!我像石头的梦一样美,
我的胸脯生就令诗人们动情,
那爱情像物质一样无言、永恒,
诗人却一个个碰得伤痕累累。

我高踞蓝天,难解如狮身女妖;
心比莹雪,纯洁似天鹅的羽绒;
我不喜欢打乱了线条的运动,
我从来也不哭,我从来也不笑。

我仿佛从最高傲的雕像那里
借来了庄严的姿态,而诗人们
将在刻苦的钻研中耗尽时日;

因为,要迷住这些温顺的情人,
我有明镜使万物把美色增添;
我的眼,闪着永恒之光的大眼!

女巨人

从前大自然的兴致热烈狂放,
每天都在把巨大的孩子营造,
我真想待在庞然的女郎身旁,
仿佛女王脚下一只淫逸的猫。

我真想看见她灵肉一齐开花,
在可怕的嬉戏中自由地成熟;
猜想她心中是否暗藏着欲火,
映着她眼中飘浮的潮湿的雾;

我随意地游遍她壮丽的身躯,
在她巨膝的斜坡上爬来爬去,
有时烤人的阳光,那是在盛夏,

晒得她疲倦了,她躺在原野上,
我就想酣睡在她乳房的荫下,
仿佛山脚下一座平静的村庄。

黄昏的和谐

那时辰到了,花儿在枝头颤震,
每一朵都似香炉散发着芬芳;
声音和香气都在晚风中飘荡;
忧郁的圆舞曲,懒洋洋的眩晕!

每一朵都似香炉散发着芬芳;
小提琴幽幽咽咽如受伤的心;
忧郁的圆舞曲,懒洋洋的眩晕!
天空又悲又美,像大祭台一样。

小提琴幽幽咽咽如受伤的心,
温柔的心,憎恶广而黑的死亡!
天空又悲又美,像大祭台一样;
太阳在自己的凝血之中下沉。

温柔的心,憎恶广而黑的死亡,
收纳着光辉往昔的一切遗痕!
太阳在自己的凝血之中下沉……
想起你就仿佛看见圣体发光!

猫

严肃的学者,还有热烈的情侣,
在其成熟的季节都同样喜好
强壮又温柔的猫,家室的骄傲,
像他们一样地怕冷,简出深居。

它们是科学,也是情欲的友伴,
寻觅幽静,也寻觅黑夜的恐惧;
黑暗会拿来当作阴郁的坐骑,
假使它们能把骄傲供人驱遣。

它们沉思冥想,那高贵的姿态
像卧在僻静处的大狮身女怪,
仿佛沉睡在无穷无尽的梦里;

丰腴的腰间一片神奇的光芒,
金子的碎片,还有细细的沙粒
又使神秘的眸闪出朦胧星光。

(郭宏安 译)

波德莱尔的地位[1]

（法）保罗·瓦莱里[2]

波德莱尔处于荣耀的巅峰。

这小小的一册《恶之花》，虽不足三百页，但它在文人们的评价中却堪与那些最杰出、最博大的作品相提并论。它已经被译成大多数欧洲语言；我将要就这个事实多说几句，因为我认为这在法国文学史上是绝无仅有的。

一般说来，法国诗人在国外不太为人所知也不太为人欣赏。我们的散文比较容易获得成功；但诗的力量却极难得到承认。十七世纪以来统治着我们语言的清规戒律，我们特有的重音规则，我们严格的诗律，我们对简洁明了的追求，我们对夸张和可笑的惧怕，表达上的某种腼腆以及我们思想的抽象倾向，这一切使得我们的诗与其他国家的诗大异其趣，并且常常令别人感到莫名其妙。拉·封丹在外国人看来平淡无奇。他们对拉辛[3]则完全无法理解。他的和谐太过微妙，布局

---

[1] 本文选自瓦莱里《文艺杂谈》，百花文艺出版社2002年版。
[2] 保罗·瓦莱里（Paud Valéry，1871—1945），法国后期象征派大师，法兰西学院院士。诗作有《旧诗稿》《年轻的命运女神》《幻美集》等，文艺论著有《文艺杂谈》等。
[3] 让·拉辛（Jean Racine，1639—1699），法国剧作家，与高乃依和莫里哀合称17世纪最伟大的三位法国剧作家。

太过纯粹,语句太过高贵和细腻,对于那些对我们的语言没有深切了解的人来说,凡此种种无不难以感知。

维克多·雨果在法国以外为人知晓的基本上只有小说。

但随着波德莱尔,法国诗歌终于跨出了国界而在全世界被人阅读;它树立起了自己作为现代诗歌的形象;它被仿效,它滋养了众多的头脑。诸如斯温伯恩[①]、加布里埃尔·邓南遮[②]、格奥尔格[③]等人出色地显示了波德莱尔在国外的影响。

因此我可以说,在我们的诗人当中,如果有人比波德莱尔更伟大和更有天赋,却绝不会有人比他更重要。

这种奇特的重要性原因何在呢?一个像波德莱尔这样特别、与常人相距如此遥远的人,如何能够发动一场影响如此深远的运动?

这种身后的受宠、这种精神的丰富多产、这种无以复加的光荣,应当不仅仅有赖于他作为诗人本身的价值,还有赖于一些特殊的情形。特殊的情形之一就是批评的智慧与诗的才华结合到一起。波德莱尔应将一个至关重要的发现归功于这一罕见的结合。他生就逸乐和

[①] 斯温伯恩(Swinburne,1837—1909),英国诗人和批评家。出身于贵族家庭,熟悉法国及意大利文学,崇拜波德莱尔和维克多·雨果。其作品是对维多利亚时代资产阶级道德的挑战。——译注

[②] 加布里埃尔·邓南遮(Gabriele D'Annunzio,1863—1938),意大利作家。创作甚丰,涉及诗歌、小说、戏剧诸体裁。他的一生动荡不安,曾鼓吹民族主义,但后来遭到法西斯排挤。——译注

[③] 格奥尔格(Stefan George,1868—1933),德国诗人。早年受浪漫主义影响,后来在巴黎与象征派诗人交往,并确立了自己的诗歌观念,形式严谨和晦涩的象征为其主要特征。——译注

明晰；他的敏感苛求他对形式做最微妙的探寻；但如果他没有出于好奇在爱伦·坡①的作品里发现一个新的精神世界的话，这些天赋原本只不过将他造就成一个与戈蒂耶②不相上下的诗人，或者一个优秀的巴那斯派③艺术家而已。清醒的魔鬼，分析的天才，能够将逻辑与想象、神秘性与算计进行最新奇和最迷人的组合，出色的心理学家，挖掘和使用艺术的种种潜力的文学工程师，爱伦·坡身上所有这一切展现在他眼前并令他陶醉不已。如此多新颖的视角和不同凡响的前景使他着迷。他的天才因此而转化，他的命运因此而美妙地改变。

下面我还会谈到两个头脑这种神奇的接触所产生的效果。

但现在我要考察的是波德莱尔成长过程中第二个值得注意的情形。

就在他成年的时候，浪漫主义处于极盛时期；群星璀璨的一代人拥有文学的帝国：拉马丁、雨果、缪塞、维尼为一时之翘楚。

让我们设身处地地想一想吧，一个年轻人在1840年到了写作的年纪。滋养他的那些人正是他的直觉断然命令他去废除的人。他的文学生命是由这些人激发和养育的，是由他们的荣耀所激励的，是由他们的作品所决定的，然而，它却被必然地悬在对他们的否定、颠覆和取代之上了，这些人在波德莱尔看来占据了声誉的整个空间，并且他们中有人禁止他涉足形式的世界；有人禁止他涉足情感的世界；有人禁

---

① 爱伦·坡（Allan Poe，1809—1849），19世纪美国诗人、小说家和文学评论家，美国浪漫主义思潮时期的重要成员。
② 戈蒂耶（Gautier，1811—1872），法国唯美主义诗人、散文家和小说家。他是法国唯美主义先驱，"为艺术而艺术"的倡导者。
③ 巴那斯派又称"高蹈派"，19世纪60年代法国诗歌流派。以古希腊神话中阿波罗和缪斯诸神居住的巴那斯山称其名，并出有诗选《当代巴那斯》。

止他涉足多姿多彩的画面；有人则禁止他涉足深度。

他面临的问题是不惜一切代价从一个大诗人群体中脱颖而出，这些诗人由于某种偶然，在同一个时代不寻常地聚到了一起，每一个都生气勃勃。

波德莱尔的问题可以——也应该——这样提出来："成为一个大诗人，但既不是拉马丁，也不是雨果，也不是缪塞"。我不是说这句话有明确的意识，但它必定存在于波德莱尔心中——甚至是他的根本所在。这是他至关重要的理由。创造的领域也是骄傲的领域，在其中，脱颖而出的必要同生命本身是密不可分的。波德莱尔在《恶之花》序言的草稿中这样写道："杰出的诗人们很久以来就已经瓜分了诗的领地中最繁花似锦的地盘，等等。我将要做的是另外的事情……"

总而言之，他被心灵的状态和客观条件引向必须越来越明确地与人们称之为浪漫主义的制度，或者说制度的缺失，相对立。

我不会给这个词下定义。如果要试图这样做，须得在此之前失去一切严格的感觉。我在这里要做的仅仅是还原当我们"处于初生态"的诗人与他那个时代的文学相碰撞的时候，他最有可能产生的反应和直觉。波德莱尔从那时的文学中获取了某种我们可以，甚至比较容易，重建的印象。实际上，幸亏时光的流逝和文学事件后来的发展——甚至幸亏波德莱尔及其作品，以及其作品的好运——我们掌握着一种简单而又可靠的方法来将我们对于浪漫主义的观念稍稍加以明确，我们的这种观念必定是模糊的，有时是得到认可的，有时则是完全武断的。这一方法在于观察继浪漫主义而起的是什么，是什么改变了它、纠正它、与它形成对比并最终取而代之。只需要考察一下浪漫主义之后产生的运动和作品，它们不可避免和自动地是对浪漫主义是什么的准确回答。从这个角度看，浪漫主义是自然主义回击的东西，巴那斯派由于反对它而聚集起来；同样，它也是决定波德莱尔独特态度的东西。它几乎同时煽动起与自己背道而驰的追求完美的意愿——"为艺术而艺术"的神秘主义——以及观察事物并将其客观地固定下来的严格要求；一言以蔽之，对一种更坚实的内容以及对一种更巧妙和更纯粹的形式的渴望。关于浪漫派作家们的情况，没有什么能比其后继者们的全部计划和倾向更清楚地告诉我们。

也许浪漫主义的缺陷只不过是与自信不可分离的过激？……新生事物的少年时代是自负的。智慧、算计，总之，完美只有在节约力量的时候才出现。

无论怎样，一丝不苟的时代始于波德莱尔的青年时期。戈蒂耶已经在抗议并以实际行动反对形式问题上的懈怠，反对语言的贫乏和用词不当。很快，圣伯夫、福楼拜、勒贡特·德·列尔所做的种种努力都将与简单的激情、无常的风格、泛滥成灾的无聊和怪异对立起来……巴那斯派诗人和现实主义作家们同意输在表面的强度、充沛和演说式的段落上，但他们将在深度、真实性以及技巧和精神水平上取胜。

简而言之，我要说的是这些不同"流派"取代浪漫主义可以看作是一种深思熟虑的行为取代一种自发的行为。

浪漫主义作品，一般而言，难以经受一位挑剔而又精细的读者细致和充满抗拒的阅读。

波德莱尔就是这个读者。波德莱尔以极大的兴趣——根本性的兴趣——去感知、察看、夸大他在浪漫主义的大师们及其作品中仔细观察到的一切缺陷和漏洞。浪漫主义处于极盛时期,他可以对自己如是说,因此它会死亡;他可以用1807年前后塔列朗[①]和梅特涅[②]奇怪地看着世界的主宰的那种眼光来看他那个时代的神和半神半人们……

波德莱尔看着维克多·雨果;要推测他的想法并非不可能。雨果高高在上;他与拉马丁相比优势在于材料远为有力和明晰。他词汇的丰富、节奏的多样、形象的丰赡压倒任何与他匹敌的诗歌。但他的作品有时流于庸俗,失败在预言式的雄辩和无休无止的顿呼之中。他既同大众调情,也与上帝对话。他的哲学的简单、行文的不匀称和松散、细节的美妙与借口的不可靠和整体的不连贯之间常见的对比,总之所有一切能够刺激、教诲和将一位毫不留情的年轻观察者引向其自己未来的艺术的东西,波德莱尔大概都一一记了下来,并且从雨果非凡的天才施加给他的崇拜中辨析出了其作品中不纯粹、不谨慎和薄弱之处——换言之,一位如此伟大的艺术家留待采摘的生活的可能性和赢得荣誉的机会。

如果多一点狡黠和高明,我们就会很容易将维克多·雨果的诗与波德莱尔的诗相比,目的在于展示后者是前者不折不扣的互补。我在此无须赘言。我们常常看到波德莱尔寻求维克多·雨果没有做过的事;而在那些维克多·雨果是不可战胜的方面他则不去尝试;他回到了一种不那么自由并谨慎地远离散文的诗律;他追求而且基本上总是能制造持续的魔力,这种品质于某些诗人是难以察觉、几乎是超验的——但在维克多·雨果浩如烟海的作品中少有见到这种品质,即便

---

① 塔列朗(Talleyrand, 1754—1838),法国政治家。——译注
② 梅特涅(Metternich, 1773—1859),奥地利政治家。——译注

有也难得纯粹。

况且，波德莱尔没有看到，或者说几乎没有看到最后的维克多·雨果，这时的雨果可以犯极大的错误，但也达到了美的极致。《世纪传说》在《恶之花》两年后面世。至于雨果其后的作品，则是在波德莱尔去世很久以后才出版。我认为这些作品在技巧上远远高于雨果的所有其他诗作。这里不是合适的场合，我也没有时间在此发挥这一见解。我只能稍稍离题。维克多·雨果身上令我吃惊的是一种无与伦比的生命力。生命力，也就是说，长寿与工作能力相结合；长寿由于工作能力而加倍。在长达六十多年的时间里，这位奇人每天从五点钟工作到中午！他不停地进行语言组合，期望它们、等待它们、倾听它们对他的回答。他写了十万或二十万行诗，并且从这种不间断的练习中获得了一种独特的思维方式，那些肤浅的批评家们曾就此做出过他们所能做的评判。但是，在其漫长的生涯中，雨果没有放松过在艺术上完善和加强自己；也许，他在选择上犯越来越多的错误，他越来越丧失匀称的感觉，他用一些不确定、空泛和大而无当的词来使诗句变得累赘，他大量而轻易地使用"深渊"、无限"绝对"，以至于这些骇人听闻的词语连平常使用中所具有的表面的深度也失去了。然而，在他生命的最后阶段，什么神奇的诗句他没有写过！没有任何诗句能在广度、在内部组织、在回响、在丰盈方面与它们相媲美。在《青铜绳索》《上帝》《撒旦的末日》中，在关于戈蒂耶之死的剧中，七十高龄的艺术家，他看到对手们一个个死去，他看到整整一代诗人从自身诞生，他甚至得以利用一位活得长久的先生可以从门徒那里得到的宝贵指点，这位杰出的老者达到了诗歌力量和高贵的诗歌艺术的顶点。

雨果丝毫未尝停止过通过实践来学习；而生命比雨果的一半长

不了多少的波德莱尔则用完全不同的方式来发展自己。似乎他通过运用我上面提到过的那种批评的智慧来弥补生命的短暂和预感到的时间不足。他只有二十年左右的时间来达到自己的完美，来认识个人的领域，来确定一种将使他的名字流传后世的独特的形式和态度[①]。他没有时间，他不会有时间随心所欲地通过大量的经验和作品来实现那些美好的文学计划。他必须抄最近的路，少进行摸索，省却重复的话和分心的事：即必须通过分析的路径寻找自己是什么，自己能做什么，自己想要什么，并且将诗人的自发能力与批评家的洞察力、怀疑主义、注意力和说理能力集于一身。

正是在这一点上，波德莱尔尽管原本是浪漫主义者，甚至以其品味而言是浪漫主义者，有时却能以古典主义者的面目出现。如何定义或者认为如何定义古典主义者有无数种方式。我们今天采用如下这一个：古典主义者是自身包含着一个批评家，并将其与自己的创作紧密结合在一起的作家。在拉辛身上有一个布瓦洛[②]，或者说一个布瓦洛的形象。

总之，在浪漫主义当中进行选择，分辨出其中的善与恶、真与假、缺陷与品质，不正是对十九世纪上半叶的作家们做路易十四时代的人们对十六世纪的作家们做过的事吗？任何古典主义都以一种浪漫主义为前提。无论是人们归功于一种古典主义艺术的优势，还是人们对于它的非议，都与这一公理相关。古典主义的本质是后来居上。秩序以它要制服的无秩序为前提。结构是人为的东西，它替代某种直觉

[①] 给你这些诗句为的是我的名字，幸运地到达遥远的时代……——原注
[②] 尼古拉·布瓦洛（Nicolas Voileau Despreaux, 1836—1711）法国诗人、文学理论家。被称为古典主义的立法者和发言人。

和自然发展的初始混乱。纯粹是对言语进行无数次操作的结果，对形式的关注不是别的，只是对表达方式进行经过思考的重新组织而已。古典主义作品因此意味着修正一种"自然"产品的自觉和深思熟虑的行为，而这些行为是与对人和艺术的一种清晰和理性的概念相符的。但是，正如我们通过科学看到的那样，我们若要做成理性的作品或通过秩序来创造，只能借助一套规范。古典主义艺术正是以这些规范的存在、明晰和绝对权威为特征；无论它们是三一律，是诗律的戒条，还是对词汇的限制，这些表面看来是任意的规则自有其力量和弱点。尽管它们在今天已不被理解并且变得难以捍卫，几乎不可能被遵守，它们仍然源自对不含杂质的精神享受的条件的一种古老、细微和深刻的理解。

波德莱尔，置身浪漫主义之中，却让人想到某种古典主义者，但他也只是让人想到而已。他英年早逝，何况帝国时期旧古典主义可悲的残余在他那个时代留下恶名，他还生活在这种印象之下。问题丝毫不在于去激活已然死去的东西，而可能在于通过其他路径去找回已经不在这具尸体上的灵魂。

浪漫主义者忽视了全部，或者几乎全部要求思想具有稍微难度的注意力和连续性的东西。他们寻求撞击、冲动和对比的效果。无论节制还是严密和深刻都不会让他们过多考虑。他们厌恶抽象思考和推理，不仅在他们的作品中，而且在他们作品的准备过程中——这一点尤为严重。似乎那时的法国人忘记了他们的分析天赋。这里应当注意的是，浪漫主义者们起来反对十八世纪远甚于十七世纪，他们轻易地指摘那些人肤浅，而那些人的学识、对事实和观念的好奇、对精确和思想的关注远在他们之上，处于他们从未达到过的高度。

在一个科学即将取得长足进展的时代,浪漫主义表现出一种反科学的精神状态。激情和灵感自信它们只需要它们自己。

然而,在另一片天空之下,在一个正忙于物质发展的民族之中,这个民族对过去还不太在意,它安排着自己的未来并给各种性质的探索以最充分的自由,有一个人,差不多同时,带着一种明晰、洞察力和清醒去考察精神事物,尤其是其中的文学作品,而这种明晰、洞察力和清醒从未在一个具有诗歌创作天赋的头脑中达到这样程度的结合。在爱伦·坡以前,文学问题从未深入到前提的研究,从未归结为一个心理学问题,从未借助分析来着手并在这种分析中有意识地运用效果的逻辑和机制。作品与读者之间的关系首次作为艺术的积极基础被提出和论证清楚了。这种分析——这一情况向我们保证了它的价值——在文学作品的所有领域中也清楚地适用和得到证实。同样的观察、同样的区分、同样的量化意见、同样的指导思想也适用于那些旨在有力和剧烈地作用于感觉、旨在以强烈的情绪和奇异的历险征服广大爱好者的作品,如同它们支配着最优美的体裁和诗人创造出的精巧结构。

我们说这种分析在小说领域就像在诗歌领域一样有效,说它既适用于想象和怪诞的作品,也适用于逼真性的重建和文学表现,就是说它的普遍性值得注意。真正具有普遍性的事物其本质在于丰富。到达一个俯瞰整个活动范围的制高点,就必然会看到大量的可能性:未开发的领域、有待开辟的道路、要开垦的田地、要建设的城市、要建立的关系、要推广的方法。因此,掌握着如此强大而且稳妥的方法的爱伦·坡成为好几种体裁的发明者是不足为怪的,他创作了最早也是最精彩的科幻小说、现代宇宙起源诗、刑事诉讼小说作品,还在文学中引入了病态心理,他的所有作品每一页都表现出在别的文学生涯中没有达到过如此高度的机智和机智的意志。

如果波德莱尔没有致力于将他介绍到欧洲文学中来,这个伟人今天或许已完全被人遗忘。这里不要忘记指出的是,爱伦·坡的全球性声誉只有在他自己的国家和英国显得微弱或受到怀疑。这位盎格鲁—撒克逊诗人奇怪地不为其自己人所赏识。

值得注意的另外一点是:波德莱尔与爱伦·坡相互交换价值。他们中的每一个给另一个他有的东西;又从另一个那里得到他没有的。后者提供给前者整套新颖而深刻的思想体系。他启发他、丰富他、在大量问题上决定他的意见:写作哲学、关于人为的理论、对现代的理解和斥责、独特和某种怪异的重要性、贵族态度、神秘主义倾向、高雅和精确的品位、政治本身……整个波德莱尔沉浸其中得到启发和深化了。

但是,作为对这些财富的回报,波德莱尔使爱伦·坡的思想获得了无限的延伸。他将它介绍给了未来。这种将诗人变为自己的延伸,在马拉美的著名诗句中①,是行动、是翻译、是那些使波德莱尔在悲惨的爱伦·坡的影子下开启和得到保证的前言。

我不去考察文学从这位伟大的发明者的影响中得到的所有东西。无论是儒勒·凡尔纳及其对手,加波里奥②及其同侪,还是在更高

---

① 马拉美(Mallermé,1842—1898),法国象征主义诗人和散文家。1896年,被选为"诗人之王",成为法国现代主义和象征主义诗歌的领袖。
马拉美的著名诗句:就像永恒终于将他变成自己……——原注
② 加波里奥(Gaboriau,1832—1873),法国侦探小说的先驱。——译注

雅的体裁中，比如维里耶·德·李尔—亚当[①]或陀斯妥耶夫斯基[②]的作品中，都很容易看出《戈登·匹姆的奇遇》(Auentures de Gordon Pym)，《莫根街的奥秘》(Mystère de la rue Morgue)，《莉吉亚》(Ligéia)，《默启的心》(Le Coeur révélateur)曾经是他们大量模仿、深入研究然而从未超越的范例。

我想知道的只是爱伦·坡作品的发现为波德莱尔的诗歌，以及推而广之为法国的诗歌带来了什么。

《恶之花》中有几首诗从爱伦·坡的诗中汲取了感情和内容。有几首诗中的某些句子完全是移植；但我要忽视这些个别的借用，从某种意义上讲，其重要性只是局部的。

我只抓住根本所在，即爱伦·坡关于诗歌的观念本身。他曾在不同文章中阐述过他的概念，这种概念是波德莱尔修正自己的观念和艺术的主要原动力。这一写作理论在波德莱尔的头脑中所起的作用，他从中得到的教益，这一理论从它的精神继承者那里得到的发展——尤其是它巨大的内在价值——要求我们对它进行一番考察。

我并不隐瞒爱伦·坡的思想基础在于他自己形成的某种形而上学。但如果说这种形而上学指导、统治和启发我们谈到的那些理论的话，它却没有深入到它们之中。它孕育它们并且解释其成因；却不构成它们。

爱伦·坡在几篇随笔中表述过关于诗歌的观念，其中最重要的一篇（这篇文章也最少涉及英语诗歌的技巧）题为《诗歌原理》(The

---

① 维里耶·德·李尔-亚当（Villiers de l'Isle-Adam，1838—1889），法国作家。出身于贵族世家，憎恶其生活时代的道德风尚。深受黑格尔的哲学思想影响。——译注
② 现通译陀思妥耶夫斯基。

Poetic Principle）。

波德莱尔被这篇文章深深触动，他得到的印象如此强烈，以至于他将文章的内容，不仅内容而且连同形式本身，都看作他自己的财富。

在一个人看来不折不扣地为他而做的东西，他会不由自主地将它看作由他所做的，也只有这样的东西他能将其据为己有……他不可抗拒地想占有切合他个人的东西；而语言本身用"好"（bien）这个词混淆了适合于某人并且令他十分满意的东西的概念与这个人的财产的概念①……

然而，尽管对《诗歌原理》的研究使波德莱尔深受启发并令他着迷——或者，不如说，这一事实正说明他深受启发并沉迷其中——他却没有将这篇文章的译文收入爱伦·坡的作品中；但他将其中最有意思的部分几乎原封不动地放到了他翻译的《非同寻常的故事》（*Histoires extraordinaires*）的前言中。如果作者本人没有像我们将会看到的那样自己承认这件事，这一抄袭行为也许还值得怀疑：在一篇关于泰奥菲尔·戈蒂耶的文章中②，他又使用了我提到的那一整段，并且在此之前写下了这么几句非常清楚也非常惊人的话：我想，为了避免改写自己，有时是允许引用自己的。我于是要重复……接下来是借用的那一段。

爱伦·坡关于诗歌的看法究竟是什么呢？

我简要概括一下他的想法。他分析一首诗的心理条件。在这些条件中，他将从属于诗歌作品的维数（dimensions）的条件置于首位。他

---

① 在法语中，bien 一词作为副词是"好"的意思，作为名词是"财产"的意思。——译注
② 收入《浪漫主义艺术》（*L'Art romantique*）中。——原注

认为审视作品的长度有着独特的重要性。另一方面，他考察作品的内容本身。他轻松地论证了大量诗歌所关心的概念其实散文就足以充当其载体。无论历史、科学，还是道德，用心灵的语言来表述都于事无补。尽管最伟大的诗人们都曾写过教训诗、历史诗或伦理诗，它们还是奇怪地将属于推论或经验论的东西与个人内心的创造以及情绪的力量结合起来了。

爱伦·坡明白在一个活动的方式和领域越来越明显地分离开来的时代，现代诗应当符合时代的趋势，他还明白现代诗可以要求实现自己的目的并以某种方式在纯粹状态下进行创作。

就这样，通过对产生诗快感的条件所作的分析，通过将绝对诗歌定义为穷尽——爱伦·坡指出了一条道路，他讲授了一门很诱人也很严格的学说，某种数学与某种神秘主义相结合的学说……

如果我们现在来看看全部《恶之花》，如果我们仔细将这本诗集与同时期的其他诗作相比较，就会发现波德莱尔的作品明显符合爱伦·坡的训诫，也因此明显不同于浪漫主义的作品，对此我们不会感到奇怪。《恶之花》中既没有历史诗也没有传说；没有任何以叙事为基础的东西。在那里丝毫看不到长篇哲学议论。政治也根本不露面。描写很少见，而且总是有意义的。但是，其中一切都充满魅力，富于音乐性，有着强烈而抽象的逸乐……豪华、形式和快感。

在波德莱尔最好的那些诗中，有一种肉体与精神的结合，一种庄严、热烈与苦涩、永恒与亲密的混合，一种意志与和谐极其罕见的联合，这将他的诗与浪漫主义的诗清楚地区分开来，也与巴那斯派的诗清楚地区分开来。巴那斯派对波德莱尔并没有过分亲切。勒贡特·德·列尔指责他贫乏。他忘记了一位诗人真正的丰富并不在于其诗作的数量，而更在于其效果的深广。只有随着时光的推移才能对此做出评判。今天我们看到，时过六十多年以后，波德莱尔为数不多但独一无二的作品仍在整个诗歌的天空中回响，他的作品出现在我们的头脑中，让人无法忽视，大量由它衍生出来的作品加强了它，这些作品丝毫不是对它的模仿而是其结果，因此，为了不失公允，我们应该在薄薄的《恶之花》之外加上好几部第一流的作品以及一批关于诗歌的从未有过的最深入和最细腻的研究。《古代诗歌》和《野蛮人诗歌》①的影响没有如此多样和深远。

然而，应当承认的是，如果波德莱尔同样受到这种影响，也许他就不会写作或保留在他诗集中可见到的某些很松弛的诗句。《沉思》是集子里最美的诗篇之一，但在这十四行诗句中，我总是吃惊地发现其中有五六句的确单薄。但这首诗的开头和结尾几句富于魔力，以至于中间的败笔不为人觉察而且容易让人觉得它们并不存在。只有非常伟大的诗人才能制造这样的奇迹。

前面我讲过制造魅力，刚才又提到了"奇迹"这个词；也许使用这些字眼时应当审慎，因为它们的意义强烈而又往往被随意使用；但如果要我替换这两个词，我只能代之以冗长而且也许有争议的分析，因此，请原谅我省却这样的分析，诸位也省却聆听之苦。我将停留于空泛，只限于提示这种分析的大致情形。应当指出的是，语言所包含

---

① 两部诗集均为勒贡特·德·列尔的作品。在前一部诗集中，诗人通过宗教传说故事，描绘了人类的梦想和困惑。在后一部诗集中，诗人通过对希腊—拉丁世界以外的宗教进行考察，对基督教表现出明显的敌意，诗人表达的情绪较前一部诗集中更为悲观。——译注

的情感能力与它的实用性，也就是直接具有意义的特性混合在一起。在日常语言中，这些运动和魅力的力量、这些情感生活的精神敏感性的兴奋剂与平常和表面的生活所使用的交流符号和方式混为一体，诗人的责任、工作和职能就是将它们展示出来并使它们运作起来。诗人于是致力于和献身于在语言中定义和创立一种语言；这个工作是长期、艰巨和棘手的，它要求思想具有最全面的素质，它永远不会完成，因为严格说来它永远不可能发生，这个工作试图建立一个人的话语，这个人要比任何真实的人在思想上更纯粹、更有力和更深刻，在生活中更激烈，在言语上更高雅和巧妙。这种非凡的话语以支撑它的节奏与和谐为特征，节奏、和谐应当与话语的形成十分紧密甚至神秘地联系起来，使得声音与意义再也不能分离并且在记忆中无限地相互应和。

波德莱尔诗歌的生命力及其至今尚未衰减的影响力当归功于其音色的饱满和异乎寻常的清晰。这个声音有时让位于雄辩，就像这个时代的诗人们通常所做的那样；但它基本上一直保持并发展着一种极其纯粹的旋律和一种极其稳定的音质，这使它有别于任何散文。

波德莱尔就这样巧妙地反抗了自十七世纪中叶以来在法国诗歌中可以见到的散文腔倾向。值得注意的是这同一个人，正是得益于他，我们的诗歌才回归其本质，而他也是法国作家中最早对真正意义上的音乐产生强烈兴趣的人之一。这一趣味在著名的关于《唐豪瑟》和《罗恩格林》[1]的文章中表现出来，而我之所以提及，是由于音乐对文学的影响后来得到的发展……"所谓象征主义，可以简单地概括为

---

[1] 二者均为瓦格纳的歌剧，唐豪瑟和罗恩格林分别是剧中骑士的名字。——译注

好几派诗人想从音乐中收回其财富的共同意愿……"

我试图说明波德莱尔的现实重要性,为了使这一尝试不那么模糊和欠缺,我现在也许应该提起他作为美术批评家的一面。他认识德拉克罗瓦和马奈。他曾经试着掂量安格尔与其对手各自的价值,如同他能够就库尔贝与马奈的作品中大异其趣的"现实主义"进行比较。他对伟大的杜米埃充满敬意,后人也与他见解相同。也许他夸大了康斯坦丁·居伊①的价值……但总的说来,他的评判总是基于并且伴随着对于绘画最细微和最坚实的考察,至今仍是艺术批评这一极其简单,因此也极其困难的文类的典范。

然而,波德莱尔最大的光荣,正如演讲一开始我就让诸位预感到的那样,也许在于他孕育了几位很伟大的诗人。无论魏尔伦,还是马拉美,还是兰波,倘若他们在决定性的年龄上没有读过《恶之花》,他们就不会成为后来的样子。在这本诗集里,很容易指出哪些诗的形式或者灵感,预示了魏尔伦、马拉美或兰波的这一首或那一首诗。由于这些关联十分清楚,而诸位的注意力也即将耗尽,我就不在此赘述了。我仅仅要指出的是,在魏尔伦那里得到发展的内心的感觉,以及神秘主义情绪与感官热情有力而骚动的交织;使兰波那短暂而剧烈的作品变得有力和生动的出发的焦灼,宇宙煽动的急不可待的运动,对感觉以及感觉的和谐回响的深刻体会,在波德莱尔那里都清晰可辨。

至于马拉美,他最早的那些诗与《恶之花》中最优美和最严密的诗篇如出一辙,他继续了形式和技巧的研究以寻求最微妙的效果,是

---

① 康斯坦丁·居伊(Constantin Guys,1802—1892),法国画家、雕刻家。——译注

爱伦·坡的分析以及波德莱尔的随笔和评论向他传递了这种强烈的兴趣并让他懂得这样做的重要性。魏尔伦和兰波在感情和感觉方面发展了波德莱尔，马拉美则在诗的完美和纯粹方面延续了他。

（殷映虹 译）

德 国

歌 德

约翰·沃尔夫冈·冯·歌德（Johann Wolfgang von Goethe, 1749—1832），德国伟大的诗人、戏剧家、思想家。生于美茵河畔的法兰克福一个富裕市民家庭。很早就学习英语、法语，以及希腊语、拉丁语等古代语言。1765年进入莱比锡大学学习法律，但其本人的兴趣主要在文学和绘画。1771年获得斯特拉斯堡大学法学博士学位，并结识赫尔德，参加了后者领导的狂飙突进运动。此间写出了他最早的一批著名的抒情诗，小说《少年维特的烦恼》，戏剧《铁手骑士葛兹·封·贝利欣根》等。《少年维特的烦恼》使歌德名声大噪。1775年歌德应魏玛公爵之邀到魏玛公国担任公职。歌德在魏玛公国担任公职的时间长达10年，直到1786年。这一段时间，歌德的兴趣转向自然研究，文艺创作只完成了一些作品的初稿。1786年歌德到意大利旅行，恢复了创作活力，完成了《伊菲格涅亚在陶里斯》《埃格蒙特》等剧本。1794年起歌德与席勒交往并密切合作。与席勒的友谊促进了歌德的创作。1786年至1805年间，歌德先后完成《托夸多·塔索》《罗马哀歌》《列那狐》《威廉·迈斯特的学习时代》《浮士德》（第一部)、《赫尔曼与窦绿苔》等重要作品。1813年起,歌德对阿拉伯、波斯的诗歌,以及中国、印度的文学和哲学产生浓厚的兴趣,完成了歌德诗歌中最重要的作品《西东合集》。1811年至1831年间陆续完成回忆录《诗与真》,小说《威廉·迈斯特的漫游时代》(1828),诗剧《浮士德》第二部(1831)。

歌德生活在欧洲政治、经济、文化不断发生变化的时代。他的生平和创作是18、19世纪欧洲资产阶级上升时期积极进取精神的集中反映。歌德一生著作浩繁。最全的魏玛版《歌德全集》有143册,分文学、自然科学、日记、书信四部。歌德的诗歌影响了整个19世纪和20世纪初的德语诗歌。其代表作诗剧《浮士德》更在世界范围内产生了巨大影响。歌德是近代文明产生的世界性的文化巨人。

漫游者的夜歌

一切峰顶的上空
静寂,
一切的树梢中
你几乎觉察不到
一些声气;
鸟儿们静默在林里。
且等候,你也快要
去休息。

(冯 至 译)

一首朴素的诗[①]

冯　至[②]

两年前，我在《读歌德诗的几点体会》一文中，提到《漫游者的夜歌》是一首最有名的短诗，人人能懂，但又有各种不同的解释，现在我想进一步谈谈我对于这首诗的理解。

在诗歌广泛的领域里，有一种诗写得很朴素。这种诗一般都是短诗。它们语言简单，却非常精炼；没有任何辞藻，却能发挥诗的最大的功能；看不出作者有什么艺术上的技巧，但多半是最杰出的诗人才能写得出来。这种诗浑然天成，好像自然本身，它们洗涤人的精神，陶冶性情，给人以美的享受，如李白的《独坐敬亭山》，柳宗元的《江雪》等简短的绝句都是这样。外国的大诗人，在他们的长篇巨著之外也常常留下几首朴素而短小的绝唱。《漫游者的夜歌》在这种诗里也是最有代表性的一首。

这种诗很不容易译成另一种语言。因为它们之所以成功，在于诗人充分发挥了自己的语言的特长，而这特长又不是另一种语言所

[①] 本文选自冯至《论歌德》，见《冯至全集》第八卷，河北教育出版社1999年版，略有改动。

[②] 冯至（1905—1993），著名诗人、作家、学者、翻译家。曾任中国社会科学院外国文学研究所所长。著有诗集《昨日之歌》《北游及其他》《十四行集》，散文集《山水》，历史小说《伍子胥》，学术论著《歌德论述》《杜甫传》等，译有《威廉·麦斯特的学习时代》（歌德）《海涅诗选》等。有《冯至全集》（河北教育出版社）12卷行世。

能代替的。若是逐字逐句地去翻译（尽管我们主观上念念不忘是在译诗），其结果往往索然无味，表达不出原诗中每个字的音与义给予读者的回味无穷的感受，可是这也正是那些为数不多的优秀的朴素的诗具有的特点。如果译者只体会诗的意境，不顾原诗的形式和字句，那么译出来的诗，成功的无异于是译者本人的创作，失败的会弄得面目全非。歌德的《漫游者的夜歌》（简称"《夜歌》"）短短八行，它的声誉并不在一万二千一百一十一行的《浮士德》之下。1982年歌德逝世一百五十周年时，西德文化界征求群众关于歌德诗歌的意见，公认《夜歌》是歌德诗中最著名的一首[①]。20世纪20年代统计，《夜歌》被作曲家谱成乐曲，就超过了二百多次。它在中国也不是生疏的，（20世纪）20年代郭沫若、30年代梁宗岱、最近钱春绮都先后把它译成中文。郭沫若和梁宗岱是诗人，钱春绮是德语诗歌有经验的译者，他们译这首诗，各自有独到之处，读者可以参阅。本文内我的这首译诗，自信不能体现原诗之美于万一，但在翻译时，尽量体会了诗人写这首诗时的处境和心境。有些好诗，感人甚深，但诗人是在怎样的情况下写的，则无从考究，这就不无影响对于诗进一步的理解。歌德这首诗，则有资料可供参考，从中能够得到一些启发。

歌德于1780年9月6日在图林根林区基克尔汉山顶上狩猎小木楼里过夜，他吟成这首《夜歌》，用铅笔写在小楼的板壁上。同时他写信给他的女友石泰因夫人，信里有这样的话：

> 我在这地区最高的山基克尔汉住宿……为的是躲避这个

---

① 见康拉第（K.O.Conrady）《歌德》，上册，405页，1982。

小城市① 的嚣杂、人们的怨诉，要求，无法改善的混乱。

我最初读《漫游者的夜歌》，总以为"漫游者"是从平地走入山区，仰望山顶和林中的树梢，一片寂静。读了这信后才知道，"漫游者"的所在地是在这地区最高的一座山上，那么，他就不是仰望而是俯视了。从高处举目四望，才很自然地看到一切的峰顶和一切的树梢，而寂静的并不只是峰顶，更广阔的是峰顶的上空（因为德语中标明在某某事物之上的介词有两个，一个表示上下两物紧密相接，另一个表示中间有一定的距离，原诗中所用的介词则是后者），至于树梢，不能说完全没有声气，只是作者在高处几乎觉察不到罢了。

歌德写《夜歌》时的心境，也不像是诗里写的那样平静。歌德于1775年应魏玛公爵卡尔·奥古斯特的邀请到了魏玛（那时他二十六岁），不久就接受了许多繁重的任务，先是重新开发图林根林区伊尔梅奥附近的铜矿和银矿，后来又参与军事、交通、水利等委员会的领导工作。一个狂飙突进时代的诗人处理这些非常实际的事务，需要不断克制自己，以极大的耐力来应付。歌德为了使这贫穷狭隘的小公国能够政治进步、财源富裕，付出了许多心血。但是官廷里人事的倾轧和落后保守的势力使歌德的工作遇到不少障碍，他初到魏玛时的一片热忱也渐渐减退。1779年他到瑞士旅行，曾写信给石泰因夫人说，若能从各种政治势力的斗争中摆脱出来，专心从事文艺工作，该有多么好啊。现在，从前边引用的给石泰因夫人信里那句话的后半句可以知道，歌德是以怎样的心情来到基克尔汉的，这也就是《夜歌》里最后两行"且等候，你也快要去休息"的背景。

---

① 指伊尔梅奥。

以上是根据歌德给石泰因夫人的信对《夜歌》作了些粗略的说明，下边对这首诗再作一点分析。诗虽然只有短短的八行，但也自成一体，有完整的结构。若用几句话来概括，那就是从上而下，从远而近，从外而内，在这样的层次中，静寂的程度逐渐减弱。一切的峰顶上空是既高且远，树梢就不像峰顶那样高，也比较与人接近了，林中的小鸟比树梢又低了一些。峰顶的上空是无边无际的静寂，树梢和林里的小鸟总不免有些动静和声气，不过在这静寂的夜里人们难以觉察得到。最后，诗人把自己安排在诗里，第七、八两行与前六行相反，只说出自己的愿望，去得到休息。歌德给石泰因夫人的信可以证明，他心里一点儿也不平静。

由远而近，由外而内的结构在这种朴素的短诗里相当普遍（当然，也不能说都是这样）。以中国诗为例，如本文前边提到的《独坐敬亭山》前两句"众鸟高飞尽，孤云独去闲"，是高空中的远景，后两句"相看两不厌，只有敬亭山"则表达诗人是怎样吟味他"独坐"的寂寞之情。又如《江雪》一诗，"千山鸟飞绝，万径人踪灭"是一望无边的雪中的景象，可是骤然一转就转到眼前的"孤舟蓑笠翁，独钓寒江雪"，这垂钓人虽不是诗人自己，但从他身上反映出长期贬谪的诗人孤冷的心境。在"由外而内"这一点上与《夜歌》更为相似的元人马致远那首著名的小令《天净沙·秋思》："枯藤老树昏鸦，小桥流水人家"，虽然显得萧索，究竟还是属于客观世界；"古道西风瘦马"这三种景物与诗人便有了关系，而且是一种比一种更为接近；"夕阳西下"，日暮途远，时间紧迫了，最后才好像喊叫似的说出"断肠人在天涯"。这与《夜歌》里一层层由外而内最后的两行"且等候，你也快要去休息"是同样的结构。

《夜歌》之所以成为一首著名的诗歌，它独特的音乐美也是一个重要的原因。原诗不遵守固定的格律，但语气自然，音调和谐，使用的词汇里a、au、u、ü等元音比较丰富，适合于从字音上形容夜色。这种音乐的特点很难用另一种语言迻译过来，我翻译这首诗，只能根据自己的理解，注意每行诗的节奏，用韵脚来补偿译诗里难以表达的原诗的音调。我用以韵母i收尾的字表示寂静与休息，以韵母ong收尾的字表示高处，诗里有两行提到"你"，实际上是诗人自己，这两行则押ao韵。我虽然做了一定的努力，但结果只是给《夜歌》制造出一个不大像样子的模型，模型是不能代替具有生命力的原物的。

在西方，有不少歌德的研究者为这八行诗写过不少论文，甚至专著，我写这篇短文，不过是一得之见，而且译诗也译得很平常，未必能对读者欣赏这首诗有多少帮助。但我有一个愿望，想通过《夜歌》向读者介绍，诗歌领域里有一种朴素的诗，这种诗无论在中国或外国往往有共同的特点，类似的结构，好像没有思想内容，却能提高人们的思想境界。

写到这里，本来可以结束，可是有些关于《夜歌》的事迹需要附带提一提。《夜歌》于1780年写在狩猎小木楼的板壁上后，只在魏玛少数友人中间流传，直到1815年歌德才把它连同另一首《漫游者的夜歌》编入他的诗集里。直到1831年8月歌德为了躲避人们将要盛大庆祝他八十二岁的寿辰，离开魏玛走到图林根林区，又重访一次那座小木楼，只有一个山区视察员陪伴着歌德。这位视察员后来这样记下了当时的情景："我们相当舒适地到了基克尔汉的最高处，先在圆形空场上欣赏远方的美景，他望着茂盛的森林十分高兴，……随后他问：'那座林中的小楼必定在这附近吧，我能步行到那里去，叫马车停在这里,等着我们回来'。果真他就健步穿过山顶上长得相当高的覆盆子灌木丛,直到那熟悉的两层的狩猎小木楼,……一道陡直的楼梯引向小楼的上层;我请求搀扶他,但他以年轻人的活泼神情谢绝了我,虽然他再过一天就要庆祝他八十二岁的诞辰了。他说,'你不要以为我走不上这座楼梯,我还能走上去'。我们走进上层的室内,他说,'从前我和我的仆人在这里住过八天,那时我在壁上写了一首小诗。我想再看看这首诗,如果诗下边注明写作的日期,就请你费神把日期给我记下来'。我立即引导他走到屋子的南窗旁,窗子左边有用铅笔写的这首诗(原文抄引了《夜歌》全文,从略——作者)。歌德反复诵夸,泪流双颊,他缓慢地从他深褐色棉布上衣里掏出雪白的手帕,擦干眼泪,以柔和伤感的口气说,'是呀,且等候,你也快要去休息'。他沉默半分钟,又望了望窗外幽暗的松林,随后转身向我说了一句:'我们现在又可以走了。'"

六天以后,歌德在9月4日写信给音乐家采尔特,提到这件事,信一开始就说:"这六天是整个夏天最晴朗的日子,我离开魏玛到伊尔梅奥,我往年在那里做过许多工作,可是长期没有再去了。在周围都是枞树林最高山顶上一座孤单的小木板房壁上我找到那首1783年[①]9月7日的题词,你曾使这首歌驾着音乐的翅膀传遍全世,那样亲切地抚慰着人们。……过了这么多年,真是阅尽沧桑:有持续着的,有消逝了的。成功的事物显露出来使我们高兴,失败了的都忘记了,在痛苦中忍受过去了"。这段话反映出歌德又看到了他五十年前在木板房壁上的《夜歌》后的一些心情。

这些轶事,给《夜歌》增添了一些"佳话"。果然,歌德在这以

---

① 系1780年的笔误。

后不到七个月，便应验了他怀着另一种心情所吟味的那两行诗"且等候，你也快要去休息"———不是休息，而是永远安息了。

1984年8月14日写于青岛

流浪人

流浪人

上天保佑你,年轻的太太,

还有你怀里

吸奶的小孩!

让我在这岩壁旁边

在榆树阴下面

放下我的行囊

挨着你歇歇吧。

女主人

什么事使你

冒着白天的炎热

从尘土飞扬的小路赶来?

你可从城里带着货物

到乡下来兜销?

我这样问你,生客,

你可发笑了?

流浪人

我没从城里带什么货物。

黄昏凉了下来;

请把你饮水的井

指给我吧,

好心的少奶奶!

女主人

上这条石径就是。

去吧!穿过灌木林

往我住的小屋

有条小路,走过去

就到我饮水的

井。

流浪人

丛林中间

有人手整顿过的痕迹!

这些石头可不是你砌的,

无远弗届的自然!

女主人

再往上走!

流浪人

被苔藓覆盖的额枋!

我认出你了,造型的精灵!

你把你的图章刻印在石头上。

女主人
还要走,生客!

流浪人
我跨过了一道碑文!
读不清了!
你们漫漶了,
深刻的文字,
你们本应把你们大师的虔诚
向千万后辈展示。

女主人
你看见这些石头
感到惊讶吗,生客?
上面我的小屋周围
石头可多着呢。

流浪人
上面?

女主人
穿过丛林

靠左手走上去；
到了。

流浪人

哦你们诗神和美神！

女主人

这就是我的小屋。

流浪人

一座神庙的废墟！

女主人

从这边就有

我饮的井水

流下来。

流浪人

你热情地活跃

在你的坟头，

天才！你的杰作

在你头上崩坍了

哦你不朽者！

女主人

等一下,我去拿瓢来

为你舀水喝。

流浪人

常春藤缠绕着

你细高的神像。

你是怎样从瓦砾中

高高耸起啊,

双圆柱!

而你,那边孤单的姊妹,

你们,

神圣头颅上面阴暗的苔藓,

又是怎样悲伤而又庄严地俯视

着脚下的

被毁弃的这一切,

你们的兄弟姊妹!

在黑莓丛林的荫处

瓦砾和尘土湮没了它们,

蒿草在上面摇曳。

自然啊,你可珍惜

你的杰作的杰作呢?

你是否麻木地毁坏了

你的圣物?

在上面布满了蓟草?

女主人

孩儿睡得多好!

你可愿在小屋里歇歇,

生客? 还是宁愿

留在户外?

好凉快! 抱住孩儿,

我好去舀水。

睡吧, 乖乖, 睡吧!

流浪人

你睡得多甜!

天保佑你浑身健康,

宁静地呼吸!

你, 出生在神圣往昔

的遗骸之上,

它的精神留在你身上!

浮荡在你周围,

每天被你

以神的自信享受着。

明媚动人的

灿烂春天的

丰满胚芽, 开放吧,

在你的伙伴面前闪耀吧!

卸掉你的花被

再从你的胸怀

冲着太阳升起

成熟的丰满的果实吧。

女主人

上天保佑!——你还睡着?

我没有什么来配这新鲜的饮料

除了我能给你的一片面包。

流浪人

我感谢你。

周围一切真是欣欣向荣,

苍翠茂盛!

女主人

我的丈夫马上

要从田里

回家了。哦留下,留下,先生!

和我们一起吃晚餐吧。

流浪人

你们住在这儿?

女主人

就住在这破墙中间。

这小屋还是我的父亲

用残砖断瓦碎石头筑成的

我们就住在这儿。

他把我嫁给一个农夫

后来死在我们手臂上——

你睡过了,亲爱的心肝!

你多活泼,多爱玩!

你这小淘气!

流浪人

自然!你永恒的萌芽者,

你让每人生来享受生活,

你像母亲般对你所有的孩子

授予遗产,一间小屋。

燕子高高地在房檐上做巢,

毫不在乎它

粘住什么装饰物;

毛虫网住金枝

为它的幼儿做冬房;

而你在往昔的

崇高废墟中间修补

一间小屋

为了你的需要,哦人,

在坟茔之上享用吧——

再见,你幸福的妇人!

女主人

你不愿留下来?

流浪人

上天保佑你,

祝福你的孩儿!

女主人

一路平安!

流浪人

山上那条路

通向哪儿去?

女主人

通向库迈①。

---

① 库迈,意大利古城,在那不勒斯以西。约公元前 750 年由哈尔基斯的希腊人创建,公元前 338 年被古罗马征服,1905 年被毁。

流浪人

到那儿还有好远?

女主人

整整三里。

流浪人

再见!引我上路吧,自然!
引导我在神圣往昔的
坟茔之上漫游的
陌生人的旅步吧。
引导它走向避难地
可以躲避北风,
也有一片小白杨林
挡住下午的日光。
然后到晚上
我将回到
小屋来,
披上一层夕阳的金光,
让我遇见这样一个女人,
手里抱着孩子。

(绿 原 译)

流浪人[1]
——歌德诗作的思路与意义

(奥地利)里尔克[2]

把所讲的事情如此生动地摆在读者面前,使他似乎脱离现在及其整个环境,不仅在感受一件艺术品,并且由于其明白的逼真性而忘却艺术,共同经历了这件事故,这就是诗人真正的崇高的艺术。读者势必像那样一个人,在一个西洋镜里看见一幅出色的风景画,对它沉迷到如此程度,以至以为闻到了花香,听到树叶沙沙作响。他一定感到惭愧的是,那个人竟然看见——一幅画,尽管另外千百个人不过往里瞅瞅而已。每件艺术品一定会出现在适当的观赏者面前——它还一定会遇上适当的准则。这就是说,这个准则会自动合拍。有些人走近一件作品,思想对它形成一个判断。这是一件愚蠢的冒险行为,正因为他力图把他所感受到的一切马上做出解释,他便往往摆脱了即将包围他的艺术魅力——他的判断是冷淡的。——不过,只有两种作品:一种令人兴奋,使人着迷,另一种虽然美丽,好评却在心中引不起反响。前一种值得真正称为艺术品,后一种用这个名称不过是装门面。

第一类作品正是我们想浏览一下的,例如歌德的《流浪人》。我逃不脱这首诗的魅力,——几乎没有一个地方像诗中的那个地方,让我

---

[1] 本文选自《世界文学》1999年第3期。
[2] 赖内·马利亚·里尔克(Rainer Maria Rilke,1875—1926),奥地利人,20世纪最伟大的德语诗人。著有诗集《祈祷书》《新诗集》《新诗续集》等,晚年代表作《杜伊诺哀歌》《献给奥尔弗斯的十四行诗》为其一生创作的巅峰。

那么热切地用精神的眼睛凝望过。我看见那个斜坡，它长满禾物的田野上倾泻着西方夕阳的红光，——这时母亲，她怀里的孩子和陌生人，正攀登着茂密灌木林之间窄狭的石阶。我看见意大利农妇，穿着微微飘动的衣服，晒黑的脖子顶着匀称的脑袋，挂着红色的珊瑚。狭长的、弯得相当严峻的鼻子赋予脸庞几分意大利人特有的英勇，黑色眼睛的温暖光泽在减弱的暑气中闪烁着。微微裂开的暗红色嘴唇露出了发亮的牙齿，深黑的头发用一面红布紧扎着。孩子安睡在她的怀里，——她爬高了几步台阶，微喘着低头望了他一眼，接着她的面容焕发出一个喜悦的微笑，宁静的满足感在她的丰满胸脯的适度起伏中表现出来。陌生人慢慢走着。时而这里，时而那里，他的目光亲切地注视着朽坏的石碑，上面留着碑文——还有人像，古代的见证；但是，他的眼睛又一再转向他的魁梧的女向导，她开始并没注意到他心不在焉——喋喋不休地在他前面走着——终于她觉察到了，"哎哈，你那么欢喜瞧石头——上面我的小屋周围，石头可多着呢。"当真，整个小屋就是用这样的石头建成的。神庙的废墟！不再适于作神庙了——但也不能被亵渎。不，通过神的平和气息，反而比任何时候更加受到尊崇——流浪人这样想着。在供奉过古代神祇的地方，在他们的伟大存在的废墟上——萌发出——一朵小小的纯洁的花儿似的——人的幸福。流浪人这样想着。于是一个愿望在他明亮欣悦的心灵中破晓了——一个虔诚的、祝福的愿望：唯愿这点人的幸福不像神的伟大存在那样，为无情的命运所摧毁才好。"留下，先生！和我们一起吃晚餐吧。"他听见农妇的声音。"目前我从小屋里至少可以给你拿面包"，她喊道，把熟睡的孩子小心地放到他的手臂上。这时小家伙睁开眼睛，向陌生人友好地微笑着。陌生人心中怦怦跳着——他跟亲切友好的人们在一起感到惬意。——但是他不能留下来——也许是因为他的内心同他周围的和平气氛太不相协调了……他带着祝福的愿望离去。太阳已经落山了。暗蓝的淡淡芳香的天幕向无限远方扩展开去。微雾从山谷里升起——一阵冷空气从沼泽似的草地飘过来。陌生人更紧地裹在他的披风里……

还得走三里路，他才能到库迈。歌德曾经那么出色地描写过那个地方，以至费利克斯·门德尔松①后来竟相信找到了它——把世界创造得像另一个人看见它一样，这正是真正诗人的才智所在。如果把一个诗人禁闭起来——不让他看见田野和山坡，树木和花卉，那么他的想象力便会孜孜不倦地从自身创造出这一切——而且说不定比它的原貌还要美。对于诗人，可以说万物皆备于我　　所以诗人永远富有即使他可能死于饥饿。

这首诗流露了歌德对于古代的眷恋，这种眷恋他在意大利之行以前就在他的许多作品中表现过。但是，我觉得仍不得不赋予这首诗另一种象征的意义。这里我们清清楚楚面临两个不可忽视的对立面。满足的、幸福的妇人和努力追求的青年。他并非徒然称作"流浪人"。这个称号无疑还标志着他的内心的不安，它不断催促他前进，并使他谢绝了留下来的建议，——是那一种不安，它通过对知识的追求而植根于灵魂中，而灵魂通常一辈子也不会抛弃它。——唯有永远不会被持续不断的求知欲之闪烁的磷火——引诱到软弱泥沼的人，才能像库迈附近那个幸福母亲那样，获得那种从自身感到幸福的和平心境。

幸福的妇人——保持天赐的和平，你的小屋才永远是幸福的神庙！如果我来到库迈，我要亲吻那神圣的门槛——然后继续前行——一个可怜的——不知疲倦的流浪人——

（绿　原　译）

---

① 费利克斯·门德尔松（Felix Mendelssohn, 1809—1847），德国作曲家，德国犹太哲学家摩西·门德尔松的孙子。1821年与歌德过从甚密。

荷尔德林

弗里德里希·荷尔德林（Friedrich Hölderlin，1770—1843），生于内卡河畔的劳芬。德国18世纪末期至19世纪初期除歌德、席勒之外最优秀的抒情诗人。1788年进图宾根神学院学习，其间广泛研读古代作家和哲学家的作品，并与谢林、黑格尔结为朋友。神学院毕业后，不愿当牧师，先后在瓦尔特斯豪森、法兰克福等地当家庭教师。1797年至1799年间完成小说《许佩里翁，或希腊的隐士》。1796年至1800年间写作了悲剧《恩沛多克勒斯之死》的三种残稿。

荷尔德林1800年后创作的挽歌体诗和自由节奏诗有着令人神往的美，是其创作的顶峰。由于神经错乱而发狂使他的才华未能得到更大的发展。他是席勒的同乡，其诗歌亦受席勒的影响。他十分崇尚希腊古代文化，同时又富于浪漫派的气息。荷尔德林的诗以内容深刻、形式优美和富于音乐性著称。他早期用德国古典诗歌形式写作，以后逐渐转向采用自由韵律和古希腊的诗歌形式。他的哲学诗深刻细致。他的作品在他生前不很受人注意，直到20世纪初叶，他才声名鹊起，被尊为德国最伟大的诗人之一。

返乡——致亲人

一

在阿尔卑斯山上,夜色微明,云
创作着喜悦,遮盖着空荡的山谷。
喜滋滋的山风呼啸奔腾,
一道光线蓦然闪过冷杉林。
那快乐地颤动的混沌在缓缓地逼近和奋争,
它羽毛未丰却有强力,颂扬着山岩下友爱的争执,
在永恒的范限内酝酿,步履蹒跚,
因为清晨更狂放地在山里降临。
因为在那里年岁更无尽头地生长,那些神圣的
时辰,那些日子,受到更大胆的排列、混合。
而海燕依然觉察时光,在群山之间,
在高空中盘旋,召唤着白昼。
此刻,深山中的小村也开始苏醒,
信赖高空,毫无畏惧,从山巅仰望。
预感着生长,因为古老的泉水已闪电般倾泻,
山地在急流下雾气腾腾,
回声震荡不息,那不可测的工场
日夜挥舞着巨臂,不断送发礼品。

二

这时,银色的高峰安静地闪烁,

玫瑰花上早已落满炫目的白雪。

而往更高处,在光明之上,居住着那纯洁的

福乐的神,为神圣光芒的游戏而快乐。

他静静地独居,容光明灿,

这天穹之物仿佛乐于恩赐生命,

创造欢乐,与我们一道,常常精通尺度,

体察生灵,踌躇又关怀,神

把完好纯正的幸福赋予城市和家园,

以绵绵柔雨开启田地旷野,送来笼罩的云朵,

还有你们,最亲爱的风;还有你们,温柔的春天,

又用舒缓的手使悲哀者重获快乐,

当他更新季节,这位造物主,

焕发又激动着垂暮之人的寂静心灵,

深入那幽深之处,开启和照亮心灵,

如他所爱,现在又有一种生命重新开始,

明媚鲜艳,一如往常,当代神灵到来,

而喜悦的勇气重又鼓翼展翅。

三

我曾向他倾诉许多,因为,无论作诗者沉思

或者歌唱什么,多半针对天使和他;
我挚爱祖国,我曾祈祷许多,为的是
神灵不会未经祈求就突然侵袭我们;
我也为你们祈祷,在祖国忧心忡忡的人们,
那神圣的谢恩微笑着把流亡者带到你们面前,
乡亲们!是为了你们,那时,湖水把我摇晃,
而舵手静坐船头,赞美航行。
在宽阔湖面上,风帆下涌起喜悦的波浪,
此刻城市在黎明中绽放鲜艳,渐趋明朗,
从苍茫的阿尔卑斯山安然驶来,船已在港湾停泊。
岸上暖意融融,空旷山谷为条条小路所照亮,
多么亲切,多么美丽,一片嫩绿,向我闪烁不停。
园林相接,园中蓓蕾初放,
鸟儿的婉转歌唱把流浪者邀请。
一切都显得亲切熟悉,连那匆忙而过的问候
也仿佛友人的问候,每一张面孔都显露亲近。

四

不错!这就是出生之地,就是故乡的土地,
你梦寐以求的近在咫尺,已经与你照面。
而并非徒劳地,一位漫游者就像儿子一般,
伫立在波涛汹涌的门旁,望着你,用歌唱

为你寻求可爱的名字,福乐的林道[①]!

这是家乡一道好客的门户,

它诱人深入到那充满希望的远方,

那儿有奇迹,那儿有神性的野蛮,

莱茵河奔流而下,直汇平川,又夺路而去,

欢腾的山谷逶迤于嶙峋山崖之间,

从那里深入,穿越亮丽的山峦向科摩[②]漫游,

或直贯而下,宛若白昼转换,汇入坦荡的湖水[③];

而你更令我心醉神迷,神圣的门户!

回故乡,回到我熟悉的鲜花盛开的道路上,

到那里寻访故土和内卡河[④]畔美丽的山谷,

还有森林,那圣洁树林的翠绿,在那里

橡树往往与宁静的白桦和山榉结伴,

群山之间,有一个地方友好地把我吸引。

五

他们在那里把我迎候。呵,小城的声音,母亲的声音!

你把我触动,激发了我早已学会的东西!

他们却依然如故!太阳和欢乐依然把你们照耀,

呵,最亲爱的人们!你们的目光似乎比往常更鲜亮。

---

① 林道(Lindau),博登湖畔一座古城,今德国南部巴伐利亚州境内。——译注
② 科摩(Komo),地名,位于意大利境内。——译注
③ 湖水,指博登湖(Bodensee)。——译注
④ 内卡河(Neckar),莱茵河支流。——译注

是的！故乡风情如故！欣荣昌盛，

在这儿生活和相爱的一切，从未抛弃真诚。

但那最美好的，在神圣和平彩虹下的发现物，

却已经对少年们和老人们隐匿起来。

我在讲蠢话。这就是欢乐。而在明天和将来

当我们到野外观望生机盎然的田野，

在鲜花盛开的树下，在春天的节日里，亲爱的乡亲！

我将与你们一道谈论，一道期望其中的种种真相。

我曾从伟大的天父那里听来许多，

我对他沉默已久，他高居云端，

不断更新漂泊不定的时代，主宰着山峦群峰，

他就要恩赐我们天国的礼物，召唤

那嘹亮的歌声，派遣众多美好的神灵。呵，莫踌躇，

来吧你们，守护神！年岁天使！还有你们，

六

家园天使，来吧！融入生命的所有血脉中，

让普天同欢，分享天国的恩赐！

让灵魂高贵！愿青春焕发！为不使人类的财富

失却欢悦，为使岁月的每个时辰都洋溢欢悦，

这样的欢乐，就像现在相爱的人们重逢之际，

理所当然，也应受到神明般的颂扬。

当我们就餐时祈祷，我能呼谁的名字？

当我们忙完一天生活,你们说,我如何表达谢恩?

呼唤那高空的天神么?但神厌弃失当之举,

我们的欢乐似乎过于渺小,不能把他容纳。

我们不得不常常沉默;神圣的名字付诸阙如,

心儿在跳,言语却迟迟难发?

但有一种铮铮弦乐奏响在每时每刻,

也许使那惠降人世的天神不无欣喜。

这种乐声已经备好,于是

那潜入欢乐的忧心也近乎平息。

歌者的灵魂必得常常承受,这般忧心,

不论他是否乐意,而他人却忧心全无。

(孙周兴 译)

《返乡——致亲人》[1]

(德)海德格尔[2]

尘世凡人所知甚微,却被赋予了
许多欢乐……

(第四卷,第240页)

顾名思义,荷尔德林这首诗说的是返乡。就此我们想到游子到达故乡的土地,与乡亲们会面的情景。这首诗描述了一次"从苍茫的阿尔卑斯山"穿越博登湖而去林道的航行。1801年春天,作为家庭教师的荷尔德林从康斯坦茨旁边的图尔高镇[3],经由博登湖,回到了他的故乡施瓦本[4]。所以,《返乡》这首诗或许就是一首描写一次快乐的回乡的诗歌。可是,以"忧心"一词为基调的最后一节诗,却根本没有透露出这位无忧无虑地回到家乡的人的欢快情调。这首诗的最后一个词,是一个突兀的"全无"。而描写阿尔卑斯山脉的第一节诗,本身就是一座由诗行组成的丛山,兀自矗立。它丝毫没有显示出家

---

① 本文选自海德格尔《荷尔德林诗的阐释》,商务印书馆2000年版。
② 马丁·海德格尔(Martin Heidegger, 1889—1976),德国著名哲学家,20世纪存在主义哲学的创始人和主要代表之一。著有《存在与时间》《康德与形而上学的问题》《形而上学入门》《荷尔德林诗的阐释》《通向语言的道路》《克服形而上学》《路标》等。
③ 康斯坦茨(Konstanz)旁边的图尔高镇(Thurgau),瑞士地名。——译注
④ 施瓦本(Schwaben),地名,今德国南部巴伐利亚州境内。——译注

荷尔德林《返乡——致亲人》

乡方面的欢乐。非家乡之物的"那不可测的工场"的"回声""震荡不息"。这样一些诗节所包含的"返乡",大概就不仅仅是说返乡人已到达"出生之地"的河岸了。的确,甚至这种到达故乡河岸时的情形,就已经十分稀奇古怪了:

> 一切都显得亲切熟悉,连那匆忙而过的问候
> 也仿佛友人的问候,每一张面孔都显露亲近。

故乡的人和物给人亲切熟悉的感觉。但其实它们还不是这样的。也就是说,它们锁闭着它们最本己的东西。因此之故,故乡向刚刚抵达的到来者说出了下面这句话:

> 你梦寐以求的近在咫尺,已经与你照面。

返乡者到达之后,却尚未抵达故乡。这就是说,故乡"难以赢获,那锁闭的故乡"(《漫游》,第四卷,第170页)。所以,就连到来者也还是一位寻求者。只是他梦寐以求的已经与他照面。它近在咫尺。但如果"寻找"意味着把发现物占为己有,① 以便在作为所有物的发现物中安居下来,那么,那梦寐以求的东西就还没有寻找到。

> 但那最美好的,在神圣和平彩虹下的发现物,
> 却已经对少年们和老人们隐匿起来。

---

① 德语动词"寻找"(finden)与名词"发现物"(Fund)有字面和意义联系。——译注

荷尔德林后来还修改了这首诗的第二个誊清稿，把"但那最美好……发现物"一句改写为："但那珍宝……德国之魂，依然隐匿了"。诚然，故乡最本己的东西早已造就，而且已经赠送给在出生之地栖居的人们。故乡最本己的东西已然是一种天命遣送的命运，或者像我们时下所说的，就是历史。[①] 可是，在天命遣送中，这个最本己的东西却依然尚未得到转让。它仍然被扣留下来了。因此，就连那一味地合乎天命遣送而持存的东西，即天命性的东西[②]，也尚未被寻找到。但这时已经被赠送出来，而同时又拒不给出的东西，被称为"隐匿起来的东西"。发现物就是作为这种隐匿起来的东西而出现的，但依然是梦寐以求的东西。为什么呢？因为他们，"在祖国忧心忡忡的人们"，尚未做好准备，去把故乡最本己的东西，即"德国之魂"，占为己有。于是，返乡的要义根本上就在于：乡亲们将首先熟悉故乡的依然被扣留起来的本质；其实还更在于："亲人们"首先要在家学会这种熟悉。为此就必须预先认识故乡最本己的东西和最美好的东西。但是，如若我们有了一位寻求者，而且所寻求的故乡之本质已经向他洞开门牖，那么，我们又应当如何寻找这种东西呢？

你梦寐以求的近在咫尺，已经与你照面。

[①] 此句中"一种天命遣送的命运"原文为 das Geschick einer Schickung。按海德格尔的理解，"历史"就是存在发生和运作意义上的"命运"，是"命运"的"遣送、发送"。德文"历史"（Geschichte）与"命运"（Geschick）有词根上的联系。——译注

[②] 这里"天命性的东西"原文为 das Schickliche，按本义应译为"适宜的东西""得体的东西"。但海德格尔在此强调此词与"天命"（Geschick）、"天命遣送"（Schickung）的字面联系。——译注

荷尔德林《返乡——致亲人》

在到达故土的门户之际，故乡的友好坦率，故乡的纯净明朗，故乡熠熠生辉的光芒，就在一种独一无二的友好显露中与人照面。

> 这是家乡一道好客的门户
> 它诱人深入到那充满希望的远方，
> ……
> 而你更令我心醉神迷，神圣的门户！
> 回故乡，回到我熟悉的鲜花盛开的道路上，
> 到那里寻访故土和内卡河畔美丽的山谷，
> 还有森林，那圣洁树林的翠绿，在那里
> 橡树往往与宁静的白桦和山榉结伴，
> 群山之间，有一个地方友好地把我吸引。

我们应当如何来命名这种宁静的显露呢？——在这种显露中，故乡的一切人和物都来问候这位寻求者。对于已经照面的故乡的盛情邀请，我们必须用一个昭示着《返乡》这整首诗的词语来命名，这个词语就是"喜悦"。在第二节诗中，充满了有关"喜悦"（das Freudige）和"欢乐"（Freude）的谈论。最后一节诗也差不多如此。在其他几节中，这两个词语较少出现。唯在直接言说"喜悦"景象的第四节中没有这个词。而在这首诗的开头，诗人就立即道出了与创作相关联的"喜悦"：

> 在阿尔卑斯山上，夜色微明，云
> 创作着喜悦，遮盖着空荡的山谷。

喜悦乃是诗人的诗意创作物。喜悦出于欢乐而被调校入欢乐之中。它因此就是获得欢乐者，也就是自得其乐者。这个自得其乐者本身又能使他物欢乐。所以，喜悦同时也是令人欢乐者。"在阿尔卑斯山上"，云迎向"银色的高峰"，盘桓在苍天上空。它向天空的灿烂光华展露自身，同时又"遮盖着空荡的山谷"。云由敞开的光华而显露自己的样子。云诗意地创作。[①] 由于它观入它本身就在其中被看见的那个东西，所以，它诗意地创作的东西并非全然是设想和虚构出来的。诗意创作乃是一种发现、寻找。在这里，云无疑必须超越自己，达到那种不再是它本身的东西。诗意创作物并不是通过云而形成的。诗意创作物并非来自云。它攫住了云，而成为云逗留着去迎接的那个东西。云盘桓于敞开的光华之中，而敞开的光华朗照着这种盘桓。云变得快乐而成为明朗者（das Heitere）。云所创作的，即"喜悦"，就是明朗者。我们也称之为"清明的空旷"[②]。无论现在还是以后，我们都是在一种严格意义上来思考这个词的。"清明的空旷"在其空间性中得到了敞开、澄明、和谐。唯有明朗者，即清明的空旷，才能使它物适得其所。喜悦在朗照着的明朗者中有其本质。明朗者本身又首先在令人欢乐的东西中显示自身。由于朗照（Aufheiterung）使万物澄明，明朗者就允诺给每一事物以本质空间，使每一事物按其本性归属于这个本质空间，以便它在那里，在明朗者的光芒中，犹如一道宁静的光，满足于本己的本质。令人欢乐者迎面照耀着返乡的诗人，

---

① 这里的"诗意地创作"是德文动词 dichten 的翻译，此词（及其名词形式 das Dichten）也可译为"作诗""创作"等。——译注

② "清明的空旷"原文为 das Aufgeräumte，应从动词 aufräumen（整理、清理）变化而来。有英译者把它译为 the spatially-ordered，参看海德格尔：《实存与存在》，伦敦1956年，第266页。——译注

> 橡树往往与宁静的白桦和山榉结伴，
> 群山之间，有一个地方友好地把我吸引。

故乡众所周知的事物以及它们的质朴关系所具有的柔和魅力就近在眼前。但还有更为临近和更为切近的，尽管它比白桦和群山更不显眼，因而也多半被忽略不顾；那就是人和物在其中才得以显现的明朗者本身。明朗者在其并不引人注目的显露中逗留。它无所要求，绝非一个对象（Gegen-stand），但也不是"一无所有"。而在最初与诗人照面的喜悦中，已然有那个朗照着的东西的问候。但向诗人致以明朗者之问候的，乃是使者，αγγελοι，即"天使"。因此，通过对故乡迎面而来的喜悦的欢迎，诗人就在《返乡》中召唤"家园天使"（Engel des Hausses）和"年岁天使"（Engel des Jahres）。

在这里，"家园"意指这样一个空间，它赋予人一个处所，人唯在其中才能有"在家"之感，因而才能在其命运的本己要素中存在。这一空间乃由完好无损的大地所赠予。大地为民众设置了他们的历史空间。大地朗照着"家园"。如此这般朗照着的大地，乃是第一个"家园"天使。

"年岁"为我们称之为季节的时间设置空间。在季节所允诺的火热的光华与寒冷的黑暗的"混合"游戏中，万物欣荣开放又幽闭含藏。在明朗者的交替变化中，"年岁"的季节赠予人以片刻之时，那是人在"家园"的历史性居留所分得的片刻之时。"年岁"在光明的游戏中致以它的问候。这种朗照着的光明就是第一个"年岁天使"。

大地与光明，也即"家园天使"与"年岁天使"，这两者都被称为"守护神"，因为它们作为问候者使明朗者闪耀，而万物和人类的"本性"就完好地保存在明朗者之明澈中了。依然完好地保存下来的东西，在其本质中就是"家乡的"。使者们从明朗者而来致以问候，明朗者使一切都成为家乡的。允诺这种家乡要素，这乃是故乡的本质。故乡已经照面——也即在明朗者首先显现于其中的那种喜悦中照面。

然而，那已经在此照面的东西依然是被寻求的东西。但由于喜悦唯在一种诗意创作对之迎面问候的地方才照面，所以，也只有当诗意创作者①存在之际，才有天使，即明朗者的使者，显现出来。因此之故，在《返乡》一诗中才有这样一个诗句：

……因为，无论作诗者沉思

或者歌唱什么，多半针对天使和他；

诗意词语的歌唱"多半针对天使"，因为天使们作为明朗者的使者，乃是"自行临近"的最切近的东西；诗意道说针对天使"和他"。这里的"和"一词的意思就如同"而且首先"——而且首先是"他"。

这个他是谁呢？如果说诗意创作首先针对的是"他"，而诗意创作就是创作喜悦，那么这个他就居住于极乐（das Freudigste）中。但这种极乐是什么，又在何处呢？

"创作着喜悦"的云给出了暗示。云飘浮在阿尔卑斯山的群峰之间，遮盖着丛山的幽谷，而朗照着的光芒照射在幽谷阴深之处。因

---

① 这里"诗意创作者"（Dichtende）也可译为"作诗者""诗人"。——译注

此，在那里，"在山岩下"，那羽毛未丰的混沌"颂扬着""友爱的争执"，而且是"快乐地颤动着""颂扬"的。但是，云，那是"天空的山丘"（第四卷，第71页），在高空中梦入喜悦。云通过创作而显示，升入明朗者之中。

> 这时，银色的高峰安静地闪烁，
> 玫瑰花上早已落满炫目的白雪。
> 而往更高处，在光明之上，居住着那纯洁的
> 福乐的神，为神圣光芒的游戏而快乐。

在阿尔卑斯山脉，发生着一种愈来愈寂静的自我攀高，即高空之物向至高之物的自我攀高。山脉乃是大地最远的使者。山脉的顶峰高耸入光明之中，迎接着"年岁天使"。所以，它们是"时间之顶峰"。不过，在光明之上的更高处，明朗者首先自行澄明而为纯粹的朗照，倘若没有这种朗照，就连光明也绝不会使它的光华得到空间设置。"在光明之上"的至高之物，乃是光芒照耀的澄明（Lichtung）本身。按照我们母语的一个较为古老的词语，我们也把这个纯粹的澄明者，也即首先为每一"空间"和每一"时间""设置"（在此即提供）敞开域的澄明者，称为"明朗者"。它是三合一，既是明澈（claritas），又是高超（serenitas），又是欢悦（hilaritas）；一切纯净之物都沉浸于明澈之光华中，一切高空之物都矗立于高超之威严中，一切自由之物都回荡于欢悦之运作中。明朗者把一切维持在秋毫无犯和完好无损之中，并且拥有这一切。明朗者源始地救治。明朗者就是

神圣者。[①] 对诗人来说，"至高之物"与"神圣者"是同一东西，即：明朗者。作为一切喜悦的本源，它乃是"极乐"。在这种极乐中发生着纯粹的朗照。在这里，在"至高之物"（das Höchste）中，居住着"高空之物"（der Hohe），后者就是它自身，就是"为神圣光芒的游戏"而快乐的东西，即：这个喜悦者。如果它向来是唯一，那它就仿佛乐于"创作欢乐，与我们一道"。因为它的本质是朗照，故它"喜爱"去"开启"和"照亮"。通过明澈的明朗者，它把事物"开启"出来，使它们进入它们当前的令人欢乐者之中；通过欢悦的明朗者，它照亮人类心灵，使得人类的心情对田野、城镇、家园的真谛洞开；通过高超的明朗者，它首先让幽暗的深渊张开而得到澄明。倘若没有澄明，深渊又会是什么呢？

"喜悦者"甚至使"悲哀者"也重获快乐，尽管是"用舒缓的手"。他并非拿掉了悲哀，而是使悲哀者预感到即使悲哀也只不过源于"古老的欢乐"，由此来改变悲哀。喜悦者乃是一切快乐之"父"。他居于明朗者之中，现在就只能按照这个居所来加以命名。这个高空之物被叫作"天穹"（Äther），在希腊文中叫作 Αιθήρ。流通的"大气"、澄亮的"光明"以及与它们一道欣欣向荣的"大地"，乃是"统一的三方"，明朗者在其中自行朗照，使得喜悦涌现出来，并且在喜悦中向人祝福。

可是，明朗者如何从其高空走向人呢？喜悦者与欢悦的朗照使者，天穹（天父）与家园天使（即大地）以及年岁天使（即光明），仅仅就本身而言是一无所能的。虽然对一切喜悦来说，这统一的三方

[①] 请注意德语动词"救治""治愈"（heilen）与"神圣者"（das Heilige）的字面和意义联系。——译注

乃是居于明朗者周围最亲爱的东西，但如果不是偶尔有某一方首先因而单独地在创作之际迎候喜悦者并且已然归属于喜悦者，那么，这三方就必定在朗照者之"本质"中，亦即在朗照之际变得几乎虚弱不堪。因此，荷尔德林在哀歌《漫游者》中——其标题即已表明它与后来的哀歌《返乡》的联系——道出了这一点（第四卷，第105—106页）：

> 于是我寂然一人。而你，高居云霄的
> 祖国之父！强大的天穹！还有你，
> 大地和光明！你们统一的三方，主宰又热爱，
> 永恒的诸神！我与你们的纽带永不断裂。
> 我从你们那里出发，也与你们一道漫游，
> 经历渐丰，我把喜悦的你们带回故国。

在这里，在《漫游》①中，大地与光明，家园天使与年岁天使，被叫作"诸神"（Götter）。甚至在《返乡》这首哀歌最初的誊清稿中，荷尔德林也还是说："年岁诸神"与"家园诸神"。同样地，在《返乡》最后一节的最初誊清稿中（第94行），说的也还是"失却诸神"，而不是"失却欢悦"。莫非在后来的文本中，诸神已被贬降为天使了么？或者，天使也上升到与诸神并列的地位上了么？不——相反地，现在通过"天使"这个名称，通常如此这般所谓的"诸神"的本质，是更为纯粹地被道说出来了。因为，诸神乃是朗照者，它们在朗照过程中宣告朗照者送来的祝福。朗照者才是祝福的本质根据，即天使般的东西的本质根据，而诸神最本己的东西就在这其

---

① 此处疑为作者的笔误或印刷者的误植，根据上下文应为《漫游者》。——译注

中。由于诗人鲜用"诸神"这个词语,并且更为犹豫不决地言说这个名称,我们就更能明了诸神的本己要素:诸神乃是祝福者,其中有朗照者在祝福。

返乡的漫游者已经对诸神(即喜悦者)的本质有了更丰富的体验。

你梦寐以求的近在咫尺,已经与你照面。

诗人更清晰地见到朗照者。他现在洞见到在故乡景象中照面的喜悦,把它看作仅仅由于极乐才自行朗照的,并且唯从极乐而来才临近的东西。但是,如果"无论作诗者沉思或者歌唱什么",首先都针对"他",即针对高空的天穹(天父),那么,孜孜以求极乐的诗人就必定不能逗留于喜悦者的居所,也就是说,必定不能逗留于《莱茵颂》第一节所描绘的那个位置上(第四卷,第172页):

……沿阿尔卑斯山拾级而下,
在我心中那是神造之山,
按古老的说法,叫众天神的城堡,
而在那里,有的已经断然地
秘密地来到了人间……

但现在,看来显然是"返乡"引导诗人远离"阿尔卑斯山",穿越湖水而抵达出生地的湖岸。"在阿尔卑斯山下"的逗留,对极乐的接近,通过返乡完全被舍弃了。而更为稀奇的是,在那把诗

人引离阿尔卑斯山的水波上,在把诗人运走的航船的船翼下,竟然出现了喜悦:

> 在宽阔湖面上,风帆下涌起喜悦的波浪……

为着那种向"众天神的城堡"的告别,喜悦开放出来。如果我们从地理学或交通技术的角度,或者是从乡土课程的角度来设想博登湖(它也被叫作"施瓦本湖"),那么,我们所指的这个湖,就是位于阿尔卑斯山与多瑙河上游之间的水面,富有活力的莱茵河也从其间穿流而过。这样,我们还是在毫无诗意地思考这个湖。这种情况还要持续多久呢?我们总是认为,那里首先有一个自在的自然和一片自为的风光,然后借助于"诗意的体验"才有了扑朔迷离的神话色彩——我们还想把这种看法维持多久呢?我们总是封闭自己,不去把存在者经验为存在着的——这种情况还要延续多久呢?德国人还要多久才会想到去领悟那个诗句,即荷尔德林在《帕特莫斯》这首颂歌的第一节中(第四卷,第199页和第227页)所唱的那个诗句呢?

> 神近在咫尺又难以把握。
> 但哪里有危险,
> 哪里也生拯救。
> 苍鹰居于幽冥,
> 毫无畏惧地
> 阿尔卑斯山之子
> 从摇摇欲坠的小桥穿越深渊。

> 因为那四周堆起
> 时间之顶峰,
> 那些至爱者厌倦了
> 鸿沟相隔的山峦,
> 开始近邻而居,
> 于是,圣洁的水波呵,
> 请赐予我们双翼,
> 让我们以最忠诚的情感
> 穿行其中,返回故园。

诗人必须"穿行"到阿尔卑斯山,但却"以最忠诚的情感",可以说,出于对故乡的忠诚,诗人要返回故乡,在那里,按《返乡》一诗的话来讲,诗人梦寐以求的"近在咫尺"。那么,我们就可以说,对极乐的切近,而且其实就是对一切喜悦的本源的切近,并不在那"阿尔卑斯山下"。那么,这种对本源的切近就有着某种神秘的情况。那么,那远离阿尔卑斯山的施瓦本故乡恰恰就是切近本源的地方了。是的,的确如此。颂歌《漫游》的第一节道出了这一点。1802年,荷尔德林把这首颂歌与哀歌《返乡》放在一起,发表在《花神》杂志袖珍本上。这首神秘莫测的颂歌一开始就命名了故乡。诗人有意给故乡以"苏维恩"[①]这样一个古老的名称。他以此来命名故乡的本质,故乡最古老的、最本己的、依然隐而不显的、但原初地已经最有准备的本质(第四卷,第167页)。

---

① 苏维恩(Suevien),今德国施瓦本。——译注

《漫游》这首颂歌开头如下:

>福乐的苏维恩,我的母亲,
>你犹如那边更辉煌的
>姐妹伦巴第①,
>成百条小溪汇入你的怀抱!
>还有充足的树林,白里映红,
>更幽暗的野生林,缀满墨绿的树叶,
>连瑞士阿尔卑斯山也遮掩着
>毗邻的你;因为
>你邻近家园炉灶而居,倾听着
>泉水怎样从银色的圣器里
>潺潺流出,由那纯洁的手
>倾倒出来,一旦
>
>那温煦的光芒
>触动晶莹的冰棱,在光的
>轻柔激发下,坍塌的雪峰
>以最圣洁的水涤荡大地。
>因此你天生忠诚。
>那邻近本源而居者,
>终难离弃原位。
>而且你的儿女,那些城市,
>无论在烟波浩渺的湖畔,

---

① 伦巴第(Lombardia),意大利地名。——译注

> 还是在内卡河畔的草原，在莱茵河畔，
> 无不认为，没有比你这里
> 更美好的居所。

母亲苏维恩邻近"家园炉灶"①而居。炉灶守护着那总是潜藏起来的火光，这火光一旦燃起烈焰，就将开启出大气和光明，使之进入明朗者之中。围绕炉灶之火的是那工场，在其中锻造着那隐秘地被裁定的东西。"家园炉灶"，亦即母亲般的大地的炉灶，乃是朗照之本源，它的光辉首先倾泻在大地上。苏维恩邻近本源而居。诗人在这里两次指出了这种邻近而居（Nahe-wohnen）。故乡本身邻近而居。它是切近于源头和本源的原位。苏维恩，母亲的声音，指示着祖国的本质。在与本源的切近中，建立起那种与极乐的近邻关系。故乡最本己和最美好的东西就在于：唯一地成为这种与本源的切近——此外无他。所以，这个故乡也就天生有着对于本源的忠诚。因此之故，那不得不离开故乡的人只是难以离弃这个切近原位。但既然故乡的本己要素就在于成为切近于极乐的原位，那么，返乡又是什么呢？

返乡就是返回到本源近旁。

唯有这样的人才能返回，他先前而且也许已经长期地作为漫游者承受了漫游的重负，并且已经向着本源穿行，他因此就在那里经验到他要求索的东西的本质，然后才能经历渐丰，作为求索者返回。

> 你梦寐以求的近在咫尺，已经与你照面。

---

① 此处"家园炉灶"（Heerde des Hausses）中的"炉灶"，在德文中也有"源头""发源地"的转义。——译注

现在起支配作用的切近（Nähe）使近在咫尺的东西邻近，但同时也使之成为被求索的东西，也就是并不邻近的东西。在通常情况下，我们把切近理解为两个位置之间尽可能微小的距离的尺寸。眼下则相反，切近之本质的显现是这样一回事：它通过把近在咫尺的东西推远再把它带近。与本源的切近乃是一种神秘（Geheimnis）。

但如果返乡意味着亲熟于那种与本源的切近，那么，这种返乡难道不是必定首先而且也许长期地就在于：去知道这种切近的神秘，甚至首先去学会知道这种切近的神秘么？不过，我们决不能通过揭露和分析去知道一种神秘，而是唯当我们把神秘当作神秘来守护，我们才能知道神秘。可是，倘若我们并不认识它（即切近之神秘），我们又如何去守护它呢？为了这种认识，总又必须有一个首先返乡者来道说神秘：

但那最美好的，在神圣和平彩虹下的发现物，
却已经对少年们和老人们隐匿起来。

"珍宝"，故乡最本己的东西，"德国之魂"，已经被隐匿起来了。与本源的切近是一种有所隐匿的切近。这种切近抑制着极乐。它为到来者保藏和保管着极乐，但这种切近并没有把极乐消除，而是恰恰让极乐作为被保管下来的东西显现出来。在切近之本质中发生着一种隐而不显的隐匿。切近把近在咫尺的东西隐匿起来，这乃是那种邻近极乐的切近之神秘。诗人知道，如果他把发现物称为隐匿起来的发现物，那他就说出了日常理智所反对的东西。说某种东西近在咫尺

是由于它远不可及，这其实违背了常规思维的基本法则，违背了矛盾律，或者是在玩弄空洞的辞藻，或者根本就是在寻思某种肆无忌惮的东西。因此之故，诗人在刚一说出关于有所隐匿的切近之神秘的话后，就不得不立即打断自己的话：

我在讲蠢话。

但他依然在讲。诗人非讲不可，因为

这就是欢乐。

是某一种不确定的关于某物的欢乐呢，抑或是那种欢乐，它之所以是欢乐，仅仅是由于一切欢乐的本质在其中得到了展开？到底什么是欢乐呢？欢乐的源始本质是对本源之切近的亲熟。因为在这种切近中，明朗者于其中显现的那个朗照过程在祝福之际临近。诗人返乡，是由于诗人进入切近而达乎本源。诗人进入这种切近之中，是由于诗人道说那达乎临近之物的切近的神秘。诗人道说这种神秘，是由于诗人诗意地创作极乐。诗意创作并不首先为诗人作成欢乐，相反地，诗意创作本身就是欢乐，就是朗照，因为在诗意创作中包含着最初的返乡。哀歌《返乡》并不是一首关于返乡的诗歌，相反地，作为它所是的诗，这首哀歌就是返乡；只消这首哀歌的话语作为钟声回响在德国人的语言中，那么，这种返乡就还将发生。诗意创作意味着：在欢乐中存在，这种欢乐把极乐之切近的神秘守护于词语中。欢乐就是诗人的这种欢乐，按诗人的话来说（第100行），就是"我们的欢乐"。诗意地创作着的欢乐（die dichtende Freude）就是知道下面这回事情：在一切已经照面的喜悦中，都有喜悦通过自行隐匿而祝福。也即说，为了使有所隐匿的极乐之切近始终得到守护，诗意创作的词语必须为下面这回事忧心，即：在喜悦中仓促进行和失落的，并非那种从喜悦而来祝福的东西——但却作为自行隐匿者祝福的东西。于是，由于必须为那种对自行隐匿着的极乐之切近的守护而忧心，忧心便进入喜悦之中了。

因此之故，诗人的欢乐事实上乃是歌者的忧心，歌者的歌唱守护着作为隐匿者的极乐，并且使梦寐以求的东西在有所隐匿的切近中变得近在咫尺。

但是，如若忧心进入喜悦中了，则诗人必须如何来道说极乐呢？在创作哀歌《返乡》和颂歌《漫游》那阵子，荷尔德林在一首"箴言诗"中写到，极乐之歌，也即隐匿者之歌，应如何来歌唱，也就是说，"德国人之歌"应如何来歌唱。这首箴言诗的标题叫《索福克勒斯》，原诗如下（第四卷，第3页）：

众人力求快乐地言说极乐，徒劳无功，
这里，在悲哀中，极乐终于向我显露。

现在我们知道，为什么这位诗人在返回故乡（那是有所隐匿的达乎本源之切近的地方）的时候，必得去翻译《索福克勒斯的悲剧》。悲哀与纯粹的忧郁有着天壤之别。悲哀就是那种为极乐而得到朗照的欢乐，只要这种极乐还自行隐匿和踌躇。倘若悲哀在其隐而不显的根基中并不是那种向着极乐的欢乐的话，那么，它无所不达的内在光芒又能从何而来呢?

不过,虽然荷尔德林在"翻译"和"评注"中与索福克勒斯之间的诗意对话属于诗意的返乡,但它并没有穷尽这种返乡。所以,荷尔德林在动手作《索福克勒斯的悲剧》的译文时写的题词,是以如下表白结束的(第五卷,第91页):

> 若有时间,我一向愿意歌唱我们皇后的双亲及其驻地,
> 以及神圣祖国之天使。

这里,"一向"这个词是表示"本来"的胆怯字眼。因为不论现在还是将来,歌唱"多半针对天使和他"。居住在神圣者之明朗中的高空之物,与无论哪一位相比,都是在有所隐匿的切近范围内最近的,而诗人的微薄欢乐已经亲熟于这种切近。然而

> 我们的欢乐似乎过于渺小,不能把他容纳。

"容纳"的意思就是:去命名高空之物本身。诗意地命名意味着:让高空之物本身在词语中显现出来,而不光是道出它的居所,即明朗者,神圣者,不光是首先着眼于它的居所为它取个名字。但要把它本身命名出来,甚至带有伤悲的欢乐也还是不够的,尽管这种欢乐其实就栖留于那种达乎高空之物的适宜切近中。

诚然,我们偶尔可以命名"神圣者",并根据它的朗照道说这个词语。但这些"神圣的"的话语绝不是有所命名的"名字":

……神圣的名字付诸阙如,

这个居住在神圣者中的他本身是谁呢?要道说这一点并且在道说之际让他本身显现出来,还没有相应的命名词语。因此,诗意创作的"歌唱"由于缺乏本真的命名词语来命名他,现在依然是一首无字的歌——"一种铮铮弦乐"。虽然演奏人的"歌"处处追随着高空之物,虽然歌者的"灵魂"观入明朗者,但歌者并没有看到高空之物本身。歌者是盲目的。在《盲目的歌者》一诗中(该诗前面有索福克勒斯的一句话),荷尔德林说道(第四卷,第58页):

> 你们,我的弦乐!我的歌,
> 与他同生,犹如溪流追随江河,
> 他向往之所,我也必须前往,
> 在迷途上追随这个靠山。

"一种铮铮弦乐"——这是一个最胆怯的名称,表示忧心忡忡的歌者踌躇的歌唱:

> 但有一种铮铮弦乐奏响在每时每刻,
> 也许使那惠降人世的天神不无欣喜。
> 这种乐声已经备好……

祝福的使者带来依然隐匿的发现物的祝福。喜悦地为祝福的使者的临近准备好适宜的切近,这一点规定着还乡诗人的天职。神圣者固然显现出来，但神却缺席。①隐匿的发现物的时代乃是神缺失的年代。神之"缺失"是"神圣的名字"付诸阙如的原因。可是，由于发现物作为隐匿的发现物依然近在咫尺，故缺失的神在天神们的临近中送来祝福。所以，"神之缺失"也不是什么缺陷。因此国人也不可企图用狡计把神本身制作出来，并且因而靠强力来消除所谓的缺陷。但国人同样亦不可勉强迁就，只还乞灵于某个惯常的神。的确，通过这样的途径，我们就会耽搁神之缺失的当前性。而如若没有那种由缺失规定的、因而隐匿着的切近，则发现物就不可能以其如何临近的方式临近。因此，对诗人的忧心来说，要紧的只有一点：对无神状态这个表面现象毫无畏惧，而总是临近于神之缺失，并且在准备好的与这种缺失的切近中耐心期待，直到那命名高空之物的原初词语从这种与缺失之神的切近中被允诺出来。

在刊登哀歌《返乡》和颂歌《漫游》的同一期杂志上，荷尔德林还发表了一首题为《诗人之天职》的诗。这首诗的高潮在下面这一节（第四卷，第147页）：

> 但人必须毫无畏惧，孤独地
> 直面于神，唯纯真把他保护，
> 无须任何武器，无须任何巧智，
> 直到神之缺失发挥效力。

诗人的天职是返乡，唯通过返乡，故乡才作为达乎本源的切近国

---

① 海德格尔对"神圣者"（das Heilige）与"神"（Gott）作了原则性的区分：与"神"或"上帝"相比，"神圣者"具有更为源始的意义。——译注

度而得到准备。守护那达乎极乐的有所隐匿的切近之神秘,并且在守护之际把这个神秘展开出来,这乃是返乡的忧心。因此,《返乡》这首诗以下面的诗句来结尾:

歌者的灵魂必得常常承受,这般忧心,
不论他是否乐意,而他人却忧心全无。

这个突兀的"全无"所言及的"他人"是谁呢?如此结尾的《返乡》一诗的开头有"致亲人"这样一个献辞。可是,诗人何以还要对历来生息于故乡的乡亲们说"返乡"呢?返乡的诗人受到乡亲们急切的欢迎。他们似乎是亲近的,但其实还不是亲近的——也就是说,还不是诗人的亲人。但假如最后提出的"他人"是那些首先应当成为诗人的亲人的人们,那么,为什么诗人径直把他们排斥在歌者的忧心之外呢?

这个突兀的"全无"虽然免除了"他人"的诗意道说的忧心,但绝没有免除他们倾听作诗者在《返乡》中"沉思和歌唱"的东西时的忧心。这个"全无"乃是"向"祖国的他人发出的神秘召唤,要他们成为倾听者,使得他们首先学会知道故乡的本质。"他人"必须首先学会思索那有所隐匿的切近之神秘。在这样一种思想中才造就出深思熟虑的人,他们不会莽撞急躁地对付那种隐匿起来的,并且在诗的词语中得到保藏的发现物。从这些深思熟虑的人们中,会产生出从容不迫的人,他们具有一种持久的勇气,这种勇气本身又要学会去忍耐那依然持续着的神之缺失。深思熟虑的人和从容不迫的人首先就是忧心的人。因为他们思及在诗中被诗意地创作出来的东西,所以,他们就以歌者的忧心倾心于那有所隐匿的切近之神秘了。基于这种统一的对同一者的倾心，忧心忡忡地倾听的人就与道说者的忧心相亲近了，"他人"就成为诗人的"亲人"。

那么，假定那些只在家乡土地上定居的人们还不是已经返回到故乡之本己要素中的人；而另一方面，也假定返乡的诗意本质乃是超出对家乡事物和本己生活的纯然分得的占有之外对喜悦之本源敞开——若我们假定这两点，则诗人最亲近的亲人不就是这些故乡的儿子们么？这些故乡的儿子们虽然远离故乡的土地，却一直凝视着对他们闪耀不尽的故乡的明朗者，为依然隐匿起来的发现物耗尽他们的生命，并且在自我牺牲中挥霍他们的生命。他们的牺牲本身包含着对故乡最可爱的人发出的诗意呼唤，尽管隐匿起来的发现物可能依然隐而未显。

即使从"在祖国忧心忡忡的人们"中产生了忧心者，那隐匿的发现物也依然会隐匿着。于是就有了与诗人的亲缘关系。于是就有了返乡。而这种返乡乃是德国人的历史性本质的将来。

德国人是作诗与运思的民族。① 因为现在必须首先有思想者存在，作诗者的话语方成为可听闻的。唯有忧心者的运思，由于它思及那被诗意地表达出来的隐匿着的切近之神秘，才是"对诗人的追忆"。在此追忆中，才开始了与返乡诗人最初的亲缘关系，也就是说，与还乡诗人的长期内还十分广远的亲缘关系。

然而，如若"他人"是通过追忆而成为亲人的，那么他们何以没有向诗人倾心呢？《返乡》——诗结尾处那个突兀的"全无"还适用

---

① "作诗"（Dichten）与"运思"（Denken）可以直译为"诗"与"思"。——译注

于他们吗？还是适用的。但不光是适用而已。即使"他人"已经成了亲人，他们同时也依然在另一种意义上是"他人"。由于他们关注诗人已道出的话语，并且想到对它的正确解说和保持，他们就为诗人提供了助力。这种帮助吻合于那隐匿着的其中有极乐在临近的切近之本质。因为，犹如祝福的使者必须提供助力，使明朗者在朗照中通达人类，同样地对人类来说也必须有一个"第一者"，他在诗意地创作之际迎向祝福的使者而欢欣不已，从而得以独自地先行把祝福庇护入词语之中。

然而，词语一旦被道出，就脱离了忧心诗人的保护，所以，对于已经道出的关于被隐匿的发现物和有所隐匿的切近的知识，诗人不能轻松地独自牢牢地把握其真理性。因此，诗人要求助于他人，他人的追忆有助于对诗意词语的领悟，以便在这种领悟中每个人都按照对自己适宜的方式实现返乡。

对诗人及其亲人来说，被道出的词语必须处于保护中。为了这种保护，这位《返乡》的歌者在同时期的《诗人之天职》一诗中，命名了诗人与"他人"的这另一种关联。在这里，有关诗人及其对有所隐匿的切近之神秘的知识，荷尔德林说道（第四卷，第147页）：

……但诗人不能独自把它保持，
他乐于与他人携手结伴，
使他们领会到援臂互助。

（孙周兴　译）

海　涅

海因里希·海涅（Heinrich Heine，1797—1856），19世纪德国伟大诗人、政论家和思想家。出生在莱茵河畔的杜塞尔多夫一个不富裕的犹太小商人家庭。青年时代曾在汉堡经商，后入波恩大学攻读法律，并在哥廷根大学获取博士学位。1827年出版第一部诗集《诗歌集》，包含《青春的苦恼》《抒情插曲》《还乡集》《北海集》等组诗，具有浪漫主义色彩，接近民歌风格。这部作品使海涅崭露头角。1824年秋天，海涅徒步去哈尔茨山旅行，后来写出一部具有独特风格的散文作品。1830年，法国七月革命给了海涅极大的鼓舞，他发表了一些革命的颂歌。诗人的这种思想倾向与德国统治者越来越不相容，迫使他自1831年起移居巴黎，开始终生流亡生活。在巴黎期间，海涅同那里的各国进步知识界人士保持密切往来，并于1843年与马克思相识。在马克思的影响下，海涅写成《时代诗歌》，讽刺普鲁士国王和霍亨索伦王朝，嘲笑小市民的懦弱无能。1843年写就的长诗《德国，一个冬天的童话》是海涅最成功的作品，它无情鞭挞了普鲁士封建王朝的反动统治，号召被压迫群众行动起来，建立自由的人间乐园，表达了作者的爱国主义思想。从1848年起，海涅全身麻痹，卧床达8年之久，于1856年2月17日在巴黎逝世。

海涅的其他代表作品还有：长诗《阿塔·特罗尔》《新诗集》《罗曼采罗》，以及《论浪漫派》等。

海涅的诗歌和散文在德国和其他各国的文艺界产生过积极的影响。他的很多诗被谱成了歌曲，在世界各地广为流传。海涅自称是浪漫主义最后的幻想之王，但他却又用响亮的声音嘲笑浪漫主义，使它在世界上无容身之地。可以说，海涅既是浪漫主义的杰出代表，又是它衰落的标志。

罗累莱

不知道什么缘故，
我是这样的悲伤；
一个古老的童话，
总萦绕在我心上。

晚风清凉暮色苍苍，
莱茵河水静静流淌；
落日西沉斜晖脉脉，
晚霞映照峰巅山岗。

妙龄少女国色天香，
坐在山上神采奕奕，
她的首饰金光闪耀，
她把一头金发梳理。

她用金梳梳着金发,
曼声高唱一曲;
这个曲调动人心弦,
有着奇妙旋律。

小船里的那个船夫
被狂野的痛苦攫住;
他看不见河里礁石,
只是举目仰望高处。

我想河里滚滚波浪
定把船夫扁舟吞掉;
罗累莱用她的歌声
把这灭顶之灾制造。

(张玉书 译)

海涅《罗累莱》赏析[①]

张玉书[②]

从波恩上船,沿着莱茵河逆流而上,只见沿途山峦对峙,山头不时出现古堡或废墟,耸立在陡峭怪异的山岩上,思古之幽情油然而生。莱茵河,德国人带着深情,称它为"父亲莱茵",就像俄罗斯人称伏尔加河为母亲一样。这条河早在两千年前罗马帝国时,已经载入史册。罗马武士,渡过莱茵,在莱茵河畔建立了他们在欧洲北部的军事重镇科伦。在漫长黑暗的中世纪,一批强盗骑士,像中国的绿林豪杰,占山为王,在莱茵河边的群山之上建造他们的城堡,也就是人们至今尚能在游江时看到的点缀两岸景色使这条已经现代化的河流平添一番古趣的山头城堡。熟悉掌故的学者会向你津津有味滔滔不绝地讲述一个个城堡的故事:那些强盗骑士如何飞骑下山,骚扰山下的村民,如何强夺民女上山做压寨夫人,在德国的传说里则叫作城堡女主人。但是这些故事没有一个比罗累莱的传说更为动人。

船到滨根,只见一座山岩插入河中,使莱茵河水流到这里,陡然改变流向。这座特别显得高耸陡峭的山岩,自然会激起人们无限的遐

[①] 本文选自《海涅名作欣赏》,中国和平出版社1996年版。
[②] 张玉书(1934—),北京大学西语系教授、德国文学专家、博士生导师。著有论文集《海涅·席勒·茨威格》,主编《海涅选集》《斯·茨威格小说集》,译有长篇小说《心灵的焦灼》(茨威格),剧作《玛丽亚·施图亚特》(席勒),《诗歌集》(海涅)、文论《论浪漫派》(海涅)等。

想。就像中国人过三峡，突然在迷蒙的云雾中看到远处的山峰，便仿佛看到翘首期待的女人身影，于是产生望夫岩的动人传说，德国人凭着幻觉，在这座山岩上看见了罗累莱。这罗累莱究竟是仙是魔还是人呢？不同的人的想象给她加上了不同的奇幻色彩。

很久以前，人们就发现在这座怪异的山岩附近，可以听见奇妙的回声。"罗累莱"的本意是"窥听岩"，不是指山岩作窥听状，而是指人们可以窥听到奇妙回声的那座山岩。古时候，人们就老到这里来用森林的号声、逗乐的喊声或者枪声，在这山岩旁激起持续不断的回声。

是浪漫派诗人克莱门斯·布伦塔诺第一个用"罗累莱"这个名字来称呼一个女人。在他1802年发表的长篇小说《哥特维》的第二部里，描写一个名叫罗累莱的姑娘要被送进修道院，护送她（或者不如说押送她）的是三名骑士。姑娘走到莱茵河边的这座高耸的山岩上，趁人不备，从山上跳下，投河自尽。她宁可死去也不愿失去自由。三名骑士也随她投入波心。布伦塔诺著作的第一位出版者声称：除了罗累莱这个名字之外，其他一切均是诗人的杜撰。诗人布伦塔诺把山岩和一个少女相联，使之具有女性的特色，这使罗累莱的传说向前迈出了重要的一步。所以有充分的理由称布伦塔诺为罗累莱这一传说的真正的首创者。

在他之后，罗累莱便变换形式，进入文学。有人说罗累莱乃是一个怨女的声音。她美艳绝伦，倾倒了所有的男人，只有她心爱的男人没有对她着魔，于是她决心遁入修道院，送她前去的是三个钟情于她的男人。走到山上，她发现她所爱的男人正驾舟莱茵河上，从山下经过。绝望之余，她纵身从山上跳进河里，三个男人也怀着同样的心情随她投河。后来罗累莱又从怨女之声变为"奇妙的女人"，进入《莱茵河的故事和传说集》中。前面提到的奇特回声一变而为女魔法师的声音。住在莱茵河畔的居民声称，有人乘船从山前驶过，向女魔法师致意，便会听见她以三重回声作答。每到黄昏，夕照使山上的岩石都抹上一层金黄的光辉，挺立的山石就像金色的空中楼阁，呈现奇幻的色彩，而上下的洞穴、罅隙，因为对岸山峰的阴影投来，蒙上阴森苍茫的暮色，河水变得深蓝凝重，仿佛属于阴曹地府。这山色从瑰丽到阴森的变化使罗累莱的传说更富神秘色彩。

1819年—1820年海涅在波恩大学学习时，从图书馆借阅了1818年出版的关于莱茵河地区的民间传说集，书中记述了罗累莱山岩上的少女：古时候，每逢夜色朦胧月色幽微之时，可以看见山岩上影影绰绰地坐着一个少女，亮起优美的嗓音，曼声歌唱。听见这歌声的人都为之着魔，许多人不再注意船只的航程，仿佛被这个艳丽绝伦的少女发出的那天籁般的曼妙歌声勾去了魂魄。除了几个渔夫，谁也没有在近处看见过这个少女。少女有时在黄昏夕照中走到这些渔人跟前，告诉他们该去哪里撒网。听从了她的忠告，总是满载而归。关于这位无名少女的传说，传到一位伯爵的公子耳中。小伯爵心里顿时萌生仰慕之情，便假装出猎，登上小舟，驶往罗累莱山岩前，看到少女正在山坡上编织花冠，他急于跳上岸，去拉住少女，不慎失足落水，被波涛吞没。伯爵听到噩耗，立即下令，不顾死活定要把这妖女抓获。伯爵手下的大批人马把山岩团团围住，也把那位美丽的少女围在当中。少女以令人心悸的声音歌唱一曲，要她的父亲赶快派白鬃骏马来接她回家。歌声未绝，突然狂风大作，波涛汹涌。两个泡沫飞溅的大浪，形如骏马，闪电般地从河底腾空而起，冲上山岩，带着少女回到河里，倏而无影无踪。这时大家才恍然大悟，原来少女乃是水妖。回到伯爵府邸，他们发现小伯爵安然无恙，一阵波浪把他送到岸上。

1821年有一位名叫奥托·亨利希·封·楼本伯爵的诗人用这个题材写了一篇诗歌,名叫《歌声的威力》。楼本是著名的浪漫派诗人艾兴多尔夫的朋友。有的研究者认为,是楼本的这首诗直接启发海涅创作《罗累莱》一诗。艾兴多尔夫自己也写过一首关于罗累莱的诗歌。但是在这些诗歌里罗累莱都是诱惑男人使之遭到厄运甚至走向毁灭的女巫,不是化为林精,便是变成水妖。

海涅的罗累莱既不是身受迫害的少女,也不是复仇成性的女魔法师,既不是女巫,也不是心地邪恶的女妖,而是一个使人目迷神眩的美丽仙女,一个没有灵魂的造物,一个自然精灵,她不是出现在波浪之中,而是现身于山峦之巅。不是她的超自然的魔力使得船夫着魔,而是她歌声的魔力使人神魂颠倒,如醉如狂。音乐具有这样大的勾魂摄魄的伟力,始于浪漫派。海涅把流传甚广,闪烁着神怪色彩的传说,变成一则音韵曼妙、诗句朴素、具有民族风采、充满诗情画意的诗歌。诗人在这首诗的第一节以平静的口气悲哀的声调开始向我们叙述一个发生在古老年代的使人悲伤、又令人难忘的故事。什么故事?读者若想知道,且听我慢慢道来,于是引出以下几节。

第二节交代了故事发生的地点和时间,地点是峰峦起伏的莱茵河上,时间是暮色四合的黄昏时分。特写镜头让我们看到在夕照晚霞中,呈现奇幻色彩的山峦峰巅。周遭一片沉寂,万籁无声,只有"莱茵河水静静地流淌"。舞台已经布置就绪,灯光和音响也已安排妥帖,肃静神秘的气氛已经造成,主人公可以登场。

第四第五节集中描写罗累莱美丽的体态和动人的歌声。一个美艳超群的妙龄少女正坐在山上,戴着金光闪闪的首饰,披着一头飘逸柔美的金发。是真的首饰和秀发在闪着金光?还是色彩绚丽的晚霞夕照给她抹上了一层耀眼的金辉？用字遣词极端讲究的诗人在两节诗里四次重复使用"金"字，足见这个色彩在故事里的神奇作用。

美女梳妆历来是迷人诱人的画面，可以充分表现女性的爱娇妩媚：披肩金发像波浪似的涌动流泻，娇嫩玉臂优美地一起一落，纤秀娇躯不易觉察地轻轻摆动。到第四节为止，我们始终待在一个静谧的童话世界里，有落霞、峰巅、晚风、河水和迎着夕阳梳理秀发的少女，只看见一幅带有神秘色彩的动人画幅，却没有听见丝毫声响。突然石破天惊，那美丽的姑娘突然高歌一曲，这首歌的"奇妙旋律"具有扣人心弦动人肺腑的神奇威力，于是这具有神秘色彩的场景里，最突显的已不是这个少女的首饰，也不是她的身影，而是她那美妙歌声的"奇妙旋律"以及它所具有的勾魂摄魄的魔力。这就为下面故事的发展做了铺垫。

下面一节，镜头从山头移到河上，从山上的少女移到船上的船夫，不知何故，他"被狂野的痛苦攫住"，什么痛苦，已不须细说。

　　他看不见河里礁石，
　　只是举目仰望高处。

这两行诗既告诉了我们这位船夫何以痛苦，又预示了下一节即将发生的变故。他听见美妙歌声，不由得抬头仰望高处，发现了那个艳绝人寰的妙龄少女。爱慕之情，难以遏制。然而山峰高耸陡峭，美女可望而不可即，于是痛苦难以忍受。然而心神已随她而去，他早已忘记身在何处，自然"看不见河里礁石"，后果如何，不难预料。最后一节告诉我们，船夫所驾的一叶扁舟已不复存在，诗人猜测是"河里滚滚的波浪"把"船夫扁舟吞掉"。联系上文，导致这场灾难的显然并不是因为河流湍急，而是因为船夫神不守舍，所以扁舟触礁沉没，所以诗人说明波浪吞没船夫是用的不确定的语气，而最后两句诗则画龙点睛，最后说出了真正灾祸的原因：

罗累莱用她的歌声
把这灭顶之灾制造。

神奇的传说色彩消失，罗累莱的故事依然动人。新的内容更符合人性，也更为可信。这首诗激起了众多作曲家为之谱曲的热情，为这首诗歌谱写的曲子有三十九首之多。其中作曲家菲利普·弗里特里希·西尔歇（1789—1860）的曲调最为流行，可说是家喻户晓，使得这首诗歌成为关于莱茵河传说的流传最广最为人们喜爱的歌曲。

这首诗在上世纪（19世纪）末本世纪初（指20世纪初）德国工人运动中曾经起过作用。工人们常常唱着海涅的这首歌曲举行示威游行，仿佛它是工人阶级的一首战歌。虽然它的内容与工人运动没有丝毫关系，然而它广为流传，为劳动人民所喜爱，成为人人皆知，普遍传诵的歌曲，给人以亲切之感，产生团结一致万众一心的效果。

纳粹上台以后，这批反犹排犹的暴徒，恨不得把犹太人全部消灭，把犹太人创造的作品全部销毁，因此海涅的著作和马克思、弗洛伊德、茨威格等人的作品都被扔到柴火堆上，付之一炬，但是罗累莱这首诗已深入人心，无法磨灭，只好在歌曲集和读本上继续刊印这首诗歌，只不过作者变成了"无名氏"。但是诗人生活在读者的心里，这"无名氏"三字又怎能抹杀海涅在读者心里的地位？

奥地利

里尔克

莱纳·马利亚·里尔克（Rainer Maria Rilke, 1875—1926），奥地利伟大的抒情诗人。十一岁上军官学校，历时五年的军校生活使他备受煎熬。从此，他敏感的心灵便潜入孤独，无所寄托的精神开始了漫长的漂泊，忧郁成了他作品的主调。早期创作主要有：《生活与诗歌》（1894）、《祭神》（1895）、《梦幻》（1897）、《耶稣降临节》（1898），散文诗《旗手克里斯多夫·里尔克的爱与死之歌》（1899）。早期作品主要受印象主义和新浪漫派的影响，带有波希米亚民歌风味，但缺乏思想深度。从1899年起，里尔克开始了漂泊不定的侨居生活。两次俄国之行和在巴黎的经历，促使他严肃地思考生与死、流逝与永恒、人类的存在与命运等重大问题。与罗丹的接触导致他的艺术风格的根本转变，由早期偏重主观情感的抒发过渡到"客观的忠实描写"。以《新诗集》（1907）和《新诗续集》（1908）为代表的"咏物诗"达到了中期创作的顶点。其他作品：诗集《图像集》（1902—1906）、《祈祷书》（1905），长篇小说《马尔特·劳利得·布里格随笔》（1910）。里尔克的晚期创作主要有《致奥尔弗斯的十四行诗》（1923）和《杜伊诺哀歌》

(1923),这两部充满宗教神秘主义的作品,深化了中期创作对人生的探索和追求,力图为人类开拓一个光明的前景。

里尔克是20世纪最杰出的德语诗人。他在诗歌艺术上的开拓和创新对20世纪上半叶西方文艺界和知识界有重大影响。他也是对我国新诗影响最大的外国诗人之一。

仅剩躯干的古阿波罗像

无人知道他的头,我们也不知情,
那儿曾成熟过一对瞳仁。但是
他的躯干仍在燃烧,炯炯而视,
像辉煌的灯台,尽管拧低了灯芯,

仍然发光不止。否则,胸膛的造型
绝不会如此炫目,腰部的扭转中
也不会浮动着一丝微微笑容
延伸向那孕育生殖的中心。

否则,他只能竖在这儿,容貌全毁,
半截废石,双肩接着这透明的悬坠,
而不会像猛兽毛皮般颤动,闪烁,

也不会从每处断缘迸出光热

如同一颗星星。他的每个部位
向你注视着,迫使你改变你的生活。

(飞 白 译)

局部中整体的丰盈与独立[①]
——里尔克的《仅剩躯干的古阿波罗像》

唐晓渡

我们已经一再提到过里尔克,一再提到他得自罗丹而又予以突出强调的所谓"'看'的艺术"。关于"看"的艺术,这位大师曾经有过一个非常有趣的比喻,那是在他1907年写给女友克拉娅的一系列信中。在这些信中他反复谈论了一位画家和他的画。这次是塞尚,名重一时的印象派巨匠。他的兴趣集中于一点,即塞尚怎样"看"。他写晚年的塞尚待在普罗旺斯地区的爱克斯小城里,"……每天早晨,六时起床,他穿过小城到画室,待到十时。他照原路回来午餐。然后又上路。有时走远一点,到离画室约半小时的山谷前写生。山谷对面,耸立着无法描述的圣·维多利亚山和它所包含的千姿百态。他坐在那儿好几个钟头,凝神观察山的凸凹,设法收入他的作品。"然后他说:"就这样,他坐在花园里,像一只老狗,像一只被工作驱使、鞭打的老狗"(重点号系笔者所加,下同)。在紧接着的一封信里,他谈到他特地请了一位M.V小姐和他同去陈列着塞尚画的秋季沙龙,以比较各自的观感。他写道:"请想象一下我的惊喜吧,当M.V凭她画家的修养和审视对我说:'他坐在那前边,像一只狗,他静观,不做别的'"。仅隔四天,他在信中又一次使用了同样的比喻——在谈到

[①] 本文选自唐晓渡《中外现代诗名篇细读》,重庆出版社1998年版。

塞尚如何处理自己的面孔时他说："一点不摆高超的架势，一点不求表情的精致，他以客观的虚心来再现容貌。他对现实的信仰和忠实像一只对镜自照的狗，它想：'这里又有一只狗'"。

尽管在三封信不同的上下文中，"狗"的比喻所指有所区别，但里尔克谈论的其实是同一种"看"的品质，这种品质，他称之为"动物式的注意力"。

里尔克不仅在谈论塞尚和他的画，也在谈论他自己。他从塞尚的工作和作品中"看"出了"动物式的注意力"；而如果不是基于同一种注意力，他又怎么能"看"出来呢？人只能看到他能看出的东西。这里，不妨说塞尚是里尔克的一面镜子。

而我之所以开头先说这一段有关里尔克的长长的闲话，同样是希望它成为一面镜子，希望我们一起坐在这面镜子面前谈他的《仅剩躯干的古阿波罗像》一诗。诗人谢世已逾半个世纪了，而他留下的镜子仍然光亮如新。

这首诗选自他的《新诗集》。诗集出版于1907年，和他给克拉娅女士写信差不多同时。考虑到出版的时间差，还可以推测该诗或许是他在罗丹身边当秘书时（1905—1906）写的。不过这些都不重要。诗本身已足以显示出，这是一首有关"看"和"怎样看"的诗。

诗人面对的是一座残缺得只剩下躯干的古阿波罗雕像。阿波罗是古希腊神话中的太阳神和战神。在最早的造型艺术中，阿波罗是高大、端正、长发、无须的青年。在希腊化时期，阿波罗被刻画为弹着竖琴、坐着的裸体青年。西方各主要博物馆中大多收藏有不同时期出土的阿波罗雕像，诗人看到的当是其中之一。细心的读者或许会问：

既然雕像残缺得只剩下了躯干，凭什么说它正好是阿波罗雕像呢？当然也可以不提这样的问题：对一双充满诗意的眼睛来说，是谁的雕像又有什么要紧呢？再说它完全可能经过了考古学家们的鉴定。不过，从本文的角度看，提这样的问题并不多余。我们宁可认为是诗人把它想象、派定成了一座阿波罗雕像，因为他在这残破的雕像身上"看"出了神性，"看"出了太阳般的光芒；而"阿波罗"这个词一经出现，就像从乌云背后倏然射下的阳光之柱一样，罩定了这座仅存躯干的雕像，从而由内部照亮了语境。它的压力立刻传递到起首两句：

无人知道他的头，我们也不知情，
那儿曾成熟过一对瞳仁。

不是从眼前的躯干，而是从不知所去的"头"写起，笔法上谓之"散墨"。第二句的语气带有遥远追忆的意味。诗人的目光仿佛游走于古代的时空，探寻、接引、勾连着阿波罗的神光。这两句的核心语像是"头"和"瞳仁"。"头"的形状恰与日轮相应（那纷披的长发，该是日冕了？）；而"瞳仁"历来被认为是传神的所在、灵魂的窗户、生命之光凝聚和投射的透镜。在"画龙点睛"的成语故事里，瞳仁的一点甚至是龙的升天或匍匐，亦即艺术的死、活问题的关键。现在，这"曾成熟"的"瞳仁"，连同那颗威猛、俊美的"头"一起，永远地阙失了，那么，阿波罗的灵光和神性也随之散佚，永劫不复了吗？

然而，一声"但是"，诗人疾速回眸，诗的时空亦随之发生了疾速的逆折和回流，而聚焦于当下。仿佛是一个神迹，"躯干"在我们的视野里出现了：

> 他的躯干仍在燃烧，炯炯而视，

"燃烧"一词，也是顺承、呼应着阿波罗而来。它立刻构成了对石雕凝固冷硬的质地的否定，使之一下子有了光、热、生气和活力。"仍在燃烧"，表明阿波罗的灵光和神性仍然驻留在仅存的"躯干"里。更为有力的是"炯炯而视"一语。我们看到，那业已渺若黄鹤的瞳仁此刻被一颗更成熟、更热烈的瞳仁所取代。中国古代神话中刑天与天帝争权，失败后被砍去头颅，埋在常羊山。他不甘屈服，遂以双乳为目，肚脐为口，依然"舞干戚"不止。以燃烧的躯干为瞳仁，较之以乳为目，感觉更为猛烈炽热。它不似瞳仁，胜似瞳仁，比瞳仁更是瞳仁！注意，这里实际上包含了双重的视角。当诗人说"他的躯干仍在燃烧"时，是在指陈：他的目光穿透了这"躯干"的表面，直逼其内质，在彼此相触的刹那，迸发出电光石火；而当他说"炯炯而视"时，主位视角已变成了客位视角，向度是由内而外。我们可以说是诗人的目光点燃了这"躯干"，也可以说这"躯干"其实一直在秘密地燃烧，诗人只不过发现了这种燃烧而已。不管怎么说，这个句子真正突出的是主客的"对视"；在这种对视中，被看者成了看者，反之亦然。这不是简单的主客移位，而是瞬间的"美"的交流。它使诗人写下的诗句不能不具有同时兼指主、客的双关性质。因此，当诗人紧接着追加一个比喻，赞美这燃烧的躯干：

> 像辉煌的灯台，尽管拧低了灯芯，
> 仍然发光不止……

时，他所揭示的就不只是他所"看"出的这躯干的光，同时也是为这躯干所"看"出的他的光。这个比喻很妙。"灯台"和"躯干"的形似只是一方面的因素，关键在于这是个"辉煌的灯台"；换句话说，是自身蕴藏着、并正放射着光的"灯台"。这个比喻和诗人的美学主张有着密切的内在关联。在他看来，"美"及其价值不是创造主体单方面的赋予，而是事物本身即具有的品格。"创造者不能随意选择，不能回避任何存在方式"。他曾以波德莱尔那首著名的《腐尸》为例，强调诗人必须寻获一种"朝向客观发展的表现力"。这是一种"无悯的强力"。他说："首先必得让艺术家学会主宰自己的眼光，来观看一切存在的，甚至那可怖的、令人作呕的，来透视一切事物中真正有价值的"；在此一过程中，艺术家必须"不自我炫耀地接近一切，孤独地、谦逊地、无声地"，以达到一种"浑成境界"。因此他说罗丹"是无数物品的名字"；并和罗丹一样，一再否定"美是创造"的提法，而更多地强调"美是发现"。（毕加索说："我不探索，我发现"，也是属于同一思想脉络。）

"辉煌的灯台"正是这样一种发现的隐喻。我再重复一遍，这是一个自身蕴藏着、并正放射着光的"灯台"。诗人用"尽管拧低了灯芯"这种似退实进的说法来突出这一点。这仅剩躯干的古阿波罗像尽管阙失了头颅和瞳仁，但仍在"燃烧"，仍在"炯炯而视"，其发光部位的下降确如灯台"拧低了灯芯"；但诗人更深的旨意却是要表明，它"仍然发光不止"。这一审美幻象并未因此而有所改变，其真实性、魅力和价值并未因此而有所衰减；并且，正如"灯芯"和"灯台"被当作同一整体对待，其"辉煌"来自自身一样，这一审美幻象的真实性、魅力和价值也为对象本身所拥有。

　　这一比喻不仅妙,也很美。它使得这首诗读来不像波德莱尔的《腐尸》那样尖锐、刻薄、凄绝到颓废,充满地狱的气息;但是,在体现那种"朝向客观发展"的"无悯的强力"这一点上,则毋宁说二者是心有灵犀、殊途同归。波德莱尔是出生入死:他由"曾经见过"的一具腐尸"看"出了他的"爱人",他的"激情""天使"和"优美之女王","在领过临终圣事之后",也要"前去那野草繁花之下长眠,／在白骨间归于腐朽";里尔克则是起死回生:他由一座仅存躯干的古阿波罗像中"看"出了永恒的生命"仍在燃烧,炯炯而视","仍在发光不止"。二者虽居于审美的两端,却同臻"浑成境界";而正如波德莱尔在诗末骄傲地宣称"旧爱虽已分解,可是,我们保存／爱的形姿和爱的神髓"一样,我们也可以说,里尔克所持有的乃是生命的形姿和生命的神髓。

　　里尔克所面对的古阿波罗像在某种程度上并不比波德莱尔记忆中的腐尸更动人。它无头、无臂、无腿、无容貌;不难想象,既然它遭到如此严重的破坏,那仅存的躯干也未必会毫无缺损。所有这些诗人无疑都看到了;然而,除了起首说到"无人知道他的头"以外,其余在诗中一概没有触及。较之波德莱尔对腐尸的那种直接而细腻的描写,他的这种处理方式似乎更多理想化的色彩。但这并不表明他在刻意回避什么——像那些一屁股坐稳道德立场的诗人通常会做的那样——如果说一首诗确实存在着审美向度上多种选择的可能性的话,那么,对真正的诗人来说,这种选择是在对主题及其表现的具体把握中自然而然实现的。波德莱尔那首诗的主题是肉体在时间中必朽;而里尔克这首诗的主题是艺术生命对时间的抗拒和超越;这种内在区别决定了他们必然会着眼事物的不同方面。尽管如此，石像的残破还是在里尔克的诗中投下了阴影，否则，他不会采用"否则……否则"这样语气强烈的句式：

> ……否则，胸膛的造型／绝不会如此炫目，腰部的扭转中／也不会浮动着一丝微微笑容／延伸向那孕育生殖的中心。／／否则，他只能竖在这儿，容貌全毁，／半截废石，双肩接着这透明的悬坠，／而不会像猛兽毛皮般颤动，闪烁，／／也不会从每处断缘迸出光热／如同一颗星星……

如此雄辩，仿佛正在和谁进行着激烈的论争，而篇幅竟占了全诗的一半多。这在里尔克的诗中是很少见的。这种雄辩的句式具有某种强制性，不是逻辑的强制性，而是眼光的强制性。诗人似乎是要竭力忘掉，同时也竭力让读者忘掉石像的残破这巨大的、太大的、不可弥补的缺憾；依靠雄辩具有的强制效果，他一一指点那些他透过表面的残破所看到，而我们也必须看到的关键所在：胸部的眩目造型、腰部的扭转中浮动的微笑、猛兽毛皮般的颤动、闪烁的双肩，以及每处断缘迸出的星星般的光热。所有这些几乎都是"虚"笔，而质感上又是如此真切，尤其是"腰部的扭转中……浮动着一丝微微笑容"和"猛兽毛皮般颤动，闪烁"两句，把莱辛所说的那种雕塑作品中"流动的生命感"表现得精妙之至。这种不易觉察、一旦觉察就不可抗拒的精妙的生命动感不仅构成了对石像之残破的否定，也构成了对诗人无意识的强制企图的否定：它不需要借助任何外在强制，因为它本质上乃是一种无声的诉说和默默的凝视；而如果我们此刻仍然不由自主地感到某种雄辩的强制魅力的话,那是因为其本身比一切雄辩更加雄辩,或者它已经把雄辩的强制魅力收归自身。它以沉默发布一道亘古至今不曾改变、未来也不会改变的律令——正像当代青年诗人柏桦在一首诗中所说的:

> 美的行刑队,必须向我致敬!

相对之下,里尔克说得较为不动声色,但更加彻底:

> ……他的每个部位
> 向你注视着,迫使你改变你的生活。

英国19世纪诗人王尔德针对西方古老的艺术"摹仿说",曾经作过这样的著名论断:不是艺术摹仿生活,而是生活摹仿艺术。他说得够大胆,够极端的;但里尔克甚至比他更加大胆和极端:"摹仿"尚有些微主动性可言,"迫使"却把我们降到只能被动接受的地位。艺术生命就是以这样一种不可思议的力量介入、干预和改变我们的生活!诗人是在故作惊人之语吗?或者说,他只是在表达一己经验、一孔之"见"吗?这个问题不如换作这样的提法:你对诗人在诗中的所"见"感到信服吗?或者,你同样感到这座"仅剩躯干的古阿波罗像"的"注视"、感到被征服的颤栗,并因之涌动起"改变你的生活"的欲望吗?当然,这样的问题对"美的行刑队",或那些仅仅把艺术当作酒后茶余的消遣和游戏,随后便掉头不顾的人是没有意义的。这里同样有一个怎么"看"的问题。

这首诗中的雕像确实是被行了刑的。我们不必追问行刑者是谁，因为从长远的眼光来看，真正能对一件艺术品行使摧毁的权利，或具有这种潜在危险的，只能是时间，正如在当下只能是艺术家自己一样。时间是比一切行刑者更严酷的行刑者。那么，究竟是什么力量，使这首诗中的古阿波罗像不仅得以蔑视那已隐匿在历史黑暗中的具体行刑者的摧毁，而且能够担当起更严酷的考验，超度那仅存的躯干，葆有那横绝时空、历久弥新的艺术生命呢？诗人自己在谈到罗丹那座题名《心声》的著名石像时所说的一段话或许就是回答。那座石像是罗丹为大诗人雨果雕的。它是一座无臂的半身像。里尔克的话题就集中在这点上。他说："关于这点，罗丹觉得手臂对于他未免是太容易的解决方法了。……罗丹的无臂石像……并不缺少任何必需的东西。我们站在它的面前，无异于站在整体面前，完备、美满、丝毫不需要增补……艺术家的任务就在于用许多物造成一个新的、唯一的，或从物的一部分造成一个世界"，罗丹"能够把一个整体的丰盈和独立性，赐给这辽阔的震荡的面的任何一部分"（《论罗丹》）。

"整体的丰盈和独立"能够赐给局部的"任何一部分"以生命；反过来，局部的"任何一部分"都载负着、流动着、体现着"整体的丰盈和独立"的生命；这是从自然事实到艺术事实一以贯之的生命真谛；而后者只不过是前者的永恒方式而已。里尔克不仅在说罗丹和他的作品，也在说一切艺术家和他们的作品。"罗丹"就是那座石像的不知名作者的命名；而那位不知名作者的命名就是"罗丹"。

而里尔克是他们共同的知音。是他从那座石像仅存的躯干中，"看"出并复活了，"整体的丰盈和独立"，犹如从生命的残片中复原出生命的全息一样；是他把这种生命的全息，这种"整体的丰盈和独立"指给我们看;"阿波罗"正是它具有的神性光芒的象征。统观全诗,从"成熟的瞳仁",到"燃烧""炯炯而视""辉煌的灯台""发光不止",到"眩目""一丝微微笑容""猛兽毛皮般颤动,闪烁",到"每处断缘迸出光热/如同一颗星星",几乎所有的语象乃至整体语境都闪耀着、反射着、呈现着这种神性的光芒;而当那"一丝微微的笑容/延伸向那孕育生殖的中心"时,他不正暗示给我们这神性光芒的生生不已吗?

这篇文字以"动物式的注意"始,却以"神性的光芒"终。在里尔克的镜子面前,你是否"看"清了二者之间的距离?你是否想到了,它们也是一个"丰盈而独立"的整体。

策 兰

保罗·策兰（Paul Celan，1920—1970），生于罗马尼亚的切尔诺夫策（今属乌克兰）一个犹太知识分子家庭。父母曾受过德国文化熏陶，通晓德语。1938年，策兰赴法国学习医学，后回故乡学习罗马尼亚语言文学。第二次世界大战期间，父母被关进集中营，后被杀害，他本人也被关入劳动营。直至1948年，策兰才得以在法国巴黎攻读德语文学专业，同时创作和翻译诗歌。毕业后，在布加勒斯特出版社任编辑，并继续诗歌创作、诗学研究和翻译。1959年起担任巴黎高等师范学院讲师，讲授德语语言文学。1960年获毕希纳文学奖。1970年4月在巴黎自杀。

策兰是当代最重要的德语诗人之一。他的诗大多描写战争时期犹太人在纳粹统治下的悲惨经历以及人的自我异化、孤独和对生命的省思。他的诗在形式上受法国象征主义和超现实主义影响很深，但又有德语文学特有的严谨性。他喜用生僻典故和尖新的隐喻，挖掘个人的潜意识和梦境，并将之与人类的生存情境结合表达。策兰又以翻译家名世，出版有莎士比亚、叶赛宁、兰波、瓦雷里、勃洛克等著名诗人的译诗集。

策兰的主要诗集有：《骨灰坛里倒出的砂》（1948），《罂粟与记忆》（1952），《语言栅栏》（1959），《无主的玫瑰》（1963），

《呼吸的转机》(1967),《一丝丝的阳光》(1968)等。

死亡赋格曲

清晨的黑牛奶,我们在晚上喝它
我们在中午和早晨喝它　我们在夜间喝它
我们喝　喝
我们在空中掘一座坟墓　睡在那里不拥挤
一个男子住在屋里　他玩蛇　他写信
天黑时他写信回德国　你的金发的玛加蕾特
他写信　走出屋外　星光闪烁　他吹口哨把狗唤来
他吹口哨把犹太人唤出来　叫他们在地上掘一座坟墓
他命令我们奏舞曲

清晨的黑牛奶　我们在夜间喝你
我们在早晨和中午喝你　我们在晚上喝你
我们喝　喝
一个男子住在屋里　他玩蛇　他写信
天黑时他写信回德国　你的金发的玛加蕾特
你的灰发的书拉密特　我们在空中挖一座坟墓睡在那里不拥挤
他叫　把地面掘深些　这边的　另一边的　唱啊　奏乐啊
他拿起腰刀　挥舞着它　他的眼睛是蓝的
把铁锹挖深些　这边的　另一边的　继续奏舞曲啊

清晨的黑牛奶　我们在夜间喝你

我们在中午和早晨喝你　我们在晚上喝你

我们喝　喝

一个男子住在屋里　你的金发的玛加蕾特

你的灰发的书拉密特　他玩蛇

他叫　把死亡曲奏得更好听些　死神是来自德国的大师

他叫　把提琴拉得更低沉些　这样你们就化作烟升天

这样你们就有座坟墓在云中　睡在那里不拥挤

清晨的黑牛奶　我们在夜间喝你

我们在中午喝你　死神是来自德国的大师

我们在晚上和早晨喝你　我们喝　喝

死神是来自德国的大师　他的眼睛是蓝的

他用铅弹打中你　他打得很准

一个男子住在屋里　你的金发的玛加蕾特

他嗾使狗咬我们　他送我们一座空中的坟墓

他玩蛇　想得出神　死神是来自德国的大师

你的金发的玛加蕾特

你的灰发的书拉密特

（钱春绮　译）

保罗·策兰《死亡赋格曲》导读[①]

陈 超[②]

《死亡赋格曲》是策兰最有名的诗作,写于1945年,又先后收入诗集《骨灰坛里倒出的砂》和《罂粟与记忆》,并被选入德语课本作为中学和大学教材。这首诗以骇人的隐喻、凄惨的生活细节、噬心的反讽和独特的结构,写了纳粹集中营里犹太囚犯的痛苦与死亡命运。

这首诗标题为"死亡赋格曲"。"死亡",是指其主题;"赋格",则是指它借用了音乐的结构方式。为更好地理解此诗,让我们先看看什么是"赋格"。赋格是对位化音乐之一。它由几个独立声部组合而成。先由一声部奏出主题,其他各声部先后作通篇的变奏模仿。入题用主调,继起用属调,第三个进入的声部又回到主调,如是反复变化,直到曲终。赋格曲中的各声部此起彼伏,犹如追问和回答,在"呈示——展开——再现"的回环中,能更复杂强烈地表现主题乐思。

我们了解了赋格曲的特性,再对照策兰的诗,就会发现它的主题声部与各变奏声部的奇妙关系。它的内容和形式是彼此发现相互打开

[①] 本文选自陈超《外国当代诗歌佳作导读》,河北教育出版社2002年版。标题为编者所加。
[②] 陈超(1958—2014),诗人、诗歌评论家。河北师大中文系,教授、博士生导师。著有诗集《热爱,是的》《无端泪涌》,诗学专著《生命诗学论稿》《打开诗的漂流瓶》《中国先锋诗歌论》《游荡者说》《个人化历史想象力的生成》等。

的，二者相得益彰，深刻表达了犹太人民被法西斯纳粹残酷迫害、精神与肉体终日被死亡的阴影缠绕、笼罩的生活。

这首诗中的主要情境，是由隐喻和写实交替地呈现的。"清晨的黑牛奶，我们在晚上喝它／我们在中午和早晨喝它／我们在夜间喝它"，这是隐喻（此一核心隐喻在后几节不断以变奏形式出现）。牛奶是白色的，那么"黑牛奶"则隐喻着纳粹集中营恐怖又黑暗的生活。而对"中午—早晨—夜间"等时序的错乱颠倒，就将人的灵与肉可怕的恍惚和扭曲暗示出来了。在集中营里无时不缭绕着死亡的音容：有"地下"的死亡，一些犹太人被枪杀了，纳粹命令活着的人不断掘一些墓坑埋葬同胞；还有"升天"的死亡，巨大的毒气室、焚尸炉使更多的犹太人"化烟升天"；其余的犹太人即将被处死，他们的坟场也在无边无际的天空中，"我们在空中掘一座坟墓，睡在那里不拥挤。"数百万犹太死难冤魂和即将赴难的同胞的面容，就在这写实和隐喻的交替表述中深深地揿进了我们的心。死亡，像主题声部在固执地催促，苦难的人群涌流不息……

而与上述情境形成对照的是恶魔般的"一个玩蛇的男子"。他挥舞着腰刀肆意砍人，他用铅弹快意地射杀人，他嗾使恶犬咬噬人，他以施虐狂的方式命令犹太人在地上自掘庞大的坟墓……他是"死神——来自德国的大师！"这个法西斯纳粹刽子手的代表，一边干着惨无人道的勾当，一边吹着口哨玩狗、给女人写情书；一边蹂躏屠戮犹太人，一边狂欢似的叫嚷"唱啊，奏乐啊，把死亡曲奏得更好听些。"他的恶毒、无耻、附庸风雅，他那谈笑间令人灰飞烟灭的恐怖性格，在这里都暴露无遗。诗人刻画人物的功力令人叹服。

这首诗中，所有的隐喻和写实情境（几个变奏语段）都被吸附进"赋格曲"的总构架和细部节奏程式中,犹如死神盘桓的脚步,又如千百万冤魂万劫不复的哀泣,回环往复,撼动我们的心灵。台湾诗人、翻译家李魁贤先生说:"《死亡赋格曲》在策兰的作品中,是技巧上的至高成就,采用现代语言的一首杰作。这首诗使当时一些企图将现代诗自经验中抽离,并拒绝承认个人性、社会性与政治性共融的诗人们哑口无言。"(《德国现代诗选·序》)这种评说是很精当的。真正优秀的现代诗,应在"见证的迫切性和愉悦的迫切性"之间达成深度的平衡,即让诗歌在社会历史承载力与艺术本体的完美上均令人满意。策兰的诗就是这样的精品。

俄罗斯

普希金

亚历山大·谢尔盖耶维奇·普希金（Александр Сергеевич Пушкин，1799—1837），俄国伟大诗人，俄罗斯近代文学的奠基者和俄罗斯文学语言的创建者。1799年6月6日诞生在莫斯科的一个贵族家庭。童年时由法国家庭教师管教，8岁时就开始用法文写诗；同时又从保姆那里学到了丰富的俄罗斯人民语言。在皇村中学学习时，受到当时爱国思潮和进步思想的影响，结交了许多十二月党人。1817年皇村中学毕业后任职于外交部，此后数年间写作了大量作品。1823年受敖德萨总督诬陷，被送到他父母的领地米哈伊洛夫斯克村监视居住。1825年十二月党人起义失败，尼古拉一世将普希金召到莫斯科，但仍受宪警监视。1833年回到彼得堡，1837年死于与法国流亡贵族丹特斯的决斗。

普希金具有多方面的才华，一生创作了许多杰作。作为诗人，普希金一生创作了近八百首优秀的抒情诗篇和十几部叙事长诗。他的抒情诗热情而又优雅，具有一种高贵的、激动人心的温柔，语言单纯、朴素、准确，具有很强的表现力和突出的造型效果。

普希金的代表作诗体小说《叶甫盖尼·奥涅金》，被称为

"俄罗斯生活的百科全书"。从普希金开始,俄国文学走上了独特的自由发展的道路。普希金既是俄国文学的开山之祖,同时又是后世难以企及的高峰。

致克恩

我记得那神奇的瞬间:
在我的面前出现了你,
就像昙花一现的幻象,
就像纯洁之美的精灵。

在无望忧愁的折磨中,
在喧闹生活的纷扰里,
温柔的声音久久对我回响,
可爱的脸庞浮现在梦里。

岁月飞逝。骚动的风暴,
吹散了往日的幻想,
我淡忘了你温柔的声音
和你那天仙般的脸庞。

幽居中,置身囚禁的黑暗,
我的岁月在静静地延续,
没有神灵,没有灵感,

没有眼泪、生活和爱情。

觉醒又降临在心上:
我的面前又出现了你,
就像昙花一现的幻象,
就像纯洁之美的精灵。

心儿在狂喜中跳荡,
一切又都为它而复生:
有了神灵,有了灵感,
有了眼泪、生活和爱情。

(刘文飞 译)

普希金《致克恩》赏析[1]

刘文飞[2]

这是普希金最优秀的爱情诗作之一，是一首为千百万人传诵不止的爱的绝唱。

这首诗的原文标题为《K***》，意为《致某君》，《致克恩》的题目是译者加上去的。据研究者考证，这首诗是献给一个名叫安娜·彼得罗夫娜·克恩（1800—1879）的女子的。1819年的一天，在彼得堡图书馆馆长奥列宁的家中，普希金第一次遇见了克恩，为她的美貌所吸引。当时，十九岁的克恩已嫁给了一位五十多岁的老将军。1825年，普希金被当局下令囚禁在他父母的领地米哈伊洛夫斯克村。在这里，他意外地又见到了克恩，克恩是来与米哈伊洛夫斯克村毗邻的三山村中一位亲戚家做客的。普希金与克恩一起散步、交谈，度过了几天美好的时光。1825年7月19日，克恩将离开乡村返回她在里加的家，赶来送行的普希金将这首诗送给了她。克恩后来在回忆当时的情景时写道："他清早赶来，作为送别，他给我带来了一册

---

[1] 本文选自刘文飞《阅读普希金》，人民文学出版社2002年版。标题为编者所加。
[2] 刘文飞（1959— ），俄罗斯文学专家、翻译家。长期任中国社会科学院外国文学研究所研究员，现为首都师范大学教授、博士生导师。著有《二十世纪俄语诗史》《诗歌漂流瓶——布罗茨基与俄语诗歌传统》《墙里墙外——俄语文学论集》《阅读普希金》《布罗茨基传》等，译有《时代的喧嚣》（曼德尔施塔姆）、《文明的孩子》（布罗茨基）、《三诗人书简》（里尔克、茨维塔耶娃、帕斯捷尔纳克）等。

《奥涅金》的第二章，在没有裁开的诗页间我发现了一张折成四层的信纸，上面写有'我记得那神奇的瞬间'等等。当我准备把这个诗的礼物放进首饰盒里时，他久久地看着我，然后猛然把诗夺了过去，不想还给我；我苦苦哀求，才又得到它，当时他的脑子里想的是什么，我不知道。"

爱，往往是一见钟情式的，在一个瞬间突然产生的。爱，又可能是朦胧的，生成之后仍往往不能被清晰地意识到，待到某一契机出现，情感的闸门才可能被突然打开。《致克恩》写的就是这种瞬间的爱的感受以及由之带来的长久的爱的回味。诗的第一节写几年前在彼得堡相见的"那神奇的瞬间"，第二节写那一瞬间给诗人留下的长久的记忆，第三节写爱的淡忘，第四节写没有爱的生活；接着，第五节写又一个瞬间的到来，"觉醒又降临在心上"，最后一节写爱的拥有。全诗可以划为两段，前四节写过去的一瞬，后两节写如今的一瞬。这结构上的不匀称，能给我们一个不祥的预感：第二次相见的瞬间之后，又将是再一次的淡忘和愁苦？联系到克恩的回忆，联系到这首诗的送别的使命，我们能感觉到，这首诗中充盈的并不全是爱的"狂喜"。

但无论如何，这是"神奇的瞬间"，它给囚禁中的普希金带来了一束爱的阳光。从这一瞬间，我们感受到了爱的力量。同时，为诗人所爱也是幸运的，克恩给了普希金两个美妙的瞬间，而她自己却因普希金的诗而获得了永恒。在手稿上，普希金在这首诗边还画了一幅克恩的速写头像，克恩的形象、温柔的声音和天仙似的倩影，都永久地定格在了普希金的诗歌中。

这首诗最突出的写作特色，就是复沓。第一节的后三句和第五节的后三句,第二节的后两句和第三节的后两句,第四节的后两句和第六节的后两句,都近乎逐字逐句的"重复"。也就是说,全诗每一节的后两句都是由反复构成的。这种结构所造成的效果是多方面的:诗句的重复仿佛是两个美妙瞬间的叠加,或暗示更多的记忆场景在诗人心目中的重叠;连续的复沓,造成一种一咏三叹的语音效果,既体现了对瞬间的深情回忆,也表达了对新的别离的难舍;这些前后的重复,同时也是一种对比,对两个瞬间的描写是同样的,而关于声音和倩影、关于灵感眼泪生命爱情的诗句则是相对立的,这表明:有爱与无爱的生活多么的不同,有过爱的瞬间和没有过爱的瞬间的生命多么的不同!

圣母像

我从来不想用古代大师们
众多的画像装饰自己的居室,
不想听客人迷信地惊叹它们,
听内行的人得意洋洋①地解释。

在我朴素的角落,劳作之余,
我只想永远把一幅画目睹,
想让她走下画布,像走下云端,
圣母,我们神圣的救世主——

她仪态端庄,他②眼中含着智慧,
慈祥的他们身披着荣誉和光环,
在锡安③的棕榈下,没有天使陪伴。

我的愿望终于实现。造物主
将你降赐给我,你就是我的圣母,
是最纯洁的美丽之最纯洁的榜样。

(刘文飞 译)

---

① 现通用得意扬扬。
② 可能是指圣母怀抱的圣子。
③ 山名,在耶路撒冷。

普希金《圣母像》赏析[①]

刘文飞

此诗是普希金写给他的未婚妻娜塔丽娅·冈察罗娃的。诗人在彼得堡的一家商店看到一幅圣母像,因那幅圣母像的美以及与自己未婚妻的相像而震惊,随后写了此诗,他还在当时(1830年7月30日)给冈察罗娃的一封信中写道:"我一连数小时地站在一幅头发淡黄的圣母像前,画上的圣母与您一模一样;要不是它标价四万卢布,我就会将它买下。"

俗话说:"情人眼里出西施。"更何况,普希金的未婚妻的确是莫斯科城出名的美人。普希金将她比作画中的"圣母",是十分合理的。应该说,"圣母"的比喻是最恰当不过的,它既表达了诗人对未婚妻之美的由衷赞叹,也是未婚妻在诗人心目中端庄、圣洁形象的一种再现。普希金一生与不少美女有过交往,写下过无数情诗,但他写给娜塔丽娅的诗却屈指可数,除此诗外仅有《不,我不看重躁动的享受》(1831)和《是时候了,我的朋友!心祈求安宁》(1834)两首,另外,在1829年的《我们走吧,我已做好准备》和1830年的《致权贵》中,诗人也提到未婚妻。作为一个大诗人的情侣,只得到他区区几首献诗,这是令人奇怪的,也许,普希金对她的世俗之爱难以入诗,也许,她在普希金心目中过于圣洁而熄灭了诗人的灵感。正由于

[①] 选自刘文飞《阅读普希金》,人民文学出版社2002年版。标题为编者所加。

如此,《圣母像》一诗才更显得可贵,它使我们可以更客观地看待普希金与妻子的关系。

娜塔丽娅·冈察罗娃生于1812年8月27日,1828年冬,已成为全俄著名诗人的普希金向娜塔丽娅求婚,但由于娜塔丽娅的父母对普希金的非洲血统、经济实力和受当局监视等因素有所担心,迟迟没有应允(但也不拒绝),直到1831年1月18日,普希金才得以与娜塔丽娅在莫斯科成婚,婚后,她相继给普希金生下四个孩子:儿子亚历山大(1833年出生)和格里戈利(1835年出生),女儿玛丽娅(1832年生)和娜塔丽娅(1836年生)。普希金妻子的美貌使丈夫骄傲,但同时也给他带来了烦恼和不幸,沙皇垂涎于娜塔丽娅的美色,为了常有机会与她接近,竟将三十好几的普希金任命为官中近侍;法国侨民丹特斯对娜塔丽娅的追求,终于闹得满城风雨,普希金为捍卫自己和家庭的名誉,向丹特斯提出决斗,后在决斗中负伤死去。普希金死后,娜塔丽娅按普希金的要求在乡下守寡数年,后在1844年嫁给了一位叫兰斯基的军官。

长期以来,在关于普希金的文章和著作中,人们对他的妻子一直是贬褒不一的,褒者认为她是普希金理想的妻子,为普希金分担了生活的重负,她一生忠于普希金,在普希金之死中是无辜的;贬者则认为她是普希金之不幸的根源,她虚荣、浅薄,一生都不理解丈夫及其事业。在近期的"普希金学"中,一种宽容、好评娜塔丽娅的倾向似乎越来越明显了,也许,在穿越了历史的风风雨雨之后,人们更看重普希金曾经有过的那一份真情。

诗人在诗中写道,他不要任何画像来装饰房间,只求有一幅圣母像,如今,这愿望终于实现了,而且,造物主赐予的竟是一幅活生生的圣母像！已过而立之年的诗人在对十八岁的少女咏唱道:"你就是我的圣母,／是最纯洁的美丽之最纯洁的榜样。"这能使我们受到深深的感动。在这首诗中,炽热的情感和强烈的爱意却是通过平静的叙述和修饰朴实的诗句来传达的,这更显出了诗人对爱人的深情厚意和怀有这份情感时的神圣。这首诗是普希金一份永远留存的感情,它本身也成了一幅永不褪色的"圣母像"。

阿赫玛托娃

安娜·安德烈耶夫娜·阿赫玛托娃（Анна Андреевна Ахматова，1889—1966），享有世界声誉的苏联女诗人。阿赫玛托娃生于敖德萨一个机械工程师家庭，就读于彼得堡皇村中学。第一次世界大战前，阿赫玛托娃的《黄昏》（1912）和《念珠》（1914）两本诗集出版，震动了俄国文坛，从此声名鹊起。十月革命后，阿赫玛托娃出版了诗集《车前草》（1921）、《耶稣纪元》（1922）。20世纪40年代出版的诗集有《选自六本诗集》（1940）、《选集》（1943）等。卫国战争时，她创作了格调高昂，号召人们保卫俄罗斯，宣传英雄主义和勇敢精神的爱国主义诗篇，如《起誓》《勇敢》等。1946年，阿赫玛托娃被苏联作家协会取消了会籍，其作品亦不准在报刊上发表。这一时期，她翻译了不少外国诗歌，包括我国屈原的《离骚》和李商隐等人的作品。1964年，被授予意大利"埃特纳·陶尔明诺"国际诗歌奖；1965年，英国牛津大学授予她名誉博士学位。1966年，阿赫玛托娃因心肌梗死与世长辞。

阿赫玛托娃往往被称为"室内诗人"，诗歌题材比较狭窄，但她的诗歌艺术技巧精湛，语言优美，形式新颖，赢得了大量爱好者，被称为"诗歌语言的光辉大师"。

沃罗涅什
——给 O·M

整个城市封在冰里。
树木、城墙、雪地,好像罩上了一层玻璃
我战战兢兢穿过这水晶宫。
布满冰花的雪橇歪歪斜斜地在飞奔。
一群乌鸦,盘旋在沃罗涅什的彼得大帝雕像上头,
还有:白杨树和淡绿的苍穹,
好像被水冲刷,浑浑浊浊,在阳光的尘雾里沉浮。
强大的、战无不胜的土地,
处处山坡好像都在进行库里科沃战役。
白杨好像许多大酒杯凑到了一起,
立刻,我们头上的响声更加铿锵有力,
好像万千客人,围着婚礼的宴席
举杯祝愿我们尽情狂喜。

可是,在失宠的诗人的房间
恐惧和缪斯正在轮流值班。
夜在行进,
它不懂黎明。

(陈耀球 译)

在阳光的尘雾里沉浮[1]
——阿赫玛托娃的《沃罗涅什》

唐晓渡

"安娜·阿赫玛托娃属于那一类既无家传又无可见的'发展过程'的诗人"(布罗茨基语)。她原名安娜·高连柯,1889年生于敖德萨,十七岁时发表了第一组诗作。对文学抱有贵族偏见的父亲闻知此事大为恼火。他没有理由反对女儿从事诗歌创作却建议她化名发表,以免"玷污一个受尊敬的好人家的姓氏"。于是安娜从外祖父家族借来了姓氏。这个家族的血缘可以上溯到中古时代"金色部落"[2]的最后一位可汗——阿赫玛托汗。他是成吉思汗的子孙,所以阿赫玛托娃曾经不无自豪地说:"我是成吉思汗的后代"。

1911年阿赫玛托娃加盟"阿克梅派"。阿克梅派是二十世纪初在俄罗斯形成的一个现代诗歌流派,脱胎于俄国象征主义。"阿克梅"源出希腊文,意谓"极端""顶峰",可见这一派诗人自视甚高。它也确实提供了一批卓越的诗歌大家。除阿赫玛托娃外,还有她的第一个丈夫H. 古米廖夫、她的挚友曼德尔施塔姆等。

《沃罗涅什》一诗作于1936年。这是覆盖了诗人大半生的那些灾

---

[1] 选自唐晓渡《中外现代诗名篇细读》,重庆出版社1998年版。
[2] 蒙古游牧部落的军队于13世纪征服了东欧,并在俄国建立起一个封建宗主国,其军队的统帅居金色帐篷,故名。

难性年头之一。阿赫玛托娃尽管自1914年起即已在俄国诗坛享有"俄罗斯的萨福"[1]之盛誉,尽管在此后漫长的岁月中她一直在真正的诗人中保持着巨大的影响,但由于对1917年俄国十月革命的意义一时不能理解,更由于她的美学追求和当时官方所倡导的那种教条化的"社会主义现实主义"主张格格不入,她的作品在革命后遭到了长时间的歧视和排挤,甚至被剥夺了发表和出版的权利。从20年代初[2]到第二次世界大战爆发,整整十五个年头她很大程度上一直生活在由于斯大林错误的肃反扩大化政策所带来的文化恐怖的巨大阴影之中。她身边的亲朋连遭不幸。她的第一个丈夫古米廖夫早在1921年即已被定以"参与反革命阴谋罪"执行枪决(20世纪80年代已查实,已获得平反)。她最亲密的挚友、诗人弗拉基米尔·纳尔布特和奥西普·曼德尔施塔姆被摧毁。最后连她的儿子列夫·古米廖夫和她的第三个丈夫、艺术史家尼古拉·普宁也被捕了,后者不久便死于狱中。

《沃罗涅什》的受赠者O·M即奥西普·曼德尔施塔姆。前已说到,他也是"阿克梅派"的代表性诗人之一,并且是20世纪苏俄最杰出的诗人之一。他于(20世纪)30年代初因一首据说是反斯大林的诗获罪,后遭流放,1938年殒命于西伯利亚的集中营。诗题"沃罗涅什"是俄罗斯中部丘陵地区的一座城市,曼德尔施塔姆曾流放至此。我们不清楚阿赫玛托娃是否真的到过这个地方,就像不清楚曼德尔施塔姆有没有读到这首诗一样;不过这并不重要;尽管由于曼德尔施塔姆,沃罗涅什在诗人笔下具有了非同寻常的含义,但它仍然只是诗人的一个抒情契机。把握住这一点也就足够了。

---

[1] 萨福,古希腊女诗人,据认为她是最早的抒情大师。
[2] 指20世纪20年代初,下同。

全诗以一个巨大的寒冷语象开头。这是一个高度独立、高度自足的语象。首句即使用句号，这在阿赫玛托娃的诗中是不多见的。它配合着句中的"封"字，突出了一种被寒冷幽闭的感觉。"整个城市封在冰里"不是在夸张地描写某一景致，也不是什么诗意的幻觉；恰恰相反，它如实地表现了一种特定的心境，而这种心境既是诗人长期郁闷悲哀的凝聚，又指涉着受赠者的切身境遇。第二句转换了一个感觉角度。"好像罩上了一层玻璃"把第一句中的那种刺骨寒意变成了看得见、摸不着的阻绝感。玻璃后面的景物（树木、城墙、雪地）同样不是海市蜃楼式的幻景，它们都很实在；但被玻璃隔开，显得陌生、冷寂、不可亲近甚至格格不入。这一句中的"罩"字和前一句中的"封"字一样，具有强烈的幽闭意味。它自上而下，显得更加不可抗拒。前两句中诗人的位置是模棱两可、捉摸不定的。她可能置身其外，也可能置身其间；但那兀然独有的冰雪—玻璃世界遮蔽了我们的全部视野，因而二者并无本质的区别。

从第三句起诗开始进入那被幽闭了的世界内部。"战战兢兢地穿过这水晶宫"延续了诗人早期诗作中一再表现的那种如履薄冰感；不同的是，这里所抒发的不再是少女对爱情的朦胧预感（诗人的早期诗作大多以爱情为主题），而是一个历经沧桑的诗人只身穿越历史时的惊惶、孤独和恐惧。"水晶宫"这一语象带有典型的"阿克梅"风格：典雅、精致、寓意深远。"水晶"的质感透明、强硬、容不得一丝杂质；然而紧张尖脆，经不起打击；况且这"水晶宫"是冰雪塑成的，一旦太阳照临，将何以堪？……但是现在还不是这样，现在我们只能看到"战战兢兢"的"我"乘着"布满冰花的雪橇"在其间"歪歪斜斜"地"飞奔"；而她又能奔向哪里？

仿佛意识到了这致命的困境，意识到了这场冒险游戏的某种必然结局，诗人继而笔锋一转，给出了一组主观镜头。"一群乌鸦"的出现在诗中投下了一片不祥的阴影。"乌鸦"的意象在她早些年的诗中曾反复出现过。在一首诗中她写道：

> 可这里，白色楼房被钉上了十字架
> 乌鸦们被呼之而来，他们群起……

其作为邪恶力量的象征含义是一眼可辨的。在本诗中亦然。这一句中的"彼得大帝雕像"也是一个象征。彼得大帝是俄国历史上开创过一代伟业的君王，普希金在其著名的《青铜雕像》中曾对他大加赞誉。他几乎成了"俄国"的同义语。说："一群乌鸦，盘旋在沃罗涅什的彼得大帝雕像上头"，表现了诗人深重的历史忧患意识。

注意一下诗人于此对诗的色调所作的处理。前四句的基调是一派严寒的白：白得刺眼，白得锥心，白得冷漠。"乌鸦"的意象仿佛是猝然间洒上的一片黑点；但不是意在中和，而是使之与那种白相互帮衬，诗的氛围因而变得更加肃杀。接下来诗人给出了"白杨树和淡绿色的苍穹"的意象。它们是生命的象征，是诗人基于其生命和美的信念（没有这种信念的维系，她早已在苦难的压榨下化为齑粉了）而着意点染的一点亮色；尤其是"淡绿色的苍穹"一语，若纯粹从语境的客观性角度分析，几乎是不可能的。那"淡绿"只能来自诗人的心，或来自白杨在春天吐出嫩叶时的辐射和掩映。换句话说，在当下它只能是一种幻觉，然而却是一种必要的幻觉——毕竟诗人笔下的沃罗涅什是她的挚友曼德尔施塔姆的沃罗涅什呵。

但诗中仅有的这一点亮色也是如此不稳定。它"好像被水冲刷，浑浑浊浊，在阳光的尘雾里沉浮"。只能是这样！当亮丽的阳光也浊如尘雾时，还有什么能是纯洁和清澈的呢？透过这表面不动声色的象喻，我们看到诗人心中的沉痛和悲愤真是到了极点（在类似的心境中，郭沫若曾借他笔下的屈原之口恨道：这污秽恶浊的空气呀，只怕是宝石的刀子也要生锈了——大意如此）！另一方面，诗人并没有因此堕入绝望和虚无的深渊。"白杨树和淡绿的苍穹"并没有被彻底吞噬。它们"在阳光的尘雾中沉浮"。无望，然而不屈！

如同一切真正的诗人那样，阿赫玛托娃懂得怎样能通过语言来节制感情，以使之变得更加有力。即便是在大喜大悲，看上去失控在所难免时也是如此。缺乏激情的人天生就不是一个诗人；而不能驾驭激情，任其泛滥无疆的人永远也成不了一个好诗人。对极其敏感、极其多情而又屡遭不幸、长期郁闷的阿赫玛托娃来说，其内心沉痛和悲愤的强烈程度是可想而知的；但这丝毫也没有导致她在笔下放纵自己。在《沃罗涅什》一诗中，可以深刻感受到她为了节制内心的激情涌动而做出的种种努力：先是以"整个城市封在冰里"这样的巨大意象当头镇住；然后是一系列精确、细腻的心理呈现和局部刻画，是诸如"还有"这种语气上的轻描淡写和"沉浮"这样的张力设置；接下来，极具反讽意味的"强大的战无不胜的土地，／处处山坡好像都在进行库里科沃战役"两句，压住了那种急剧膨胀的愤怒。库里科沃战役指1380年9月8日，以德米特里·顿斯基为统帅的俄军与蒙古鞑靼（金帐汗）军在库里科沃地方展开的战役。结果蒙古鞑靼军被粉碎，这次战役遂成为俄罗斯和其他民族从蒙古鞑靼的压迫下解放的开始。这本是一场反抗异族侵略的正义之战，阿赫玛托娃却用来隐喻当时苏联普遍存在的自相残害的内乱和对包括她本人在内的一部分保持独立人格的知识分子施行无情迫害的局面，对其不义性的揭露真是酣畅之极，巧妙之极。这两句短促、犀利、沉雄，像刚刚冲口而出即遭强行自制，因而在胸腔里回震不已的吼声。诗人就此挽住，随后笔锋迅疾逆折，接连给出两个充满欢乐色彩的象喻（第10—14行）。

这两个象喻在上下文中显得如此不合情理，以致我们感到诗人是在故意制造一个感情断层。布罗斯基在分析诗人这一阶段创作时的一段话或可对我们有所启发。他写道："嚎叫的声音在她这一阶段以及以后的其他诗作中已经隐约可辨。它的表现形式是古怪得过度的音韵，或是在连贯流畅的叙事中陡然插入一行不合逻辑推理的句子"。我们在这里所看到的，大致可以归入第二种情形。换句话说，这种毫无来由的欢乐场面恰恰是那被压抑回去的吼声寻求再度爆发时无逻辑的转换形式，一如人在极度愤怒或极度悲伤时会突然爆发出大笑一样。它必然导致上下文的中断。另一种可能的解释是诗人据此继续深化前两句的反讽：由于库里科沃是胜利之役，所以白杨们有理由"好像许多大酒杯凑到了一起"，"我们头上的响声"有理由"更加铿锵有力"。这里，表面的相似和实质的错位所造成的效果是荒诞；而把这种荒诞的庆典比喻成"万千客人"在"婚礼的筵席"上礼敬如仪，是为了使荒诞益显其荒诞——但不是喜剧性的荒诞，而是、也只能是残酷的荒诞。

与这种无来由的，或荒诞的欢乐形成鲜明对照的，是"失宠的诗人"的阴郁场景。第二节首句的"房间"显然呼应着第一节的首句"整个城市封在冰里"和第二句的"好像罩上了一层玻璃"，而在"恐惧和缪斯正在轮流值班"这样质实的直接陈述面前，"我"的所见所思显得更像是一种梦境。不过二者并无本质的区别。正如"阳光的尘雾"和夜并无本质的区别一样。"夜在行进"的"夜"所象征的,正是这样一种铺天盖地、漫漫无期的黑暗和苦难。"行进"一词用得相当有力,我们仿佛能听到那令人震怖的杂沓脚步声;但更令人震怖的是:"它不懂得黎明"!它乃是那种更原初、更迹近本能、更盲目因而就更凶残的"夜"!诗至此戛然收束,令人眼前一片漆黑。"失宠的诗人"命运将如何,是可想而知的了;那么,和恐惧轮值的缪斯的命运又将如何呢?

《沃罗涅什》不仅是写给曼德尔施塔姆的,也是写给诗人自己,写给一切经历过、经历着或可能经历类似命运的诗人的。阿赫玛托娃的一生何尝不是恐惧和缪斯轮流值班的一生?她何尝不是一直"在阳光的尘雾里沉浮"?就在写作此诗之后的十年,在人们对她于卫国战争期间创作的大量爱国主义诗篇记忆犹新的情况下,1946年8月14日,联共(布)中央通过了一个特别决议,决定取缔《列宁格勒》杂志并撤换《星》杂志的编辑人员,罪名之一就是"为阿赫玛托娃空洞和不问政治的诗提供篇幅"。决议称:"阿赫玛托娃是与我国人民背道而驰的、无思想性的诗歌的代表",阿赫玛托娃的诗歌停滞于"资产阶级贵族的唯美主义和颓废主义——'为艺术而艺术'的立场,不愿意和本国人民同步前进。"更令人发指的攻击随之而来,说她是"发狂的贵妇人",是"半修女、半荡妇",是把祈祷和淫秽混在一起,"奔跑于闺房与礼拜堂之间",并且千言万语归结为一句话:阿赫玛托娃的诗是"一堆破烂"!

诗人一时从苏联诗坛上消失了。她被从各级作协开除。受操纵的历史决定把她彻底忘却!但阿赫玛托娃没有屈服,因为她的缪斯没有屈服。"夜在行进，／它不懂得黎明"；然而黎明终究会到来。苏共"二十大"以后为阿赫玛托娃恢复了名誉。1966年诗人去世，全苏作协理事会、俄罗斯联邦作协理事会及其列宁格勒分会联合发表讣告，称她是"卓越的苏联诗人""诗歌语言艺术的光辉大师"，她"创造的作品具有充分根据被认为是伟大俄罗斯诗歌的杰出成就"。诗人叶甫图申科更把她与普希金相提并论，说普希金是俄罗斯诗歌的"太阳"，而她是俄罗斯诗歌的"月亮"。曼德尔施塔姆亦已于几年前得以平反昭雪。事实证明，诗歌之敌可以得逞于一时，却不能长久一手遮天。缪斯的事业才是真正永恒的！

叶赛宁

谢尔盖·亚历山德罗维奇·叶赛宁（Сергей Александрович Есенин, 1895—1925），俄罗斯诗人。生于梁赞省康斯坦丁诺沃村（现名叶赛宁诺村）一个农民家庭。教会师范学校毕业后，在莫斯科当店员和印刷厂校对员。1916年在白俄军队服役，1917年二月革命后离开军队，加入左翼社会革命党人的战斗队。第一本诗集《扫墓日》于1916年出版，其中有优美的风景诗，也有带神秘主义色彩的宗教诗。十月革命后曾创作过歌颂革命与革命领袖的诗篇，如《同志》（1917）、《宇宙的鼓手》（1918）、《列宁》（1924）、《大地的船长》（1925）等。他的抒情诗感情真挚，格调清新，擅长描绘农村和大自然景色。1925年在精神忧郁、感情极度矛盾下自杀。

狗之歌

清早，在堆放黑麦的小库房，
在一排金灿灿的蒲席上头，
一条母狗下了七只狗崽——
七只都是棕黄色的小狗。

叶赛宁《狗之歌》

母狗抚爱小狗一直到傍晚,
用舌尖把它们的皮毛舐梳,
那刚刚消融的白雪般的乳汁,
一股股在暖烘烘的腹下涌流。

但一到晚上,当宿夜的鸡,
跳上炉口前的小台去栖留,
闷闷不乐的主人走出来,
往麻袋装进了这七只小狗。

母狗沿一个个雪堆奔跑,
紧紧跟踪在主人的身后……
那尚未结冰的平静的河面,
就这样久久、久久地颤抖。

当母狗踉踉跄跄地往回走,
一边舐干两肋淌着的汗流,
茅屋上空挂着的一钩弯月,
在它眼里却变成一只小狗。

母狗对着这幽蓝的高空,
眼巴巴仰望,哀号不休,
淡淡的月牙轻轻地溜走,

躲藏到田野小丘的背后。

恰似人戏弄它投去石头,
母狗却当作施舍物接受,
两行狗泪朝雪面默默滚落,
仿佛从天陨落金色的星斗。

(1915)

(顾蕴璞 译)

自然的人化,情思的物化[1]
——试析《狗之歌》的艺术特色

顾蕴璞[2]

1922年5月17日,高尔基在柏林阿·托尔斯泰的寓所会见了正与邓肯在西欧度蜜月的叶赛宁。叶应高尔基的请求朗诵了自己在1915年写的抒情诗《狗之歌》。在他开始朗诵之前,高尔基在交谈中称他为"俄罗斯文学中头一个如此巧妙,而且能以如此真挚的爱来描写动物"的人。而当他朗诵完这首诗时,高尔基更"不由得想到,谢尔盖·叶赛宁与其说是一个人,毋宁说是造化特意为诗歌、为表达绵绵不绝的'田野的悲哀'、表达对一切动物之爱和恻隐之心(人比万物更配领受它)而创造出来的一架管风琴",甚至产生这样一种感觉,仿佛"在这位风格独具、才华出众、造诣极深的俄罗斯诗人周围,一切都越发令人感到没有存在的必要了"(《谢尔盖·叶赛宁》)。一首短短的抒情诗,给人留下了深深的印象和久久的回忆,自有其不同凡响的地方。但其中奥秘何在呢?

如果说,勃洛克要以彼岸世界和此岸世界的重合(以"永恒女

---

[1] 本文选自顾蕴璞《诗国寻美——俄罗斯诗歌艺术研究》,北京大学出版社2004年版。
[2] 顾蕴璞(1931—),俄罗斯文学专家、翻译家。北京大学俄罗斯语言文学系教授。著有论著《莱蒙托夫》等,译有《莱蒙托夫抒情诗选》《普希金抒情诗选》《帕斯捷尔纳克抒情诗选》《叶赛宁诗选》等。

性"为象征)来拯救俄罗斯的灵魂,马雅可夫斯基想用革命与诗歌的联姻来改造俄罗斯的社会,阿赫玛托娃精微地捕捉自己身上作为俄罗斯人、女人和人的三重身份在多变的时代的灵魂律动,曼德尔施塔姆把诗歌视为负载历史内涵的语言的最高艺术,茨维塔耶娃认为"心灵的禀赋和语言的均衡就是诗人",那么,叶赛宁则以故乡、俄罗斯和大自然为自己诗的灵感源泉,在"人与自然的主要结点"上营造美的意象,在诗化自然中净化心灵,在净化心灵中诗化自然。他出身于农民家庭,在农村长大,深得大自然的熏陶和民间文学的哺养,但又受到农民传统观念的束缚。对大自然的陶醉使他写出大量风景诗的杰作,对淳朴的农民生活的挚爱使他创作出许多真挚感人的抒情诗珍品,但对古老传统的迷恋却使他写过一些怀疑工农关系、消沉颓唐的诗。他早期的创作,虽思想不及晚期成熟,但才华横溢,格调清新,以家乡、祖国和大自然为基本主题。他写人,也写物;写无生命物,也写生物;写植物(如白桦、稠李、花楸树、风铃草……),也写动物(如马群、母牛、狐狸、狗……)。大量动、植物入诗,是叶诗在题材、主题以至手法上的一大特色。叶赛宁写草木虫兽的诗,既不同于以寄托生活哲理为宗旨的寓言诗,也有别于以情节取胜的叙事短诗,而是物我一体、情思邈远的真正的抒情诗。在这些诗中,诗人更充分地表现他对诗歌艺术的执着追求:在人化自然(包括各种动、植物)和物化(物即指动、植、矿物)情思的基础上达到情景高度交融的艺术境界。在这个意义上,《狗之歌》是叶诗中一篇极好的代表作:诗人既用拟人化的手法细腻入微地表达一只母狗短短一天中从得子到失子的喜怒哀乐,又用拟物的手法将人(母亲)的情思委婉曲折地通过狗的象征吐露出来,使人在母爱的迷雾中难以分清:是情,是景？是狗，是人？对自然的人化或对情思的物化都不是什么新手法，但在一首诗中如此巧妙地将两者融合在一起，则是叶赛宁诗中的独到之处。这就要求诗人将极其丰富的意象寄寓在高度凝练的形式之中，使诗具有超凡出众的意象美和凝练美。对这种境界的追求使叶赛宁于1919年加入了意象派，并被拥为首领，只是由于他不同意"意象就是目的本身"的纲领，才于1921年退出该组织。意象派（不论是英美的，还是俄国的）都崇尚鲜明、准确、含蓄蕴藉而又高度凝练的意象，而绝对排斥议论入诗。《狗之歌》满篇都写哀愁，但都包孕在画面之中，没有一句言论，也没有一个直抒胸臆的表情性词语。

在俄国文学中，叶赛宁写动物既非空前，也不会是绝后。随便举屠格涅夫的著名中篇小说《木木》为例。那里也写了狗，而且也是母狗。木木（那条狗的名字）在屠格涅夫笔下写得相当成功，被他人格化为主人公盖拉新凄苦的农奴生活中唯一的安慰乃至知音。木木被盖拉新救活又溺死的故事，从一个新的角度鞭挞了残酷的农奴制度。但就心理剖析而论，木木着墨并不多，仅仅起着烘托盖拉新悲惨命运的作用。而《狗之歌》中的狗则是诗人讴歌的对象，它被赋予类似于人的起伏不定的感情波澜。此诗不但饱含了诗人对这只狗乃至一切动物的挚爱，而且通过闷闷不乐的主人因不忍目睹而趁黑淹死这七只可爱的小狗的细节，表现了诗人对农民贫困生活的关注。此外，叶诗概括的深度已使母狗的情思得到升华，具有伟大的母爱的象征意义，使人读后在联想的大海里尽情浮沉，各自进入欣赏这一艺术再创造的广阔天地里去，使诗的容量得到扩大。

《狗之歌》从构思到手法、语言，都能使人读后充满新奇感。例如诗题选得颇为奇趣。《狗之歌》这个诗题表明了叶赛宁奇中求美的艺术追求，他要抒发对生活新鲜独特的感受，也想倾吐屠格涅夫称之为"自己的声音"的那种声音。

叶赛宁在《狗之歌》中所追求的"新"和"奇"，不是从空中楼阁中臆想出来的，而是从习以为常的事物中提炼而得的。在原文中，《狗之歌》的"歌"字是崇高体词，是用来赞颂高大形象之词，但诗中出现的并不是英雄豪杰。就动物世界来说，狗既没有牛的"任重"或马的"道远"，也没有云雀的"高翔"或海燕的"预见"，然而，诗人从狗的身上发现了诗——真正的诗。一只其貌不扬的狗，从清早到晚上的短短十几个小时之内，经历了悲欢离合，尝尽了甜酸苦辣，一切都源出于对下一代的爱，光这点精神就够催人泪下的了。诗人在这里成功地运用了小中见大，凡中见奇，丑中见美的艺术手法，给人以质朴意新的美的感受，使人情不自禁地落下同情的泪水。诗中还出色地运用了正反相衬的手法，以乐景写哀：七只小狗被主人淹死后，母狗拖着沉重的步伐往回走，这时不是月黑风高，一派肃杀的气氛，而是夜空挂着一钩弯月，大地一片宁静。然而清丽的美景更反衬出命运的险恶，环境的寂静愈激起内心的波澜，以致母狗想小狗想疯了，竟误把天上的月亮当作自己的小狗。这种心理刻画，真是入木三分。

诗中意象极其丰富，但并不叠床架屋，在组合上有详有略，出现跳动和飞跃。当主人背着装在麻袋里的七只小狗往前走时，母狗丧魂落魄地跟在后面紧追不舍，下面略去主人把口袋扔进河里的细节，只留下水面涟漪在颤抖的情景。下面又略去对主人的描述，只留下母狗踉踉跄跄往回走的画面。这种在意象之间留有较大的空间跨度的手法，给读者留下了想象余地，从而极大地提高了诗的艺术魅力。河面"久久地、久久地颤抖"的镜头示意极其丰富：既可想象为小狗垂死挣扎的余波，也可设想为母狗、主人或诗人的内心和水波一齐颤抖；既可揣度母狗在河边久久地呆立的神态，又可描绘浮想联翩的诗人久久不能自已的情状。

诗中还运用多种表现手法：色彩的反衬、通感、隐喻、象征……如母狗丧子后"响亮地望着蓝空吠叫"（只能意译成"眼巴巴地望着"）听觉通于视觉、声态并作，使人印象加深。又如第二诗节用"刚刚消融的白雪"形容乳汁，结句用"从天陨落金色的星斗"描绘黯然神伤，不但设喻新颖，意象优美，而且富于象征意义，耐人玩味。

《狗之歌》用人化自然的手法淋漓尽致地抒发母狗在一天内得子之喜，失子之虑，丧子之哀，以及误认月亮为子后的恼恨，同时用物化情思的手法，把为下一代操碎了心的母亲的爱通过动物的象征使人看得见，摸得着，这些也许是它具有摄人心魄的艺术魅力的奥秘所在。

帕斯捷尔纳克

鲍利斯·列奥尼多维奇·帕斯捷尔纳克（Борис Пастернак, 1890—1960），俄罗斯现代诗人。出生于莫斯科一个富有艺术气氛的犹太人家庭。父亲是著名画家，母亲是著名音乐家。从小学习美术，13岁起接受了六年系统的音乐教育。中学时代开始写诗。大学期间醉心于现代派诗歌写作。1913年开始发表诗作，翌年出版处女诗集，引起文坛关注。在1934年召开的全苏作家代表大会上受到批判，作品被禁。此后，帕斯捷尔纳克转向翻译，译介了莎士比亚、歌德、席勒、魏尔伦等作家的大量作品。1948年起帕斯捷尔纳克着手长篇小说《日瓦戈医生》的写作。1957年小说在意大利出版。1958年被授予诺贝尔文学奖。迫于国内压力，帕斯捷尔纳克谢绝了这一荣誉，但仍被开除出作家协会。1960年病逝于莫斯科。

帕斯捷尔纳克是俄罗斯现代诗坛的杰出人物。他与阿赫玛托娃、曼德尔施塔姆、茨维塔耶娃、勃洛克等诗人一道创造了俄国文学史上称为"白银时代"的辉煌。他的诗在主题和艺术技巧方面均富有独创性。其主要作品有诗集《云雾中的双子星座》（1914）、《在街垒上》（1916）、《生活，我的姐妹》（1922）、《主题与变奏》（1923）、《重生》（1932）、《在早班列车上》（1943）、《冬天的原野》（1945）、《待到天晴时》（1959）等。

二月……

二月。墨水足够用来痛哭!
大放悲声抒写二月,
直到轰响的泥泞
燃起黑色的春天。

用六十戈比,雇辆轻便马车,
穿过恭敬,穿过车轮的呼声,
迅速赶到那暴雨的喧嚣
盖过墨水和泪水的地方。

在那儿,像梨子被烧焦一样,
成千的白嘴鸦
从树上落向水洼,
干枯的忧愁沉入眼底。

水洼下,雪融化处泛着黑色,
风被呼声翻遍,
越是偶然,就越真实地
被痛哭着编着诗章。

(荀红军　译)

帕斯捷尔纳克《二月……》导读[①]

陈 超

这是帕斯捷尔纳克最著名的短诗之一,写于1912年,那时诗人只有22岁。出色的艺术天赋和修养使年轻的诗人从起步就显得极为成熟,对象征主义和未来主义诗风有深刻的敏识。批评家认为他属于那种"一起步就迅跑"的天才诗人,从诗人早期作品来看,这个评价是毫不夸张的。

为体会这首诗,我们有必要约略介绍一下象征主义和未来主义的创作理念。象征主义诗人将整个大自然看作是富于象征意义的森林,外界事象与人的内心能够发生深刻的感应契合;诗人要以有形有色有声有味的自然世界,来暗示人内在的灵魂世界。在这里,感应和契合,不再是单一的向外寻找,而是内外世界的相互打开。而未来主义诗人的主张之一是,以无畏的叛逆精神创造全新的艺术,诗歌要中止表现"陈旧""静止"的美,而应着力表现"运动""力感""速度"的美。用未来主义诗人马利涅蒂的话说就是:"疾走着的马蹄,并不是四只,而是二十只!"

这首诗的确灌注着以上二种诗歌审美取向的精华。二月的俄罗斯大地找到了适合它的嗓子,诗人也从祖国早春的大地上寻到了自己

[①] 选自陈超《当代外国诗歌佳作导读》,河北教育出版社2002年版。标题为编者所加。

精神的象征。此诗的隐喻是尖新而个人化的，它的激情即使有些悲哀但仍是生气勃勃的，它的速度迅疾敲打，带着前倾的冲撞力量向我们扑来。

"二月。墨水足够用来痛哭！"起笔突兀甚至乖张，没有任何前提，一下子就悬起了我们的心。马上，诗人又写出"大放悲声抒写二月／直到轰响的泥泞／燃起黑色的春天"，使我们悬起的心"落"到了广袤的大地上。这是融雪中水洼的大地，轰响着沼气水泡的黑色的泥泞的大地，暴雨冲刷下的呐喊的腐殖土的大地，疾风翻滚的大地……是呵，冬去春来，大地开始撕裂严寒的黑斗篷；在这寒风砭骨和春汛炙人地轮回的临界点上，诗人年轻的灵与肉也被意志和欲望所激活，随着祖国的大地一起吐纳着、歌唱着。"轰响的泥泞燃起黑色的春天"，这个粗犷而坚实的意象中压合了多少痛苦和欢乐、死亡和新生的艰厉转换！虽然"大自然是象征的森林"，但只有那些内心世界与大自然一样博大宏伟的诗人，才能真正有力地"破译"它的"密码"。

接下来，诗人侧重写了春天和人精神奔腾的"速度"，颇有未来主义的味道。一辆轻便马车在疾驶，它载着诗人"穿过恭敬／穿过车轮的呼声／迅速赶到那暴雨的喧嚣／盖过墨水和泪水的地方"。穿过恭敬（此短句直译应为"穿过祈祷前的钟声"），或许暗示了诗人对以往"静止"美学的不屑，因为它无法表达诗人生命的冲腾律动；而"穿过车轮的呼声"则是一个"佯谬修辞"，暗示出诗人那颗急切的心早已奔驰在身体之"外"车轮之"前"。在粗犷地喧嚣着的大自然中，诗人感到了"墨水和泪水"的乏力，只有本真的目击和体验才是最直接而真实的，他要焦急地"赶到"的地点不是写诗的书桌，而是大自然本身。这种对文本"不到场"的忧虑，是每一位真正的诗人常会体验到的。

下面,与轻便马车蜿蜒的疾驰相应,诗人又写出了一种更"倾斜"的疾驰:"在那儿,像梨子被烧焦一样／成千的白嘴鸦／从树上落向水洼／干枯的忧愁沉入眼底"。大地神秘的吸摄力,黑色泥泞轰响的召唤,使成千的白嘴鸦也加入了大自然忧伤又欣悦的合唱。寒冷岁月的记忆被这个画面激活了,诗人那颗冲动的心霎时又变得柔软感伤、茫然若失。这正是"二月"的意味:因对严寒的回望而忧伤,又因着"黑色春天"的泛起而激荡。诗人准确地将这种临界体验表达出来,感动了我们的心。

最后一节,回应了开头。"轰响的泥泞燃起黑色的春天",被落定为"雪融化处泛着黑色";"大放悲声"的诗人,与"风被呼声翻遍"的大地融为一体;而"二月,墨水足够用来痛哭"这一突兀和乖张措辞,则被"越是偶然,就越真实地被痛哭着编着诗章"所"诠释"。整个诗篇,在严谨的结构中蕴涵着剧烈的冲突和张力,达到了感官、感情、意志,与自然景象、线条、速度、辞采的完美统一。

其实,对这首精纯坚卓的诗,最好的阅读方式是直接感受它。任何"导读",只会缩小它"偶然而真实"的意味,减缩它神奇惝恍的美质。正如象征主义大师艾略特提醒我们的:"一首真正杰出的诗歌,其实在真正被理解之前就是可以欣赏可以意会的。"

美 国

惠特曼

沃尔特·惠特曼（Walt Whitman，1819—1892）美国诗人。生于长岛。父亲务农，因家贫迁居布鲁克林。惠特曼曾在公立学校学习，成年后从事过多种职业，广泛结交社会各阶层人士特别是底层民众。他喜欢游荡、冥想，热爱大自然，也喜欢城市和大街小巷，喜爱舞蹈、歌剧、演讲术，也喜爱荷马、希腊悲剧、但丁、莎士比亚。这一切为他写作《草叶集》打下了基础。1855年《草叶集》第一版问世，共收诗12首，以后屡经增订再版，最后1892年出版第九版时共收诗383首。

惠特曼既是美国民族诗歌的伟大奠基者，又是世界自由诗的创始者。惠特曼的诗最集中地体现了19世纪的美国精神，是"永远地改变了一种文化的轮廓"的最高典范之一。有人说："一部美国诗史可以写成为对惠特曼的继续发现和重新发现"。惠特曼开创的自由诗传统在世界范围内产生了深远的影响，永久地改变了诗歌的地貌。惠特曼诗歌中体现的理想和激情，是光辉人性的典范，也是人类永远的梦想。

从永久摇荡着的摇篮里

从永久摇荡着的摇篮里,

从反舌鸟的歌喉——如簧的音乐中,

从清秋九月的夜半,

在荒漠的沙洲和远处的田野上,那里有一个孩子从床上爬起来,

  光头赤脚,孤独地漫游着,

下自遍澈地面的清光,

上自动摇着如同活人一样的神秘的暗影,

从长满了荆棘和乌莓的土地上,

从曾对我唱过歌的一只小鸟的记忆中,

从我对你的记忆,你,我的悲哀的弟兄哟!从我所听到的一阵阵

  抑扬的歌声中,

从迟迟升起好像饱和着眼泪的黄色的半轮明月里,

从浓雾中那刚开始的表示企慕和热爱的歌声中,

从我心中不断发生的千万种的反应里,

从这引起来的无数的言语中,

从比什么都更强烈更精美的言词中,

从现在它们唤起的这再现的景象中,

如同一群鸟,呢喃着,向上升起,或是从头上飞过,

在一切匆匆地避开我之前,

 一个成人,但从这些眼泪看,也是一个孩子,诞生了,

 我把自己投在沙滩上,面对这海浪,

我,这悲哀和欢乐的歌手,现在和未来的接合者,

领会到一切的暗示并对它们加以利用,同时又疾速地超越了它们,

我唱着一支回忆的歌。

从前在巴门诺克,

当紫丁香的香气飘散在空中,五月的草正在生长着的时候,

在这海岸上,在荆棘中,

从亚拉巴马来的两只小鸟双栖着,

在它们的小巢中,有四个淡青色的小卵,卵上有着褐黄色的斑点,

每天,雄鸟在附近来回地飞翔,

每天,雌鸟孵着卵,静静地,闪烁着明亮的小眼睛,

每天,我一个好奇的孩子,不敢太逼近它们,也不敢惊动它们,

只是用心地窥望、凝视,猜想它们的心意。

照耀吧!照耀吧!照耀吧!

放射出你的光和热,你伟大的太阳!

这里我们俩正负暄取暖,我们俩形影成双。

形影成双,

和风吹向北方,和风吹向南方,

白昼来了,黑夜来了,

故乡,故乡的河流,故乡的山岗,

时时都歌唱,忘记了时光,

当我们双栖着,我们的形影成双。

后来突然之间,
她大概是被杀害了,她的伴侣也不知道,
有一天上午,雌鸟不复在巢中孵卵,
下午也没有回来,第二天也没有回来,
以后也再没有看见她的形影。

因此,一整夏,在海浪的喧闹声中,
在月光皎洁的静夜里,
在波涛汹涌的海上,
或者白天时在荆棘丛中飞来飞去,
我时常看见剩下的这只雄鸟,
并听到这只来自亚拉巴马的孤独的鸟的歌声。

吹吧!吹吧!吹吧!
吹起巴门诺克沿岸的海风,
我期待又期待,直到你将我的伴侣吹回来!

是呀,当星星闪闪发亮的时候,
在浪涛冲激的带着苔藓的木桩上,
停息着这使人堕泪的寂寞的歌者,
整夜在那里歌唱。

他叫唤着他的伴侣,
他倾吐的胸怀,人类中只有我懂得。

是呀，我的兄弟哟，我知道你，
别人也许不懂得，但我却珍视你所唱的每一个音调，
因为我曾不只一次，在朦胧的黑夜中蹓到海滩上，
屏息着，避着月光，将我自己隐蔽在阴影里，
现在回想起那模糊的景象、那回声，还有各种各类的声音和情景，
巨浪的白色手臂永不疲倦地挥动着，
我，一个赤脚的孩子，海风吹拂着我的头发，
听了很久很久。

我听是为了记忆，为了唱歌，我现在谱出这歌声，
按照你的辞意，我的兄弟哟。

抚爱！抚爱！抚爱！
后浪亲密地抚爱着前浪，
后面又有另一个浪头，拥抱着，冲击着，一个紧卷着一个，
但我的爱侣，却不来抚爱我，不来抚爱我！

迟上的月亮低垂在天边，
步履蹒跚地走着——啊，我想它负着爱的重荷，负着爱的重荷，

啊，海洋也正疯狂地和陆地亲吻，
满怀着爱，满怀着爱。

啊，清夜哟！我不是看见我的爱侣在浪头上飞翔么？
在白浪中的那小小的一点影子是什么呢？

大声吧！大声吧！大声吧！
我大声叫唤着你，我的爱侣哟！

我把我的声音高昂而分明地向着海浪投去，
你一定会知道谁在这里，在这里，
你一定会知道我是谁，你，我的爱侣哟！

你低垂的月亮，
在你的黄光中，那小小的黑点是什么呀？
啊，那是她的影子，那是我的爱人的影子！
啊，月亮哟，别再扣留她使她不能回到我这里

陆地哟！陆地哟！陆地哟！
无论我走到哪里去，啊，我总想着，你能够把我的爱侣送回来，
　　只要你愿意，
因为无论我向哪里看，我好像真的在朦胧中看见了我的爱侣。

啊，你高空的星星哟！
也许我这样渴想着的人正跟着你们一同升起，一同升起。

啊，你歌喉，你颤抖着的歌喉哟！

惠特曼《从永久摇荡着的摇篮里》

在大气中发出更清晰的歌声吧!
让你的声音深入大地,穿透树林!
我渴望着的人,一定会在什么地方听见你!

扬起歌声吧,
这孤寂的夜歌,
这凄凉寂寞的爱与死的歌声哟,
在步履沉重的,淡黄的残月下的歌声,
啊,差不多要沉坠到大海里的残月下的歌声哟!
啊,纵情的绝望的歌声哟!

但是柔和些,放低声音吧!
让我低声细语,
你停一停吧,你喧闹的海洋,
因为我好像听见我的爱人在什么地方答应我,
这样轻微,我必得安静,安静地倾听,
但又不要完全静寂,因为那样她也许就不会即刻到我这里来。

到这里来吧,我的爱人哟!
我在这里,这里哟!
我用这种持续的音调召唤着你,
我发出这温柔的叫唤是为你呀,我的爱人,是为你呀。

别又被误引到别的地方去了,

那是海风呼啸,那不是我的呼声,

那是浪花的激荡,激荡,

那是树叶的影子。

啊,黑暗哟,啊,一切都徒然!

啊,我是多么痛苦而悲哀。

啊,天上月亮的黄晕,低垂在海上!

啊,在大海中的浑浊的反光!

啊,歌喉哟,啊,跳动着的心!

我徒然地歌唱,整夜徒然地歌唱。

啊,过去了!啊,幸福的生活!啊,快乐之歌!

在大气中,在树林中,在田野上,

曾经爱过!爱过!爱过!爱过!爱过!

但我的爱侣已不再、不再和我在一起!

我们已不再双宿双栖!

歌声沉寂了,

一切照旧在进行,星光灿烂,

海风吹着,吹送着这歌的回声,

大海以愤怒的悲声,不停地呻吟,

就在这巴门诺克的沙沙发响的海岸上,

黄色的半轮明月也好像膨大了,低垂着,低垂着,差不多要接触
　　到海面了,

这失神的孩子,海浪冲洗着他的赤脚,海风吹拂着他的头发,
久久幽闭在心中的爱,现在解放了,现在终于汹涌地爆发出来,
这歌的意义,这听觉和灵魂,都很快地凝聚起来,
奇异的泪,从颊上流下,
那里的三个人,各自发出自己的话,
那低沉的声调,那凶猛的老母亲的不断的呼叫,
凄惨地和这孩子的灵魂所发出的疑问相呼应,
而对于这刚开始的诗人,低声透露出一些朦胧的秘密。

你这鸟,或幽灵,(孩子的灵魂说话了,)
你真的在向你的爱侣歌唱么?或者你实是在向我歌唱?
因为我,只不过是一个孩子,还不知道使用我的喉舌,但我现在
　　听到了你的歌唱,
一瞬间,我觉醒了,我知道我为什么而生,
已经有一千个歌人,一千种诗歌,比你的更高亢、更激越、更悲哀,
一千种颤抖着的回声,在我的生命中活跃起来,永远也不会消沉。

啊,你寂寞的歌者:你孤独地歌唱着,却让我感到你就是我,
啊,我寂寞地听着,从此我将不停地致力于使你永生,
我再也不逃避了,这余音的震荡,
这失恋的哀歌和呼声,将不会从我心中消逝,
我也不再能够仍是那天晚上以前的心神宁静的孩子了,
那晚上在黄昏的月光照着的海上,
那使者在我心中激动起灵火和心中甜蜜的狂热,

一种不可知的欲望,我的命运。

啊,让我知道那线索吧,(它暂藏在这里的黑夜里,)
啊,我既有了这么多,就让我能有更多的一些吧。

那么,一个字,(因为我一定要知道它,)
最后的一个字,超越一切的一个字,
微妙的,上天赐予的一个字——那是什么呢?——我在听着!
你海浪哟,你时时刻刻低语着的就是这个字么?
我从你的明澈的水面和潮湿的沙土上所听到的它就是这个么?

大海给我回答,
不匆遽,也不迟延,
整夜向我低语,并且很分明地在黎明之前,
低声说出这美妙的"死"字,
说了又说,死,死,死,死,
音调优美不像那只歌鸟,也不像我激动的孩子的心,
只是悄悄地逼近我,在我的脚下发出沙沙的响声,
再从那里一步步爬到我的耳边,并温柔地浴遍我的全身,
死,死,死,死,死。

这我不会忘记,
我只是要把这晦暗的幽灵,我的兄弟,
在月光照着的巴门诺克的海滩上,向我唱的这支歌,

和一千种响应的歌声融合在一起,
这时我自己的歌声也觉醒了,随着这种歌声,海浪吹起了那一把
　　打开秘密之门的钥匙,那一个字,
最美的歌和一切歌中的那个字,
那个强烈而美妙的字,爬到了我的脚下来,这便是那大海,
（或者如同穿着漂亮衣服,摇荡着摇篮的老妇人弯着腰,）
悄悄地告诉给我的那个字。

(李野光　译)

惠特曼《从永久摇荡着的摇篮里》赏析[1]

李野光[2]

为了赏析《摇篮》,这里先谈谈这首名作诞生的过程。

1859年秋天的一个傍晚,惠特曼拿着一篇新的诗稿到朋友普赖斯家访问。他首先怂恿普赖斯夫人在灯下朗诵了那首诗,接着自己又以略带得意之情的腔调读了一遍。据后来普赖斯的女儿海伦回忆,那首诗就是《从那永远摇荡着的摇篮里》。海伦还记得,当时惠特曼说过它是写一只模仿鸟,并有一件真事作依据的。同年12月,这首诗题为《沧海一言》(又名《一个小孩的回忆》)发表在纽约《星期六新闻》圣诞专号的头版上。该报同时在社论页上登了一条短讯《惠特曼的诗》,其中说:"如果读者高兴的话,可以把本报封面刊登的惠特曼的这支奇妙的歌曲当作我们的圣诞或新年礼物。这首粗犷而凄婉的歌像《草叶集》那样,其主旨颇为含蓄,不便加以解说,然而无可怀疑是积极的,有着自己的音乐效果。这篇东西耐读,也许真的只有反复阅读,其精蕴才能领会出来。"但是几天以后,辛辛那提《每日商报》即表示拒不接受这个"礼品",并且严厉指责它"既无节奏也无乐调……也没什么意思,纯粹是胡话",以致玷污了《星期六新闻》

---

① 本文选自李野光《惠特曼研究》,上海外语教育出版社2003年版。
② 李野光(1924—2014),外国文学专家、翻译家。著有《惠特曼评传》《惠特曼名作欣赏》等,译有《草叶集》(惠特曼)、《英雄挽歌》(埃利蒂斯)、《画眉鸟》(塞菲利斯),主编《惠特曼研究》等。

这家高雅的文学周刊。对此,翌年1月7日惠特曼又在周刊上发表一篇题为《完全是关于一只模仿鸟》的匿名文章,予以反击。文章说,"惠特曼诗歌的构造方法是严格地以意大利歌剧构造法为准绳的",它使那些听惯了"一般歌曲、钢琴演奏和黑人乐队演出"的人乍一听来,无疑会有惊惶失措之感。诗人在这里表白的主观意图,实际上与客观效果相一致,因为《摇篮》一诗毕竟以它的"音乐性"赢得了批评界的高度评价。首先是1860年,英国诗人史文朋读了这首诗后大加赞扬,说它是"许多许多年以来我所读到的最可爱、最令人惊叹的一篇佳作……那么高超的技巧和卓越的才华"。这里的"技巧"和"才华"当然也包括或者主要是指作品的音乐性而言。

惠特曼在这首诗中刻意模仿意大利歌剧的"构造方法",的确收到了较为显著的效果。如果我们反复吟诵,便能体味出歌剧宣叙调和咏叹调交替运用,以从"渐强"到"极强"到"渐弱"的旋律形成的波卷浪回、高潮涌出的气象。当然,这种艺术手法和特征,就说音乐性吧,仍然是服务或附丽于主题思想的。如果撇开了后者来谈音乐性,像四方许多评论家那样,尽管也能给人以艺术欣赏的启发,但毕竟不能满足我们全面评价的要求。

应当说,《摇篮》感人的魅力主要来自诗人对其歌唱对象的真挚的爱和炽热的激情。从诗篇本身看,惠特曼所说的那件"真事"可以认为是他小时候在故乡海滨的亲身经验,即听到过那样一只失偶之鸟在月夜哀鸣。那凄婉的叫唤偶然触动了小小心灵,便深深地留在他的记忆里,即使他并不怎么理解其中的意义。岁月流逝,阅历日深,挫折、失败和教训使一个苦苦追求而又迄未达到理想的诗人越发觉得那理想的崇高可贵,越发感到它好像已经丧失,而自己仍在不绝地呼唤。于是记忆中那只丧偶之鸟的哀叫声隐隐出现了，而且愈来愈响亮悲切，不可或止。诗人的心灵越过三十年的时间距离，在那只模仿鸟身上找到了自己的寄托，让它把他的满腔热血叫出来。诗人心目中的对象，即那只丧失了的雌鸟所代表的事物，是什么呢？惠特曼所追求的现实主义理想主要由三个部分组成，即民主、爱、友谊。（19世纪）50年代末，惠特曼在这三方面，至少他主观上认为，都面临着幻灭的危机，这就是所谓的"黑暗时期"的实质。至于这三者中究竟谁是诗人"呼唤"的主要对象，这在不同的诗中有所不同，但在《摇篮》中好像是三位一体的，正如真、善、美在惠特曼理想中互不可分那样。有的传记家，如法国的阿塞林努，将这首诗与《芦笛集》中的几首联系起来，认为诗人呼唤的是一个现实生活中失去的"爱侣"，这样理解似乎显得狭窄了些，何况人们至今没有找出惠特曼有过什么罗曼司的依据。

从诗人的生平经历看，有不少批评家认为，那只模仿鸟的叫声给童年惠特曼的触动，就是他灵性的萌发，即他后来写《草叶集》的原始契机，这好像与惠特曼的本意也大致相符。诗人在这里写道："你这鸟，或幽灵，（孩子的灵魂说话了，）／你真的在向你的爱侣歌唱么？或者你实是在向我歌唱？／因为我，只不过是一个孩子，还不知道使用我的喉舌，但我现在我听到了你的歌唱，／一瞬间，我觉醒了，我知道我为什么而生，／已经有一千个歌人，一千种诗歌，比你的更高亢、更激越、更悲哀，／一千种颤抖着的回声，在我的生命中活跃起来，永远也不会消沉。"这说明是鸟启发了诗人，使他懂得要为自己的理想而生活和歌唱。这看来是讲的过去，但同时也可以是讲现在，是说当诗人的理想濒于破灭时，他记起了那只因丧偶而哀鸣的模仿鸟，便要像它那样不绝地呼唤和追求。仔细推敲起来,我们发现诗中有些不合逻辑之处,但这是惠特曼笔下常见的现象,可以不去深究。

这首诗中,除作为抒情主人的作者外还有三个角色,即小孩、鸟和大海。小孩是诗人的过去的"我",大海是他的"老母亲",也就是那只"永远摇荡着的摇篮"。诗人(有时是小孩)在歌唱鸟,鸟在歌唱和呼唤它那丧失了的爱侣,而它又是当今诗人在呼唤自己理想的象征,所以整个诗篇可以说就是诗人自己的"宣叙"和"咏叹"。不过鸟的歌唱是全篇的精华所在,其中有些诗行是极为动人的。它们传神绘色地写出了那失偶者的高呼低唱,其情深恨重,恸切声繁,使一个中国读者如闻月下啼血的杜鹃,当亦为之泪下!

《摇篇》通篇写波光月色恍惚迷离之景,海魄童心两相契合之情;当年旧梦与现实境况的合流,鸟的哀鸣与诗人渴望的呼应,以反复咏叹之调,抒缠绵悱恻之心,情景与气氛交融烘托,这标志着惠特曼在艺术上不但有了新的开拓,而且创造了自己的高峰,以致历来许多批评家称之为诗人一生中最佳杰作之一。此外,从那些反复、重叠而又朴素自然的咏叹中,可以看出惠特曼受到了民歌、特别是印第安民歌的影响,而民歌是自古以来各个民族最擅长爱情悲剧的天然曲调。惠特曼曾一再表示他取法歌剧的目的是要摆脱民谣即传统韵律的束缚,这在理论上显然过于偏激,在实践中更不尽然,《摇篮》便成了一个颇带讽刺意味的例证。

这首诗比较难以理解的是最后几节。如倒数第四节第一行中那个"线索",究竟是什么意思呢?这一节的两行下面原来还有七行,在1860年《草叶集》第三版时给删去了:

啊,一个词!啊,我的目的是什么呢?

啊,我害怕从今以后是一片混乱!

啊,欢乐、恐惧、旋绕、人形,以及一切的形影,好像从我周围的坟墓里那样跳出来了!

啊,幽灵们,你们遍布于陆地,遍布于海洋!

啊,我在昏暗中看不见你们是在对我微笑还是恼怒!

啊,水雾,看一眼,说一个词呀,很惹人爱的!

啊,你们,亲爱的女人和男人的幽灵们!

姑且不论这些,就从现在这两行的前后两节来看,那"线索"也可以看出便是那个"最后的词,超越一切的词",即大海所回答的"死"字。因为前一节说的是孩子承认鸟的歌曲启发了他的诗灵,因此与鸟认同,并且把那"未曾满足的爱"当作了自己的主题,可是这时他好像还缺少什么,这才提出"请给我那个线索"。在这里,"线索"即后面说的那个"关键"的词,也就是解决问题的秘诀,说得更确切些就是使那"孤独的爱"得以实现的办法,而诗人认为那只有死亡一途了。那么,这是否意味着能够满足爱情和生命的呼唤与追求的,或者说能够最终解决理想与现实之间的矛盾的,只有死亡呢?不错,在惠特曼的哲学思想中,死亡并非一般意义上生命的结束,而是再生的开始。请看,这首诗的结尾不又像开头那样,出现了代表诞生的大海——摇篮,说明那个"美妙的词"——死亡就是导向再生和永恒的"线索"吗?

应当补充的是,惠特曼喜欢写死亡,但从来不把它写得阴暗可怕,而经常写得是平静安宁乃至是幸福的事。特别是在《草叶集》

第三版（1860）出书前一段时间，即诗人在那张"死皮"下挣扎着写《芦笛》和《亚当的子孙》那个"黑暗时期"，死亡和爱与诗的关系几乎成了他的唯一主题思想。批评家们认为，惠特曼当时所经受的肉体上的刺激和情感上的痛苦可能使他对死亡的最终意义产生了一种直觉的理解，觉得它能把个人吸纳到自然或宇宙的灵魂中去，这样一来，便不但可以缓和诗人与残酷现实之间的冲突，而且使他能乐意接受现实了。

不过，这首诗与《芦笛》完全不同，它是诗人已经摆脱那种内心的纷扰、进入了情绪稳定和心理平衡的状态下写的，因此他才在艺术上创造了这样一个令自己感到得意的奇迹。

有个天天向前走的孩子

有个天天向前走的孩子,
他只要观看某一个东西,他就变成了那个东西,
在当天或当天某个时候那个对象就成为他的一部分,
或者继续许多年或一个个世纪连绵不已。

早开的丁香曾成为这个孩子的一部分,
青草和红的白的牵牛花,红的白的三叶草,鹟鸟的歌声,
以及三月的羔羊和母猪的一窝淡红色的小崽,母马的小驹,母牛
　　的黄犊,
还有仓前场地或者池边淤泥旁一窝唧啾的鸟雏,
还有那些巧妙地浮游在下面的鱼,和那美丽而古怪的液体,
还有那些头部扁平而好看的水生植物——所有这些都变为他的成
　　分,在某个部位。

四五月间田地里的幼苗变成了他的一部分,
还有冬季谷类作物和浅黄色的玉米苗儿,以及园子里蔬菜的块根,
缀满花朵的苹果树和后来的果实,木浆果,以及路边最普通的
　　野草,
从小旅馆外面厕所里很晚才起来的踉跄而归的醉老汉,
路过这里到学校去的女教师,

途经这里的彼此要好的男孩子和争吵的男孩子,

整洁而脸颊红润的小姑娘,赤脚的黑人娃娃,

以及他所到的城市和乡村的一切变化。

他自己的父母,那个作他父亲的男人和在子宫里孕育并生产了他
   的母亲,

他们从自己身上给予这孩子的还不止此,

他们后来还每天都给,他们成了他的一部分。

母亲在家不声不响地把一盘盘的菜端到餐桌上,

母亲言语温和,穿戴整洁,走过时会从她身上和衣服上散发出健
   康的芳香,

父亲强壮,自负,魁伟,吝啬,爱发脾气,不公正,

那种殴打,急促而响亮的言谈,苛刻地讨价还价,耍手腕的本领,

那些家庭习惯,语言,交往,家具,那渴望和兴奋的情绪,

那无法否认的慈爱,那种真实感,那种唯恐最后成为泡影的忧虑,

那些白天黑夜的怀疑,那些奇怪的猜测和设想,

猜测那现象是否属实,或者全是些斑点和闪光,

那些大街上熙熙攘攘的男女,他们要不是些闪光和斑点又是什么?

那些大街本身和房子的门面,以及橱窗里的货样,

那些车辆和畜力车队,铺着厚木板的码头,规模宏大的渡口,

日落时远远看到的高地上的村庄,中间的河流,

阴影,光晕和雾霭,落在远处白色或棕色屋顶和山影上的夕照,

近处那些懒懒地顺流而下的帆船,缓缓拖在后面的小舟,

纷纷翻滚的波涛,在激扬中立即碎裂的浪峰,

层层叠叠的彩云,孤单地呆在一旁的紫酱色霞带,它静静地躺在其中的那片澄净的苍冥,

地平线的边缘,飞绕的海鸥,盐沼和海岸泥土的馥郁,

这些都变成那个孩子的一部分,那个天天向前走的孩子,他正在走,他将永远天天向前去。

(李野光 译)

"汹涌不已,永远升腾又降落……"①
——惠特曼诗歌的节奏与韵律:
以《有个天天向前走的孩子》为例

西　渡

在惠特曼的《草叶集》确立为经典的过程中,一直伴随着巨大的争论和非议,可以说这一过程直到现在也还没有完全结束。这种争论和非议不单围绕着《草叶集》被当时很多人认为是离经叛道,其实可以一言蔽之为"现代"的内容,很大程度上也围绕着《草叶集》的自由体形式。对《草叶集》的形式,尤其是它的节奏和韵律,从一开始就存在两种截然不同的看法。一种观点认为,《草叶集》完全是分行的散文,丝毫没有诗歌和音乐的成分,而且简直是颠三倒四、语无伦次的胡说八道。1856年伦敦《批评家》杂志刊发了一篇题为《英国的一个反应》的评论文章,对《草叶集》作了刻薄的批评,不但认为《草野集》的内容粗野、鄙陋、庸俗,而且认为作者根本不懂得艺术(原话是"惠特曼不懂得艺术,就像一头猪不懂得数学一样")。这篇文章指责惠特曼的诗"以行话俚语代替悦耳的音调,以狂喊乱叫代替整齐和匀称","全部没有韵律,与印第安红人战斗时的喊叫再相

---

① 本文所说惠特曼诗的音乐性都是就中译《草叶集》的效果而言,不涉及对惠特曼英文原作的评价,所引外国学者的评价也是为了印证中译文的效果。在我看来,李野光、楚图南合译的《草叶集》乃是一部新诗的杰作。

像不过了"。但还是有人在惠特曼的诗中听到了一种感人的音乐。英国诗人威廉·罗塞蒂认为,惠特曼的诗"用的是滚滚向前的、有节奏或半节奏的、十分参差不齐的散文诗行","绝对不受一切或任何权宜的脚韵规律的约束,不过又始终带有那么强大的一种节奏感——那样一种从作家到读者的触电般的旋律震动——因此只有限制很严和不折不扣地使用词语或诗的韵律时,你才能否认这些作品是既有节奏又有诗意的"。英国女作家安·吉尔克利斯特对惠特曼诗歌中的音乐作了更生动的描绘:"那些'开阔奔放、娓娓动听的思想',那些一会儿如狂风暴雨,一会儿有无比温柔的情感,'奏出强有力的、势不可挡的、持续不衰的和弦,并在其中时断时续地婉转穿插动人的曲调','我懂得靠计算音节无法了解诗中音乐的结构;这种自然流露有如大江大河,一泻千里,不可能甘受格律的桎梏。但我知道其中确实存在着音乐;我不会为了获得某种报偿而同那些听不见这种音乐的人交换自己的耳朵。'"我国学者、《草叶集》中译者赵萝蕤女士更认为,惠特曼诗歌艺术的最大成就就在其诗中的"丰富的音乐性"。

为什么面对同样的文本,会出现如此截然相反的评价?这就涉及对诗歌的音乐性以及诗歌本身的理解问题。认为惠特曼的诗只是野蛮人的粗声喊叫,没有任何音乐成分的批评者正如安·吉尔克利斯特所说是"靠计算音节来了解诗中的音乐结构"的。他们所谓的音乐说到底无非就是格律的模式,就是要求轻重音的排列、每行的音节数、协韵的方式都要遵守既有的规则。只有符合现成的格律模式的才是诗,否则就不是诗。对诗歌本身,他们也有一套与此相应的理解。在他们看来,诗歌应该采用一种特殊的、不同于散文的语言,它应该是高雅的、优美的,使用的词汇也有严格限制。所谓"以行话俚语代替悦耳的音调，以狂喊乱叫代替整齐和匀称"。正是基于上述诗歌行规对惠特曼提出的控诉。这样一种对诗歌音乐性和诗歌语言的认识曾经长期主宰着人们的意识。但是惠特曼本人和他的支持者不但不承认上述诗歌行规的合法性，而且发起了一场新的诗歌立法运动。惠特曼说："我追求的是内容而不是词句的音乐性"，他的雄心是创立一种"适合灵魂辨认的新的节奏"。这种"内容的音乐""适合灵魂辨认的新的节奏"也就是安·吉尔克利斯特所说的"自然流露的音乐"，它拒绝以轻重音的排列、词句的整齐和是否押韵这样一些外在的标志作为辨认诗歌音乐性的标准。这个新的立法运动实质上就是要在诗歌中引入散文的语法和散文的节奏。英国批评家罗伯特·威·布坎南就此说得非常明确。他说，"总有一天，人们可能普遍像柯尔律治那样感到'散文的美妙'，我们的诗可能发展成为一种既包含韵文的全部音乐性，又具有日常语言一切轻快有力的特点"。布坎南认为，惠特曼的诗"已非常接近于解决散文节奏和格律诗之间的真正关系问题了"，并认为"惠特曼的风格虽然特别，但却是他在这方面的最大贡献"。

那么，散文究竟能否为诗歌提供这样一种"内容的音乐"和"灵魂的节奏"呢？这就要求我们从诗歌节奏和韵律的本质上加以考察，而不是简单地用音尺去衡量。节奏简言之就是诗行的节拍模式。在传统的英诗格律里，在多数情况下，这一要求意味着每行诗的音节数相等和规则的轻重音排列。韵律按照字面上解释就是诗歌中的声韵和格律，就是通过对韵和其他声音模式的安排来达到一定的音乐性效果。按照传统的看法，散文的音节数参差不齐，轻重音的排列也不遵循一定的规律，是不能提供合格的节奏模式的。散文的章法很少用到音乐的技巧，因而也难以形成韵律的基础。这听起来很有道理。但是，我们如果承认节奏和韵律其实质不过是情感的表达形式的话，我们可能会得出与此不同的结论。就我们与语言打交道的经验，我们很清楚语言具有很大的弹性和伸缩性。每一单词的语音轻重和长短在实际运用中具有很大的灵活性。英国评论家巴·德·塞林古就此指出，"我们带着情感说话时，往往在这里拖长一个音节或一个单词，而在那里又把若干个不重要的单词或音节赶在一起"，这种灵活性使得正常的读音并不能完全适合于精确的韵律分析。要正确地认识诗歌节奏和韵律的性质，我们就必须把感情的因素考虑进来。这也就是惠特曼所谓"内容的音乐"和"适合灵魂辨认的节奏"的真实含义。对此，塞林古有一段精辟的分析："单词本身并不具备显然固有的节奏……就单词同情感的关系而论，它们是没有确定音值的。单词并不能给我们以节奏感；我们的情感越是强烈，我们发现它就越是自然地把我们所需要的节奏赋予单词。"也就是说，每一词语的声音是和它在特定的上下文中所承载的意义相联系的。美国现代诗人弗罗斯特将语音的这一现象此称为"意义之音"。也就是说，一旦考虑感情的因素，音节的中规、整齐并不能保证诗行获得预想的节奏效果，而表面上参差不齐的诗行却有可能蕴藏鲜明、生动的节奏。在惠特曼的情形里正是如此，热烈奔放的情感赋予了诗歌强烈的节奏感，并随着情感本身的变化而起伏变化。在对诗歌音乐性的传统偏见里，还有一个重大的疏漏，那就是它极不恰当地忽略了语调在诗歌表现中的重要性。语调正是决定情感强度和方式的一个强有力的因素，因而也是影响诗歌节奏的一个重要环节，诗歌中动人的旋律也主要是通过语调的重复和回旋达到的。语调可以说是无限丰富的，它恰好和我们情感的丰富相对应。就此而言，散文的音乐可能几乎是无限的。它远比几种有限的格律模式更丰富、更深厚、更宽广。事实上，我们只有经由语调这一途径，才能正式进入语言的音乐这一特殊的领域。而以往那些貌似精致的格律模式为我们提供的不过是对音乐的机械的模拟，它只具有表面的音乐效果，实际上背离了音乐的本质——它和情感的内在联系。在采用传统模式写作的成功之作中，真正的音乐性实际上仍然来自诗人对语调的灵活运用，其现成的格律模式不过是一件合身的衣服。真正的美来自衣服下充满生命活力的身体，如果没有这一活跃的身体的作用，衣服无论怎么合身也永远是死的，不可能有任何生气。在一般的情形中，这衣服其实并不怎么合身，而且在很多情形中，它实际上成了身体的枷锁。惠特曼的诗并不要去模拟音乐的某几种有限的效果，而是真正用音乐的方法写成的。它本身就是音乐，充满了音乐，回荡着大海的激动不安的旋律、歌剧的崇高的音调和最精彩的演讲中高亢的、充满活力的语流……由此可见，在散文的语言和诗歌的语言之间并不存在天然的鸿沟，诗歌远非只能采用几种有限的诗歌句法和那些被判定为优美、典雅、可以入诗的词汇，一切在散文得以采用的句法和词汇，诗歌都可以而且应当采用。散文的句式和结构经过提炼和沸腾的情感之流的熔铸完全可以提供诗歌所需要的充分的音乐性，这一音乐性比传统格律模式里所提供的带有更多的个性的创造，因此也远为丰富生动。

也许有人要问，那么诗歌和散文的界限在哪里呢？在一种自觉的写作中，诗歌从哪里开始，散文又在哪里结束呢？我们说诗歌和散文的区别在内容而不在形式。诗歌最根本的特性就是为人类提供令人惊异的经验。套用废名的话，那些按照格律模式写作而没有为我们提供任何诗歌的激动的作品,其形式上是诗歌的,而内容上则是散文的。相反,惠特曼的诗在形式上可能是散文的,而在内容上却真正是诗的。这就是为什么符合格律的诗那么多,而真正的好诗却总是那么少的原因。惠特曼再一次提醒我们回到诗歌的这个本质,事实上它被那些一味遵从格律的诗人遗忘很久了。

从某种程度上说,诗歌和散文的区别就像人群和队伍的区别。同样的一群人,在队伍中和不在队伍中,他们的意识、状态和行动的方式都是不同的。诗歌不是散文,这是大家能达成的共识。区别在于,惠特曼认为,每一个词语、每一种句式都有资格进入队伍并成为合格的战士,而那些固持传统的诗人认为,只有出身高贵的词语、句式才能进入队伍,平民出身的词语、散文句式是没有资格进入诗歌队伍的。这才是惠特曼的文学民主意识和一直被奉行的文学贵族意识之间的矛盾和冲突。

诗歌从哪里开始?诗歌就从情感给散文发出指令,使散文获得舞蹈的节奏,按照同一的节奏跳起舞来的时候开始,就从散文的散兵游勇被整列成诗歌的队伍的时候开始。在这方面,惠特曼以自己的天才和卓越的实践为我们提供了十分有益的经验和几种重要的技巧。

分行是惠特曼为我们提供的第一个重要的技巧。分行可以说是将人群整列成队伍的第一声明确的指令。它是对散文接受诗歌整编的一种召唤,也是一声咒语。它明确告诉我们,在这一队列里的散文句子是按照诗歌的要求来行动的。这就是一种采用散文句法的诗歌为什么仍然要保留分行形式的原因。传统格律诗也是分行的,但惠特曼的分行技巧和传统的方法完全不同。传统的方法是通过计算音节来划分诗行的,为此不惜对字句加以砍削扭曲,很多时候不得不从中间将诗句折断。用美国惠特曼学者威廉·肯尼迪的话说，就是为了字句的整齐，不惜扭伤思想的脖子！这也是那些别扭的诗歌句法得以流行的根源。与此相反，惠特曼的分行是按照思想的自然幅度来进行的。惠特曼令人惊讶的长句"与他的主要动机中的激动性质相协调——也与他的时代精神相符合——并且适合他的主题的宏伟性"（威廉·肯尼迪语）。可以说，惠特曼重新发明了分行的技巧，并以自己的实践证明了这一新技巧的重要性。

列举法是惠特曼为他的自由体诗发明的另一个重要技巧。其形式特征是每一诗行的句首或者句尾采用相同的词汇、短语或短句，将一连串类似的形象、动作和内容排列在一起。列举是一种淋漓的铺陈。根据一些惠特曼专家的论述，它在惠特曼诗歌中起着几方面的作用：首先，它是营造史诗气氛的一个有机的因素。其次，它是作为观察者的惠特曼和其包罗万象的自我意识之间的维系物。此外，它还帮助诗人"将事实的诗的陈述带回了语言的最初状态和感觉的发端之处"。通过重复和积累，词语获得了新的含义，形象突显了其重要性。事实上，它也是形成惠特曼诗歌中强烈的律动和节奏的重要技巧。当然，列举法的不加节制地滥用，也给惠特曼的诗歌带来了某些负面的效果，给诗歌的精练造成了损失。

平行法则是惠特曼营造诗歌的韵律效果的另外一个重要技巧。其形式特征是两行或多行诗的语法结构相同，思想和形象类似或相近，甚至词类也相同。如果说列举法涉及的是行内或诗节内句子成分之间的关系，它主要影响诗歌的节奏，那么平行法涉及的是一个行与行、诗节与诗节之间以及局部与整体之间的关系问题，它主要影响诗歌的韵律。

下面我们试以《有个天天向前走的孩子》一诗为例，看看惠特曼是如何综合运用上述技巧，把表面上的散文转化为激动人心的歌唱的。

首先我们要注意的是这首诗的语调。与典型的惠特曼诗歌中高亢的咏叹调相比，这首诗的语调显得平静、沉着，但它仍然保留了一种先知的口吻和声调。这我们从诗中贯穿始终的陈述语气可以充分感受到。"他只要观看某一个东西，他就变成了那个东西"，这样的陈述事实的方式和"上帝说要有光，于是就有了光"的方式是一致的。这一语调对一个现代读者来说显得过分傲慢，可能会产生一种拒斥的心理。但是当我们想到这首诗的写作年代以及它所代表的那个精力充溢、充满开疆拓土的创造精神的时代，这样一种傲慢的态度就变得可以接受了。还有一个促使我们原谅惠特曼的理由是，诗中隐身的抒情主角并不能等同于惠特曼本人。他既是一个"个人"，也是那个时代的美国人的"全体"，还是那个时代本身。从音韵的角度讲，这一语调的反复、扩展和变化构成了全诗韵律发展的基础。

同时我们也注意到，诗中相对平静的语调，并没有妨碍诗歌形成宏伟的气势。我们仍然能够从中感受到惠特曼诗歌那种气韵悠长、绵绵不绝的声音效果。这一效果的获得正是与列举法的大量使用分不开的。从第二节开始，每一节除了开头或者收尾处的一个陈述句外，诗歌的主体部分几乎完全是并列的名词性短语的列举。通过这种反复列举，意义获得了累积，诗歌的节奏明显得到了加强，而且在意象和声音上都造成一种无限延伸的效果。但是列举的过程并不是毫无变化的重复，不但诗歌的形象有富于层次的变化，语法结构上也并非完全一致。比如，第五节开始的三行诗就不是并列的名词性短语，而是三个并列的描述性和陈述性分句，由此在重复中造成变化,给诗歌的节奏带来了变化。诗的分行正如威廉·肯尼迪所说是按照思想和形象的自然幅度来划分的,每一行表达一个相对完整的思想,或呈现一个或一组相对完整的形象。诗行有长有短,长行和短行互相交错,长行则往往由较短的短语组成,在行内有较长的停顿,从而即使整首诗气势不断,而又在呼吸上得到休整。这种分行的技术体现了很高的艺术技巧。

平行法的运用在这首诗中也很典型。诗歌第一节表述的"他只要观看某一个东西,他就变成了那个东西,／在当天或当天某个时候那个对象就成为他的一部分"这一全诗的主要思想在下面各节中被有变化地重复了五次,分别为第二节的开头和结尾,第三节的开头,第四、五两节的结尾。这种重复造成了诗节与诗节之间结构上的平行和声韵的回环,是诗歌韵律的一个主要来源。

这首诗具有一个典型的音乐性结构。整首诗可以分为两个大的部分,一至四节为第一部分,第五节为第二部分。第一部分由一个第一主题和两个次要的变奏主题组成。第一节是其第一主题部分:"他只要观看某一个东西,他就变成了那个东西,／在当天或当天某个时候那个对象就成为他的一部分"。这一主题在下面各节中被分解成自然和人事两个变奏主题。第二节为第一变奏,即他所观看和接触的自然变成了他身上的成分;第三节逐渐由第一变奏转入第二变奏,他所接触的人事变成了他身上的成分;第四节则是第二变奏的延伸部分,他的父母成了他身上的一部分——这显然是对父母在孩子成长过程中的特殊作用的有意识的强调。整个第二部分则是对第一部分的反向变奏,从父母的主题到人事的主题再到自然的主题,最后回到第一主题,完成了一次逆向旅行。这一结构堪称完美无缺。

这首诗在细部上的一些花饰也值得注意。"他只要观看某一个东西,他就变成了那个东西,／在当天或当天某个时候那个对象就成为他的一部分,／或者继续许多年或一个个世纪连绵不已"。这里,"那个对象就成为他的一部分"是对"他就变成了那个东西"的解释性的呼应,"或者继续许多年或一个个世纪连绵不已"是对"在当天或当天某个时候"发展性的呼应。第五节中,"那些白天黑夜的怀疑,那些奇怪的猜测和设想,／猜测那些现象是否属实,或者全是些斑点和闪光,／那些大街上熙熙攘攘的男女,他们要不是些闪光和斑点又是什么?"这一句中,也被细心地雕上了一些精巧的花饰。通过两个"猜测"之间,"斑点和闪光"与"闪光和斑点"之间的呼应,不仅在音韵上形成反复,诗行中的思想也得到了发展和丰富。

惠特曼曾将自己的诗歌与海洋类比:"诗行像大海的波涛汹涌不已,不断升腾又降落。有时阳光灿烂,有时平静,有时挟着风暴肆意奔驰,永远在运动,永远波涛滚滚,没有一个浪涛在大小、缓急上完全一样,从来不给人完成和固定的感觉,永远有更远的在远方。"读过《草叶集》的读者定会承认惠特曼此言决非自夸。《有个天天向前走的孩子》不是一首"挟着风暴肆意奔驰"的诗,而是一首语调沉着、从容的诗,可以说是大海的温柔的低语。但细心的读者一定会感觉到,在这样一首平静的诗中仍然蕴涵着大海的全部宏伟的气势和深沉博大的力量。这是因为它和那些鸿篇巨制有着同一的来源,同是那大海的一部分。

弗罗斯特

罗伯特·弗罗斯特（Robert Frost，1874—1963），美国诗人。生于加利福尼亚州。11岁丧父，随母迁居马萨诸塞州。中学毕业后，在哈佛大学肄业两年。这前后曾经做过纺织工人、教员，经营过农场，并开始写诗。1912年举家迁往英国定居。在英国期间，出版了诗集《少年的意志》（1913）、《波士顿以北》（1914），受到好评，并引起美国诗歌界的注意。1915年回美国，在新罕布什尔州经营农场。其后诗名日盛，1924年、1931年、1937年、1943年四次获得普利策奖，并在几所著名的大学担任教职、驻校诗人与诗歌顾问。弗罗斯特晚年是一位非官方的桂冠诗人，受到美国各界的推崇。

弗罗斯特被称为"交替性的诗人"，他的诗风兼有传统诗歌和现代诗歌的特点，表面朴实无华，然而细致含蓄，耐人寻味。他被认为是与艾略特并列的美国两大诗歌中心之一。弗罗斯特的主要作品还有：诗集《山间》（1916）、《新罕布什尔》（1923）、《西去的溪流》（1928）、《又一片牧场》（1936）。1949年出版了《诗歌全集》，以后仍陆续有新作发表。

雪夜驻马林边

这是谁的林子想来我知道。
尽管他的房屋在村里;
他不会看到我在这儿停下
观看他的林子积满雪花。

我的小马定会觉得奇怪
停下来而附近没有一间农舍
就在林子和结冰的湖之间
一年中最黑的一夜。

他抖响颈上的铃铛
问是不是出了什么差错
别的唯一的声音只是
悠然的风和绒绒的雪片扫过。

林子可爱,黑而且深,
只是我有一些诺言要守,
睡觉前有许多哩要走,
睡觉前有许多哩要走。

(周伟驰 译)

小诗大境界[1]

周伟驰[2]

弗罗斯特在英美现代诗史上是一个卓尔不群的人物。与智性、晦涩的艾略特式新玄学诗派不同,他的诗往往在"明白易懂"的词句下隐藏着几近深不可测,甚至"可怕的"意境。对于尝惯了艾略特、奥登口味的"精英"读者来说,弗罗斯特仿佛是一件过时的东西,被他们打发掉了。而"普通"读者则视他为伟大的乡土诗人或"民族诗人",认为他明智、舒缓、幽默,深谙新英格兰的人情世故。笔者2000年8月于旧金山参加一个与诗歌毫不相干的会议,会上的主席在谈到志业的选择时,随口将弗罗斯特的《一条未走的路》悉数背出,令我恍惚觉得弗罗斯特之在美国就如唐诗之在中国。而谁能背得出艾略特或庞德那样支离破碎的诗呢。

但在一些诗人、诗评家看来,"精英"和"普通"读者可能都"错过"了"真正的"弗罗斯特。对弗罗斯特的评价涉及诸多文本阐释问题,像布罗茨基对《家葬》进行的精密分析,希内对《白桦树》的赏玩,都是颇有意思的重新构造。就阐释而言,既与文本本身的质

---

[1] 本文选自《读书》2002年7月。
[2] 周伟驰(1969—)诗人、学者、翻译家,中国社会科学院世界宗教研究所研究员,博士生导师。著有诗集《避雷针让闪电从身上经过》,诗论集《小回答》《旅人的良夜》,论著《太平天国与启示录》《奥古斯丁的基督教思想》等。

地有关，也与阐释者的见地有关。文本过于支离破碎，本身就是一堆废墟，在其上建造雄伟的诠释学大厦固然容易，但正如"画鬼容易画虎难"，难免给人"可爱而不可信"之感，仿佛印证了"诗歌是个任由打扮的小姑娘"。文本过于完整，意思过于单一，又会没有阐释家发挥的余地，让他们觉得无用武之地，从而缺乏对之"解剖"的兴趣。当年哈代就因为"不具有可挖掘性"，其诗一看即明，被打入冷宫数十年，其"内在美"还要在"打倒艾略特"之后才能悦人的眼目。阐释家的见地，真所谓"仁者见仁""智者见智""淫者见淫"，对同一首诗，求伦理者会看见温柔敦厚及作者的羞耻感，以及社会风气的变迁，得到些许心灵的平安；讲智性者会在这里见到反讽，那里见到机智，得到点头脑的快乐；弗洛伊德主义者则会东看到一点性暗示，西看到一点压抑的人性，复杂点的马克思主义加弗洛伊德主义加女权主义加福柯主义还会发现诗中隐蔽的阶级趣味、性政治、性与政治的同构，或宏观或微观的权力压迫、压抑、压榨、压力。诗要具有"适当的""可阐释性"，就不要太支离破碎，弄得阐释家冒"指鹿为马"之危险，也不要过于完整、滴水不漏，弄得阐释家手足无用，不能体现出其职业存在之意义何在。弗罗斯特在这点上走得相当稳，他的几首名作，都具有整体意境，为广大人民群众所热爱，但又有意无意在里面留了许多"空当（gap）"，达到"言有尽而意无穷"的效果，从而为专业批评家留下了练武场。

《雪夜驻马林边》许是弗罗斯特最负盛名的一首小诗，被他称为"我最堪记忆的一首诗"，首次出现于1923年出版的诗集《新罕普什尔》。对这首诗该如何解释，历来众说纷纭，莫衷一是。鉴于"诗歌就是翻译中损失掉的那部分"，这里有必要将原文和译文对照着来阐读。好在原文体现了弗氏一贯的"简单易读",读者亦可复习巩固一下英语,顺便领略英诗大家的"语言美",何乐而不读。即使不读原文,也不会妨碍我们对阐释的理解。

Stopping by Woods on a Snowy Evening

Whose woods thees are I think I know . / His house is in the village thought; / He Will not see me stopping here / To watch his woods fill up with snow . // My little horse must think it queer / To stop with out a farmhouse near / Between the woods and frozen lake / The darkest evening of the year . // He gives his harness bells a shake / To ask if there is some mistake . / The only other sound's the sweep / Of easy wind and downy flake . // The woods are lovely . dark and deep , / But I have promises to keep . / And miles to go before I sleep , / And miles to go before I sleep .

(译诗略)

粗读一遍,这首诗写主人公("我")在一个夜晚经过一座森林时,林中雪景令他流连忘返,伫立良久,因想起有承诺在身,遂只好离开。情节(plot)就是这么简单。这首诗,作者常在公共场合朗诵它,也乐于让人们对它进行种种存在主义的、美学的解释,如果有人作"过度诠释",他会出来加以限制,并转而强调诗本身在形式上、写作过程中的特征。如有一次他就说,这首诗写作中最让他高兴的句子是"他抖响颈上的铃铛/问是不是出了什么差错"这两句。这里我们先不管作者的意见,只将它视为一个客观呈现的文本,来看对它的几种解释。

第一种解释可名之为"社会生活——审美生活冲突论"。林中美丽的雪景使主人公入迷,浑然忘我,停步不前,但马儿提醒他还"有一些诺言要守",不能在此流连忘返,还是要回到人世间履行作为社会人的义务和责任。这里有一个大的对立:审美生活是自由自在的、沉思的、美的、艺术的、罗曼蒂克的,而伦理——社会生活则有所不同,是现实的、负有责任的、实际的。用中国哲学来说,一个是道家式的艺术、逍遥人生,一个是儒家式的承担人生。一些评论家从诗中的词入手,注意到在第一节诗人使用了"谁的林子(whose woods)""他的林子(his woods)"这样表示"所有格"的词,带有"拥有""占有"的意义,含有"作为一种投资而占有"之意;而在第二节和第四节的"林子"前则用了一个定冠词(the woods),表示此时主人公已忘记了林子的人为、占有的社会属性,看到的只是林子的天然自由状态,此即"我"体会到的审美状态。(由于汉语中"定冠词"不明显或没有the,因此无法在翻译中体现出"自由、自在、自然"这一点。从这点说,弗罗斯特说的确实没错:"诗歌就是翻译中损失的那部分!"人类思维与语言紧密相连甚至成为一体,最易由诗歌翻译中的语言差异看出。)因此同一个林子,在世俗人的眼里,只是一种投资、使用、消费的对象;而在诗人的眼里,却是一个自由自在之物,是一个审美的、没有利害关系的对象,一个神秘而独立的"他者"。林子的主人本质上和"马儿"一样,都是世俗性的"单面人",不能理解"我"的"奇怪"举止:在林边止步不前。"我"不想让他看到自己在观赏他的林子,是因为"我"意识到他也会像"马儿"那样对"我"的"出神"感到"奇怪",二人是没有什么共同的志趣的。从"我"对林子的主人和"马儿"的反应来看,"我"对于自己的举止和精神状态是相当清醒的,因此他不会像马儿那样觉得自己"奇怪",他知道这只是观察世界的方式不同而已。"马儿"提醒诗人,还是要守义务,不能纯粹地沉醉于审美愉悦之中,看来最后主人公还是返回到了世间义务,虽然他觉得十分遗憾,就跟为那条"未走的路"遗憾一样。这种解释的要点,在于将林中景视为正面的价值,认为它代表着美和艺术。这样美学生活和伦理生活二者只能选一个,或许美学生活还更胜一筹,更引人向往,只不过人必须先得在社会中尽义务求生存,因此对之只能略微窥一窥,叹息一下,走开而已。这种解释,在经典诗歌教材《声音与意义》(Sound and Sense)一书中可以找到。

但是有人指出,林中景并不只是美,还有危险,诗中不是说了吗:"可爱,黑而且深"?因此而有了另一种解释。

这第二种解释可名之为"死之诱惑论"。这种观点认为,"林子"与社会、城镇、房屋、安全、温暖相反,乃是荒蛮、死寂、危险、不祥之象征。林中的雪不是飘着,而是"积满着(fill up with snow)"。从时间上看,这是在一年最黑的那天夜里。从音节上分析,第三节前两行(He gives his harness bells a shake / To ask if there is some mistake)写马儿摇响铃铛,多为喉音,响亮而突兀(如shake, mistake),恰与马儿的形象、动作相配,而到了后面两行(The only other sound's the sweep / Of easy wind and downy flake),则多了柔和的咝咝声,恰与悠风落雪柔软呼声相应,其中sweep则与下面第四节之deep, keep, sleep(睡)绵绵相接,带有一种催眠的魔力,这样就不知不觉地转换到了林子的致命的诱惑,从而与本节前两行构成一种张力:一个要赶紧回到世间,一个想深入林中。第四节第一行说,"林子可爱,黑而且深",弗罗斯特本人编定的版本原文都为The woods are lovely, dark and deep, E. C. Lathem编的版本擅自改为The woods are lovely, dark, and deep, 并置成"可爱、黑、深",致使根本意思都改变了。因为弗罗斯特本读起来意思是:The woods are lovely, [i.e.] dark and deep, 林子可爱,也就是说林子黑而且深。林子在主人公眼中可爱之处就在于其黑与深。所以林子现在不是一个单纯的"美",而是带有不祥之凶恶意味了。这与音节变化表现出的风雪催人入睡的危险一致。所以有评论家认为,该诗的主题乃是死之诱惑,诗人受到林景诱惑,看着积雪消融一切的有限物,甚至涌起了自杀的本能冲动。这种下意识或非理性的冲动也可视为自然本身即有的。这样一来,对这首诗的解读就得全盘重来。诗人在这里要保持的平衡再不是审美生活与伦理义务之间的平衡,而是自我毁灭与自我保存之间的平衡。而林子的主人和"马儿"现在代表的就是自我保存的、理性的和"健康的力量"了。"马儿"(实际是主人公的自我保存力量)也本能地嗅到了林子的危险气息和"我"的阴暗面。实际上也有传记作家指出,这首诗带有自传性质。1905年圣诞节前夕,弗罗斯特为了筹钱给孩子买圣诞礼物,跑到附近镇上去卖鸡蛋,本来抱着希望去,结果空手而归。在回家的路上看着林中雪景,不禁泪从中来。这首诗虽然写于十七年后,但无疑是因忆起以往艰辛而起。(见Daren L. Kelcup之《弗罗斯特和阴柔文学传统》,持"死之诱惑论"的人还有Jeffrey Meyers等人)不过,弗罗斯特在世时,反对评论家对这首诗作"过度诠释",尤其反对"自杀"说,力图将读者的注意力从传记和内容、主题撤回来,转到诗作为诗的构成过程上来。他说,评论家John Ciarai将这首诗视为"死亡的诗"。但实际上这诗的意思不过相当于"这很可爱,不过我必须动身去天堂"。这么说没什么荒谬的。不能说它就是死亡的诗。这相当于我现在说:"这好极了,但我必须动身去亚利桑那州的凤凰城做一次讲座。"与死亡毫无关系。因此,结合弗罗斯特的一些诗观,有的评论家对这首诗提出了另一种解释。

这第三种解释不妨称之为"语言游戏冲突论"。它反对以前那种从文字所"表现"的内容来作的解释,认为对这首诗不能从传记、内容上解释,而应从它作为一种语言的游戏、词语的生成过程来加以理解。传记论的错误在于将诗中主人公的情绪与诗人本身的感情混同,其实诗人写作时虽然写的可能是痛苦往事,但写时一般反带有一种愉悦感,而主人公也并不就是诗人本人。何况诗是一种全新的构成呢。

诗中所谓的"诺言",不应理解为对于社会义务责任一类的允诺,而只是诗人在写作该诗时对于诗将要有一个怎么样的形式的预许。弗罗斯特在《持久的象征》(*The Constant Symbol*)一文里说,在写到"雪夜驻马林边"第二节第一行时,他做了一个鲁莽的"不必要的承诺(unnecessary commitment)"。他说,"我骑得太高,以致没在乎招来的麻烦。只要我没有遭遇到偏离,它就没什么问题"。据评论家Mark Richardson解释,这是指作者对该诗形式预先有个要求,力求完美。但在实际上他没有达到。从韵律上说,这首诗有四节,每节四行,前三节押的脚韵格式是aaba,bbcb,ccdc。前三节如此,照理第四节也应如此。但第四节没有做到这点,不是dded,而是dddd。他本也可以弥补这点,将第四节倒数第二行与第一节第一行押韵,成为ddad,造成整首诗的循环之势,从而不留下任何缺陷。但他没有做到这点，所以还是造成了偏离，没有恪守住他的"承诺（commitment）"。这个"承诺"也就是诗中所谓"诺言（promises）"。这可以理解为诗人迷失于词语自身的盲目力量中，而不能完全加以宰制。所以整首诗的主题也就是整首诗本身的形式，即形式生成的过程。这时突显出来的平衡不再是审美与义务、自我毁灭与自我保存，而是词语自身的力量与诗人理性控制之间的平衡。这样这首诗就不是关于外在之物的"内容"的，而是一首"元诗歌"，是关于诗歌本身的生成过程的了。在这首诗里，形式（诗的韵律、节奏、口吻、脚韵等等的形式因素）、内容、主题是三而一的，内容就是这首诗本身的形成，包括其形式的构成过程，主题就是诗歌构成过程中的一系列张力，如理性控制与自然本能等等。这就是弗罗斯特为何后来希望读者关注该诗的形成过程，将该诗作为诗来看，将诗人作为诗人来看，而不是一心关注作为"表达形式"的诗所"表现"的诗人的内在生平故事、隐私、思想，从传记去"索隐"，发挥其"微言大义"了。从语言游戏、诗歌文本本身的生成过程来解释这首诗的，以 Mark Richardson 于1997年出版 *The Ordeal of Robert Frost: the Poet and His Poetics* 为代表。

不过，这种解释将诗纯粹地拘泥于"文本"的形成过程，显得狭窄，多少让人觉得牵强、不真实，因为从诗技上说，诗人要达到形式上的"诺言"并不难，将那个韵脚押上去就行了。难道不押就显得有词语的自然而盲目的力量在作祟，而押就显得理性力量过于强大，压抑了自然的力量？同时，要让人们认为诗中事与诗人本身体验、经历毫无关系，没有必要，也是不可信的。否则诗歌文本就真的成了一堆"无限滑动的所指链"，与"事物""事情"没有联系，成为无根之木、无线风筝了。在这点上，保持约翰逊博士那样的常识，是重要的。

总的来说，文本一旦出笼，进入公众视野，对它的解释权就成了"公众的权力"了，任何人只要能自圆其说，不自相矛盾，就能形成自己的"读法"。作者本人对此实在是无能为力的。中古教父奥古斯丁在谈到对《创世记》的解释时说，对于同一段经文可能出现好几种不同的、都能自圆其说的解释，无法判断谁"正"谁"邪"，但只要它们都能促进信仰、不危及信仰，就可以认为它们是合法的。这也适用于对这首诗的解释：只要它们能够自圆其说，能够促进我们的诗歌美学敏感性，就是合法的。因此作者的权威在这里并不起最终的作用。这里我们不妨结合以上几种解释（主要是第一、第二种），着重从"关系"的角度对这首诗做一种解释。

这首诗由各种对立的形象形成了一个宽广的"张力空间"，可以容纳许多种不同的、甚至截然相反的解释。这个"张力空间"是由诗中几个主要"人""物"之间的复杂关系构成的。

"我"与林子的主人显然不同，诗中通过"所有格"和定冠词暗示，林子对于他只是一种外在的"占用"的关系，对于"我"却是一种内在的呼应的关系，甚至形成致命诱惑。对于这种歧异，"我"也是有所意识的，知道在林子的主人眼里，"我"的举止一定"奇怪"。

"我"与马的关系，相对而言要亲密。马是"我的（my）"马，就此而论也有一种"所有"关系，不过，"我"和"我"的马是心意相通的，这从第二节、第三节对马的拟人化看得出来，因此二者是"不隔"的。不过，马对待林子的态度本质上是和林子的主人一样的，就是对我的举止感到"奇怪"。对于"他"（英文中称之为

"他"而不是汉语中常用的"它",又一个语言差异导致思维差异的例子)来说,本能的需要是要得到满足的,比如现在寒夜里要快点回到温暖的"家",有好地方睡,有好食物吃,林中风景、林子的诱惑之类对于"他"是"无用的""无益的",他也漠不关心、不能领略,所谓"不解风情"也。所以他对于林子的态度是一种"实用主义"的态度。马对"我"的询问和提醒实际上是"我"对"我"自己的询问和提醒,马和"我"的心意相通只是部分的,只是实用的那部分,"他"没有审美的那部分,因此无法在这方面和我相通。

"我"与林子的关系是这首诗里的核心关系之一。无疑,林子引起我的兴趣,令我观望得"出神",使得我"停在这里(stopping here)"。这是什么样的林子?是冬天最暗一夜的林子,林子里雪正在堆积。林子边有一个"结冰的湖",附近杳无人烟,风声之外,万籁俱寂,一片荒凉。是什么使我"停"了下来?这个问题比较复杂。因为对它的解释会引起对整首诗的解释的重构。谈到林中景的几句,显示了诗人高度的语言暗示技巧。第一节to watch his woods fill up with snow中的fill up with snow,是"用雪填满、装满他的林子"的意思,可见雪是多么的厚。白雪茫茫一片,盖掉了一切有限之物的界限,就好比死亡之抹平一切,也许真会使"我"产生躺在雪上来一个雪葬之冲动;第三节的后两行,The only other sound's the sweep / Of easy wind and downy flake,是评论家们注意的一个焦点。它与本节前两行写马儿振铃动作的音韵不同,失去了清醒感,从而不知不觉地处于一种轻柔如梦、催眠曲般的寂静之中,正与诗中所写的悠悠的风不经意地扫过、鹅毛大雪静静地落下相应。这里用到了-eep韵(sweep),引发起下一节的deep,keep,sleep,与"睡眠"连在一起。诗人这里是在暗示,林子对于"我"有一种催眠般的诱惑,这种诱惑不一定是善良、仁慈的,而可能是致命的(令我昏昏欲睡,sleep)。第四节第一行说,The woods are lovely, dark and deep,林子的可爱与黑、深是连在一起的。吸引"我"的都与林子的"黑而且深"有关。如果将"黑而且深"也理解为"可爱的",那么无疑"我"之观看林子是在欣赏美景,就会出现上面所说的"社会生活——审美生活冲突论"。如果将"黑而且深"之"可爱"解作"致命诱惑",却会有不同的结果。结合弗罗斯特的别的诗里的林子形象,如《进来》(Come In),可看出林子是一个负面形象,在它里面是不安全、危险,或布罗茨基所说的"恐怖",相当于但丁《神曲》中的"黑暗的林子"。这样一来,林子之吸引"我",就是一种危险、致死的力量在"召唤"我、"催眠"我,引发我潜意识里的自我毁灭的冲动。除了第三节后面两行的暗示外,全诗最后两行的重复句 And miles to go before l sleep(睡觉前还有好多哩要走)无疑会加强这一印象,因为sleep(睡觉)在诗歌传统里一直是暗示"死"的。不过,即使将这里的"睡"解释成"死",也仍有问题。有人指出,这句话是说人生短暂(不过几哩嘛,miles),因此人要在这短暂一生里追求真理,有所作为。另外有人则联系上文引申,这句话是相当于说"死之前还有好多年要活",这样就将审美之沉思出神与死亡做了对比、类似或平行并置。诗人的总体意思似乎是在说,美在生命中有其关键价值,但将一生投入到它之中而舍弃别的义务,却等于是死了,就是在社会人的意义上死了。不过,具体到对"睡觉之前还有好多哩要走"的解释,我们却会发现还有许多困难。结合语境做字面解,这句话是在"不过我有一些诺言要守"之后说的,因此也许我们可以这样理解:"我"本受了林子的诱惑,想停留在这里,不过想到诺言在身,就又要上路了。到达目的地(也许是家,也许是别的什么住的地方)还有好多哩,只有到了之后才可以休息(睡觉)。现在则还不能休息(而林子可能在诱惑他早点休息)。因此这句话的字面意思其实很简单,无非是"还要走好多哩才可以得到休息",或者"还要走好多哩才可以到家睡个好觉"。如果我们在此做"喻意解经法",比如将"睡觉"作"死亡"解,则结合上下文,可以说,林子的诱惑使他想到"死",但又想到人世间的义务缠身,因此现在不能死,得保持生命,这样就将死亡推迟到以后了,还得过许多年才能够死。这样"走好多哩"就意味着活许多年、尽许多义务。至于在这过程中还会不会继续关注林子并受其诱惑则不得而知了。无论是做"字面解经法"还是做"喻意解经法","睡"都与林子引起的催眠效果有关,只不过"我"最终清醒地对这催眠的引诱做了拒绝。就如同《进来》中对进入林子的邀请做了拒绝一样。诗到这里真的成了弗罗斯特所谓的"与混乱相对抗的瞬间"了。

无疑马和林子都对应于"我"的一部分,而它们是对立的。它们构成了自我内部的冲突。这首诗就是要维持"林子"和"马"之间的平衡。这种平衡是一种动态的平衡,是张力中的平衡,张力就构成了这样一个"我"。

布罗茨基有一个说法很好,他说,艾略特的诗是貌似复杂其实简单,比如"我的开始就是我的终结"或"我的终结就是我的开始"之类句子,而弗罗斯特的诗是看似简单其实复杂,比如《进来》《家葬》以及我们分析的这首诗。我们姑且分别名之为"词语的复杂"和"关系的复杂"。前者是单义的、理性的、抽象的,偏重于语言本身的智性美,后者则是歧义的、情境的、具体的,偏重于对世界、对"人""物"及其关系的揭示,揭示其深层的矛盾。真正识货的读者,知道这样的诗是更好的诗,不故弄玄虚、制造晦涩,是在骨子里体现了生活和语言本身的复杂性,而在形式上,又能为普通的大众喜欢,使诗与人民亲和,确实显出了其卓尔不群、老而弥辣的深厚根底。难怪布罗茨基称赞他,说他无须炫耀他的学识,因为他的学识是天生的。我们看不到他在诗里如艾略特那般掉书袋、左一个传统右一个文化,但他对语言、人性、世界的洞察,岂不正显出了深厚的学识吗?而对宇宙、世界、人世之中复杂关系的领悟,是他对于世界诗坛的一个贡献,也构成对现代诗、对现代人、对现代生活方式的一个纠正。从这首小诗,我们实在可以看出一个大的境界。

(2001年9月22—24日)

步 入

当我来到树林边,
画眉的音乐——听!
如果现在林外是黄昏,
那林中就是暗影。

树林对于鸟儿过于黑暗,
它拍打灵巧的翅膀,
修筑它过夜的处所,
这时它依旧在歌唱。

最后的那一缕阳光
已消失在了西方,
但依旧有一首首的歌
响在画眉的胸腔。

从远处如柱的黑暗里
传来画眉的音乐——
几乎就是在召唤人们
步入黑暗和悲哀。

但是不,我是来看星的:

我并不想步入。

即使受人邀请,我也不去,

也无人邀请过我。

(唐烈英 译)

家 葬

他从楼梯下向上看见了她,

在她看见他之前。她开始下楼梯,

却又回头望向一个可怕的东西。

她犹豫地迈出一步,却收住了脚,

她又站高了些,再一次地张望。他一边说,

一边向她走来:"你看见了什么,

总在上面张望?——我倒是想知道。"

她转过身来,瘫坐在裙子上,

她的表情从害怕变成了呆滞。

他抢时间说道:"你看见了什么?"

他向上爬,直到她蜷缩在他的脚下。

"我要答案——你得告诉我,亲爱的。"

她独自站着,拒绝他的帮助,

稍稍梗了梗脖子,保持沉默。

她让他看,但她确信他看不见,

瞎眼的家伙,他根本看不见。

但最后他低声说了"噢",又说了声"噢"。

"那是什么?是什么?"她说。

"是我看见的东西。"

"你没看到,"她挑战道,"告诉我那是什么。"

"奇怪的是,我没有立刻看见。

我以前从未在这里注意到它。

我大概是看习惯它——就是这个原因。

这小小的墓地埋着我们的亲人!

真小,从这窗框中可以看见它的全貌。

它还没有一间卧室大呢,是吗?

那里有三块青石和一块大理石,

还有可负重的小石板躺在阳光下,

在山坡上。我们对这些不必介意。

但是我知道:那不是一些石头,

而是孩子的坟冢——"

"不,不,不,

不。"她哭喊着。

她向后退缩,从他的搁在扶手上的胳膊下

退缩出来,然后滑下楼去。

她用令人胆怯的目光直盯着他,

他连说两遍才明白自己的意思:

"难道男人就不能提他死去的孩子?"

"你就是不能!——噢,我的帽子呢?
噢,我并不需要它!我要出门。我要透口气。
我不知道是不是该让男人提起。"

"艾米!这个时候别去别人那儿。
听我说。我不会下楼的。"
他坐下来,用两个拳头托着腮。
"有件事我想问问你,亲爱的。"

"你才不知该如何问。"
                    "帮帮我。"
她伸手推动门闩作为全部回答。

"我的话好像总是让你讨厌。
我不知道该说些什么样的话,
能让你开心。但是你可以教我,
我想。我还不能说我明白了怎么做。
一个男人得部分放弃做个男人,
面对女人。我们应做些安排,
我发誓往后决不去碰一碰
你讲明了你会介意的任何东西。
虽然我并不喜欢爱人间这样行事。
不爱的人缺了这些不会生活在一起。
相爱的人有了这些则无法相守。"

她移动了门闩。"不——别走。
这个时候别把它带到别处去。
告诉我,这样做是否通人情。
让我分担你的痛苦。我与其他人
没什么两样,可你却站在那里,
离我远远的。给我一个机会。
我觉得,你也稍稍过分了一点。
是什么使你老是想不开呢?
一个母亲失去了第一个孩子,
就永远痛苦——即使在爱情面前?
你认为这样怀念他才能得到安慰——"

"你在嘲笑我!"

"我没有,我没有!
你让我生气。我要下到你那里去。
上帝啊,这女人!到了这个地步,
一个男人不能提到他死去的孩子。"

"你就是不能,你根本不懂怎样提起。
如果你也有感情,你就会用你的手
给他挖一个小坟——你行吗?
我从那个窗口看见你在那里,
见你扬起沙土,扬向空中。
扬啊扬,就像这样,土轻轻地,

滚回来,落在坑边的土堆上。
我想,那男人是谁?我不知是你。
我走下楼梯,又爬上楼梯去,
再看一遍,见你还在挥锹扬土。
然后你进来了。我听见你的低音
在厨房外响起,我不知道为什么,
但我走过去,要亲眼看一看,
你正坐在那儿,鞋上污迹斑斑,
那是你孩子坟墓上的新泥
然后你又讲开你那些琐碎事情。
你把铁锹靠在外面的墙壁上
就在门口,这我也看见了。"

"我想笑,笑出有生以来最苦的笑。
我真苦!上帝,我真不信我的苦命。"

"我能重复你那时说的每一个字:
'三个多雾的早晨和一个阴雨天,
建得最好的栅栏也会烂掉。'
想一想,这个时候还这样谈话!
一根桦木腐烂需要多长时间,
这与变暗的客厅又有什么关系?
你不必担心!作为最亲密的朋友,
可以一起去死,但这样太唐突。

他们还是完全可以不要去死。
不,当一个人要死的时候,
他孤独,他死的时候更孤独。
朋友们假装都来到他的墓地,
可棺木尚未入冢,他们的想法已变,
想他们如何返回自己的生活,
和活人一起,办他的熟悉的事情。
世界邪恶。如果我能改变世界,
我就不会这么悲伤。唉,我不能,我不能!"

"瞧,你说出来了,你会好受些的。
你现在不会走了。你在哭。关上门!
你的心情已好,为何还要坚持?
艾米!大路上走来了一个人!"

"你———噢,你认为就说完了。
我要走,离开这个家。我怎能让你——"

"如果——你——走!"她开大了些门。
"你要去哪里?先得告诉我。
我会跟着你,把你拉回来。我会的!——"

(唐烈英 译)

悲伤与理智[1]

(美)布罗茨基

一

本文是四年前在巴黎国际哲学院举行的一次研讨会的结果。那次讨论气氛活跃，但有关传记方面的素材较少——在我看来，这些素材通常与对一件艺术品的分析不相干，尤其是对一名外国读者来说更是如此。无论如何，这几页中的代词"你们"是指那些对罗伯特·弗罗斯特的诗歌的抒情性和叙事方式的特点一无所知或知之甚少的人。那么，首先来谈一些基本的东西。

罗伯特·弗罗斯特出生于1874年，卒于1963年，享年八十八岁。他一生中只结过一次婚，有六个孩子；年轻时，他身无分文；他先是种地当农民，后来先后到几所学校教书。他很少出去旅行，直到晚年才开始四处漂泊；他一生主要居住在美国东海岸新英格兰地区。如果说是先有诗后有诗人传记的话，这位诗人写的诗却不足以写一本传记。他共出版了九本诗集；其中第二本《波士顿以北》是在他四十岁时发表的，他因此成名。那是在1914年。

自此，他的事业稍稍顺利了一些。但是，他的文学声名并不十分卓著。这时，第二次世界大战爆发了，战争使弗罗斯特的作品开始受

---

[1] 选自布罗茨基《文明的孩子》，中央编译出版社1999年版。

到普通大众的注意。1943年，美国战时图书理事会将五万份弗罗斯特的诗《进入》分发给驻海外的美国军队，以鼓舞士气。到1955年，他的《诗选》已出至第四版，他的诗歌已在全国获得一致的好评。

的确如此。在《波士顿以北》发表后近五十年的时间中，弗罗斯特获得了一个美国诗人能得到的几乎所有的荣誉；在弗罗斯特去世前不久，约翰·肯尼迪邀请他参加美国总统就职典礼，并请他在典礼上朗诵了一首诗。受到总统如此赏识和礼遇，弗罗斯特自然招致许多嫉妒和怨恨之言，而其中大部分出自弗罗斯特自己的传记作家之手。而奉承和怨恨此时有一个共通点，即对弗罗斯特的全盘误解。

他通常被看作是一位乡村诗人，写乡村背景诗的诗人——他是一个朴实、执拗、爱说俏皮话的老乡绅，总是充满自信。简而言之，他是一个传统、典型的美国人。公平地说，他通过在一生中无数次的公开露面和采访中对自己形象的精心设计，更加深了这一概念。我认为他这样做并不难，因为他本身就具有这些品质。他确实是一个典型的美国诗人。不过，要找出这种品质形成的原因和"美国人"一词与诗歌的关系，以及它的含义是什么，则是我们的事。

1959年，在纽约为罗伯特·弗罗斯特八十五岁生日举行的宴会上，当时最著名的文学批评家里奥奈尔·特里林[①]站起身，手举酒杯，宣布罗伯特·弗罗斯特是"一个令人恐怖的诗人"。当然，他的话引起了很大的骚动，但这种说法则沿用了下来。

在这里，我希望你们能对"令人恐怖的"和"悲剧的"加以区别。你们也知道，悲剧总是既成的事实，而恐怖则总是与预见有关，与一个人对自己负面的能力——即他对自己能力的认识有关。而后者才是弗

[①] 奥奈尔·特里林（1905—1975），美国文学批评家。

罗斯特所擅长的，而非前者。换句话说，他所采取的态度与欧洲大陆传统的作为悲剧主人公的诗人所采取的态度根本不同。而正是这一不同使他成了一位——他本人希望有一个更好的称谓——美国诗人。

从表面上看，他对他所处的环境——尤其是对大自然格外偏爱。他流畅的语言、他"对农村各种事物的精通"都能使人留下这一印象。然而，欧洲人感受大自然的方式与美国人的有所不同。W. H. 奥登曾在一篇有关弗罗斯特的短文（也许是有关该诗人最好的一篇评论）中提到这一不同点，他的大概意思是说，当一个欧洲人想象一下他将面对的大自然时，他便走出农舍或小酒店，或与朋友或与家人在傍晚去户外散步。如果他遇见一棵树，这是一棵熟悉历史的树，是历史的见证。某个国王曾坐在这棵树下，颁布了某项法律条文，诸如此类等等。树发出瑟瑟声，就好像是在发出暗示。我们这个欧洲人会感到很满足，甚至有些忧郁，他精神爽快了起来，但并没有因这次与树的遭遇而有所改变，他回到自己的小酒店或农舍，发现朋友们或家人完全没有被触动，他们正在准备度过一段快乐的时光。与之相反，当一个美国人走出房门，遇到一棵树，就意味着平等地相会。人和树面对面站着，各有各的优势，没有附加含义：谁都没有过去，谁都不知道谁的将来会更好，这一切尚有疑问。基本上是表皮与树皮的相会。即使不是真的感到震惊或恐怖，美国人也是手足无措地回到他的小木屋中。

显而易见，这是一幅富有浪漫气氛的讽刺画，但它强调的是特征，而这一点也正是我要追求的。无论如何，第二点是罗伯特·弗罗斯特的自然诗表达的重点。在他的诗中，大自然既不是朋友，也非对手，更不是人类戏剧舞台上的背景。它是诗人令人恐怖的自画像。现在,我将从他的一首诗开始,该诗见于1942年发表的诗集《一棵见证树》。我将发表对他的诗的看法和意见,而不会考虑学术上是否公正,其中有些观点可能很悲观。我的辩护词是:(1)我非常喜欢这个诗人,并打算如实地将他推荐给你们;(2)这些悲观的看法起因并不在我:是他诗中的积淀弄昏了我的头脑;换句话说,我的悲观源自于他。

二

让我们来看一看这首《步入》(原诗略)。这是一首短音步的短诗——实际上,它是三音步和双音步、抑抑扬格与抑扬格相结合的产物。一般而言,谣曲的素材多是流血杀戮和因果报应。所以,从这一点上来看,该诗是相符的。音步给出许多暗示。我们在这里谈论的是什么?树林中的步行?在大自然中漫步?那是诗人们常做的事吗?(如果是,顺便问一句,为什么?)《步入》一诗是弗罗斯特描写这类漫步的许多首诗中的一首。例如《雪夜驻马林边》《熟悉黑夜》《沙漠地区》《在远处!》等。托马斯·哈代的《可爱的画眉》一诗与这首诗有着极其相似之处。哈代也非常喜欢到郊外散步,但他大多在一座墓地周围散步——我想,这可能是因为英国是很久以前建立的,因此要更沉闷一些。

在弗罗斯特《步入》一诗的开头,我们又看见一只画眉。你知道,一只鸟经常被当作一名游吟诗人,因为从技术上讲,两者都是能歌唱的。所以,当我们继续读下去时,我们就该记住,诗人可能正将他心灵中的某些部分托付给这只鸟。实际上,我坚信这两只鸟是有联系的。它们的不同仅在于,哈代用了一首诗中的十六行介绍一只鸟,而弗罗斯特则在第二行直接谈及他的鸟。总的说来,这代表着美国人和英国人之间的不同——我指的是在诗歌方面。因为英国人的文化遗产比美国人的多,选择也就更多,所以一位英国人在一首诗的开头上花的时间就越长,费的笔墨也就越多。他的耳朵对回声的感觉更敏锐些,所以他在开始点到主题之前会先放松肌肉,以表现他在这一方面的才能。通常,这种创作方式会导致对诗的解释说明与实际信息的传播花去同样大的篇幅;令人感到冗长而生厌。当然,这种毛病也不一定非得出现,那要取决于是谁在作诗。

现在,让我们逐行看一下这首诗。"当我来到树林边"一句非常简单,但它有提供信息、陈述主题和确定韵律的作用。从表面上看,这一行是无害的,你们不这样认为吗?

好的,是这样的,只有"树林"是例外。"树林"会使人产生怀疑,而"边"这个词也同样使人疑惑。诗歌就像一个出身名门、家族庞大的贵夫人,每一个字实际上都带有许多典故和联想。自从十四世纪以来,树林就放出浓厚的 *selva oscura*[①] 味道,你会记起 *selva* 将《神曲》的作者引向了何处。无论如何,当一名二十世纪的诗人以在树林边发现自己为开头写一首诗时,这是非常危险的——至少是一种危险的暗示。"边"本身的含义就非常鲜明。

可能不是这样的;可能我们的怀疑毫无根据,也可能我们是些妄想狂,对这一行太过深究了。我们来看下一行:

当我来到树林边,

画眉的音乐——听!

---

① 意大利语,意为"昏暗的树林"。

我们看上去真是傻了。还有什么能比这过时的、维多利亚式的、仙女神话般的"听"更平淡无味吗？一只鸟在歌唱——听！"听"确实曾出现于哈代的一首诗中，或出现在一首民歌中，或是一首叠韵诗中。这代表一种用字、措辞的水准，其中没有什么不利的事要传达。这首诗以一种令人舒服的、音调优美悦目的方式继续写下去。在听到"听"一词，你会想到：这是在描述画眉的歌声——你会逐步熟悉的。

但那是在做准备，就像以下两行那样。只不过是由弗罗斯特硬塞进这两行诗中的说明。突然，诗锋一转，又以不适当的，实际是音调不美的、非维多利亚式的用词风格和转换方式：

如果现在林外是黄昏，

那林中就是暗影。

"现在"一词为想象力的发挥留下了很小的空间。接下来，你会发现"听"（hark）和"暗影"（dark）是押韵的。说"暗影"在"林中"，不仅暗指在树林内，因为逗号的使用，使"林中"（inside）一词与第三行的"林外"（outside）一词形成鲜明对比，这一对比又在第四行中进行更进一步的说明。诗人没有提到这一对比，而只用了两个字母：在d和k之间用ar代替了us。元音字母也同样用了这种方法。这里只有一个辅音字母有所不同。

第四行的气氛有点令人窒息。那与重读有关，而与第一个双韵格不同。这一节缩短至结尾，"林中"后的停顿只强调"林中"的隔离和孤立。当我提出，你们要审慎地阅读此诗时，我是在劝你特别留意诗中的每一个字母、每一次停顿,如果它涉及的是一只鸟,那么鸟的鸣啭就是停顿,如果你们愿意,也可以说它就是性格。由于英语的单音节非常明显,所以很适于做这种鹦鹉学舌的工作,音步越短,加在每个字母、每个停顿、每个逗号上的压力就越大。无论如何,"暗影"将"树林"(woods)逐字处理成了 *la selva oscura*。

带着对黑暗树林的记忆,让我们进入下一节:

> 树林对于鸟儿过于黑暗,
> 它拍打灵巧的翅膀,
> 修筑它过夜的处所,
> 这时它依旧在歌唱。

你们认为在此会发生什么呢?一个英国人或一个欧洲人——或就此而言,一个美国人——一个头脑简单的傻瓜回答说,一只鸟在傍晚歌唱,其音调优美动听。有意思的是,他可能是对的,而正是这一正确性使弗罗斯特的声誉常年不衰。实际上,尤其是这一节最为悲观。这首诗思考的都是一些非常不愉快的事,可能是自杀。或者不是自杀——也是死亡。如果没有必要死,至少在这一节中,诗人反映的是来世的思想。

在"树林对于鸟儿过于黑暗"一行中,一只鸟已成为游吟诗人的化身,它在仔细阅读"树林",并发现它们过于黑暗。这里的"过于"与但丁《神曲》的开头几行构成了呼应——不!是回溯性的听到:我们的鸟 / 诗人的人身对 *selva* 的评估与那位伟大的意大利人有所不同。坦白地说,来世对弗罗斯特比对但丁更加黑暗。问题是为什么,答案是他不相信整件事,或因为在他的头脑中就有意遭受惩罚。他无力提高他最终的声望,我敢说,"它拍打灵巧的翅膀"可能是指将这一仪式继续下去。总之,这首诗讲的是人年纪大了,正盘算着下一步该怎么办。"修筑它过夜的处所"一句则是指另外一个地方,而不仅仅是下地狱——"夜"在这里指的是永恒。鸟/歌手唯一能展示自己的,就是它/他"依旧在歌唱"。

"树林"对一只鸟来说"过于黑暗",因为它已做倦了鸟。它的灵魂、"拍打灵巧的翅膀"都不能改变它在树林中的最终命运。我认为我们知道这片树林属于谁:其中的一个树枝上有一只鸟的生命将要结束,而"过夜的处所"则意味着这片树林建造得非常合理:这是一个围墙——像一个鸡笼。因此,我们的鸟注定要死亡的。最后一分钟做出的改变("拍打"是一个魔术般的词)都是不可行的,并不只是因为这个游吟诗人太老了,他的手都无法快速地动作了。尽管他老了,但他依旧还能歌唱。

在诗的第三节中,你可以听见鸟在歌唱:你听见鸟的歌声,那是它最后的一支歌。这是它的一次极佳的口头表演。看一看,在这里,每一个字如何延缓于下一个字的后面:"最后的"——停顿——"那一缕"——停顿——"阳光"——行结束,这是一个大停顿——"已消失"——停顿——"在了西方"。我们的鸟/歌手追踪最后一缕阳光至消失之处。在这一行中你几乎可以听到《山南多尔》,一首描写夕阳西下的古老歌曲。歌中流露出明显的延缓意愿。"最后的"不是有限的,"那一缕"不是有限的,"阳光"更不是有限的。而且"已消失"本身也不是有限的,尽管它应该是。甚至连"在了西方"也不是有限的。从这支歌中我们可以深切地体会到的是恋恋不舍:

对阳光的恋恋不舍，对生命的恋恋不舍。你几乎可以看见指向落日方向的手指，然后在最后两行做了一个巨大的圆周运动，回到了讲述者处，"但依旧有"——停顿——"一首首的歌"——"响在画眉的胸腔"。在"最后的"和"胸腔"之间，我们的诗人跨越了一个很长的距离：相当于一个大陆的宽度。总之，他描述依旧留在他身上的阳光，以此与树林的黑暗相对应。鸟儿的胸腔是歌的来源，在这里，你们与其把它看作是一只画眉，不如把它看作是一只普通的知更鸟。无论如何，一只鸟在日落时歌唱，就意味着：歌儿萦绕在鸟的心中。

在第四节的开头几行，鸟和歌手分开了。"从远处如柱的黑暗里／传来画眉的音乐"这里最关键的一个字当然就是"如柱的"：它代表一个总教堂的内景——无论如何也代表一个教堂。换句话说，我们的画眉鸟飞进树林，你听见从里面传出来它的歌声，"几乎就是在召唤人们／步入黑暗和悲哀。"如果你愿意，可以用"悔悟"替代"悲哀"：其效果实际上是一样的。这里所描述的是那天晚上老歌手要做出的抉择之一：他不会做出抉择。画眉选择了"拍打灵巧的翅膀"。它在修筑它过夜的处所。它接受了命运，因为悲哀是可以接受的。你们可能会对基督教会的各种教义、如弗罗斯特信仰的新教教义等迷惑不解。我劝你们不要接受它，因为斯多葛式的姿态对于信教者和不可知论者同样适用。在这一行中，它是不可避免的。总的说来，现有的参考资料（尤其是宗教方面的）不足以做出论断。

"但是不，我是来看星的"一句是弗罗斯特常用的一种欺骗技巧，以使人们了解他情感上的敏锐性：这样的诗行为他赢得了声誉。如果他确实"是来看星的"，那他为什么先前没有提及？为什么他通篇诗中都没有写到其他东西？但这一行不仅仅是为了欺骗你们。在这里他要欺骗，或者更确切地说，是要压制他自己。整个这一节都是。除非我们将此行当作诗人对他存在于这个世界的概括说明——即浪漫地将此行视为解释他的形而上学的论点，否则就不要为这一夜的痛苦而意志全失。

> 我并不想步入。
> 即使受人邀请我也不去，
> 也无人邀请过我。

这几行中开玩笑、滑稽的语言过多，使我们无法相信它们的表面价值，虽然我们也不应该忽略这一选择。这个男人正在保护自己不受他自己的洞察力的伤害，他对语法和音节都非常自信，却不太熟悉习用语——尤其表现在第二行上。（"我并不想步入"）可以简写成"I won't come in"。"即使受人邀请我也不去"流露出一种威胁的口气，表现出诗人的决心，最后一行没有太多的修饰词就将他的不可知论表达出来："也无人邀请过我。"这的确是绝妙的一笔。

或者你们也可以将这一节和全诗一起看作是弗罗斯特对但丁《神曲》的谦逊注脚和附笔，《神曲》也是以"星星"结尾的——因为他承认拥有一个小信仰，并具有小小的天赋。诗人在这里拒绝受邀请进入黑暗，而且他对这个召唤提出疑问："几乎就是在召唤人们……"我们不应过分看重弗罗斯特与但丁之间的相似，但这里的相似却是显而易见的，尤其是这些诉诸灵魂之黑夜的诗作——如《熟悉黑夜》一诗。与他同时代的一些杰出人物不同，弗罗斯特从不炫耀他的学问——这主要因为他的学问是与生俱来的。所以，"即使受人邀请我也不去"既可看作他拒绝一次将他惊人的理解力全部用完,也可看作他在不考虑诗的主要形式时对文体风格的选择。即使如此,有一点是很清楚的:没有但丁的《神曲》,就不会有弗罗斯特的这首诗的存在。

你们还可将《步入》当作一首自然诗,你们完全可以试一试。我建议,你们应花长一点时间仔细研读标题。该诗二十行的构成,就是对诗的标题的翻译。我以为,"步入"也许就意味着"死亡"。

三

阅读《步入》一诗,我们可以很好地了解弗罗斯特诗歌的抒情风格,而在《家葬》一诗中,我们又可以更好地了解他的诗的叙事风格。实际上,《家葬》不是一首叙事体诗,而是一首以牧童对话形式写成的牧歌。或者,更确切地说,是一首田园诗——不过是一首暗淡的田园诗。它讲述的是一个故事,当然就是叙事性的。讲故事的形式是对话形式,而这种形式确定了体裁。忒奥克里托斯①首创了描写田园生活的短诗,维吉尔在他称之为牧歌或田园诗的诗作中进行了进一步的精炼。而这种田园诗基本上都以农村、田园为背景,是两个或更多的角色间的交流,而且诉诸长盛不衰的主题——爱情。既然英语和法语中的"田园诗"(pastoral)一词含有快乐、幸福的意思,既然弗罗斯特在维吉尔和忒奥克里托斯两人中更接近维吉尔,而且按年代顺序来说,我们也要跟随维吉尔,并称此诗为牧歌。诗中也以农村田园

---

① 忒奥克里托斯(公元前310?—公元前250?),古希腊诗人,其田园诗对后世影响很大。

为背景,也有两个人物:一个农夫和他的妻子,一个可视为牧羊人,一个可视为牧羊女,只不过这个故事发生在两千年以后。两首诗的主题都是爱情,只不过相差两千年。

长话短说,弗罗斯特是一名维吉尔式的诗人。我所指的,是《牧歌集》和《农事诗集》的维吉尔,而不是《埃涅阿斯纪》的维吉尔。首先,弗罗斯特年轻时就从事过大量的农耕——并同时进行了大量的创作。他并没有一直在做乡绅。实际上,直到去世前不久他才开始买农场。到他去世时,如果我没有搞错的话,他在佛蒙特州和新罕布什尔州共有四处农场。他知道如何依靠土地生活——这一点上知道的至少不比维吉尔少。维吉尔是一个非常不成功的农场主,这可以从他在《农事诗集》中提出的有关农业方面的劝告作出判断。

除少数例外,美国诗歌基本上是维吉尔式的,也就是说具有沉思的特点。如果把奥古斯都时代的四位古罗马诗人普罗佩提乌斯①、奥维德、维吉尔和贺拉斯当作人的四大气质(多血质、黏液质、胆汁质和忧郁质)的典型代表(普罗佩提乌斯的性情暴躁,奥维德的乐观自信、维吉尔的冷淡、好沉思,贺拉斯的忧郁),那么美国诗歌——确实,包括整个英语诗歌——会使你们定义出维吉尔或贺拉斯派来。(想一想华莱士·斯蒂文斯的大部分作品都是独白式的,或稍后的美国时期的奥登。)而弗罗斯特与维吉尔的相似与其说是由气质引起的,不如说是技巧上的。除了常求助于掩饰思想感情(或戴上面具)的方法,及为诗人提供机会远离他虚构的人物之外,弗罗斯特和维吉尔有一种共同的倾向,即将他们的对话的真实主题隐藏在他们各自的五音步诗和六音步诗的音调与晦涩之下。作为一名极好探索事物本

---

① 普罗佩提乌斯(公元前50?—公元前15?),古罗马哀歌诗人。

质、渴望了解事物的诗人，写作《牧歌集》和《农事诗集》时的维吉尔被普遍看作是歌颂爱情和描写乡村乐趣的歌手，就像《波士顿以北》的作者一样。

有关这一点需另加说明，即你们所看到的弗罗斯特作品中的维吉尔风格已被华兹华斯和白朗宁搞得不太分明了。"被过滤了"也许是更恰当的词，白朗宁的富于戏剧性的独白就相当于一个过滤器，将维多利亚时代的社会矛盾冲突与反复无常的各种戏剧场面全部囊括进去。弗罗斯特的一些阴郁的田园诗也很富于戏剧性，这不仅是指诗中人物情感的强烈，而且是说这些人物本身就是戏剧性的。这就像一次戏剧演出，作者在其中扮演各种角色，其中包括舞台设计、导演和芭蕾舞教练等等。他可能亲自关掉剧场的灯，有时他也是一名观众。

这是自不待言的。因为，忒奥克里托斯写的牧歌和几乎所有奥古斯都时代的诗歌一样，有它们各自的实力，却也是希腊戏剧的压缩。在《家葬》一诗中，我们可以看到，圆形的舞台已压缩成为一个带有希区柯克①式扶手的楼梯。诗的头一行介绍了演员们的位置和他们所扮演的角色：猎人和他的猎物。再往下看，你们会看到两个活生生的人物——皮格马利翁②和该拉忒亚③，只是在这里，雕塑家将他的活人模特儿变成了石头。总之，《家葬》是一首爱情诗，而只是因为故事发生乡村才被视为田园诗。

我们先来看一看这头一行半：

---

① 希区柯克（1899—1980），英国电影导演，悬念大师；此处当指他执导的电影中经常出现的、作为场景的那种楼梯。
② 皮格马利翁，希腊神话中的塞浦路斯王，善雕刻，热恋自己所雕少女像，爱神受其感动，赐雕像以生命，使两人结合。
③ 该拉忒亚，皮格马利翁的妻子，原是他所雕少女像，由爱神赐予生命。

> 他从楼梯下向上看见了她，
>
> 在她看见他之前。

弗罗斯特可以在此停笔，因为这已是一首诗，也已是一部戏。你们可以想象一下这一行半诗，它们用一种抽象的方式占满了一整页。这就像一个内容丰富的舞台场景，更确切地说，像电影画面。在这画面中，有一堵围墙、一所房子，有两个心怀相反目的——不，是各自不同目的的人。他站在楼梯脚下，她在楼梯顶部。他从下向上看着她，而她因为距离较远，根本就没有意识到他的存在。你们得用纸把这一点写下来。将他们分开的楼梯意味着他们之间的等级差别。她身在高处、受人尊敬（至少在他的眼里是这样），而他却在低层（在我们的眼里，甚至在她的眼里也是这样）。这一倾角是很大的。如果将你们自己置身于他们中的任一位置——最好处在他的位置——你们就会深有体会。现在，你们可以想象一下你们正在观察、注视着某人，或想象一下你们正在被注视的情景。想象一下你们正在解释、说明某人的各种动作——或者不动——而不要让那个人知道。这会使你们变成一个猎人，或者变成皮格马利翁。

让我将这种皮格马利翁的活动更推进一步。细察和解释说明是任何强烈的人类感情交流、特别是爱情的关键手段。它们也是文学创作最有力的来源；如小说（一般是写背叛者的），尤其是抒情诗。在抒情诗中，人们极力想推断出被爱的人，并想搞清楚她或他为什么会这样。这种推断会使我们再次返回皮格马利翁的活动，因为你对人物刻画得越细，你对他的了解越深，你也就越有可能将你的模特儿理想化。一个封闭的空间——如一所房子、一间工作室、一张纸——都会极大地加强这种理想化的程度。由于你的努力程度以及模特儿的配合能力,这一过程的结果可能是一个杰作,也可能是一场灾难。《家葬》就导致了两种结果。该拉忒亚最终成为皮格马利翁的自我设计。另一方面,艺术并不模仿生活,却能影响生活。

所以,让我们来观察一下这个模特儿的行为举止:

> 她开始下楼梯,
> 却又回头望向一个可怕的东西。
> 她犹豫地迈出一步,却收住了脚,
> 她又站高了些,再一次地张望。

在文字层次上,在直接叙述的层面上,我们看到了女主人公的出场,她边下楼梯边回头,我们看到的是她的侧面,这时她的眼里流露出害怕的神情。她犹豫不前,停住了脚步,依旧回头望去:既不看脚下的台阶,也不看楼梯下的男人。但你们是否知道本诗在此还展示了另一个层面?

我们暂且离开这一无名层面。这首叙事诗采用一种孤立、分离的方式将每一条信息传达给读者,采用的是五音步格律。这一孤立、分离的工作由白色边框完成,也就是说,整个场景就像一所寂静的房子;而诗句本身就像是楼梯。至此,你们看到是几个连续的画面。"她开始下楼梯"是一个画面。"却又回头望向一个可怕的东西"是另一个画面。实际上,这是一个特写镜头,是一个侧面像——你们可以清楚地看见她的面部表情。"她犹豫地迈出一步,却收住了脚"是第三个画面:又是一个特写——这次是脚的特写。"她又站高了些,再一次地张望"是第四个特写——一幅全身像。

但这也可以说是一场芭蕾舞剧。这里至少是两次双人舞[①]，它用一种极美妙和谐的声音传达给你，几乎所有的头韵都被正确使用。我的意思是说，这一诗行中的d被使用过两回，一是"犹豫地"（doubtful），一是"收住了脚"（undid it），虽然t也与之有关。"收住了脚"用得尤其好，因为你们可以心中感受到脚步中的活力与弹性。那个与其身体动作方向相反的侧面像——一个戏剧中表现女主人公出场的惯用手法——也是直接来源于芭蕾的。

但是，真正的仿芭蕾双人舞是从"他一边说，／一边向她走来"开始的。因为以下二十五行讲的都是发生在楼梯上的对话。男人边爬楼梯边说话，与女人机械地、口头地讨论是什么将他们分离。"向"一词显示出他的不自然、忧虑与担心。这种心理的紧张与不安随着他们之间的距离越来越近而越发强烈。言外之意就是，一个人的动作和身体要较言语上的——亦即精神上的更易紧张局促，机械呆板——而这正是本诗要说明的。"'你看见了什么，／总在上面张望？——我倒是想知道。'"一句是一个非常典型的皮格马利翁式的提问，提问对象是基座上，即楼梯顶部的模特儿。使他着迷的不是他所看见的，而是他所想象的事物背后隐藏的东西——即他已放在那里的东西。他先使她带有神秘色彩，然后又匆匆揭去盖在她头上的神秘面纱：这种贪心反映出皮格马利翁的双重束缚。就好像雕塑家发现他被他的模特儿的面部表情搞得迷惑不解：她"看见"了他没有"看见"的东西。所以，他不得不爬到模特儿的基座上，将自己摆在她的位置上。身处"总在上面张望"的位置——占有地形上（房子对面）和心理上的优

---

① 原文为法语。

势,他这时才能设身处地地为她着想。正是后者,即创造物的心理优势,使创造者感到不安,就像表示强调的:"'我倒是想知道'"一句所显示的那样。

模特儿拒绝合作。下一个画面("她转过身来,瘫坐在裙子上")后紧跟着一个特写:"她的表情从害怕变成了呆滞。"从这一个画面中,你们可以看出他们之间缺乏真诚的合作。然而,这种不合作在此也可以就是一种合作。合作得越少,你就越是该拉忒亚。因为我们必须记住,这个女人的心理优势就是这个男人的自我设计。他将此归功于她。因此,她拒绝了他只是想增加他的幻想。从这个意义上看,她通过拒绝合作的方式来与男人周旋。这是她全部的把戏。他越向上爬,那种优势就越大。他每迈一步,都是在将她置入优势。

他依旧在爬楼梯:在"他抢时间说道"时在爬,在做下面事时也在爬:

"你看见了什么?"
他向上爬,直到她蜷缩在他的脚下。
"我要答案——你得告诉我,亲爱的。"

这里最重要的一个词就是动词"看见"(see),这个词我们这已是第二次遇到了。在下面的九行中,这个词又被用了四次以上。我们立刻就能遇到它。但首先让我们来看看"他向上爬"一行及其下一行。这是一个巧妙的工作。在"他向上爬"一行中诗人立刻达到了一箭双雕的效果,因为"向上爬"不仅描述了攀登的动作而且还描述了攀登的人。这时,这个攀登者的身影显得格外高大,因为女人"蜷缩"着——也就是说，退缩到他的脚下。我们还记得，她是在"望向一个可怕的东西"。他的"向上爬"和她的"蜷缩"形成了鲜明对比，而在他高大的身影中含有一种暗示的危险。无论如何，她选择害怕并未使他感到安慰。"我要答案"一句表现出他的决心与刚毅，也反映出他身体上的优势。而她也未因他的一句"亲爱的"的甜言蜜语而减轻痛苦。紧接着，男人又说出一句——"'你得告诉我'"——这既表现出他的强制和专横，也表现出他已意识到这一对比。

> 她独自站着，拒绝他的帮助，
> 稍稍梗了梗脖子，保持沉默。
> 她让他看，但她确信他看不见，
> 瞎眼的家伙，他根本看不见。
> 但最后他低声说了"噢"，又说了声"噢"。
>
> "那是什么？是什么？"她说。
> 　　　　　　　　　　"是我看见的东西。"
> "你没看到，"她挑战道，"告诉我那是什么。"
> "奇怪的是，我没有立刻看见。"

现在，让我们回到动词"看见"上。它在十五行中被使用过六次。每一个经验丰富的诗人都知道在一个很短的间隔内多次使用同一个词有多危险。危险在于同义反复。那弗罗斯特在此要追求什么呢？我认为，他追求的正是同义重复。更确切地说，这是一种非语意表达方式。例如，诗中的"'噢'，又说了声'噢'"。弗罗斯特有一个他称为"声音句"的理论。这与他对人的声音和音调的观察有关。他认为，人的声词与实际的字词一样都是有语意的。例如，你无意中听到一个关着门的房间里有两个人正在谈话。你听不清字词，但你能听懂他们谈话的大意。实际上，你可以相当准确地了解这个对话的主旨大意。换句话说，声调要比抒情诗中的词句重要得多，可以这么说，这些词句是可以替换的，有时还是多余的。无论如何，重复这个或那个字词都会解放声调，使它更为清楚。同样，这样的重复也解放了思想——清除了你头脑中对该字产生的根深蒂固的概念。（这自然是古老的禅宗方法，但是想想看，在一首美国诗歌中发现禅宗技巧后，你们会怀疑哲学原理不是来自课本而是来自其他渠道。）

这里的六个"看见"具有同样的作用。它们都是感叹而非解释。它可以是"看见"，可以是"噢"、可以是"是的"，也可以是任何一个单音节的词。应推翻这个动词的固有观念，因为实际的观察会败坏观察的过程，亦即观察者本人。弗罗斯特极力想制造一种效果，即在你不知不觉地重复涌到嘴边的第一个词时，却得不到充分的反应。"看见"在此只代表将那种难以名状的感情滔滔不绝地说了出来。在"'是我看见的东西'"一句中男主人公看见得最少，因为已被用过四次的这个动词这次已被剥夺了"观察"和"理解"的含义（更不必说事实上——这正在使该字的含义进一步减少——使读者依旧蒙在鼓里，不知道那扇窗外到底有什么可看的）。到目前为止，它只是一种动物反应式的声音，而非理性的声音。

这种将有实义的单词分解成纯粹的、非语意的声音的例子，在本诗中还将出现几次。下一个例子在十行之后很快就出现了。每当演员们发现身体距离逼近时，这种语言的分解就会发生，这是很典型的。

它们都是一段空缺的文字等价物，或者更确切地说是其声音等价物。弗罗斯特让这些等价物保持一致，却让其主人公具有了深刻的不协调（至少在此前一幕为此）。《家葬》实际上正是对此进行的研究，从文学层面来看，它所描写的悲剧，正是两个人物因相互侵犯领地而遭受的惩罚及拥有一个孩子在精神上所必须履行的责任。孩子死了，责任使他们失去控制：他们在向他们自己提出要求。

四

站在那女人身旁，这男人占据了她的那个优势视点。因为他比她高大，还因为这是他的房子（如第二十三行所示），他在里面也许已经住了将近大半生，可以想象，他必须略微弯腰才能找到她的视线。现在在楼梯顶层，他们卧室的门口，他们肩并肩站在一起。几乎是亲密无间的。卧室有一扇窗户，从窗口可以看见风景。在此弗罗斯特用了本诗中、或许是他整个创作生涯中最精彩出色的比喻：

"奇怪的是，我没有立刻看见。
我以前从未在这里注意到它。
我大概是看惯了它——就是这个原因。
这小小的墓地埋着我们的亲人！
真小，从这窗框中可以看见它的全貌。
它还没有一间卧室大呢，是吗？
那里有三块青石和一块大理石，
还有可负重的小石板躺在阳光下，

在山坡上。我们对这些不必介意。
但是我知道：那不是一些石头，
而是孩子的坟冢——"

"'这小小的墓地埋着我们的亲人！'"一句制造出一种亲密的气氛，带着这种气氛引出"'真小，从这窗框中可以看见它的全貌'"，这只是为了进入"'它还没有一间卧室大呢，是吗'"这一句。这里关键的字是："窗框"（frames），因为它身兼两职，一是作为实际的窗户，另一个是作为卧室墙上的一幅画。也就是说，窗户悬在卧室的墙中央就像挂了一张画，而这幅画描绘的是一座墓地。"描绘"就是将窗外的景色缩至一幅画里。想象一下，将这幅画放在你的卧室中。在下一行中，墓地又恢复到它原来的大小，与卧室相等。这一相等指的是心理上和空间上的相等。无意间，男人脱口说出对婚姻的概括总结（这在标题中带有冷酷成分的双关谐语中有所预示）。同样是出于无意，"是吗？"在请女人同意他的总结，几乎是在暗示她进行合作。

这还不够，接下来的两行用他们的青石和大理石继续加强明喻的效果，使墓地与搭好的床相等，与放在上面的枕头和垫子相等——这些都是供一群小的、死去的孩子们使用："可负重的小石板"。而这正是皮格马利翁大发雷霆地要松开、释放的东西。我们可以看到，男人已侵入女人的思想，侵犯了她精神上的专横——也可称为思想的僵化。这只使她僵化的手——实际上是使她吓得发呆的手——伸向她头脑中那些依旧不成熟的东西。

"但是我知道：那不是一些石头，

而是孩子的坟冢——"

这并不是说石头与坟堆之间的对比过于强烈，尽管确实强烈；而是说他有能力，更确切地说，是他企图清晰地说出她发现难以忍受的东西。因为如果他成功了，如果他找出描述她精神痛苦的词语，那么这个坟冢将在"画"中与石头连在一起，变成一块小石板，变成他们床上的枕头。这等于已深入到她的内心深处：她的思想深处。他即将到达那里：

"不，不，不，

不"。她哭喊着。

她向后退缩，从他的搁在扶手上的胳膊下
退缩出来，然后滑下楼去；
她用令人胆怯的目光直盯着他，
他连说两遍才明白自己的意思：
"难道男人就不能提他死去的孩子？"

这首诗集合起了它阴郁的力量。四个"不"就是造成语调中断的非语义分解。我们已讲了太多的故事，埋头于故事线索可能早已忘了这首诗还是一个芭蕾舞剧，还是一连串的镜头画面，还是一种诗人监督舞台的小技巧、小策略。事实上，我们将会支持我们的主人公，是不是？我建议我们先将这一点搁置一边，想一想该诗向我们介绍的有关诗人的事。比如,可以想象一下,故事线索源于生活经验——比如说,失去一个头胎儿。你们读过哪些讲述作者及其敏感性的材料?他专注于这个故事的程度有多大——更重要的是——他独立于这个故事的程度有多大?

如果这是一次专题研讨会,我倒想等候你们的回答。既然这不是一次研讨会,我只好自己来回答这个问题。答案是:他是完全独立的。这样也就非常危险。运用或处理这种材料的能力为不受环境或他人影响的超然提供了极大的余地。而将这种材料转化成一首无韵诗或单调的五音步诗行的能力,增加了这种超然的程度。观察一块家族墓地和卧室里的床铺之间的关系——是另一种方法。总共加起来,就可很大程度上不受环境和他人的影响。而这一程度注定影响到人们之间的相互关系、使交流难以进行,因为交流要求平等。这一点很像皮格马利翁与他的模特儿之间的尴尬关系。本诗所讲的故事不是自传,而是诗人的自画像。这就是为什么,人们讨厌文学传记,因为它已被加工变形了。这就是为什么,我坚持向你们如实展示弗罗斯特的真实资料。

你们可能会问,他带着这种不受他人影响的超然要去哪里?回答是:进入完全自由的状态。自此他可以在不同的事物中观察到相似之处,他可以模仿方言土语。你们想见一见弗罗斯特先生吗?那你们只有读他的诗,别无他法;否则你们会遇到低层次的文学批评。你们想成为他吗?你们想成为罗伯特·弗罗斯特吗?也许应奉劝人们放弃这些愿望。有了这样的敏感,人们志趣相投、夫妻和睦相处的希望就很小了。实际上,他很少受到浪漫的中伤——因为他都是以一种平常的方式来表示这种希望的。

这并非离题，但还是让我们回到诗行上来。你们一定还记得语调中断和造成中断的原因，一定还记得这个技巧。事实上，作者用下面两行诗提醒了你：

> 她向后退缩，从他搁在扶手上的胳膊下，
> 退缩出来，然后滑下楼去。

你们看，这依旧是一场芭蕾舞，舞台提示被并入到诗的正文中。这里最富含义的细节是楼梯的扶手。为什么作者要在此处写到它呢？首先，为了再次提起楼梯，这时也许我们已经把它给忘记了。我们会因卧室被毁一事而感到震惊。其次，楼梯扶手预示着她将滑下楼梯，因为每个小孩都滑过楼梯。"她用令人胆怯的目光直盯着他。"则是另一个舞台提示。

> 他连说两遍才明白自己的意思：
> "难道男人就不能提他死去的孩子？"

这一行格外好。它有一个清晰的方言土语，几乎有谚语的味道。作者对这种使用方法的好处深信不疑。因此，他想通过强调它的效果和模糊他对它的认识来强调使用这种语言表达方式完全出于无意："他连说两遍才明白自己的意思"。从文字上和故事的叙述上，我们看到，这个男人因女人的凝视、带有威胁的目光和找词的样子而震惊。弗罗斯特非常善于使用那些惯用语式的、半谚语式的诗句。比如，"社交就是为了得到宽恕"（见《爱作无谓的人》）、"最好的

出路永远是干到底"(见《奴仆的奴仆》)。下面你们将要看到的几行采用的却是另一种方式。它们大多是五音步的,而抑扬格的五音步诗与内容很相宜。

诗中的整个这一部分(从"'不,不,不,不'"开始)明显带有性的含义,她拒绝了他。这就是皮格马利翁和他的模特儿之间发生的所有故事。从字面上看,"家葬"是随着同样"难懂"的诗行而推进的。但是,我不认为弗罗斯特意识到了这一点。(毕竟,《波士顿以北》表现出他对弗洛伊德的名词术语并不熟悉)如果他都不熟悉,我们的办法也无效。尽管如此,我们在分析这首诗时还是应记住这一点:

"你就是不能!——噢,我的帽子呢?
噢,我并不需要它!我要出门。我要透口气。
我不知道是不是该让男人提起。"

"艾米!这个时候别去别人那儿。
听我说。我不会下楼的。"
他坐下来,用两个拳头托着腮。
"有件事我想问问你,亲爱的。"

"你才不知道该如何问。"
　　　　　　　　"帮帮我。"
她伸手推动门闩作为全部回答。

五

在此,我们可以看出一种逃避的愿望:与其说是逃避男人不如说是逃避那个地方的围墙,更不必说要逃避他们之间的交流了。然而这一决心并不坚定,她对帽子的操心就显示了这一点,因为,对于那个模特儿来说,实现这一愿望会得到相反的结果,那模特儿像是说明的客体。我是否该尽力提醒你们一句?这就意味着失去优势,更不必说,这将成为整个诗的结局。实际上,该诗恰好因此结束,因她的出门而结束。从字面上看,发生冲突或者融合都借助了隐喻的方法。于是有了"'我不知道是不是该让男人提起'",此句将那两个层面合并,推动本诗继续向前发展。你们不会再知道这里谁是马,谁是马车。我怀疑甚至连诗人本人也不知道。而融合的结果就是某种能量的释放,这足以使他放下笔,最好将两股力量——文字的力量和隐喻的力量——一并控制。

我们知道了女主人公的名字,而且这种讲述以前就有先例,结果也几乎是一样的。因为我们知道,这首诗的结尾方式,我们就可以判断——我们可以想象——那些场合中的那个人物。《家葬》的场景只是一次重复。由此看来,这首诗与其说告诉我们他们的生活,不如说将这种生活替换掉。我们也从"'这个时候别去别人那儿'"中体会到了他们两人中至少有一个人既嫉妒又羞愧的复杂情感。从"我不会下楼的"和"他坐下来,用两个拳头托着腮"中我们可以看出,在他们的身体非常靠近时流露出的对暴力的恐惧。后面一行是两种相反方向的静态平衡的绝妙体现,非常像罗丹的《思想者》,虽然男人用的是双拳，但这里并没有进行过多过细地描写，因为过多过细地讲述拳头与腮的关系会使人联想到一场拳击。

此处最重要的是对楼梯的再次介绍。不仅描写了楼梯，而且还写到"他坐下来"的台阶。从此，他们在楼梯上开始对话，虽然他们之间已陷入僵局，无法再进行沟通与交流。谁都不会迈出一步，却用言词或口头交流。这场芭蕾结束了，因为随着"'有件事情我想问问你，亲爱的'"一句，他们之间开始了一场语言上的攻与守。请你们再次注意谈话中的哄骗味道，而这次则掺入了对"亲爱的"一词之无效的承认。在"'你才不知道该如何问。''帮帮我'"一行，还请注意一下他们最后沟通、交流的样子——即敲门或更确切地说是敲墙。注意，"她伸手推动门闩作为全部回答"，因为这种假装开门的动作是这首诗中最后的动作，最后戏剧性的或电影化的手势，接下来的只是再稍稍动一动门闩。

> "我的话好像总是让你讨厌。
> 我不知道该说些什么样的话，
> 能让你开心。但是你可以教我，
> 我想。我还不能说我明白了怎么做。
> 一个男人得部分放弃做个男人。
> 面对女人。我们应做些安排，
> 我发誓往后决不去碰一碰
> 你讲明了你会介意的任何东西。
> 虽然我并不喜欢爱人间这样行事。
> 不爱的人缺了这些不会生活在一起。

> 相爱的人有了这些则无法相守。"
>
> 她移动了门闩。

说话人精神上的兴奋与紧张完全被他行动上的静止不动所抵消。如果这是一场芭蕾，也只能算是一场精神上的芭蕾。事实上，这倒非常像击剑：不是和对手或影子搏斗，而是和自己搏斗。这些诗行是在不断地向前，然后才停下来。（"她犹豫地迈出一步，却收住了脚。"）这里所使用的最主要的技术手段就是移行，它在结构上与前面的楼梯很相像。事实上，这种前后来回、这种妥协迁就几乎使人窒息。直到出现了通俗的、朴实的"'一个男人得部分放弃做个男人／面对女人。'"时，才松了一口气。

放松之后，你们会看到三行节奏更快的诗行，几乎是对抑扬格的五音步诗的清晰、和谐的赞美，而结尾的："'虽然我并不喜欢爱人间这样行事'"则充满因对五音步诗行成功运用的喜悦。诗人在此对谚语式的诗行"'不爱的人缺了这些不会生活在一起。／相爱的人有了这些则无法相守'"发起了进攻——虽然这样做有些难，而且也不能完全令人信服。

弗罗斯特已有几分明白了：因此有了"她移动了门闩"。但这只是一种说明。这种修饰性独白的重点就在于对其对象的解释。男人正在搜寻答案，极力想理解。他终于明白，要想搞清楚他就必须妥协——如果不妥协他将全部失去推理能力。换句话说，他下来了。但这是真的从楼梯上下来了。部分因为他的机智，部分因为他很快智竭词穷，他将有关爱情的观念都聚集起来。换句话说，这两行有关爱情的半谚语的诗是一种合理的争吵。当然，对其听者来说并不太像是争吵。

她得到的解释越详细,她就离得越远:她的基座也就越高(她现在楼梯下面,基座也许对她有着一种特殊的重要性)。那促使她走出家门的不仅是忧伤,而且还因为害怕听到解释,害怕解释者本人。她不想让人看穿、看透,也不接受他的任何不彻底的妥协。他的目的就要达到了。

"不——别走。
这个时候别把心事带到别处去。
告诉我,这样做是否通人情。"

在我看来,后面一行是整首诗中最出色的、最富于悲剧色彩的诗行。它实际上意味着女主人公的最后胜利——也就是,前面提到的解释者的合理妥协。为了造成一种非正式的、通俗的气氛,这促使她的精神作用于超自然的地位和身份,因此将无限——由孩子的死亡而进入她头脑当中的——视为他的竞争对手。他无力反对这一点,因为她已接近无限,她被吸引住了,并同它交流,在他眼里,她被异性的神话支持——她将选择的概念深深地印在他的心中,那就是他会因保持理智而失去她。这是一个刺耳的,几乎是歇斯底里的诗行,它承认男人的无能,并在瞬间将整个话语带入一个平面,即认为女主人公可能在家——她也许在搜索、寻找。但只是暂时的。他无法继续发展下去,只好屈服于乞求:

"让我分担你的痛苦。我与其他人

没什么两样，可你却站在那里，

离我远远的。给我一个机会。

我觉得，你也稍稍过分了一点。

是什么使你老是想不开呢？

一个母亲失去了第一个孩子，

就永远痛苦——即使在爱情面前？

你认为这样怀念他才能得到安慰——"

他跌了下来，确切地说，是从"'告诉我，这样做是否通人情'"中歇斯底里的高度跌了下来。但是，这一跌落，这一因诗体韵律上的失误而带来的精神打击，使他恢复了理智，诗行中的修饰词也重新焕发活力。这使他更接近于事物的本质——即"'一个母亲失去了第一个孩子，/就永远痛苦'"——他再次引入爱情的概念想引起她的注意，这一次略微令人信服，虽然依旧带有一种浮夸的成分："'即使在爱情面前？'"。"爱情"一词破坏了情感的真实，将这种情感降低为功利主义的要求；成为避免悲剧发生的一种手段。然而，避免悲剧发生会有损于男主人公或女主人公的形象。与解释者看轻在解释中应平等对待的不满相结合，以上这一点会导致女主人公的插话，在"'你认为这样怀念他才能得到安慰——'"之后插入了"'你在嘲笑我！'"。这是该拉斯亚的自卫，保护自己不让他用雕刻工具破坏她已有的面貌特征。

由于故事线索的隐蔽，出现了一种强烈愿望，欲将"家葬"归于一出无法沟通的悲剧，一首关于语言无能的诗。许多人屈服于这种愿望。事实上，这只是一次挫折：这是一出交流的悲剧，因为交流的逻辑结果就是对你的对话者的精神需求的侵犯。这是一首有关语言获得极大成功的诗，因为从总体上说，语言与它所要表达的思想感情相反。没有人比诗人更了解这一点。如果《家葬》是自传性的，那会首先显示出弗罗斯特对他的职业与他的情感之间的冲突很好的把握能力。为了对这一点印象深刻，我建议你们将与同你们在一起的某人的真实感情与"爱情"这个字作比较。一个诗人注定要求助于字词的。《家葬》中的说话人也是如此。因此，在这一首诗中他们是重叠的；同样因此，此诗有了自传性的名声。

但是让我们再向前迈一步。诗人在这里不应被视为与一个人物、而应被视为与两个人物相等。在诗中他既是那个男人，也是那个女人。因此，你们看到的不只是两种情感的冲突，而且也是两种语言的冲突。这两种情感可以合并——也就是说，在恋爱中合并，而语言却不能。情感可以孕育一个孩子，而语言却不会。现在孩子死了，剩下的只是两种完全自治的语言，两种不能重叠的语言表达系统。简而言之，只剩下了词。他的词和她的词，而她的词较少一些。这使她变得非常神秘。而神秘就是解释的对象，他们相互抵抗——她一方用尽全力。他的工作，或更确切地说是他的语言工作，就是对她的语言进行解释；或者更确切地说，是对她的沉默寡言进行解释。当这用于人们的相互交流时，便是造成灾祸的秘诀。当这用于一首诗时，便是一场巨大的挑战。

于是这首"阴郁的田园诗"一行一行地变得越发阴郁，也就不足为怪了。它越来越阴郁，但它反映的与其说是作者思想的复杂，还不如说是词本身对灾祸的渴望。因为你越想打破沉默，沉默便越大，它没有什么可依靠的，只有它自己。那神秘感因此也变得更浓。就像拿破仑攻入俄罗斯,却发现它规模超出了乌拉尔山脉。不足为奇的是,我们这首"阴郁的田园诗"没有别的选择,只能更加悲伤,因为诗人的头脑既扮演侵略的军队,也扮演领土。最后,他无法袒护任何一方。这是一种面对无边无际的空间的感觉,不仅胜过征服的概念,而且胜过进步的感觉,这就是"'告诉我,这样做是否通人情'"和"'你在嘲笑我!'"之后的几行所告诉我们的:

"我没有,我没有!
你让我生气。我要下到你那里去。
上帝啊,这女人!"

进攻沉默的语言并没有获胜,只留下它自己的词的回声。它尽力想显示的就是那行以前没有提到的诗句:

"到了这个地步,
一个男人不能提起他死去的孩子。"

它也退守到自己。出现了僵持。

僵局被女人打破。更具体地说,她的沉默被打破了。这可以被看作是男主人公的胜利,而不是她的妥协。与其说这是一次进攻,不如说是一种对他代表的所有男人的否定。

"你就是不能,你根本不懂怎样提起。
如果你也有感情,你就会用你的手

给他挖一个小坟——你行吗?
我从那个窗口看见你在那里,
见你扬起沙土,扬向空中。
扬啊扬,就像这样,土轻轻地
滚回来,落在坑边的土堆上。
我想,那男人是谁?我不知是你。
我走下楼梯,又爬上楼梯去,
再看一遍,见你还在挥锹扬土。
然后你进来了。我听见你的低音
在厨房外响起,我不知道为什么,
但我走过去,要亲眼看一看,
你正坐在那儿,鞋上污迹斑斑,
那是你孩子坟墓上的新泥,
然后你又讲开你那些琐碎事情。
你把铁锹靠在外面的墙壁上,
就在门口,这我也看见了。"

"我想笑,笑出有生以来最苦的笑。
我真苦!上帝,我真不信我的苦命。"

　　这的确像一种来自异国的声音:一种外语。男人站在较远的地方,不能彻底了解她所说的话,因为她说话的频率与她上下楼的频繁次数相称。也与他在掘墓时沙土扬起的频率相称。不管这个频率是多少,这并不是要算出他从行动上或从精神上向楼梯上的她走去的步伐，也不是要找出在他掘墓时她一会儿上楼一会儿下楼的根本原因。可以假定，没有人和他一起做这个工作。（他们失去了第一个孩子，这说明他们还相当年轻，因此并不富有）还可以假定，男人通过做佣人做的活儿，并且用一种相当机械的方式干这份工作——而在这首五音步诗中却被描述成一份相当熟练的、模仿性的工作（如女主人公所指出的）——男人正在压制，或者说在控制他自己的悲伤，即他的动作不像女主人公的动作，他的动作是官能性的。

简言之，这是对有效的无效观察。很明显，这种观察通常很准确，也很富于判断力："'如果你也有感情'"和"'扬啊扬，就像这样，土轻轻地/滚回来，落在坑边的土堆上'"。依据远距离的观察，用九行诗来细致描述挖坑的动作——这观察会导致观察者与被观察者之间完全不同的感觉："'我想，那男人是谁？我不知是你'"。你们看，当坟挖好了，或挖了一个洞时，观察未带来任何结果。在观察者看来，他的精神也就是一个坟墓。或者更确切地说，是将男人和他的目的合并，更不要提他的工具了。无效的现实和弗罗斯特的五音步诗在这里所记录的首先是韵律。女主人公在观察一个无生命的机器。在她眼里，那个男人就是一个掘墓人，因此她才做出了选择。

我们选择的视线总是不受到欢迎的，更不要说威胁了。你越离近看，你的负罪感就越强烈。在一个刚失去孩子的妇女的脑子里，这种感觉相当强烈。加上她无法将她的痛苦转化成任何有用的行动，而只能极度烦躁地跑上楼梯又跑下楼梯，作为对无能的承认——以及随之而来的赞美。在她的运动和他的运动之间添加了一个目的相反的呼应：在他的脚步和他的铁锹之间。你们认为将会产生一个什么后果呢？我们还记得，她是在他的房子里，而这块墓地里埋的是他的亲人。而他还是一个掘墓人。

> "然后你进来了。我听见你的低音
> 在厨房外响起,我不知道为什么,
> 但我走过去,要亲眼看一看。"

注意这个"我不知道为什么",因为在这里她无意间渐渐趋向她自己的计划。她所需要的就是用自己的眼睛检查这个计划。这就是,她想使她那幅精神的图画物质化:

> "你正坐在那儿,鞋上污迹斑斑,
> 那是你孩子坟墓上的新泥,
> 然后你又讲开你那些琐碎事情。
> 你把铁锹靠在外面的墙壁上,
> 就在门口,这我也看见了。"

所以,你认为她看见了什么?看到的东西证明了什么?这个画面这次都包含了什么?她得到的特写镜头是什么?恐怕她看见的是一件杀人武器:她看见的是一把剑。新鲜的泥土既沾在鞋上又沾在他的铁锹上,新鲜的泥土磨亮了铁锹的锹口:使它变成了一把剑。而泥土的"污迹"是否新鲜呢?她选择了名词,是指液体,是在暗示——谴责——血。男主人公又做了些什么呢?他是否应在进门前将鞋子脱下来放在外面?也许应该。也许他还应该不把他的铁锹带进家中,但他是一个农夫,也许是因为他太累了。所以,他带回了他的工具——在她的眼里就是凶器。他的鞋也是,这个人的其他任何东西都是凶器。一个掘墓人可以被视为死神。在这所房子里又只有他们两个人。

而最可怕的是"这我也看见了",因为它强调了那把靠在门口墙边的铁锹可以觉察到的象征意义:留给以后用。或者像一个卫兵,或者是一个冥冥之中的死亡象征①。同时,"这我也看见了"表现出她的感觉的反复无常,表现出一个人没能被欺骗时流露出的喜悦和抓住敌人时的喜悦。无用在这儿得到了完全展露,把有用包容和吸收进了自己的阴影。

"我想笑,笑出有生以来最苦的笑。
我真苦!上帝,我真不信我的苦命。"

这实际上是对失败的一种非口头的承认,是一种典型的弗罗斯特式陈述形式,其中包括有许多多次重复的单音节词,这些单音节词很快就失去了它们各自原本的语意功能。我们的拿破仑或皮格马利翁都完全按照他的创作思路走,他们依旧在承受着压力。

"我能重复你那时说的每一个字:
'三个多雾的早晨和一个阴雨天,
建得最好的栅栏也会烂掉。'
想一想,这个时候还这样谈话!

---

① 原文为拉丁文。

> 一根桦木腐烂需要多长时间,
> 这与变暗的客厅又有什么关系?"

现在,这是我们这首诗实际结束的地方。诗的其余部分只作为一个结局,一个收场,其间,女主人公用一种越来越不连贯的方式谈论死亡、罪恶的世界、冷漠的朋友和孤独感。这是一段颇为歇斯底里的独白,在故事线索上的唯一功能,就是为释放她头脑中被禁锢的东西而斗争。但没有成功,最后她走向大门,就好像只有风景才能与她的精神状态相称,因而才会是一个安慰。

而这是很有可能的。在一个封闭的空间——比如说一所房子中——的矛盾冲突,正常情况下会演变为悲剧,因为这个长方形的空间本身就会助长理智,约束感情的发展。因此,在房间里男人是主人,不仅因为这所房子是他的,而且因为——就本诗的语境而言——他的理性。在野外的风景中,《家葬》的对话会有一个不同的过程,男人可能是一个输者、一个失败者。戏剧的场面可能会更大,因为,房子支持一个人物是一回事,而其他自然元素支持一个人物则是另一回事。无论如何,这就是她试图走向大门的原因。

让我们回到结局、收场前的五行诗——讲述了桦木腐烂的问题。"三个多雾的早晨和一个阴雨天,/建得最好的栅栏也会烂掉"中,我们的农夫边说边坐在厨房里,鞋上沾满新鲜的泥土,铁锹放在门口的墙边。人们可能还会将此归因于他太疲倦,也为他下一个工作做铺垫:在新坟边插上栅栏。然而这不是公共墓地,而是一块家庭墓地,他提到的栅栏可能确是他每天关心的事之一,此外他还有其他事情要考虑。他提到它,可能是因为想将注意力从刚做完的事情上移开。

尽管他尽了力,但他还未完全转移注意力,如动词"腐烂"所表示的那样:这一行含有一种隐喻——如果一个栅栏在潮湿的空气中烂得如此之快,那埋在泥土中的小棺材是否也会快速地腐烂?那泥土如此潮湿,能在他的鞋上留下"污点"。但是,女主人公再次坚持反对语言包含的策略——隐喻、反语、间接肯定等——她希望直截了当地了解语言的含义,了解绝对。这就是她为什么要"'一根桦木腐烂需要多长时间,/这与变暗的客厅又有什么关系?'"来回击他。这里值得注意的是,他们对待"腐烂"概念的理解有多么不同!当他正在谈论一个"桦木栅栏"时,带有一种明显的偏见,更不要提地上的其他东西了,她却集中精力在"变暗的客厅"上。作为一名母亲,她将所有精力——换句话说是弗罗斯特让她将所有精力——全部集中在死去的孩子身上,是可以理解的。然而,她提及这件事的方式过于绕圈子,甚至过于委婉:"有什么关系?"她将自己死去的孩子比作"什么",而不是"什么人"。我们无法知道他的名字,我们只知道,他出生后不久便夭折了。然后,你们应该注意到她提到了那个坟墓:"变暗的客厅"。

诗人用"变暗的客厅"结束了对女主人公的形象塑造。我们必须记住,它的背景在乡村,女主人公生活在"他的"房子里——也就是说,她是外来的。由于接近腐烂,这间"变暗的客厅",用流行的日常用语说,已明显倾斜,更不要说拱顶了。对于现代人的听觉来说,它的几乎是维多利亚女王时代的铃铛,说明两性的不同近似于阶级的界线。

我认为,你们会同意,这不是一首欧洲风格的诗歌。不是法国诗歌,不是意大利诗歌,不是德国诗歌,甚至不是英国诗歌。我还敢保证它绝不是一首俄国诗歌。它有些像当今的美国诗歌,但也不是美国诗歌。它只是弗罗斯特本人的诗歌,他已去世四分之一世纪了。不足为奇,人们会如此详尽地谈论他的诗作,尽管他多半不愿意由一个俄国人来将他介绍给法国的听众。另一方面,他对不和谐的事物并不陌生。

那么,他从这首诗、这首非常个性化的诗中想探求什么呢?我想,他想探求的是悲伤与理智,即当两人互相攻击、诽谤时,悲伤与理智就是语言最有效的燃料——或者说,就是诗歌恒久的墨水。弗罗斯特处处利用它们,几乎使你感到,他将笔伸入墨水瓶与减少内容水准的期望有关。你们会发现,他这样做有他的既得利益。然而墨蘸得越深,存在的黑色要素就越多,人的头脑就像人的手指一样易为墨水染黑。悲伤越深,越能保持理智。人们可能支持《家葬》,但故事讲述人的出现排除了这种可能性,因为当诗中的男女主人公各自分别代表理智与悲伤时,讲故事人则代表他们之间的联合。不同的是,当诗中的男女主人公的真正的联盟瓦解时,故事就将悲伤嫁给了理智,因为故事线索在这里取代了个性的发展——至少对于读者来说是这样的。也许,对作者来说也是这样。换句话说,这首诗是在上演命运。

我认为这正是弗罗斯特要追寻的婚姻形式,也许还会有其他的形式。许多年以前,在从纽约飞往底特律的航班上,我偶尔翻到一篇诗人的女儿发表在美国航空公司飞行杂志上的散文。在这篇散文中,莱斯莉·弗罗斯特说她的父亲和母亲是同一所高级中学的同学,并在毕业典礼上成为一同致告别词的毕业生代表。她想不起来她父亲当时做的告别词的题目,但她记得她母亲致的告别词的题目。她母亲的题目是《作为生活中一种力量的对话》(或《生活的力量》)。如果真能像我期望的那样,有一天你们能找到一本《波士顿以北》,然后仔细阅读,你们就会明白埃莉诺·怀特告别演讲的题目,概括地说就是那部诗集中主要的构思设计,因为《波士顿以北》中的大多数诗都是对话——是交谈。从这个意义上说,这里的《家葬》以及《波士顿以北》中的其他诗作,都是爱情诗,或者可以说是一些着迷之诗:不是一个男人对一个女人的着迷,而是争吵对反争吵的着迷——即一个声音对另一个声音的着迷。这实际上也可应用于独白,因为独白就是一个人与自己的争吵;比如,"生存还是毁灭……"这就是为什么,诗人常改行去写剧本。最后,这当然并不是罗伯特·弗罗斯特所探求的对话,而是其他的方式,因为两个声音自身并不能相加出多大的东西。它们合为一体,只是为了启动另一种东西,我们可用一个更好的名词暂且称它为"生活"。这就是为什么《家葬》的结尾是一个破折号,而非一个句号。

如果这首诗是悲伤的,那更悲伤的是其创作者的思想,这位创作者扮演了所有三个角色:男人、女人和叙述者。单看他们每个人或将他们合起来看,都很真实,但其真实依然不及该作者的真实,因为《家葬》只是他多篇诗作中的一首。当然,他的自治的价值就在于其色彩变化,也许你们从这首诗中最终获得的不是故事本身而是最终自治的创造者的远见。诗中的人物和叙述者将作者推出了所有人类含意的语境:他站在外面,拒绝再进去,也许完全不贪图它。这是对话的——即生活力量的——作为。这种特殊的姿态,这种完全的自治,使我觉得完全是美国式的。因此才有了这位诗人的单调,才有了他的五音步诗行慢吞吞的说话方式:从太空站发来的一个信号。有人可将他比作宇宙飞船,当万有引力减弱时,他会发现自己依然受到一个不同吸引力的影响：向外的引力。尽管燃料依旧不变：即悲伤和理智。唯一与我的比喻作对的，就是美国太空船通常会回来。

（1994年）

（唐烈英 译）

史蒂文斯

华莱士·史蒂文斯（Wallace Stevens，1879—1955），美国诗人。生于宾夕法尼亚州。毕业于哈佛大学与纽约大学法学院。长期担任一家保险公司的副董事长，业余写作诗歌。1935年出版诗集《关于秩序的思想》，1936年出版诗集《猫头鹰的三叶草》，1937年出版诗集《带蓝色吉他的人及其他》。1950年获博林根奖，1951年、1955年两度获全国图书奖，1955年其《诗选》获普利策奖。

史蒂文斯是"诗人的诗人"。他的诗比较隐晦，读者不多，但在诗人和评论家中有极高的声望。诗风细腻精巧，富于哲理。他特别强调想象力的作用，认为想象力可以改造和丰富现实，使混乱的世界获得秩序。这是他最基本的诗歌主题。其诗歌理论著作《必要的天使》也在反复阐明同一思想。

坛子的轶事

我把一只圆形的坛子，
放在田纳西的山顶。
凌乱的荒野，

围向山峰。

荒野向坛子涌起,
匍匐在四周,不再荒凉。
圆圆的坛子置在地上,
高高地立于空中。

它君临四界。
这只灰色无釉的坛子。
它不曾产生鸟雀或树丛,
与田纳西别的事物都不一样。

(西 蒙 译)

大地上必不可少的安琪儿[①]
——史蒂文斯的《坛子的轶事》

唐晓渡

华莱士·史蒂文斯生于1879年。和他的同时代人弗罗斯特一样,他也是四十岁之后才出版第一本诗集,并以晚年的创作丰收标示出诗可能达到的一种远景,其作品的价值为人们所真正认识则来得比弗罗斯特更晚——直到1951年,即他72岁那年,他才赢得大诗人的称号。但迟到的声誉自有迟到的好处:在后来者眼里,他与其说是一名诗坛宿将,不如说是一位精神父亲。当时在年轻诗人的沙龙里流传的一首题为《为史蒂文斯干一杯》的歌就是这样唱的:

> 他们吵吧,他们嚷吧,自大的小东西,
> 至于诗神,他们必须全体崇拜他,
> 华莱士·史蒂文斯——我们赞成他?
> 噢弟兄们,他是我们的父亲!

较之弗罗斯特应邀为肯尼迪总统的就职典礼即席献诗,或艾略特回家乡圣路易城省亲时的万人空巷,这是另一种殊荣;而这种殊荣同样应当归于诗!

---
① 选自唐晓渡《中外现代诗名篇细读》,重庆出版社1998年版。

当然，正如这首歌只能在沙龙聚会时唱，而不会成为一支民谣一样，所谓"精神父亲"的内涵也不像通常所认为的那样宽泛。它仅仅表明，在对诗歌精神的领悟和使诗真正成为语言的艺术这两个方面，史蒂文斯确实堪称后世楷模。我们或许很难使一名律师，或一家保险公司的副总经理的形象和一位诗人的形象彼此协调，但史蒂文斯却成功地做到了这一点。写诗对他来说是业余之事，然而他在诗中所塑造的一幅幅灵魂图景，却使他成为公认的美国最重要的现代诗人之一。他的诗歌语言所达到的纯粹程度，更使他在四方诗歌史上留下了"诗人中的诗人""批评家的诗人"的美名。

类似的称号听起来很有点唯美的色彩；参照他的作品也确实不无道理。就美学传统而言，史蒂文斯深受法国十九世纪晚期象征主义的影响；但如果据此就把他归入"为艺术而艺术"一路，那是不确切的。诗人的一段"夫子自道"或许能说明一定的问题。他说他"依然幽居象牙塔中，但又坚持如果不是因为从塔顶可以俯瞰公共垃圾堆和广告牌，那么塔里的生活实在难以忍受……他是一个隐士，独与日月相栖，却又坚持要看破报纸"。

对史蒂文斯这一代诗人来说，"工业文明的昌兴、物质主义的盛行所造成的传统宗教和文化的衰败构成了最一般的写作背景"。我们在弗罗斯特那白雪掩盖下的凄凉的田园诗中，在T. S. 艾略特那只能通过火来涤罪的"荒原"中，都可以深切地体会到这一点。如果说史蒂文斯的诗读起来并不像上述两位诗人的作品那样，令人感到特别的惨淡和痛楚的话，那绝不是因为他持有相反的结论，或天性乐观；而是因为他几乎从一开始就以他的"千里眼"（浪漫派诗人所谓的"灵视"）看穿了天国已然坍塌，看穿了即便光焰万丈的太阳也无以回避的"本质上的一片荒芜";而既然在天国中"一个神的死亡便是一切的死亡",既然人不得不在上帝和诸神缺席的情况下面对自身,诗人就把他全部的宗教冲动和热情转向了诗(倒不是要让诗成为一种"准宗教"),在传统宗教留给二十世纪诗人的贫瘠的大地上充分行使语言的权利,并享受语言的欢乐。"于是史蒂文斯的诗全是柯勒律治沮丧颂歌题材的精心制作:面对没有给人安慰的神圣主题和神圣人物的情况,怎样写诗,如何创造乐趣";以这样的方式,他试图进行"一次英勇、辉煌的攻击,攻向世纪末病,攻向天国的虚无"(丹尼尔·霍夫曼语)。

因而毫不奇怪,在史蒂文斯那里,"想象"继浪漫主义运动之后,再一次被提升到至高的地位;所不同的是,现在它不再是在新柏拉图主义式的理想云雾中漫游,而是如史蒂文斯自己所言,"在我们留下的废墟中野餐",在现实的瓦砾上竖起头脑中的建筑。诗据此而填充在上帝身后留下的灵魂空白,象征性地重建造物的结构、秩序和尊严,以把人们的头脑(作为一种可能性)从叶芝所谓"现实的蛮荒"中解放出来。

《坛子的轶事》选自史蒂文斯的第一本诗集《风琴》(1923),是他的代表作之一。在某种意义上,可以说它完整而鲜明地体现了诗人的艺术理想和艺术风格。这从诗的标题即可略见一斑。"坛子"本是一件平常得不能再平常的日用品(尤其是在那个时代),即便是要用作象征,标出"坛子"也就足够了,何至于又要说"轶事"?坛子又能有什么"轶事"呢?所谓"轶事",按照《现代汉语词典》,是指"世人不大知道的关于某人的事迹,多指不见于正式记载的",

但世人何必一定要知道"某人的事迹",又有多少人能享受"正式记载"的待遇呢?可见"轶事"总是相对于不寻常的人、不寻常的事而言,和"坛子"不太扯得上。但反过来,依照同一逻辑,如果说我"关于什么什么的轶事",就会立刻给这"关于"的"什么"增加一层不寻常的色彩,至少是平添一种玩笑的情趣。这"什么"越是平淡无奇,不寻常的色彩就越是浓厚,就越是耐人寻味。此外,所谓"轶事"作为未记载之事,亦可理解为可能之事。"可能"不必当真,全凭听者会意。综此,《坛子的轶事》这一标题至少提示了以下三点:1)诗人言说的是一只非同寻常的坛子;2)是一只可能的坛子;3)是一只需要会意的坛子。

如果我们知道"坛子"和"瓮"在英语中是同一个词(Jar或earthen jar),而又记得英国浪漫派诗人济慈写过一首著名的《希腊古瓮颂》的话,那么就可以马上领会出它的第一层隐涵用意。在济慈的那首诗中,那只"瓮"是"唯美的观照"的对应物,是"永恒"的象征;不管史蒂文斯是否有意以这只坛子影射那只瓮,后者都会作为"潜在本文"因素加入进来,从而使前者的非同寻常在文脉中有了落实之处。从这个角度看,"轶事"一词就显得格外意味深长。它暗示坛子(或瓮)的"正史"已经阙失,或我们已不可能在原先"正式记载"的意义上谈论这只坛子了,其中隐约的悲哀自不待言。

全诗除了末两句有所评论外,其余用的都是日常叙述语气。这种语气拉近了读者与"坛子"的距离,同时又与"坛子"的非同寻常之间构成张力,如同其中抽象的观念和具体的事物之间构成张力一样。这正是瑞恰慈所谓诗的"伪陈述"的一个典型范例。

在具体行文过程中,诗人为达成和保持住这种"伪陈述"的张力

更是用心良苦。起首两句,即已显示了他在这方面的身手不凡:

> 我把一只圆形的坛子
>
> 放在田纳西的山顶。

原文中"放"用的是 placed,而不是 put;更准确的译法应该是"安放"或"安置"。因 place 比较正式、隆重,在特定场合下带有仪式意味;而 put 则较为随意和普通,适用于一般的场合。诗人在使用时显然经过了精心选择:"坛子"本来只宜于放在家里,或埋入地下,诗人却将其安放在"山顶",其间必有严重性使然。换个角度,这种严重性可以通过坛子在画面中所占的比重而被掂量出来:田纳西是美国中南部的一个州,原为切罗基族印第安人聚居地,境内多山,诗人只说把这只坛子"放在田纳西的山顶",却不言明是哪一座山,这就使得田纳西全州尽行被纳入视野。让一只小小的坛子和一个偌大的州形成对比本已匪夷所思,而诗人不唯要使前者和后者达成平衡,还要让它高居后者之上,足见这只坛子在他心目中的地位和分量。总的语气是如此轻快、不经意,具体措辞和画面却又是如此精心讲究,暗含深意,笔力至此,非大器者不能为。

接下来,这只坛子就显得更加神奇了。它仿佛有某种魔力,使得"凌乱的荒野/围向山峰"。此情此景颇有点一人登高,八方来朝的味道(但这里"登高"的只是一只坛子,并且是被"我"携上山来安放的坛子——又一种曲笔的意味深长:"我"在诗中尽管转瞬即逝,但已足以使我们想起博尔赫斯《对弈》一诗中那只隐身在弈者背后的看不见的手)。诗在这里的妙处是不说"围向坛子",而说"围向山峰",这样一来,那只小小的坛子就不再显得单薄,它借助"山峰"的挺拔嵯峨而获得了下文所说的"君临四界"的气势;反过来,这样说又更显出坛子的神奇魔力:仅仅因为有了这只坛子,"山峰"才受到簇拥,而此前它不过是"凌乱的荒野"的一个组成部分而已。把这只坛子放上山顶好像是揿动了一个暗设的枢机,使原本凌乱的山野一下子有了生气和秩序(注意:这是一个全景式的画面)。

  但真正揿动那暗设的枢机的,却不是坛子,而是诗人的想象。现在可以看出,在把坛子放上山顶这一动作中诗人倾注了怎样的心力,蕴涵了怎样的意味!想象的行动是它自己的证实,它使每一首诗的创作成为一次象征性的创世行为。史蒂文斯在他的经验中心所寻求的,正是这种非沉思性(看上去毫无理性可言)的力量。

  第二节保持着第一节的全景式画面,而又分为一动一静两种图式。"荒野向坛子涌起"承续着前句"围向山峰";"涌起"(原文作roce up,亦可译作"升起")较之"围"不但更强烈,而且提供了另一个维度(向上)的动势。在"涌起"和"匍匐"之间,原文有一and,应予译出,作"复"或"又"。这是一个连续的过程,恰似波浪的一起一伏。如果说"涌起"意味着簇拥,拥戴,暗喻着一种不可抑制的热情的话,那么"匍匐"就意味着叩首、臣服,暗喻着敬畏之感。这个连续性的动作在诗中只进行了一次,因而显得格外有力、庄严。想象一下四围荒野都在同一时刻进行着这同一的动作,是怎样一种令人起而感动、继而肃然的场面!在这种情况下,荒野当然就"不再荒凉"。它有了凝聚的中心,霎时变得秩序井然。设若诗人重复表现这种起伏,浩大则浩大矣,但势必因过于热闹而导致削弱其间的张力。

更大的张力则由荒野的动和坛子的静构成。它安然处于荒野的中心，像一个承天受命的教皇或胸怀雄才大略的天子，不动声色地接受群臣和万民的朝拜：

圆圆的坛子置在地上，
高高地立于空中。

这两句在翻译上也不甚妥帖。前一句在原文中并无"置"意，应译为"圆圆的坛子立于大地"。二者的区别在于："置"有一种被动的感觉（坛子最初确实是被"置"的，但"我"此时已撤出画面），而"立"则是一种自在状态（诗人此时的焦距既已对准坛子，他要的当然是这种感觉）。后一句的"立于空中"，原文作 a port in air，port 指港口、机场，可译为"泊在空中"。"泊在空中"与"立在空中"的区别在于：前者突出的是一种孤悬无傍的状态，后者却令人容易承续前句，产生一种仍脚踏实地的感觉。按照原译，这两句是顺承的、线性的；按照改译，坛子的两种不同空间状态之间则存在一个与"涌起"与"匍匐"相呼应的内部张力场。后者可能更符合诗人的原意。

现在可以看得很清楚，在荒野和坛子的一动一静之间所呈现的场景，确实是一场盛大的仪式。它很像一幅动态的、达利式的超现实主义绘画。坛子凝然不动地处于画面的中央和高处，以看不见的光和声音把原本"凌乱"的荒野号令在一起，使其在奔赴中呈现活力，在集合中呈现秩序，在行礼如仪中呈现差异和尊严。通过这样的场景和画面，诗人影射了诗或艺术与现实的关系。诗中的坛子象征着诗或艺术，田纳西的荒野则象征着现实（顺便说一句，诗人选取田纳西州作为现实的象征真是再贴切不过了——不唯那里地貌蛮荒，与诗人心中蛮荒的现实图像正好合适，而且其特有的部族和山区文化所通常意味的原始、落后以至野蛮，也恰好与诗所代表的文明相对）。二者的关系在第三节的前两句中得到了明白无误的揭示：

> 它君临四界
> 这只灰色无釉的坛子

当然这只是一种想象中的关系，或话语关系。这两句诗的真正用意恐怕也不在于强调这种关系（前两节的画面已足以说明问题），而在于使我们的注意进一步集中到"坛子"上来——此刻全景式的画面已经消失，诗人像电影切换镜头一样，给出了一个"坛子"的特写：一只"灰色无釉"的坛子。"无釉"在原文中作 bare，意为："赤裸的"，在传统语义场合中与"灵魂"通。诗人没有对这只坛子作任何夸张，而是以"灰色的"（一种多少有点惨淡的颜色）暗示其质朴无华，以 bare 暗示它与灵魂相关联。这种极其节制的表达对前面那种激动人心的、充满宗教和仪式意味的场面叙述同样是一种节制（尽管叙述本身已足够节制）。如果说史蒂文斯对想象的推崇确实受浪漫主义影响的话，那么，这种节制却表明他非常清楚自己和浪漫主义诗人之间的分野——不仅在审美理想上，而且在美学风格上。

继而笔锋遽然一转，以短短一行把这坛子的"轶事"延展到另一层面：

> 它不曾产生鸟雀或树丛，

这句诗来得甚为出人意表。诗人提起了一个新话头,但未及展开,又兀然挽住,以至用平淡的"与田纳西别的事物都不一样"收束全诗,因而使之显得格外豁目。孤立地看,这行诗迹近一句无谓的戏语,或对读者智力的嘲弄。事实上没有谁会以为,从一只坛子中会产生"鸟雀和树丛"。然而,就这只坛子而言,相对于它所创造的令荒野"涌起"复"匍匐"、"不再荒凉"的奇迹,说它能"产生鸟雀或树丛"又算得了什么呢?因此,这句诗的真意在言外:通过一种反常规的语言策略,诗人对他在前面所创造的超现实幻境进行了某种自我解构。真正能产生鸟雀和树丛的只有自然。作为一个急促引进的参照坐标,"自然"从另一个方向规定了"坛子"的界限:无论它创造了怎样的奇迹,这奇迹都是,也只能是诗人"头脑中的建筑"。这也就是诗人为什么把他探讨自己永恒主题的最长的一首诗命名为《关于最高虚构的笔记》的原因。联想到浪漫派对"自然"无限推崇,对"自然"主题无限热爱,以致追求与自然合一的野心,也可以说史蒂文斯在对自己诗中的浪漫因素作进一步的和更为根本的节制。

在所有的诗歌作品中有一种关于诗的诗,通常称之为"元诗歌"。《坛子的轶事》就是一首"元诗歌"。它充分显示了诗可能具有的魔力,同时又保持了对它边界的清醒意识。当然,对史蒂文斯(以及所有的诗人)来说,意识到诗的边界并非不是一件痛苦的事。在《被乡下人围住的安琪儿》一诗中,他塑造了这样一个"安琪儿"的形象:她只是"一个见到一半的,或仅见到一刻钟的形象,一个 / 心意中的人"。

这已经不再是安琪儿原来的形象,却因此成为诗的形象。安琪儿——诗:一个业已流失的梦,正如坛子已经成为"坛子的轶事"一样。尽管如此,坛子(即使是作为"轶事"的坛子)没有消失,也不会消失。因为——回到刚刚提到的史蒂文斯的那首诗——它是"大地上必不可少的安琪儿"。

布罗茨基

约瑟夫·布罗茨基（Joseph Brodsky, 1940—1996），美籍俄罗斯诗人。出生于圣彼得堡一个犹太人家庭。15岁时因不满僵化的教育制度自动退学，开始了漫长的自学和流浪生涯。他先后做过医院的尸体缝合工、司炉、铸锻工、搬运工、地质勘察队员，同时坚持自学和写作。20世纪60年代初结识老诗人阿赫玛托娃并得到她的帮助。1964年遭苏联当局逮捕，被判处5年强制劳动改造。后经文艺界友人联名请愿，提前获释。1965年，美国出版了他的第一本诗集《短诗与长诗》，在西方引起高度关注，再度被捕入狱。从1964年到1972年，布罗茨基先后三度入狱，流放边远地区劳改，两次被强行关入"精神病"院。1972年被驱逐出境，经诗人奥登帮助，在美国获得了教职。1977年加入美国籍。1987年获得诺贝尔文学奖。1996年因心脏病在纽约去世。

布罗茨基是用俄语和英语双语写作的杰出诗人。他把诗看作与荒谬抗衡的伟大力量。他的诗既拥有广阔的历史想象力，又拥有精美的修辞想象力。他的主要作品有：诗集《短诗与长诗》（1965）、《驻足荒漠》（1970）、《布罗茨基诗选》（1973）、《言辞片段》（1977）、《罗马哀歌》（1982）、《献给八月的新章》（1983）、《向乌拉尼娅致意》（1988），散文评论集《小于一》（1986）等。

黑　马

黑夜的穹窿也比它四脚明亮，
它无法与黑暗融为一体。

在那个夜晚，我们坐在篝火旁边，
一匹黑色的马儿映入眼底。

我不记得比它更黑的物体。
它的四脚黑如乌煤。
它黑得如同夜晚，如同空虚。
周身黑咕隆咚，从鬃到尾。
但它那没有鞍子的脊背上
却是另外一种黑暗。
它纹丝不动地伫立。仿佛沉沉酣眠。
它蹄子上的黑暗令人胆战。

它浑身漆黑，感觉不到身影。
如此漆黑，黑到了顶点。
如此漆黑，仿佛处于钟的内部。
如此漆黑，就像子夜的黑暗。
如此漆黑，如同它前方的树木。
恰似肋骨间的凹陷的胸脯。

恰似地窖深处的粮仓。
我想：我的体内是漆黑一团。

可它仍在我们眼前发黑！
钟表上还只是子夜时分。
它的腹股沟中笼罩着无底的黑暗。
它一步也没有朝我们靠近。
它的脊背已经辨认不清，
明亮之斑没剩下一毫一丝。
它的双眼白光一闪，像手指一弹。
那瞳孔更是令人畏惧。

它仿佛是某人的底片。
它为何在我们中间停留？
为何不从篝火旁边走开，
驻足直到黎明降临的时候？
为何呼吸着黑色的空气，
把压坏的树枝弄得瑟瑟发响？
为何从眼中射出黑色的光芒？

它在我们中间寻找骑手。

（吴　笛　译）

布罗茨基《黑马》导读[1]

陈 超

《黑马》写于1960年,是布罗茨基早期诗歌的代表作。它不乏深刻的象征意味,但却不是那类"以形象指代思想"的简单化的象征诗歌。在这里,形象自身有着独异的生命,而构成它的方法也是自足和坚实的。如果我们一味忽略形象本身而只关注、索解其"象征"内涵,则不免辜负了这首杰作在形式上的贡献。因此,对此诗的"能指"和"所指"我们要同样关注。

一个夜晚,难耐黑暗和寒冷的人们燃起了一堆篝火。此时,一匹黑马来到他们身边,诗人顿时感到一阵奇异的激动涌上心间。那真正逼退黑暗的不是短暂的火光,而是比黑暗更黑的马儿。这匹黑马无疑是"黑"的,但"它无法与黑暗融为一体"。它的"黑"不是弥漫的、向外的,而是内凝的、有着巨大压强的。它是地层深处的煤,是钟的内部,是地窖深处的籽实……充盈着紧张和悸动。它的毛色凝恒不变,黑得更为高傲、独立、清醒;它的眼睛"射出黑色的光芒",乃成为黑暗的离心部分。诗人曲尽形容,以能指的洪流描述了"如此漆黑,黑到了顶点"的马匹,它坚卓独立,"呼吸着黑色的空气",直到也使"我的体内漆黑一团"。

---

[1] 本文选自陈超《当代外国诗歌佳作导读》,河北教育出版社2002年版。标题为编者所加。

黑马之黑"令人胆战",更令人清醒。"它为何在我们中间停留?""为何把压坏的树枝弄得瑟瑟发响?""为何从眼中射出黑色的光芒?"诗人说,那是由于它的孤独,它的命运伙伴——骑手的缺席所致:"它那没有鞍子的脊背上／却是另外一种黑暗"。因此,它在无言地召唤着那些能够并敢于深入黑暗的核心的骑手,在茫茫的黑暗中寻索,在幽冥的征途上保持内心的方向感。"它在我们中间寻找骑手",寻找能与黑暗对称和对抗的意志力。我们是否配骑上这匹黑马?在缄默中,诗人已从内心中挖掘出了答复。

　　此诗有如一具黑色的钢雕,以奇异的黑暗和寒冽直逼人心。全诗语象集中而强烈,围绕一个完整的语义单元反复隐喻、层层叠加。直到穷尽语象的全部意味,在结尾处诗人才返身"扛住"了能指的洪流,清晰地迸溅出钢錾与钢雕再次撞击后闪烁的火花。对这样的诗,我们应全心沉浸于语象自身的魔力之中,而它们的象征意义,自然会从语象中一点点地渗透出来。反之,如果我们一味跳离语象,急切地寻求"思想",会给这个精纯的文本带来极大的损害。

我总是声称,命运就是游戏

我总是声称,命运就是游戏。
有谁需要鱼,既然有了鱼子?
还说哥特式风格能够风靡一时,
就像痊愈之后有能力站起。
  我坐在窗畔。窗外是山杨。
  我爱的不多。然而爱得疯狂。

我曾认为,森林只是一部分木柴。
有谁需要整个姑娘,既然已得到她的膝盖?
厌倦了被现代纪元掀起的灰尘,
俄罗斯的眼睛将休息在爱沙尼亚的塔顶。
  我坐在窗畔。我洗完了餐具。
  我曾经幸福,但幸福已逝去。

我曾写过,在灯泡中有天花板的恐惧,
爱情,虽是行为,却缺少动词。
欧几里德不知道,当物体以锥形演变,
它获取的不是零,而是时间。
  我坐在窗畔。回想起青春。
  有时我会微笑,有时狠狠骂人。

我曾说过,叶儿能够把幼苗摧毁,
一粒种子若是落进腐坏的土堆,
就不会萌芽。林中的一片旷地
是自然界中的不育的范例。
　　我坐在窗畔,双手锁膝,
　　陪伴着自己的沉重的影子。

我的歌儿已经走调,失去旋律,
但是,齐声合唱也无济于事。
难怪类似的诗句不能获奖,
谁也不会把双脚架到肩上。
　　我坐在黑暗的窗畔;波状窗帘之外,
　　大海轰鸣着,如同一列特快。

作为二流时代的公民,我骄傲地承认:
我最好的见解也不过是二流产品,
我把它们向未来的岁月奉献,
作为与窒闷进行斗争的一些经验。
　　我坐在黑暗中。可是我感到
　　外部世界的黑暗比室内更为糟糕。

　　　　　　　　　　　　　(吴　笛　译)

布罗茨基《我总是声称，命运就是游戏》导读[①]

陈 超

此诗写于1971年。从（20世纪）60年代中期到70年代初期，布罗茨基因坚持自由的思想和独立的写作，先后三次被苏联当局逮捕入狱，两次被强迫关进"精神病院"。在个人的悲惨命运和时代的冷酷荒谬之间，诗人已不再单纯地倾诉前者，而是将二者综合起来考察和命名。

对他而言，过多地涕泣个人苦难，是无法对称地深入揭示时代的荒谬的；而带有反讽／喜剧效果的诗歌话语，或许更能准确犀利地洞穿生存的本质。这种写作姿态，是一种在社会体制的高压和个人命运的大难临头时，还敢于坚持不屈服的智者和勇者的高傲，黑色幽默，清醒，深思，宽阔，以及对现代性诗意的敏感。正如斯图尔·艾伦所说：布罗茨基的作品不乏开心的讽刺，但它们即使是处于最轻松的时刻也是鲜血淋漓的。

这首诗是布罗茨基最著名的短制之一。以下诗句是人们经常引用并耳熟能详的："作为二流时代的公民，我骄傲地承认／我最好的见解也不过是二流产品／我把它们向未来的岁月奉献／作为与窒闷进行斗争的一些经验……"这不仅是对当时俄罗斯现实的认识，同时也是

[①] 本文选自陈超《当代外国诗歌佳作导读》，河北教育出版社2002年版。标题为编者所加。

对人类总体生存状况的认识。这一话语立场含有双重意味：首先，它是一种沉痛的反讽。我们生活在"二流时代"，我们最好的见解也不过是二流的东西，因为这个时代失去了坚实伟大的精神背景，文艺复兴以来那个高大的"人"，变得畏葸、狭隘又乏味了。其次，它也是一种正面的申说。既然我们生活在"二流时代"，人的主体性旁落的时代，那么，再去摹仿"一流时代"的标准就是可疑的，它会形成一种历史的盲视，造成写作中的非历史化倾向。诗人不应悬置具体的历史语境，以人为拔高的所谓"终极关怀"、本质主义、一元论，来回避或简化时代的重重矛盾。因此，"我骄傲地承认"，我的见解与荒谬的时代带给我的荒诞体验密切相关，它们是"（我）与窒闷进行斗争的一些经验"，也是我为"未来岁月"的人们留下的可靠的历史见证。与生存空间的"窒闷"做斗争，"笑"，或许是最有力的、可能的武器了。——全诗就在这种彼此纠葛的心境中展开，或者说，诗人在反讽和骄傲的危险深谷中展开了他的历史想象力的双翼。

我们置身于一个"二流时代"，充满荒诞和市侩式的虚无。这种"虚无"是一种奇怪的虚无，它以"实用"为标志。"有谁需要鱼，既然有了鱼子？""有谁需要整个姑娘，既然已得到她的膝盖？"生活空前粗鄙化了，没有活力，没有真情，没有灵魂，一切都直奔欲望化"主题"。你瞧，森林只是一些木柴，爱情缺少动词，种子落入了腐坏的土壤，连歌声都走了调。诗人认为这是一个以欣快症的速率进行"减缩"的时代，欧几里得探究的数学意义上的消失点"0"，在历史学上正变为我们的生存现实。这是诗人对生存进行的沉痛反讽和命名。

但是，布罗茨基又不是那种自诩为占据了"道义制高点"来审判时代的诗人,他更为清醒、诚朴。他知道,在这样的时代,一个诗人不能利用道德优势而讨巧地"置身事外",他应有能力处理更复杂、真切的时代经验。这个时代虽然令人失望,但毕竟,过去那个被迫"齐声合唱的红色时代"更令人恐怖;而"哥特式"文学那愤怒夸张的"闹鬼房子"的宣泄风格,也无法真正深入地处理这个时代的语境。诗人洞透了时代的虚无和荒诞,既看到了它的无耻,也看到了它的无奈;既讽刺了它的无理性,又看到了它的"合理性"——人们已"厌倦了被现代纪元掀起的灰尘",认清了"美丽的新世界"的骗局,他们要"休息"了。

因此,此诗是复杂经验的彼此盘诘或纠葛,它没有唯一的结论,它以"难题"的形式存在着,令人深思。作为二流时代的见证人,诗人没有回避生存的复杂性,他在忠实地"记录"着具体历史语境中发生的"震波",他在与形形色色的"窒闷"进行斗争——为未来岁月的人们尽了一个诗人的本分。

让我们回到开头。"我总是声称,命运就是游戏",这里有着对历史决定论的嘲讽。历史决定论者声称历史的发展有内在的不变的规律,要靠他们这些"伟大的先知"来揭示,他们已对未来的社会做出预言。各类极权主义言称自己已掌握了历史规律,而芸芸众生在他们眼中不过是实现这个"规律"的卑贱的工具,无须思考,只要蒙昧地认同他们即可。历史决定论以达到"现代纪元"这铁的必然性为由,扼杀了芸芸众生精神的独立自由,在大地上建立了新的"政治神学"——蒙昧主义。在那里,即使对"历史规律"的预言失效、民生艰难时,"先知们"也会无限止地借口"道路曲折"来欺瞒大众!因此,当诗人说"命运就是游戏"时,结合此诗的整体语境,我们会知道，它不仅事关他个人的命运，而且还扩展到人们的"历史命运"。

除内容复杂深刻、语言机智含蓄外，这首诗的结构也颇为精审。每节的后两行具体到"我"，而前四行则泛指生存现实。上下两个语义单元彼此映照和"嬉戏"，更显出诗人既骄傲又自嘲的矛盾心情。最后一节——正如我前面已解读过的——含有双重意味，极为准确地命名了"二流时代"带给诗歌写作的可能性：当此时代，个人化的沉痛反讽和"喜剧精神"，或许更有助于增强诗的历史感和修辞技艺的准确性、有效性。

的确，这个时代既荒诞、滑稽，又为我们提供了新的写作资源与活力。它对诗人的话语韧度和力度提出了新的考验。布罗茨基通过反讽、"矛盾修辞"和历史想象力的扭结，开辟了自己独特的诗歌道路，这正是那些只知道一味地愤世嫉俗、宣谕乌托邦空幻理想的诗人们所缺乏的。有批评家称布罗茨基为20世纪后半叶的诗歌大师，他是当之无愧的。

印 度

泰戈尔

拉宾德拉纳特·泰戈尔（Rabindranath Tagore，1861—1941），印度近代孟加拉语诗人。出生于加尔各答一个地主兼商人家庭，父兄都是著名的社会活动家、哲学家、文学艺术家。他1878年赴英留学，先学法律，后改学英国文学和西方音乐。1880年回印度，除当梵社秘书和经管田产外，主要从事文艺创作。1901年创办一所传统道学院式的学校，后发展成国际大学。1905年投身民族解放运动，不久因与极端派意见不合而退出运动，悉心创作。1912年起游历了欧、亚、美许多国家，发表演讲，阐述社会政治、哲学和文艺思想。1913年获诺贝尔文学奖。

泰戈尔首先以诗闻名，他从童年时代起就热爱诗歌，12岁开始发表诗作，一生出版诗集50部，共1000多首诗。1900年以前是泰戈尔诗歌创作的早期，这一时期的重要诗集有《暮歌》（1881）、《晨歌》（1882）、《黄金船》（1894）、《缤纷集》（1895）、《收获集》（1896）、《微思集》（1899）、《梦幻集》（1900）、《瞬间集》（1900）、《故事诗》（1900）等。1901年至1916年是泰戈尔诗歌创作的中期，这时期的主要诗集有《祭品》（1901）、

《渡口》（1906）、《吉檀迦利》（1910）、《歌之花环》（1914）、《奉献集》（1913）和《儿童》（1904）等。前五部是宗教抒情诗，后一部是儿童诗。这是泰戈尔诗歌创作最重要的时期，形成他诗歌的独特风格，思想上追求人神合一的神秘主义，艺术风格上则非常质朴、单纯、静穆、和谐。1916年至1941年是泰戈尔诗歌创作的后期，主要诗集有《白鹤集》（1916）、《边沿集》（1938）、《再生集》（1940）、《生辰集》（1941）等。后期诗歌主要是政治抒情诗，内容以反战、反法西斯、歌颂劳动人民为主，并不断自我反思。泰戈尔的许多诗歌，由他自己或他的亲友译成英文出版。这些诗集在欧美产生了重大影响，使他成为世界著名的诗人。泰戈尔既受迦梨陀娑、胜天和中世纪毗湿奴教派诗人的影响，继承了印度古代诗歌的优秀传统，又受拜伦、雪莱、华兹华斯、济慈等西方诗人的影响，融东西方文化于一炉，使他成为印度近代诗歌的奠基人。

此外，泰戈尔还创作了2000多首歌曲，100多篇短篇小说，12部中长篇小说，40余部剧本，2500幅绘画，还有许多有关政治、哲学、文艺的论著，显示了多方面的成就。

《吉檀迦利》选

一

你已经使我永生,这样做是你的欢乐。这脆薄的杯儿,你不断地把它倒空,又不断地以新生命来充满。

这小小的苇笛,你携带着它逾山越谷,从笛管里吹出永新的音乐。

在你双手的不朽的安抚下,我的小小的心,消融在无边快乐之中,发出不可言说的词调。

你的无穷的赐予只倾入我小小的手里。时代过去了,你还在倾注,而我的手里还有余量待充满。

二

当你命令我歌唱的时候,我的心似乎要因着骄傲而炸裂;我仰望着你的脸,眼泪涌上我的眶里。

我生命中一切的凝涩与矛盾融化成一片甜柔的谐音——我的赞颂像一只欢乐的鸟,振翼飞越海洋。

我知道你喜欢我的歌唱。我知道只因为我是一个歌者,才能走到你的面前。

我用我的歌曲的远伸的翅梢,触到了你的双脚,那是我从来不敢想望触到的。

在歌唱中陶醉，我忘了自己，你本是我的主人，我却称你为朋友。

三

我不知道你怎样地唱，我的主人！我总在惊奇地静听。

你的音乐的光辉照亮了世界。你的音乐的气息透彻诸天。你的音乐的圣泉冲过一切阻碍的岩石，向前奔涌。

我的心渴望和你合唱，而挣扎不出一点声音。我想说话，但是言语不成歌曲，我叫不出来。呵，你使我的心变成了你的音乐的漫天大网中的俘虏，我的主人！

四

我生命的生命，我要保持我的躯体永远纯洁，因为我知道你的生命的摩抚，接触着我的四肢。

我要永远从我的思想中摒除虚伪，因为我知道你就是那在我心中燃起理智之火的真理。

我要从我心中驱走一切丑恶，使我的爱开花，因为我知道你在我的心宫深处安设了座位。

我要努力在我的行为上表现你，因为我知道是你的威力，给我力量来行动。

五

这是你的脚凳,你在最贫贱最失所的人群中歇足。

我想向你鞠躬,我的敬礼不能达到你歇足地方的深处——那最贫贱最失所的人群中。

你穿着破敝的衣服,在最贫贱最失所的人群中行走,骄傲永远不能走近这个地方。

你和那最贫最贱最失所的人们当中没有朋友的人做伴,我的心永远找不到那个地方。

六

把礼赞和数珠撒在一边吧!你在门窗紧闭、幽暗孤寂的殿角里,向谁礼拜呢?睁开眼你看,上帝不在你的面前!

他是在锄着枯地的农夫那里,在敲石的造路工人那里。太阳下,阴雨里,他和他们同在,衣袍上蒙着尘土。脱掉你的圣袍,甚至像他一样下到泥土里去吧!

超脱吗?从哪里找超脱呢?我们的主已经高高兴兴地把创造的锁链带起,他和我们大家永远联系在一起。

从静坐里走出来吧,丢开供养的香花!你的衣服污损了又有何妨呢?去迎接他,在劳动里,流汗里,和他站在一起吧。

七

我要唱的歌,直到今天还没有唱出。

每天我总在乐器上调理弦索。

时间还没有到来,歌词也未填好,只有愿望的痛苦在我心中。

花蕊还未开放,只有风从旁叹息走过。

我没有看见过他的脸,也没有听见过他的声音;我只听见他轻蹑的声音,从我房前路上走过。

悠长的一天消磨在为他在地上铺设座位;但是灯火还未点上,我不能请他进来。

我生活在和他相会的希望中,但这相会的日子还没有来到。

八

只要我一息尚存,我就称你为我的一切。

只要我一诚不灭,我就感觉到你在我的四围。任何事情我都来请教你,任何时候都把我的爱献上给你。

只要我一息尚存,我就永不把你藏匿起来。

只要把我和你的意旨锁在一起的脚镣还留着一小段,你的意旨就在我的生命中实现——这脚镣就是你的爱。

九

你使不相识的朋友认识了我。你在别人家里给我准备了座位。你缩短了距离,你把生人变成弟兄。

在我必须离开故居的时候,我心里不安,我忘了是旧人迁入新居,而且你也住在那里。

通过生和死,今生和来世,无论你带领我到哪里,都是你,仍是你,我的无穷生命中的唯一伴侣,永远用欢乐的系链,把我的心和陌生的人联系在一起。

人一认识了你,世上就没有陌生的人,也没有了紧闭的门户。呵,请允许我的请求,使我在与众生游戏之中,永不失去和你单独接触的福祉。

十

在我向你合十膜拜之中,我的上帝,让我一切的感知都舒展在你的脚下,接触这个世界。

像七月的湿云,带着未落的雨点沉沉下垂,在我向你合十膜拜之中,让我的全副心灵在你的门前俯伏。

让我所有的诗歌,聚集起不同的调子,在我向你合十膜拜之中,成为一股洪流,倾注入静寂的大海。

像一群思乡的鹤鸟,日夜飞向它们的山巢,在我向你合十膜拜之中,让我全部的生命,启程回到它永久的家乡。

(冰 心 译)

《吉檀迦利》序[①]

(爱尔兰)叶 芝

几天以前,我同一位著名的孟加拉医学博士说:"我不懂德语,然而,如果有个德国诗人的英语译本感动了我,我会到不列颠博物馆去,找些用英语写的、讲述这个诗人生平事迹以及思想发展的书。尽管罗宾德拉那特·泰戈尔[②]的这些诗歌的散文译本使我心潮起伏,多年来还没有什么作品这样打动过我,然而,若不是印度的旅行者告诉我,我对于泰戈尔的生平,以及使这种作品可能产生的思想运动,就什么也不知道了。"在孟加拉医学博士看来,我之受到感动,原是理所当然的事,因为他说道:"我天天都读罗宾德拉那特,读一行他的诗就可以忘却人世间的一切烦恼。"我说:"一个生在理查二世王朝、住在伦敦的英国人,如果他见得到彼得拉克或但丁的英语译本,却找不到解答他的问题的书籍,他倒可以询问佛罗伦斯[③]的银行家或伦巴第的商人,就像我问你一样。就我所知,泰戈尔的诗歌是那么丰富多彩而又那么单纯,新的文艺复兴已在你们的国家里诞生,可惜今后除了道听途说,我却无从了解了。"他答道:"我们还有其他诗人,

---

① 本文选自《叶芝文集卷三·随时间而来的智慧》,东方出版社1996年版。
② 现通译拉宾德拉纳特·泰戈尔。
③ 现通译佛罗伦萨。

然而无人可以和他并驾齐驱;我们把这称之为罗宾德拉那特时代。在我看来,你们没有一个诗人在欧洲像泰戈尔在印度那样著名。他在音乐方面和在诗歌方面同样了不起;他创作的歌,从印度的西部一直流传到缅甸讲孟加拉语的任何地方。他19岁写下他的第一部长篇小说,那时就已经出名了;稍微长大一点儿时写的戏剧,现在依旧在加尔各答上演。我十分钦佩他一生十全十美;他年纪很轻时写了许多描绘自然景物的作品,他会整天坐在花园里;从25岁左右到35岁光景,他心中怀着极大的哀伤,写下了我们语言中的最美丽的爱情诗。"孟加拉医学博士接着又深情地说道:"我17岁时对泰戈尔爱情诗的感谢之情,实非言语所能表达。此后他的艺术愈来愈深刻,变得富有宗教和哲学意味了;人类的一切向往憧憬,都是他歌咏的题材。他是我们的圣人中间第一个不厌弃生存的,他倒是从人生本身出发来说话的,那就是我们所以敬爱他的缘故。"我也许对他那字斟句酌的话记忆得不太确切,但我并没有改变他的原意。"一会儿以前,泰戈尔在我们的一个教堂里诵经礼拜——我们用你们英语中的'教堂'两字称呼我们梵天的庙宇——这是加尔各答最大的庙宇,不仅庙里挤满了人,人甚至站到了窗台上,而且街道都因为人山人海而几乎水泄不通了。"

别的印度人来看我,他们对泰戈尔这人的尊敬,在我们的世界里听起来,真是奇哉怪也;我们这儿,把伟大和渺小的事物,都隐藏在同一块面纱之下,都隐藏在明显的玩笑和半认真的贬损的背后。我们在建筑大教堂的时候,对于我们的伟大人物,我们可怀着同样的尊敬?"每天早晨三点钟——我知道,因为我目睹过"——有个印度人对我说,"泰戈尔一动不动地静坐默想,就神性沉思了两个钟头之久，方始醒了过来。他的父亲摩诃·里希[①]，有时候竟静坐上整整一天；有一次，航行在一条河上，他因为景色美丽而落入了沉思默想，划船的人等候了八个钟头才得以继续航行。"接着，他便给我讲泰戈尔先生的家族，讲怎样一代又一代地出了伟人。他说："现在就有哥贡能德拉那和阿巴宁德拉那，他们都是艺术家；而德威津德拉那是罗宾德拉那特的哥哥，他可是个大哲学家。松鼠从树枝上下来，爬到他的膝上，而小鸟栖息在他的手里。"我注意到这些印度人的思想里自有一种对肉眼看得见的美和意义的感受力，仿佛他们都信奉尼采的学说，即，我们千万别相信道德美或理智美，这两者是迟早都不会在有形可见的事物上铭刻下印记的。我说："在东方，你们懂得怎样使一个家族保持声誉。前些日子，一个博物馆馆长指给我看一个正在整理中文版本书的黑皮肤小个儿，说道：'那一位是米卡杜家世代相传的鉴赏家，他是他们家族中担任这个职位的第十四代了。'"他回答道："罗宾德拉那特是个孩子的时候，他家里上下左右都是文学和音乐。"我想起了泰戈尔的诗歌既丰富多彩又极为单纯，说道："在你们的国家里，可有大量的宣传文字，大量的批评？我们不得不大搞而特搞，特别是在我自己的国家里，结果是我们的头脑逐渐逐渐缺乏创造性了，然而我们无可奈何。如果我们的生活不是一个不断的战争状态？我们就不会有艺术趣味，我们就不知道什么是好的，我们就找不到听众或读者。我们五分之四的精力，都花在同不良趣味的争论上了，不论是同我们自己脑子里的还是同别人脑子里的不良趣味争论。""我理解的，"他答道，"我们也有我们的宣传文字。人们

[①] 摩诃·里希对《吠陀》和《奥义书》很有研究，是哲学家和宗教改革者。

在乡村里朗诵神话长诗，那是根据中世纪的梵文改编的，他们往往在中间穿插些段落，教训世人必须尽到他们的责任。"

这些诗歌的译稿，我带在身边好几天，我在火车里读它，在公共汽车上或餐馆里读它，我时常不得不把原稿合上，免得陌生人看到我是多么被它所感动。这些抒情诗——据我的印度朋友告诉我，孟加拉文的原作充满了微妙的韵律、不可翻译的轻淡柔和的色彩以及创新的格律——以其思想展示了一个我生平梦想已久的世界。一个高度文化的艺术作品，然而又显得极像是普通土壤中生长出来的植物，仿佛青草或灯芯草一般。一个诗和宗教同为一体的传统，一个世纪又一个世纪地传下来，从有学问和没有学问的人们那儿采集了比喻和情绪，把学者和贵人的思想，重新带给群众。如果孟加拉文化毫不间断地保存下来，如果那普通的心灵——像人们揣度的那样——流贯众生，而不是像我们这样分裂成十多个彼此毫无了解的心灵，那么，泰戈尔的这些诗歌中的哪怕是最微妙之处，几代以后，也会流传到道旁乞丐那儿。当英国只有一个心灵的时候，乔叟写下了《特罗勒斯和克丽西达》，虽然他是写出来给人阅读或朗读的——因为我们的时代迅速到来——游唱诗人歌唱他的诗篇为期甚短。罗宾德拉那特·泰戈尔，像乔叟的先驱者们一样，也为他的诗篇作曲配乐，人们时时刻刻都明白，泰戈尔是那么丰富多彩，那么自然流露，那么热情奔放，那么出人意表，因为他是在做着他自己从不感到奇怪、不自然或需要辩护的事。这些诗篇不会装订成印刷精美的小书躺在贵夫人的桌子上；她们用慵倦的手翻着书页，这样就能对毫无意义的一生欷歔叹息，其实，她们对人生所能了解的，不过如此而已。这些诗篇也不会被大学生带来带去,及至人生的工作开始,便把它们丢在一边。然而,一代代过去,旅人们仍将在大路上吟咏这些诗篇,划船的人们仍将在河上吟咏这些诗篇。情人们在互相等待的时候,低吟这些诗篇,就会发觉这种对神的爱是个魔法的海湾,他们自己的更为痛苦的热情,可以在其中沐浴而重新焕发青春。这位诗人的心,时时刻刻向这些人涌去,毫无自贬身价、折节下交之意,因为他的心深知他们会懂得的,而且他们的生活境况也已经充满了他的心。旅人穿着红棕色衣服,以求蒙上尘土也不会显眼;姑娘在她床上寻找着从她那皇家情人的花冠上落下的花瓣;仆人或新娘在空空如也的屋子里等待着主人回家:凡此都是仰慕着神的那颗心的形象。花朵和河流,呜呜吹响的海螺,印度七月里的滂沱大雨,或者是灼人的炎热:凡此都是那颗心在结合或分离之际的情绪的形象。而一个泛舟河上弹奏诗琴的人,就像中国水墨画里那些充满神秘意义的人物一般,就是上帝自身。我们感到无限新奇的一个完整的民族,一个完整的文化,似乎渗透了这份想象力;然而我们之受感动,并非由于它的新奇,倒是因为我们遇到了我们自己的形象,仿佛我们是在罗塞蒂的柳林里散步一般,或者,也许是第一次在文学作品里听到了我们自己的声音,仿佛在梦里一般。

自从文艺复兴以来,欧洲圣人们的著作——尽管熟悉他们的比喻和一般思想结构——对我们已经没有吸引力了。我们知道我们最后必须舍弃尘世,而我们又习惯于在厌倦或昂扬的瞬间考虑自愿舍弃尘世;然而,我们读了那么多的诗歌,看了那么多的绘画,听了那么多的音乐,在文学艺术里,肉的呼声与灵的呼声似乎是合二而一的,我们怎么能粗暴无礼地舍弃尘世呢?圣伯纳德[①]掩上他的眼睛,以免见到瑞士湖光水色之美,我们和他有什么共同点呢?或者,我们和《启示录》激烈的措辞又有什么共同之处呢?如果我们肯找的话,我们倒可以,例如在这本书里,找到彬彬有礼的话:"我已经请了假。我的兄弟们,同我说声再见吧!我向你们大家鞠了躬就启程了。/我把我门上的钥匙交还——我放弃对房子的一切权利。我只是向你们要求几句最后的好话。/我们做过很久的邻居,但是我接受的多,能给予的少。如今天已破晓,照亮我黑暗角落的灯已经熄灭。召唤的命令已来,我准备启程了。"(《吉檀迦利》第九三首)在距离阿·肯比思[②]或手执十字架的约翰[③]最远之时,正是我们自己的心情在呼喊:"因为我热爱此生,我知道我将同样热爱死亡。"(《吉檀迦利》第九五首)然而,这书不仅是在我们告别尘世的思想中探测一切。我们不曾知道我们是热爱上帝的,而相信上帝,在我们又几乎是不可能的;然而,回顾我们的生活,在我们对林中道路的探索里,在我们对山岭之上寂寥之地的欣赏里,在我们对我们热爱的妇女徒然提出神秘的要求里,我们就发现了一种情绪,是它创造了这种隐秘的温馨柔情。"我的国王,你就像一个素昧平生的普通人,自动地进入我的心里,你在我一生不少飞逝的流光里,盖上了永生的印章。"(《吉檀迦利》第四三

[①] 圣伯纳德(?—1008),罗马天主教神父。
[②] 阿·肯比思,即托马斯·肯皮斯(1380—1471),德国修道士,著名的祈祷著作《仿效耶稣基督》(1427)的作者,该书提倡从世俗的趣味中解放出来,过一种带神秘色彩的生活。
[③] 约翰,即圣十字若望(1542—1591),西班牙神秘主义者,1567年被委任为牧师。

首）这就不再是修道庵舍和鞭挞惩戒的神圣之感，倒是有所升华，仿佛进入了那描绘着尘土和阳光的画家的更为深沉的心境，而为了类似的声音，我们也走向圣法兰西斯和威廉·布莱克——他们同我们强暴的历史看来是格格不入的。

由于信仰某些一般化的图式，我们写些冗长的巨著，其中也许没有一页具有任何特色可使写作成为一种乐趣，就像我们搏斗、赚钱以及把政治灌满头脑一样，做的全是沉闷的事情；而泰戈尔先生，像印度文化本身一样，一向满足于发现灵魂，屈服于灵魂的自然。他似乎时常把他的生活，同那些更倾向于追求西方生活方式的、在世界上似乎更加重要的人物的生活，互相比较对照，而且总是十分谦逊，好像他只不过确信他的生活道路对他是最好的罢了。"回家的人们，带着微笑瞧我，使我满心羞惭。我像个女丐一样坐着，拉起一角裙子遮住我的脸，他们问我可要什么的时候，我垂首低眉不语。"（《吉檀迦利》第四一首）别的时候，泰戈尔想起了从前他的生活曾经是截然不同的另一种模样，他就写道："我把许多时辰都花费在善与恶的斗争上了，但如今我闲暇之日的游伴，却有兴致把我的心引到他的身边，我不知道何以突然召唤我走向这无谓的、无足轻重的结局！"（《吉檀迦利》第八九首）文学里其他地方找不到的一种天真，一种单纯，使小鸟和绿叶显得跟泰戈尔很亲近，就像小鸟和绿叶同儿童很亲近一样，使季节的变换对泰戈尔显得是重大事件，就像我们的思想还没有冒出来把季节和我们隔断以前那样。有时候，我猜想这种天真、单纯的特色，是否脱胎于孟加拉文学或宗教；有时候，我又想起鸟儿栖息在他哥哥的手里，我倒乐于认为这是代代相传的禀赋，像特立斯丹或皮兰诺兰的彬彬有礼一样,是几百年中成长起来的奥秘。真的,当他说起儿童的时候,他自己的好大一部分似乎就具备这种特色,我们真参不透他究竟是否也在说起圣人哩。"他们用沙子建造房屋,他们用空贝壳游戏,他们用枯叶编成小船,微笑着把小船漂浮在茫茫大海上。孩子们游戏在大千世界的海滨。/他们不会游泳,他们不会撒网。采珠人潜水寻找珍珠,商人扬帆航行,而孩子们捡来了卵石、又重新把卵石撒掉了。他们不寻求隐藏的财宝,他们不知道如何撒网。"(《吉檀迦利》第六〇首)

(1912年9月)

(吴　岩　译)